KB010627

三國志演義

5

출사표

三國志

Romance of the Three Kingdoms

나관중 지음 김민수 옮김

출사표

演義

제 5 권

솔과학

주요 인물 소개

유비劉備

161-223

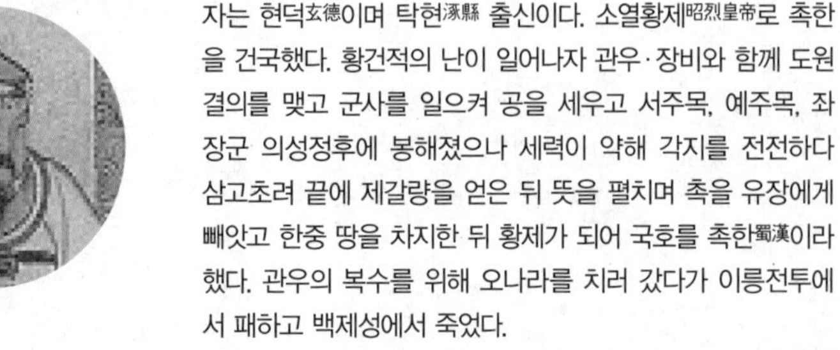

자는 현덕玄德이며 탁현涿縣 출신이다. 소열황제昭烈皇帝로 촉한을 건국했다. 황건적의 난이 일어나자 관우·장비와 함께 도원결의를 맺고 군사를 일으켜 공을 세우고 서주목, 예주목, 좌장군 의성정후에 봉해졌으나 세력이 약해 각지를 전전하다 삼고초려 끝에 제갈량을 얻은 뒤 뜻을 펼치며 촉을 유장에게 빼앗고 한중 땅을 차지한 뒤 황제가 되어 국호를 촉한蜀漢이라 했다. 관우의 복수를 위해 오나라를 치러 갔다가 이릉전투에서 패하고 백제성에서 죽었다.

관우關羽

?-219

자는 운장雲長이며 하동 해량解良 출신으로 충의忠義와 무용武勇의 상징으로 현재도 관성제군關聖帝君으로 숭배되고 있다. 술이 식기 전에 화웅을 베고 원소의 명장 안량과 문추를 죽였으며, 조조의 온갖 회유에도 유비를 찾아 다섯 관을 지나며 여섯 장수를 베었다. 적벽대전에서 의리 때문에 조조를 살려 보내 주었으며 형주를 지키던 중 자신을 너무 과신하다 결국 죽음을 맞고 말았다.

장비張飛

?-221

자는 익덕翼德, 축군逐郡 출신으로 유비·관우와 함께 의형제를 맺고 평생 의리를 저버리지 않았다. 성격이 괄괄하고 술을 좋아해 여포에게 성을 빼앗긴 적도 있지만 장판교 다리 위해서 기개 하나로 홀로 조조의 백만 대군을 물리친 적도 있다. 관우의 복수를 위해 오를 칠 준비를 하다가 불같은 성정을 못 이기고 결국 부하에게 암살되었다.

제갈량諸葛亮

181-234

자는 공명孔明이며 낭야 양도현陽都縣 출신이다. 별호는 와룡臥龍, 시호는 충무忠武, 작위는 무향후武鄕侯이다.

유비의 삼고초려로 초야에서 나와 손권과 연합하여 적벽대전을 승리로 이끌어 천하삼분지계의 기초를 닦았다. 유비를 촉한의 황제로 만들고 승상이 되었으며 유비가 죽은 뒤에도 남만정벌을 한 뒤, 출사표를 내고 여러 차례 위를 공격했지만 성공하지 못하고 결국 오장원에서 병사하였다.

조운趙雲

?-229

자는 자룡子龍이며 상산군 진정현眞定縣 출신이다. 처음 원소의 휘하에 들어갔다가 원소의 그릇이 크지 않음을 알고 공손찬에게 갔다가 다시 유비의 휘하로 들어갔다. 그는 당양 장판 전투에서 조조의 백만 대군 사이에서 유비의 아들을 구하는 등 수많은 전투에서 혁혁한 공을 세워 관우나 장비와 동등한 대우를 받았다. 조운은 무예는 물론 학식과 통찰력까지 갖춘 인물로 무모한 전투에는 서슴지 않고 간언했다. 제갈량의 북벌 시에는 70세가 넘는 나이에도 출정하여 적장을 다섯이나 베었다.

황충黃忠

?-220

자는 한승漢升이며 형주 남양군南陽郡 출신이다. 원래 유표의 장수였으나 장사에서 관우와 싸우다 유비 휘하로 들어갔다. 유비가 촉으로 들어갈 때 늘 선봉에 서서 큰 공을 세웠으며 정군산에서 하후연을 무찔렀다. 관우·장비·조운·마초와 함께 오호대장이다. 222년 이릉전투에참가 중 나이 먹은 노장이라는 말에 무모하게 적진 깊숙이 들어갔다가 마충의 화살에 맞아 죽었다.

마초馬招

176-222

자는 맹기孟起이며 우부풍 무릉현茂陵縣 출신이다. 복파장군伏波將軍 마원馬援의 후예이며 서량 태수 마등의 아들로 장비나 허저 등과 며칠을 싸워도 승부가 나지 않을 정도로 무예가 뛰어나다. 이회의 설득으로 유비에 귀순하여 서촉의 유장을 치는 싸움에서 큰 공을 세웠다. 유비가 한중왕이 된 후 그는 좌장군이 되었다가 나중에 표기장군으로 승진했다.

강유姜維

202-264

자는 백약伯約이며 천수군 기현冀縣 출신이다. 원래 위나라 중랑장이었으나 제갈량의 제 1차 북벌 때 촉으로 귀순했다. 제갈량이 그의 재능을 인정하여 후계자로 키웠으며 제갈량이 죽자 촉의 병권을 잡아 대장군이 되었다. 그는 제갈량의 북벌을 계승하여 수차례 출전하였지만 큰 공을 세우지 못했다. 위의 침공으로 성도의 유선이 항복하며 칙명에 의해 그도 항복했다. 종회에게 귀순한 척 하며 촉의 재건을 도모했지만 결국 실패하고 죽었다.

조조曹操

155-220

본성은 하후夏候이며 자는 맹덕孟德이고 패국沛國 초현譙縣 출신이다. 황건적의 난을 진압하며 공을 세우고 동탁을 제거하기 위해 원소 등과 제휴하여 대권을 장악했다. 이후 수많은 전투에 참가하여 여러 차례 죽을 고비를 넘기며 여포·원소·유표 등을 차례로 평정하여 중국 북부를 통일했다. 난세의 간웅으로서 문무를 모두 겸비했으며 상황 판단과 결단력이 빠르고 휘하에 유능한 모사와 장수들이 많아 위나라를 세울 기틀을 마련했다.

장료張遼

169-222

자는 문원文遠이며 안문군 마읍현馬邑縣 출신이다. 원래 여포의 부장이었으나 여포가 패하고 죽을 때 조조에게 귀순한다. 서주에서 유비가 조조에게 지고 달아나고 관우가 고립무원이 되었을 때 장료가 세 가지 죄를 들어 관우를 설득하여 항복하게 한다. 관우가 유비를 찾아 나서며 오관참육장을 하고 하후돈과 싸우려 할 때 조조의 명을 알리며 싸움을 말린다. 장료는 주로 동오와의 싸움에서 수많은 공을 세웠다.

사마의司馬懿

179-251

자는 중달仲達이며 하내군 온현溫縣 출신이다. 경조윤京兆尹을 지낸 사마방의 둘째 아들로 태어난 그는 조조뿐만 아니라 조비, 조예, 조방 등 4대에 걸쳐 보필하며 공을 세워 무양후에 봉해졌다. 위의 대장군이 되어 수차례 촉군과 맞서 싸우며 제갈량과 맞섰다. 한때 조상이 그의 군권을 빼앗으려 하자 병이 든 것처럼 위장하여 정변을 일으켜 조상을 살해하고 군권을 장악했다. 손자인 사마염이 진나라를 세운 뒤 선제先帝로 추존되었다.

등애鄧艾

197-264

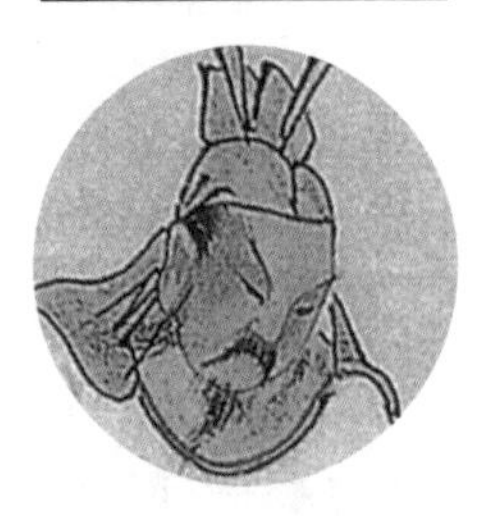

자는 사재士載이며 의양군 극양현棘陽縣 출신이다. 어릴 때 시골에서 송아지를 기르며 지형을 살피고 그림을 그리며 군사작전을 연구했다. 말더듬이로 주위의 비웃음도 받았지만 사마의에게 발탁되어 상서령이 되었다. 강유가 이끈 촉군을 수차례 패퇴시켜 진서장군으로 승진한 뒤 종회와 함께 서촉 정벌에 나서 먼저 성도로 들어가 유선의 항복을 받아 냈다. 종회의 모함으로 압송되다가 억울하게 죽음을 맞이했다.

손권孫權

182-252

자는 중모仲謀이며 오군 부춘富春 출신으로 오나라 초대 황제이다. 손견의 둘째 아들로 형 손책이 죽자 그 뒤를 이어 주유 등의 보좌를 받아 강남을 경영했다. 조조가 형주를 장악하고 압력을 가하자 주유의 건의에 따라 유비와 손잡고 조조의 대군을 맞아 적벽대전에서 대승을 거두었다. 그 뒤 형주의 귀속 문제로 유비와 대립하다 다시 조조와 결탁하여 관우의 목을 베어 조조에게 보냈다.

육손陸遜

183-245

자는 백언伯言이며 오군 오현吳縣 출신이다. 소패왕 손책의 사위로 어려서부터 지략이 뛰어나 여몽과 함께 공안을 함락하고 관우를 사로잡아 죽였다. 유비가 복수하러 왔을 때 어린 나이에 대도독이 되어 노장들의 반대를 무릅쓰고 침착하게 작전을 수행하여 7백리 영채를 불바다로 만들어 승리로 이끌었다. 후에 형주목을 거쳐 승상까지 지냈으며. 유비 사후에는 촉의 사신 등지의 의견을 받아들여 우호 관계를 회복하고 위에 함께 대항했다.

맹획孟獲

?-?

남만족의 지도자로 남만왕으로 불렸으나 실존 여부는 확실하지 않다. 다만 본 책에서는 위나라 조비의 권유로 촉한을 공격했다가 제갈량의 계략에 빠져 패배하여 남만으로 퇴각한다. 그 뒤 건녕 태수 옹개와 합세하여 반란을 일으키지만 곧 평정되고 본격적으로 제갈량의 남만정벌이 시작된다. 일곱 번 사로잡혔다가 일곱 번 풀어 주는 이른바 칠종칠금 뒤에 비로소 제갈량에게 항복한다.

화타華佗

?-208

자는 원화元化이며 패국 초현譙縣 출신이다. 동한 말 의사로 편작과 더불어 명의를 상징하는 인물로 꼽힌다. 그는 손권의 부탁으로 생명이 위독한 주태를 수술하여 살리고, 독화살이 박힌 관우의 어깨를 칼로 째고 뼈에 스며든 독을 긁어내어 치료했다. 잦은 편두통을 호소하던 조조에게 뇌수술을 권했다가 도리어 살해하려는 의도로 의심을 받아 목숨을 잃었다.

차례

Contents

삼국시대 행정 지도

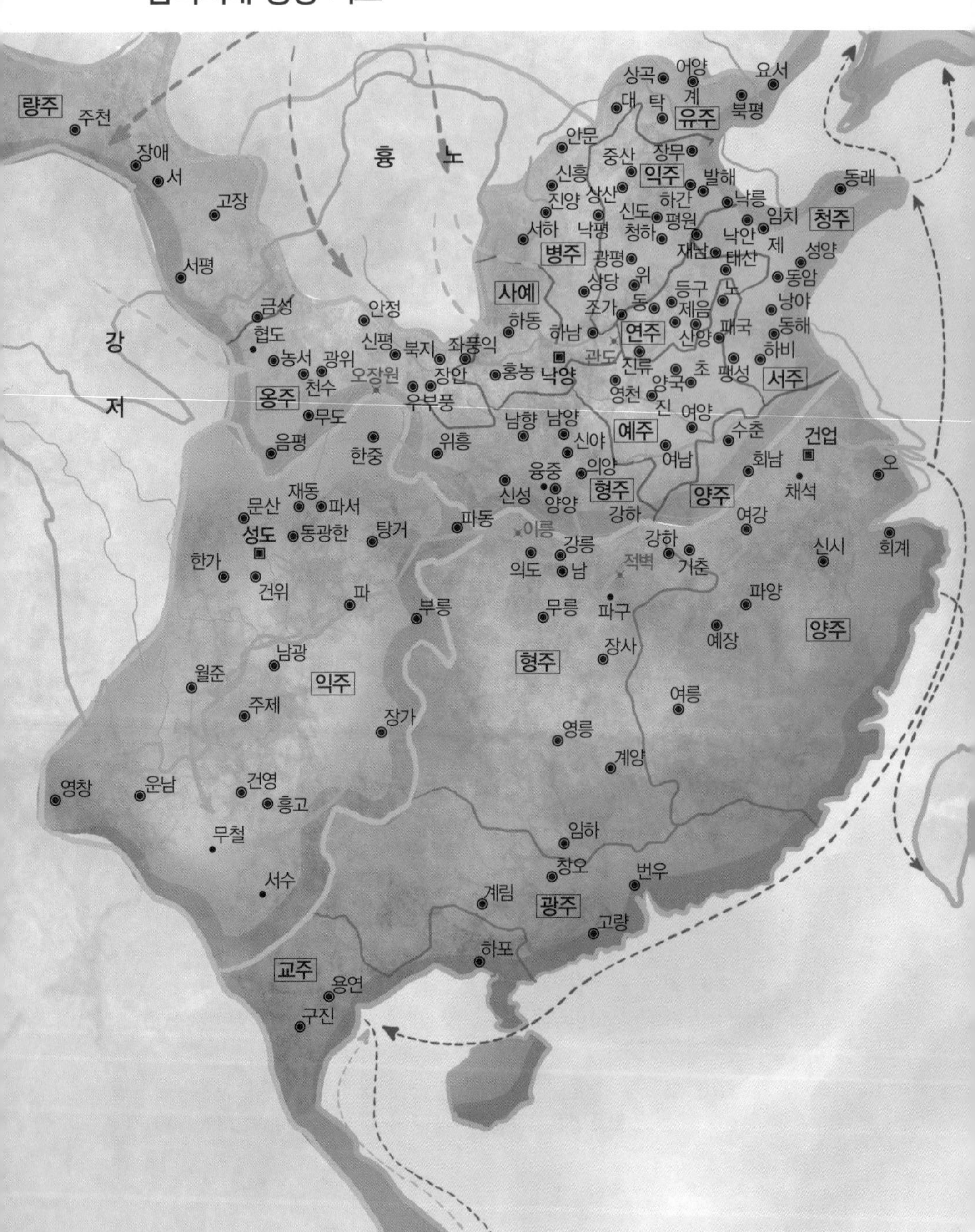

량주
주천
장애
서
고장
서평
흉
노
강
저
금성
협도
농서
광위
천수
옹주
무도
음평
안정
신평
북지
좌풍익
오장원
장안
우부풍
한중
위흥
하동
사예
홍농
낙양
하남
관도
상곡
어양
요서
대
탁
계
유주
북평
안문
중산
장무
익주
발해
신흥
상산
하간
낙릉
동래
진양
신도
평원
임치
청주
서하
낙평
청하
낙안
제
병주
재남
태산
성양
광평
위
상당
동
등구
노
동암
조가
제음
낭야
연주
산양
패국
동해
하비
진류
초
팽성
서주
영천
양국
진
여양
남향
남양
신야
예주
수춘
건업
여남
회남
오
융중
의양
채석
신성
양양
형주
양주
강하
여강
문산
재동
파서
성도
동광한
탕거
파동
이릉
한가
건위
강릉
의도
남
강하
거춘
적벽
신시
회계
파
부릉
무릉
파구
파양
예장
장사
양주
남광
월준
익주
형주
주제
장가
여릉
영릉
계양
영창
운남
건영
흥고
무철
임하
창오
번우
서수
계림
광주
고량
하포
교주
용연
구진

서기 225년 삼국 정립 시대

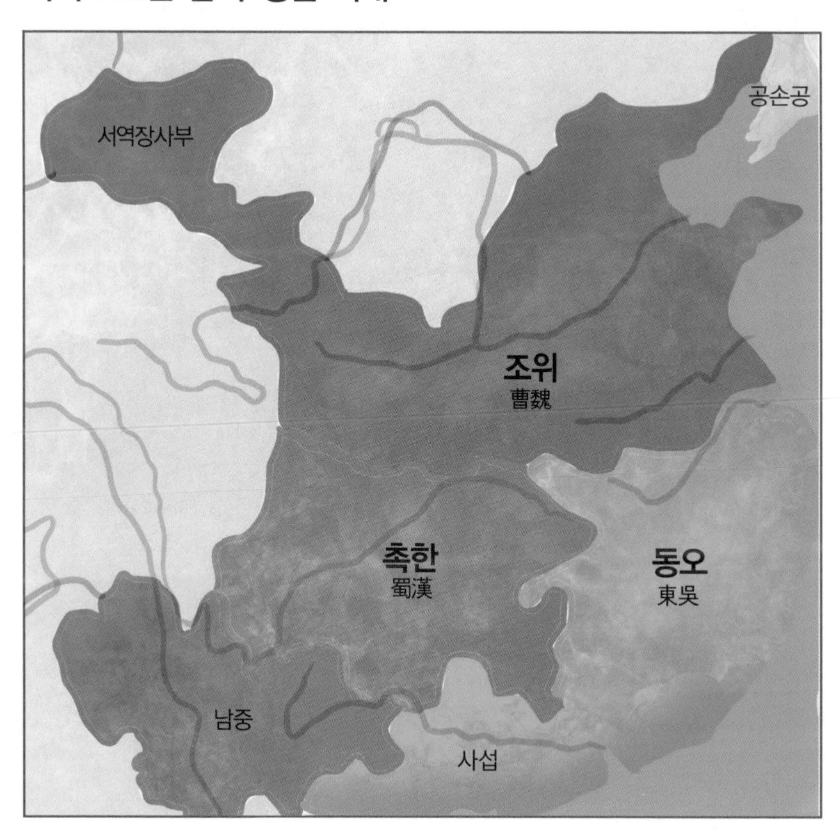

이릉 전투 지도(서기 222년)

촉군 공격 노선
촉군 후퇴 노선
오군 진격 노선

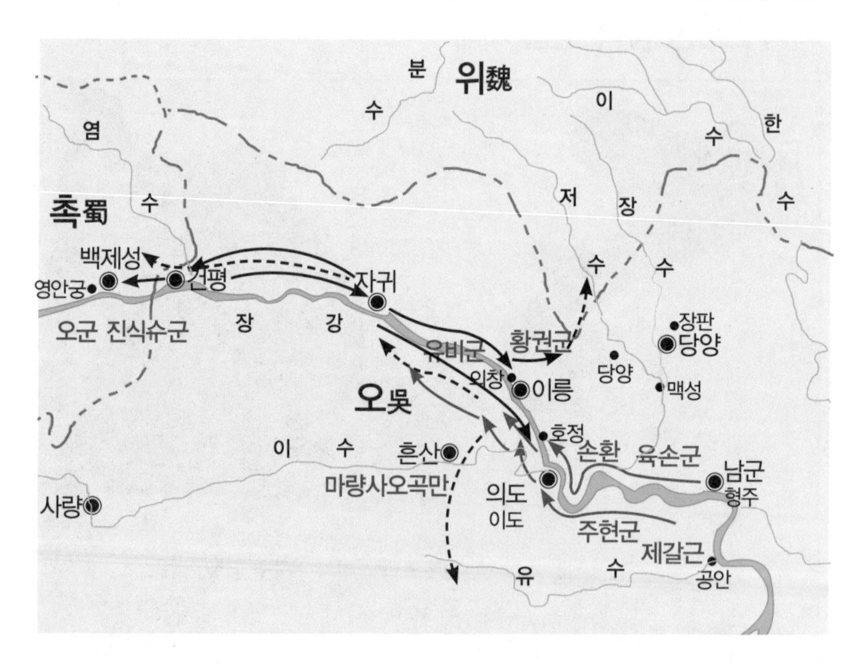

제갈량 남정 지도(서기 225년)

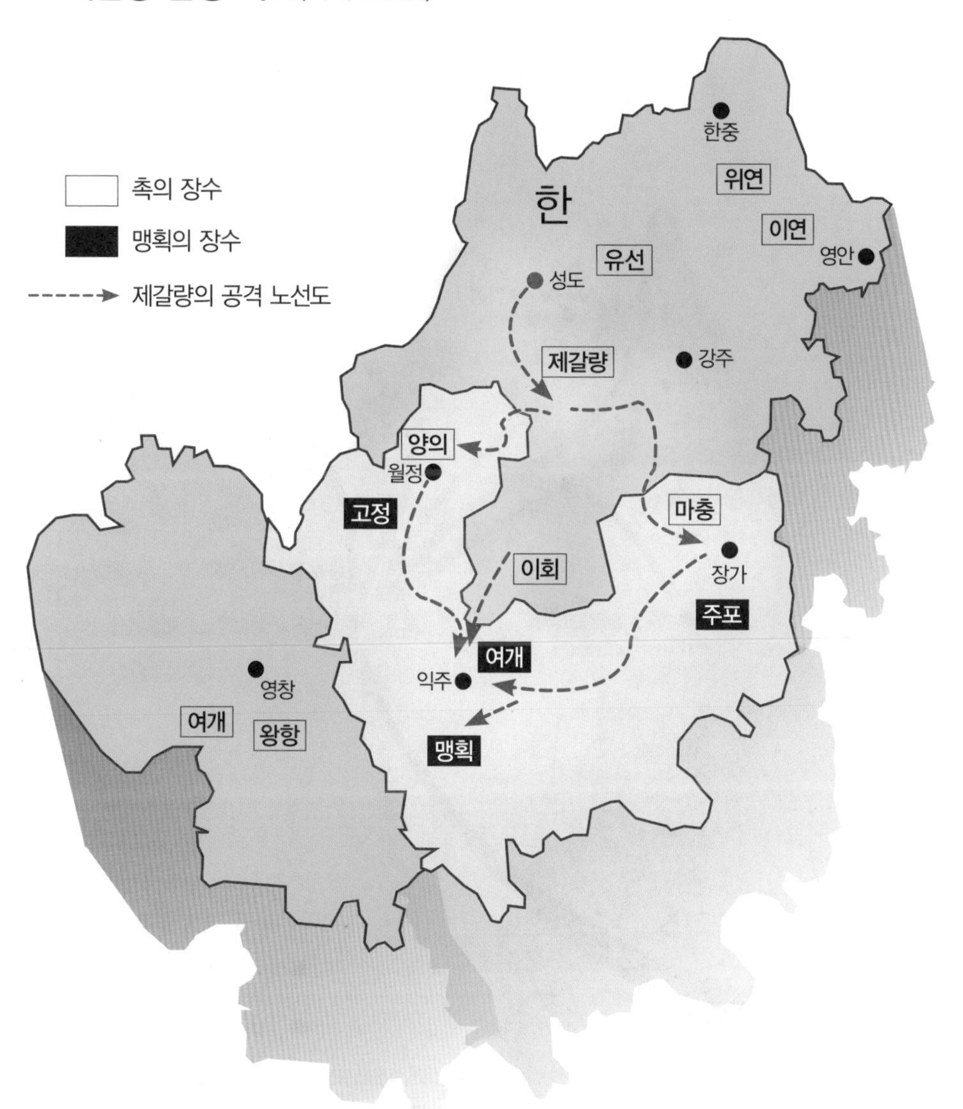

제갈량 북벌도(서기 227~234년)

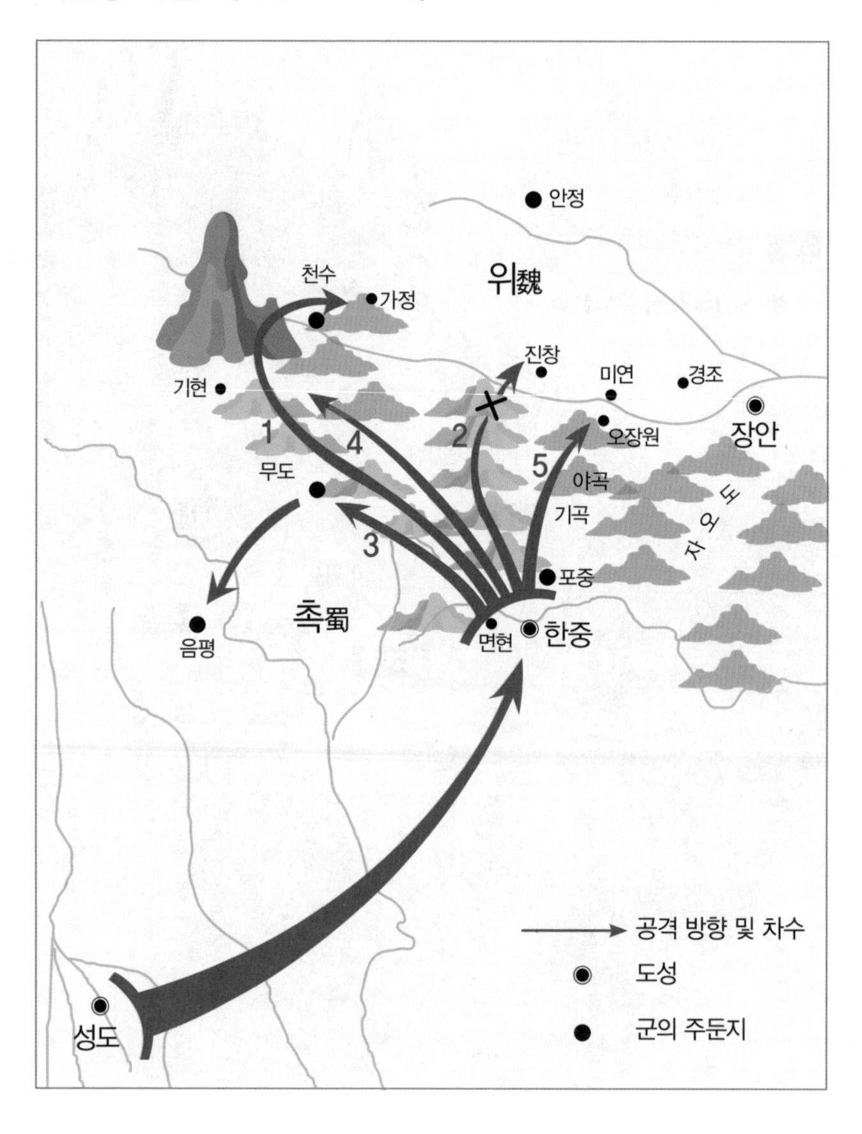

출사표 出師表

흔히 큰 시합이나 선거 등에 나서겠다는 의사를 밝힐 때 '출사표를 던지다.'고 표현한다. 출사표는 워낙 명 문장이어서 중국의 중등학교 교과서에도 예문으로 실려 있고 시험에도 자주 출제된다. 이 부분은 특별히 원문과 함께 실어 놓았다.

제 81 회

장비는 서둘러 원수 갚으려다 살해되고
선주는 아우의 원한을 씻으려 출병하다

急兄仇張飛遇害

雪弟恨先主興兵

선주가 동오를 치기 위해 군사를 일으키려 하자 조운이 간하기를: "나라의 역적은 조조이지 손권이 아닙니다. 조비가 한(漢)의 황제 자리를 찬탈하여 신과 사람이 모두 분노하고 있는 지금, 폐하께서 속히 관중(關中)을 도모하기 위해 군사를 위하(渭河) 상류에 주둔하시고 흉악한 역적을 토벌하십시오. 그러면 관동(關東)의 의사(義士)들은 틀림없이 양식을 싸들고 말에 채찍을 가하면서 폐하의 군사를 맞이할 것입니다.

만약 위를 그냥 두고 동오를 쳤다가 일단 싸움이 벌어지면 어찌 도중에 그만둘 수 있겠습니까? 부디 폐하께서는 깊이 살피시옵소서."

선주 曰: "손권이 짐의 아우를 해쳤고 또 부사인(傅士仁)·미방(糜芳)·반장(潘璋)·마충(馬忠) 등은 모두 이가 갈리는 원수들이네. 그들의 살을 씹어 먹고 그들의 종족을 멸하지 않으면 짐의 한이 풀리지 않을 것인데 경은 어찌하여 막으려고 하는가?"

조운 曰: "한 나라의 원수를 갚는 일은 공적인 일이지만 형제의 원수를 갚는 일은 사적인 일입니다. 부디 천하를 중히 여기시옵소서."

선주가 대답하기를: "짐이 아우의 원수를 갚지 못한다면 비록 만 리 강산을 손에 넣은들 무슨 소용이 있겠는가!"

선주는 끝내 조운의 간언을 물리치고 군사를 일으켜 동오를 정벌하라는 명을 내렸다. 또한 사자를 오계(五谿)로 보내 번방의 병사(番兵) 5만 명을 빌려 함께 싸우도록 하는 한편, 사람을 낭중(閬中)으로 보내 장비를 거기장군(車騎將軍) 사예교위(司隸校尉) 서향후(西鄕侯) 겸 낭중목(閬中牧)으로 봉했다. 사자는 조서를 가지고 떠났다.

한편 낭중에 있는 장비는 관공이 동오에 의해 살해되었다는 소식에 아침저녁으로 통곡을 그치지 않으니 피눈물이 옷깃을 적셨다. 수하 장수들이 술과 고기로 그를 위로하려 했으나 술에 취한 장비는 더 울화가 치밀어 막사 안팎에서 조금이라도 명령을 위반한 자는 장졸을 가리지 않고 사정없이 매질을 하니 그 바람에 맞아 죽는 자도 적지 않았다.

그는 매일처럼 남쪽을 바라보며 이를 갈며 고리눈을 부릅뜨고 한에 맺혀 노여워하다가 목 놓아 통곡을 했다. 그러던 어느 날 선주의 사자가 왔다는 보고에 황급히 나가서 그를 맞아들이니 사자가 조서를 읽었다.

벼슬과 작위를 받은 장비는 북쪽을 향해 엎드려 절을 올리고 술상을 내와 사자를 대접했다.

장비 曰: "우리 형님이 살해되어 내 원한이 바다보다 깊은데 조정의 신하들은 어찌하여 속히 군사를 일으키자고 주청하지 않는가?"

사자 曰: "많은 신하들은 우선 위부터 쳐 없앤 다음 동오를 치자고 하고 있습니다."

장비가 화를 내며 말하기를: "그게 무슨 소린가! 옛날 우리 셋이서 도원에서 결의할 때 생사를 함께하기로 맹세했소. 지금 불행히도 둘째 형님이 먼저 돌아가셨는데 내 어찌 홀로 부귀영화를 누리겠는가! 내 당장 천자를 뵙고 선두 부대의 선봉이 되어 상복을 입은 채로 동오를 쳐서 역적 놈을 사로잡아 둘째 형님 영전에 제물로 올려 지난날의 맹세를 지킬 것이오!"

말을 마친 장비는 곧바로 사자와 함께 성도로 향했다.

한편 선주는 출병 기일을 정해 놓고 매일 몸소 교련장에 나가 군사들을 훈련시키면서 군사를 일으켜 직접 어가를 타고 정벌에 나서려고 했다. 그래서 공경들이 모두 승상부로 몰려가서 공명에게 말하기를: "지금 천자께서 보위에 오르신지 얼마 되지 않으셨는데 친히 군사를 거느리고 가시는 것은 사직을 중히 여기는 처사가 아닙니다. 승상께서는 나라의 막중한 정무를 책임지고 계시면서 어찌하여 황제를 바르게 충고하지 않으십니까?"

공명 曰: "나도 여러 차례 애써 말렸지만 도무지 듣지 않으시오. 오늘 여러분들이 나와 함께 교련장으로 가서 다시 한 번 간곡히 말씀드려 봅시다."

공명이 백관들을 인솔하여 교련장으로 가서 선주에게 간하기를: "폐하께서는 이제 막 보위에 오르셨는데 북쪽의 한나라 역적 조비를 쳐서 천하에 대의를 펼치려 하실 때에만 비로소 친히 육사(六師: 천자의 군사)를 거느리실 수 있습니다. 만약 동오 하나만 정벌하시려면 상장 하나에게 명령을 내리시어 군사를 통솔하여 치도록 해도 될 일인데 어찌 어가를 몰고 몸소 나서려 하십니까?"

선주는 공명이 하도 간곡히 만류하자 잠시 마음이 움직이는 듯 했다. 그때 갑자기 장비가 왔다는 보고가 들어왔다. 선주는 급히 그를 불러들였다. 장비는 연무청(演武廳)에 들어오자마자 바닥에 엎드리더니 선주의 다리를 부여잡고 통곡을 했다. 선주 역시 함께 울었다.

장비 曰: "폐하께서 이제 군왕이 되시더니 지난날 도원에서의 맹세는 잊으셨소? 어째서 둘째 형님의 원수를 갚아주지 않으시오?"

선주 曰: "많은 관원들이 간곡히 말려 감히 경솔하게 움직이지 못했네."

장비 曰: "다른 사람들이 어찌 지난날 우리의 맹세를 알 리가 있겠소? 폐하께서 가시지 않으시면 신은 이 한 목숨 버리는 한이 있더라도 둘째 형님의 원수를 갚고야 말겠소. 만약 원수를 갚지 못한다면 신은 차라리 죽을지언정 폐하를 다시는 보지 않겠소."

선주 曰: "짐도 경과 함께 갈 것이다. 경은 휘하의 군사를 거느리고 낭주(閬州)에서 출발하도록 하라. 짐은 정예병을 거느리고 갈 터이니 강주(江州)에서 만나 함께 동오를 쳐서 이 한을 풀도록 하세."

장비가 떠나려 할 때 선주가 당부하기를: "짐이 평소 알기에 경은 술만 먹으면 거칠어져 성을 참지 못하고 장졸들을 매질하고 다시 그 사람을 가까이 두는데 그것은 화를 자초하는 일이네. 앞으로는 군사들을 너그럽게 대해 주도록 힘쓰고 예전처럼 그리 해서는 아니 되네."

장비는 하직 인사를 하고 돌아갔다.

다음 날 선주가 군사를 정비하여 떠나려 하는데 학사(學士) 진복(秦宓)이 아뢰기를: "폐하께서는 작은 의리를 지키기 위해 만승(萬乘: 황제의 자리)의 귀한 몸을 돌보지 않으시려 하시는데 이는 옛사람들도 취하지 않은 일이옵니다. 부디 폐하께서는 깊이 생각해 보시옵소서."

선주 曰: "운장과 짐은 한몸이나 다름없소. 이는 곧 대의(大義)인데 어찌 잊을 수가 있겠소?"

진복이 땅에 엎드린 채 계속 간하기를: "폐하께서 신의 말을 들어주지 않으시니 실로 일을 그르치지 않을까 두렵습니다."

선주가 몹시 화를 내며 말하기를: "짐이 이제 군사를 일으키려 하는데 네 어찌 그런 불길한 소리를 지껄인단 말이냐!"

좌우 무사들에게 즉시 진복을 끌어내어 목을 베라고 호령했다. 그러나 진복은 얼굴빛 하나 변하지 않은 채 오히려 선주를 돌아보며 웃으며 말하기를: "신은 죽어도 여한이 없습니다. 다만 새로 창업한 기업이 무너지게 될 일이 애석할 뿐입니다!"

여러 관원들이 모두 진복을 용서해달라고 간청을 하자 선주가 말하기를: "일단 옥에 가두어두어라. 짐이 아우의 원수를 갚고 돌아와 처리할 것이다."

이 소식을 들은 공명이 진복을 구하려고 즉시 표문을 올렸는데 그 내용은:

"신 양(亮) 등은 동오 역적이 간사하고 교활한 계책으로 형주가 망하는 화를 만들었고 장수별이 백두와 견우에서 떨어지게 했으며 하늘을 받치는 기둥(天柱: 관우)을 초(楚) 땅에서 꺾어지게 했으니, 이 애통한 마음을 어찌 말로 다 표현할 수 있으리까! 하지만 한(漢)을 세 조각으로 나눈 죄를 지은 자는 조조이며 유씨(劉氏)의 임금 자리를 바꾼 것 역시 손권이 아닙니다.

신의 생각으로는 만약 역적 위만 없애면 동오는 저절로 항복해 올 것입니다. 부디 폐하께서는 진복의 금석 같은 말을 가납하시어 군사의 힘을 더 기르신 후에 달리 좋은 계책을 도모하심이 사직을 위해서나 천하를 위해서도 이보다 다행이 없을 것이옵니다."

선주는 다 읽고 나서 표문을 땅에 던지며 말하기를: "짐의 뜻은 이미 굳어졌으니 더는 간하지 말라!"

마침내 선주는 제갈량에게는 태자를 보호하며 양천(兩川)을 지키라 명하고 표기장군 마초와 그의 동생 마대에게는 진북장군(鎭北將軍) 위연(魏延)을 도와 한중을 지키며 위군의 침입에 대비하게 했다. 호위장군 조운을 후군으로 삼으며 동시에 군량과 마초를 감독하게 했다. 그리고 황권(黃權)과 정기(程畿)를 참모로 삼아 마량(馬良)과 진진(陳震)은 문서를 관리하게 했다. 황충을 선두 부대의 선봉으로 삼고 풍습(馮習)과 장남(張南)을 부장으로, 부동(傅彤)과 장익(張翼)을 중군 호위로 각각 삼고, 조융(趙融)과 요순(廖淳)에게 후미를 맡겼다. 서천의 장수 수백 명과 오계(五谿)의 번장(番將: 이민족 장수) 등 모두 75만 명의 군사들은 장무(章武) 원년(서기 221년) 7월 병인일을 골라 출병했다.

한편 낭중으로 돌아온 장비는 군중에 명령을 내려 사흘 안에 흰 깃발과 흰 갑옷을 준비하고 모든 군사들은 상복을 입고 동오를 치러 갈 것이라고 지시했다.

다음 날 휘하의 말단 장수인 범강(范疆)과 장달(張達)이 막사 안으로 들어와 장비에게 고하기를: "흰 기와 흰 갑옷을 사흘 안에 마련하기는 어려우니 기한을 조금만 늘려주십시오."

장비가 크게 화를 내며 말하기를: "나는 형님의 원수를 급히 갚고 싶어 바로 내일 역적의 땅에 이르지 못하는 게 한스러운데 네놈들이 어찌 감히 나의 명령을 어기려 든단 말이냐!"

그러고는 무사들에게 그들을 나무에 묶어 놓고 각기 채찍으로 등을 50대씩 치라고 호령했다. 매질이 끝나자 장비는 손가락으로 그들을 가리키며 말하기를: "내일 안으로 모든 준비를 마치도록 해라. 만약 기한을 어기면 네놈들을 죽여 모두에게 본보기로 삼을 것이다!"

어찌나 심하게 매를 맞았던지 두 사람은 입으로 가득 피를 토하면서 간신히 영채로 돌아와 상의했다.

범강 曰: “오늘이야 이 정도로 처벌을 받았지만 우리가 무슨 수로 내일까지 깃발과 갑옷을 다 장만할 수 있겠는가! 그자의 불같은 성질에 내일 자네나 나나 다 그놈 손에 죽게 생겼네.”

장달 曰: “우리가 그놈 손에 죽을 바에야 차라리 우리가 먼저 그놈을 죽이면 되지 않겠나!”

범강 曰: “무슨 수로 그놈에게 접근한단 말인가?”

장달 曰: “우리 둘이 죽지 않을 운명이라면 그가 술에 취해 침상에 쓰러져 자고 있을 것이고, 우리가 죽을 운명이라면 그자가 취해 있지 않겠지.”

두 사람은 이렇게 상의를 마쳤다.

한편 막사 안에 있던 장비는 그날따라 정신이 혼란하고 행동거지조차 어질어질하여 부하 장수에게 묻기를: “내 지금 가슴이 두근거리고 살이 떨려, 앉으나 누우나 불안하기만 하니 대체 무슨 까닭이겠느냐?”

부장이 대답하기를: “그것은 군후께서 돌아가신 관공을 지나치게 그리워하다 보니 그런 것입니다.”

장비는 술을 내오라고 하여 부장과 함께 술을 마시다 보니 자기도 모르게 대취하여 막사 안에 드러누워 잠이 들었다.

범강과 장달은 이 소식을 알아내고 초경 무렵 각자 몸에 단검을 감추고 몰래 막사 안으로 들어가 중요한 기밀을 아뢸 일이 있다고 거짓말을 하고 곧바로 침상 앞에 이르렀다.

원래 장비는 잠을 잘 때도 눈을 뜨고 잔다. 두 사람이 장비를 보니 수염이 곧추서고 두 눈은 빤히 뜨고 있으니 처음에는 감히 손을 쓸 엄두를 내지 못했다. 그런데 곧 코를 고는 소리가 마치 천둥소리처럼 들리니 비로소 잠이 들어 있음을 확인한 두 사람은 가까이 다가가서 단도를 장비의 배에 힘껏 찔렀다.

장비는 외마디 비명을 한번 지르고 그 자리에서 죽고 말았으니 이때 그의 나이 쉰다섯이었다. 후세 사람이 그의 죽음을 탄식하여 지은 시가 있으니:

안희현에서는 일찍이 독우를 매질했고	安喜曾聞鞭督郵
황건적 소탕하여 한 황실에 공 세웠지	黃巾掃盡佐炎劉
호뢰관 위에서는 그 명성 먼저 떨치고	虎牢關上聲先震
장판교에서는 강물마저 거슬러 흘렀네	長坂橋邊水逆流
엄안을 의리로 놓아줘 촉 땅 수습하고	義釋嚴顔安蜀境
지모로 장합 속여 중주 땅도 평정했지	智欺張郃定中州
동오 치려고 서둘다가 몸 먼저 죽으니	伐吳未克身先死
가을 풀 낭중 땅에 애처로움만 남았네	秋草長遺閬地愁

그날 밤 장비를 죽인 두 사람은 그의 목을 베어 곧바로 따르는 부하 수십 명만 데리고 동오로 달아났다. 군중에서는 다음 날 아침이 되어서야 그 사실을 알고 군사를 일으켜 그들을 쫓아갔으나 잡지 못했다.

이때 장비의 수하에 오반(吳班)이라는 장수가 있었다. 그는 전에 형주에서 선주를 뵈러 간 적이 있었는데 그때 선주가 그를 아문장(牙門將)으로 기용하여 장비를 도와 낭중을 지키도록 했었다. 오반은 즉시 황제께 장비의 죽음을 알리는 표문을 올린 다음 장비의 장자 장포(張苞)로 하여금 관을 마련해 장비의 시신을 모시게 하고 그의 아우 장소(張紹)에게 낭중을 지키게 했다. 장포는 직접 선주에게 보고하러 갔다. 이때 선주는 이미 길일을 택하여 출병을 하였으며 대소 관원들은 모두 공명을 따라 성 밖 10리까지 나가 선주를 배웅을 했다.

急兄讐張飛遇害

성도로 돌아온 공명은 어쩐지 마음이 울적하여 관원들을 돌아보며 말하기를: “법효직(法孝直: 법정)이 살아 있으면 무슨 수를 써서라도 주상의 이번 동오 정벌을 막아냈을 것이오.”

이날 밤 선주는 심장이 두근거리고 살이 떨리면서 도저히 잠을 이룰 수 없었다. 막사에서 나와 하늘을 쳐다보는데 문득 서북쪽에서 말(斗)만한 크기의 별이 밝은 빛을 발하더니 갑자기 땅으로 떨어지는 것이 아닌가!

불길한 예감이 든 선주는 그날 밤 사람을 시켜 공명에게 물어보도록 했다.

공명이 답을 보내오기를: “틀림없이 상장군 한 명을 잃게 될 징조입니다. 사흘 안에 놀라운 소식이 있을 것입니다.”

그 말을 들은 선주는 군사를 움직이지 못하고 있는데 문득 가까이서 모시는 신하가 아뢰기를: “낭중에서 장 거기장군(張車騎將軍:장비)의 부장 오반이 사람을 보내와 폐하께 표문을 올렸습니다.”

선주는 발을 구르며 말하기를: “아, 아! 아우 익덕도 죽었구나!”

표문을 읽어 보니 과연 장비가 죽었다는 내용이었다. 선주는 대성통곡을 하다 그만 정신을 잃고 바닥에 쓰러지고 말았다. 관원들이 급히 달려들어 보살펴 겨우 깨어났다.

다음 날 한 무리의 군사들이 질풍처럼 달려오고 있다는 보고가 들어왔다. 선주가 영채를 나가보니 흰 전포에 은 갑옷 차림의 한 젊은 장수가 말안장에서 구르듯 내려와 땅에 엎드려 통곡을 했다. 장비의 맏아들 장포였다.

장포 曰: “범강과 장달이 신의 부친을 죽인 뒤 수급을 가지고 동오로 달아났습니다.”

슬픔을 이기지 못한 선주는 물 한 모금, 밥 한 톨 넘기지 못했다.

여러 신하들이 극력 간하기를: "폐하께서는 이제 두 아우의 원수를 갚아야 하는데 어찌 스스로 용체(龍體)를 망가뜨리려 하십니까?"

그제야 선주는 비로소 깨닫고 음식을 입에 대기 시작했다.

그리고 장포에게 말하기를: "네가 오반과 함께 본부 군사를 이끌고 선봉이 되어 아비의 원수를 갚지 않겠느냐?"

장포 曰: "나라와 아비를 위하는 길인데 만 번을 죽는다 한들 사양하겠습니까?"

선주가 장포를 선봉부대의 대장으로 막 출발시키려 하는데 또다시 한 무리의 군사들이 바람을 몰고 달려오고 있다고 알려 왔다. 선주는 즉시 가까이 있는 신하에게 누구인지 알아보게 했다. 잠시 후 신하가 흰색 전포에 은 갑옷을 입은 젊은 장수 한 사람을 데리고 들어왔는데 그 역시 영채로 들어오자마자 땅에 엎드려 울음을 터뜨렸다. 그는 바로 관공의 아들 관흥이었다.

관흥을 본 선주는 관공 생각이 나서 또 대성통곡을 했다. 여러 관원들이 그만 진정하시라고 권하니 선주가 말하기를: "짐이 포의(布衣: 벼슬이 없는 선비) 시절, 관우·장비와 의형제를 맺고 생사를 함께 하기로 맹세했다. 그동안 숱하게 많은 죽을 고비를 넘겨가며 고생 끝에 이제 짐이 천자가 되어 비로소 두 아우와 부귀를 누리려 했건만 불행히도 모두 비명에 죽고 말다니! 이 두 조카를 보니 실로 창자가 끊어지는 듯하구나!"

말을 마친 선주는 또다시 통곡을 했다.

여러 관원들이 말하기를: "두 젊은 장수들은 잠시 물러가시어 성상(聖上)께서 용체를 쉬시도록 해 주시오."

가까이에서 모시는 신하가 아뢰기를: "폐하께서는 이미 예순을 넘기셨습니다. 지나치게 애통해 하시면 용체를 상하실 것입니다."

선주 曰: "두 아우가 모두 죽었는데 짐이 어찌 혼자 살아있을 수 있겠는가!"

그러더니 머리를 땅에 부딪치며 울었다.

여러 관원들이 상의하며 말하기를: "황제께서 저토록 괴로워하고 계시니 어찌 슬픔을 풀어드리면 좋겠소?"

마량 曰: "주상께서 동오를 정벌하기 위해 친히 대군을 거느리고 나섰는데, 하루 종일 울고 계시는 것은 군사들의 사기에도 이롭지 못할 것이오."

진진 曰: "내 듣기로 성도의 청성산(青城山) 서쪽에 숨어 사는 분이 있다고 합니다. 그의 성은 이(李)고 이름은 의(意)라 하는데 들리는 말로는 그의 나이가 이미 3백 살이 넘었답니다. 그는 사람의 생사와 길흉을 미리 내다보는 당세의 신선으로 통한다는데 황제께 아뢰어 그 노인을 청해 길흉을 물어보는 것이 우리가 드리는 어떤 위로의 말보다 더 나을 것 같습니다."

그들이 들어가 선주께 아뢰니 선주는 그 말에 따라 진진에게 조서를 내려 청성산으로 가서 그 노인을 모셔 오도록 했다.

진진은 밤낮으로 달려 청성산에 이르렀다. 그곳에 사는 사람에게 부탁하여 길을 안내 받아 산골짜기 깊숙이 들어갔다. 멀리서 그 신선의 집이 보이는데 주위에 맑은 구름이 드리워져 있고 상서로운 기운이 감돌아 예사롭지 않았다.

그때 문득 어린 동자 하나가 나와서 묻기를: "혹시 진효기(陳孝起: 진진) 어른이 아니십니까?"

깜짝 놀란 진진이 말하기를: "선동(仙童)은 어찌 내 성과 자를 아는가?"

동자 曰: "저의 사부께서 어제 말씀하셨어요. 오늘 황제의 조서가 당도할 것인데 틀림없이 사자로 진효기가 올 것이라고 했지요."

진진 曰: "참으로 신선이 아니신가! 사람들의 말이 거짓이 아니었구나!"

진진은 동자와 함께 선장(仙莊)으로 들어가 이의를 만나 보고 황제의 조서를 전하며 함께 가지고 청했다. 그런데 뜻밖에 이의는 늙었다는 핑계로 산을 내려가려 하지 않았다.

진진 曰: "천자께서는 급히 선옹(仙翁)을 뵙고 싶어 하시니 부디 한 번만 무거운 발걸음을 수고해 주십시오."

진진이 재삼 청하니 이의는 그제야 길을 나섰다.

황제의 영채에 이르러 선주를 뵈었다. 선주가 보니 그는 학처럼 흰 머리카락에 어린애 같은 얼굴(鶴髮童顔)에 파란 눈에 네모난 눈동자(碧眼方瞳)에서는 광채가 뿜어져 나왔다. 또 그 몸매는 오래된 잣나무처럼 꼿꼿한 모습이 한 눈에 봐도 범상치 않은 인물임을 알 수 있었다.

선주가 예를 다해 정중히 모시자 이의가 말하기를: "이 늙은이는 험한 산속에 묻혀 사는 촌사람인지라 배운 것도 없고 아는 것도 없는데 황공하옵게도 폐하의 부르심을 받았으니 어떤 말씀을 내리시려 하시는지요?"

선주 曰: "짐은 관우·장비와 생사를 함께하기로 결의한 지 30년이 되었소. 지금 두 아우가 해를 입어 짐이 직접 대군을 거느리고 가서 원수를 갚으려 하는데 그 길흉이 어떤지 모르겠소이다. 선옹께서 현묘한 이치를 꿰뚫고 계신다 하여 가르침을 받고자 이렇게 청했습니다."

이의 曰: "그것은 천수(天壽)에 관한 일이라 이 늙은이도 알 수가 없습니다."

선주가 거듭 청하니 이의는 마침내 종이와 붓을 가져오게 하여 군마(軍馬)와 병기(兵器) 등을 40여 장이나 그리더니 곧바로 한 장 한 장 다 찢어버리는 것이 아닌가! 또 큰 사람이 땅에 누워 있는데 그 곁에 있는 사람이 큰 사람을 묻으려고 땅을 파고 있는 그림을 그리고 그 위에 '흰 백(白)' 자를 큼직하게 쓰더니 머리를 조아려 절을 하고 그대로 떠나가 버렸다.

마음이 언짢아진 선주가 여러 신하들에게 말하기를: "미치광이 늙은이가 아닌가! 이런 늙은이를 어찌 믿겠는가!"

선주는 즉시 그림을 불살라 버리고 곧바로 군사들을 재촉하여 앞으로 나아갔다.

장포가 들어와서 아뢰기를: "오반의 군사들도 이미 당도했는데 부디 소신을 선봉으로 삼아주십시오."

선주는 그의 뜻을 가상히 여겨 즉시 장포에게 선봉의 인수를 내렸다. 장포가 막 인수를 걸려고 하는데 또 한 명의 젊은 장수가 분연히 나서며 말하기를: "그 인수를 내게 넘겨라!"

그는 관흥이었다.

장포 曰: "내 이미 폐하의 명을 받았느니라!"

관흥 曰: "네가 무슨 능력이 있다고 선봉을 맡는단 말이냐?"

장포 曰: "나는 어려서부터 무예를 배워서 화살을 쏘아 표적을 빗나간 적이 한 번도 없다."

선주 曰: "짐은 조카들의 무예를 보고 나서 그 우열에 따라 선봉을 정할 것이다."

장포가 군사에게 백보 밖에 깃발을 세우고 기 가운데 홍심(紅心)을 그리라고 지시했다. 그리고 장포가 활을 잡고 연거푸 세 대의 화살을 날렸는데 전부 다 홍심에 맞혔다. 이를 지켜본 사람들이 모두 감탄했다.

관흥이 손에 활을 쥐고 말하기를: "홍심을 쏘아 맞추는 것쯤이야 무엇이 기이한가!"

마침 말을 하고 있는데 머리 위로 기러기들이 줄을 지어 날아갔다. 관흥이 기러기를 가리키며 말하기를: "나는 저기 날아가는 세 번째 기러기를 맞힐 것이다."

관흥이 화살을 날려 보내자 세 번째 기러기는 시위소리와 함께 정통으로 맞아 땅에 떨어졌다. 문무 관원들이 일제히 환호성과 함께 박수를 보냈다.

잔뜩 화가 난 장포가 몸을 날려 말에 오르더니 아버지가 쓰던 장팔사모를 휘두르며 큰 소리로 외치기를: "네 감히 나와 무예를 겨루어보겠느냐?"

관흥 역시 말에 올라 집안 대대로 전해 내려오는 대감도(大砍刀)를 휘두르며 달려 나오며 말하기를: "네가 창을 쓴다면 내 어찌 칼을 쓰지 않겠느냐!"

두 젊은 장수가 막 싸우려고 할 때 선주가 큰 소리로 꾸짖기를: "두 아이는 더 이상 무례하게 굴지 마라!"

관흥과 장포가 황급히 말에서 내려 그들이 소지하고 있던 칼과 창을 버리고 엎드려 죄를 청했다.

선주 曰: "짐은 탁군에서 너희들의 부친과 비록 성은 다르지만 형제의 의를 맺은 이후 지금까지 친형제보다 더 가깝게 지냈느니라. 이제 너희 둘도 곤중(昆仲: 형제)이나 다름없으니 마땅히 한마음으로 힘을 합쳐 함께 부친의 원수를 갚아야 할 터인데 어찌 너희들끼리 다투어 큰 뜻을 저버리려 하느냐? 부친께서 돌아가신지 얼마나 되었다고 벌써부터 이 모양이니 나중에는 오죽 하겠느냐?"

두 사람은 다시 한 번 엎드려 절을 하며 용서를 구했다.

선주가 묻기를: "너희 둘 중에 누가 나이가 많으냐?"

장포 曰: "신이 관흥보다 한 살 많습니다."

선주는 즉시 관흥으로 하여금 장포에게 절을 올리고 형이라고 부르도록 했다.

두 사람은 즉시 막사 앞에서 화살을 꺾으며 영원히 서로 도우기로 맹세했다.

선주는 조서를 내려 오반을 선봉으로 삼고 장포와 관흥은 황제의 어가를 호위하도록 했다. 그리고 땅에서는 말들이, 강에서는 배들이 나란히 줄을 지어 기세등등하게 동오를 향해 쳐들어 갔다.

한편 장비의 수급을 가지고 동오로 달아난 범강과 장달은 손권을 찾아가서 그동안 있었던 일들을 상세히 고했다. 그 말을 듣고 두 사람의 항복을 받아들인 손권은 백관들에게 말하기를: "지금 유현덕이 황제의 자리에 올라 친히 정예병 70만 명을 거느리고 쳐들어오고 있는데 그 기세가 대단하오. 이제 우리는 어찌해야 되겠소?"

깜짝 놀란 백관들은 모두 얼굴색이 새파랗게 질려 서로의 얼굴만 쳐다볼 뿐 아무 말이 없었다.

그때 제갈근이 나서며 말하기를: "저는 군후의 녹을 먹은 지 오래 되었지만 그동안 한 번도 공을 세우지 못했습니다. 이번에 남은 목숨을 버리는 한이 있더라도 제가 직접 가서 촉의 주인을 만나서 이해득실을 따져 두 나라가 서로 화목하게 지내며 함께 조비의 죄를 추궁하도록 설득해 보겠습니다."

손권은 크게 기뻐하며 즉시 제갈근을 사자로 삼아 선주에게 가서 군사를 물리도록 설득하게 했다.

이야말로:

두 나라가 서로 싸워도 사자는 왕래했는데 兩國相爭通使命
한마디 말로 어려움 풀려면 그에게 달렸네 一言解難賴行人

제갈근의 이번 걸음이 어찌 될지 궁금하거든 다음 회를 기대하시라.

제 82 회

손권은 위나라에 항복하여 구석을 받고
선주는 오를 치고 전군에 큰 상을 주다

孫權降魏受九錫

先主征吳賞六軍

장무(章武) 원년(서기 221년)가을 8월, 대군을 일으킨 선주는 기관(夔關)에 이르자 어가는 백제성(白帝城)에 주둔했으며 선두부대는 이미 천구(川口)를 지나가고 있었다.

그때 측근 신하가 아뢰기를: “동오의 사자 제갈근이 왔습니다.”

선주는 제갈근을 들여보내지 말라고 명령했다.

황권이 아뢰기를: “제갈근의 아우가 우리 촉의 승상으로 있습니다. 그가 왔을 때는 필시 무슨 까닭이 있을 터인데 폐하께서는 어찌하여 만나주지 않으십니까? 불러들여 일단 그가 무슨 말을 하는지 들어 보시고 따를 만하면 따르되 따를 수 없을 것 같으면 그의 입을 빌려 폐하의 뜻을 손권에게 전하게 하시어 우리가 죄를 묻는 명분이 있음을 알리도록 하십시오.”

선주는 그의 말에 따라 제갈근을 성 안으로 들어오게 했다.

제갈근이 들어와 땅에 엎드려 절을 하자 선주가 묻기를: “자유(子瑜: 제갈근)는 무슨 일로 여기까지 오신 것이오?”

제갈근 日: "신의 아우가 오랫동안 폐하를 섬기고 있으니 신은 목숨을 버릴 각오로 형주의 일을 아뢰기 위해 왔습니다. 전에 관공이 형주에 있을 때 오후께서는 여러 차례 청혼했지만 관공은 거절하였습니다. 후에 관공이 양양을 취하자 조조는 여러 번 오후께 서신을 보내 형주를 공격하게 했지만 오후는 그것을 허락하지 않았는데 평소 관공과 사이가 좋지 않던 여몽이 제멋대로 군사를 일으킴으로써 그만 일을 그르치고 말았습니다.

지금 오후께서는 후회해도 이미 돌이킬 수 없는 일이 되고 말았으니 이는 모두 여몽의 죄이지 오후의 허물이 아닙니다. 지금 여몽은 이미 죽어 원수는 풀렸고 또한 손 부인께서도 늘 폐하께 돌아가시길 바라셨습니다.

그래서 오후께서는 신을 사자로 보내시면서 부인을 돌려보내고 항복한 장수들을 묶어 돌려보내며 또 형주도 원래대로 돌려드리고 영원히 좋은 동맹 관계를 맺고 함께 조비를 쳐서 찬역(簒逆)한 저들의 죄를 다스리자고 하셨습니다."

선주가 화를 내며 말하기를: "너희 동오는 내 아우를 해쳐놓고 이제 와서 감히 그따위 교묘한 말로 나를 설득하려 하느냐?"

제갈근 日: "신은 그저 일의 경중(輕重)과 대소(大小)를 헤아려 폐하께 말씀드리는 것입니다. 폐하께서는 한(漢) 황실의 황숙이십니다. 지금 한 황실은 이미 조비에게 찬탈당하셨는데 조비를 없앨 생각은 하지 않고 도리어 성이 다른 형제를 위해 만승(萬乘)의 귀하신 몸을 굽히려 하시니, 이는 대의(大義)를 버리고 소의(小義)를 취하는 것이옵니다.

또한 중원은 나라의 중심 땅이고 장안과 낙양은 모두 대한(大漢)이 기업을 일으켜 세우신 곳인데 폐하께서는 이를 취하려 하지 않으시고 단지 형주를 다투려하시니 이는 귀중한 것을 버리고 사소한 것을 취하는 것과 무엇이 다르겠습니까?

천하 사람들은 모두 폐하께서 황제의 자리에 오르셨으니 반드시 한 황실을 다시 일으켜 세우시고 산하(山河)를 회복하실 것으로 알고 있는데, 지금 폐하께서는 위의 죄는 묻지 않으시고 오히려 동오를 치려하시니 이는 폐하께서 취하실 바가 아니라고 생각됩니다."

선주가 버럭 화를 내며 말하기를: "내 아우를 죽인 원수와 한 하늘을 이고 살 수는 없느니라! 짐이 군사를 물리기를 바란다면 그것은 짐이 죽은 뒤에나 가능할 것이다. 당장 네 목을 치고 싶지만 그러지 않는 것은 승상의 체면을 생각했기 때문이니라! 이번만은 살려 보내 줄 것이니 돌아가서 손권에게 목을 씻고 칼 받을 준비나 하고 있으라고 전하라!"

제갈근은 선주가 무슨 말을 해도 듣지 않을 것임을 알고 하는 수 없이 강남으로 돌아갈 수밖에 없었다.

한편 장소는 손권에게 말하기를: "제갈자유는 촉의 군세가 큰 것을 보고 짐짓 강화를 구실로 동오를 배신하고 촉으로 들어가려는 것입니다. 이번에 가면 그는 틀림없이 돌아오지 않을 것입니다."

손권 曰: "나는 자유와 생사를 함께 하기로 맹세한 바가 있으니 내가 그를 저버리지 않는 한, 자유 역시 나를 저버리지는 않을 것이오. 지난날 자유가 시상(柴桑)에 있을 때 공명이 동오에 찾아온 적이 있소. 그때 내가 자유에게 공명을 붙들어 내 사람으로 만들어 보라고 했더니 자유가 말하기를, '제 아우는 이미 현덕을 섬기고 있으니 의리로 보아 두 마음을 가질 리 없습니다. 아우가 이곳에 남지 않으려 하는 것은 제가 그곳으로 가지 않는 것과 같은 것입니다.' 라고 하더군. 이 말을 듣고 나는 그가 어떤 마음으로 이곳에 있는지를 알 수 있었소. 그런 그가 어찌 촉에 항복하겠소? 나와 자유는 그런 정신으로 깊이 교감하고 있으니 다른 사람이 무슨 말을 해도 우리 사이를 이간시킬 수는 없을 것이오."

이런 이야기를 나누고 있을 때 제갈근이 돌아왔다는 보고가 들어왔다.

손권 曰: "보시오. 내 말이 어떻소?"

장소는 얼굴 가득 부끄러움을 감추지 못하고 물러갔다.

제갈근이 손권에게 선주가 화해의 뜻이 전혀 없음을 전하니 손권은 크게 놀라 말하기를: "그렇다면 강남이 위험에 빠진 것이 아니오!"

계단 아래에서 한 사람이 나서며 말하기를: "제게 한 가지 계책이 있으니 이 위험을 능히 해결할 수 있습니다."

그는 바로 중대부(中大夫) 조자(趙咨)였다.

손권 曰: "덕도(德度: 조자)는 어떤 좋은 계책이 있는가?"

조자 曰: "주공께서 표문 한 장을 써서 저를 사자로 보내 주시면 위제(魏帝) 조비를 찾아가 이해관계로 따져 그가 한중을 습격하도록 하겠습니다. 그러면 촉군은 저절로 위험에 빠지게 됩니다."

손권 曰: "그 계책이 좋기는 하지만 경이 이번에 가거든 결코 동오의 기상을 잃게 해서는 아니 되오."

조자 曰: "만약 사소한 실수라도 있으면 강물에 몸을 던져 죽을지언정 다시는 강남으로 돌아오지 않을 것입니다."

손권은 크게 만족하며 곧바로 자신을 신(臣)으로 칭하는 표문을 써서 조자에게 주어 사신으로 보냈다.

밤낮으로 달려 허도에 도착한 조자는 먼저 태위(太尉) 가후(賈詡) 등과 대소 관원들을 만나 보았다.

다음 날 아침 조회에서 가후가 반열에서 나와 아뢰기를: "동오에서 중대부 조자가 표문을 가지고 왔습니다."

조비가 웃으며 말하기를: "촉의 군사를 물리쳐 달라는 게 아니겠는가!"

즉시 동오의 사자를 불러들이니 조자는 조정의 붉은 섬돌 아래 엎드려 절을 올렸다. 표문을 읽어본 조비가 조자에게 묻기를: "손권은 어떤 군주인가?"

조자 曰: "총명하고 인자롭고 지혜로우시며 웅대한 지략까지 갖춘 주인이십니다."

조비가 비웃으며 말하기를: "경의 칭찬이 너무 지나치지 않은가?"

조자 曰: "절대 지나치지 않습니다. 오후께서는 노숙(魯肅)을 일반 보통 사람들 중에서 등용하였으니 이는 그의 귀가 밝음(聰)이요, 여몽(呂蒙)을 군사들 중에서 발탁하였으니 이는 곧 그가 눈이 밝음(明)이며, 우금을 잡았지만 그를 해치지 않았으니 이는 그가 어질기(仁) 때문이며 형주를 손에 넣으면서도 칼에 피를 묻히지 않으셨으니 이는 그가 지혜롭기(智) 때문입니다.

또한 삼강(三江)을 차지하고 천하를 범처럼 노리고 있으니 이는 그의 뜻이 웅대(雄)하기 때문이며 폐하께 몸을 굽혀 신하를 자청하는 것은 그에게 지략(略)이 있기 때문 아니겠습니까?

이로써 논한다면 어찌 밝고 어질며 지혜롭고 웅대한 뜻을 지닌 지략이 있는 주인이 아니겠습니까?"

조비가 또 묻기를: "오주(吳主)는 학문을 아는가?"

조자 曰: "저의 주인께서는 장강에 일만 척의 배를 띄우시고 땅에는 갑옷을 입은 백만 군사를 거느리고 있으며 현명하고 능력 있는 자를 골라 일을 맡기시며, 천하를 경영하는데 뜻을 두고 계신지라, 조금이라도 한가한 틈이 생기면 많은 서책과 사적(史籍)를 두루 읽으시되 그 중요한 뜻을 받아들이실 뿐, 보통 서생들처럼 좋은 문장이나 찾고 시구나 외우지 않으십니다."

조비 曰: "짐은 동오를 정벌하려고 하는데 그래도 되겠는가?"

조자 曰: "대국이 소국을 정벌할 군사가 있다면, 소국은 그것을 방비할 계책이 있습니다."

조비 曰: "동오는 위를 두려워하는가?"

조자 曰: "갑옷을 입은 군사가 백만이요, 장강과 한수를 늪으로 삼는데 두려울 게 뭐 있겠습니까?"

조비 曰: "동오에는 대부와 같은 사람이 얼마나 있는가?"

조자 曰: "총명하고 특별히 뛰어난 자는 8~9십 명이고 신과 같은 무리는 수레로 싣고 말(斗)로 헤아릴 정도로 많아 그 수를 셀 수 없을 만큼 많습니다."

조비가 감탄하며 말하기를: " '사방의 나라에 사신으로 가서 임금의 명에 욕되게 하지 않는다(使於四方, 不辱君命).'[1]라고 했는데 바로 그대를 두고 한 말이로다!"

조비는 즉시 태상경(太常卿) 형정(邢貞)에게 책봉 문서를 가지고 동오로 가서 손권을 오왕(吳王)에 봉하고 구석(九錫)을 내리도록 명했다. 조자는 그 은혜에 감사하다는 인사를 하고 성을 나왔다.

대부 유엽이 간하기를: "이번에 손권이 사자를 보낸 것은 촉의 군사의 기세가 두려워 항복을 청하러 온 것입니다. 신의 소견으로는 촉과 오가 싸우는 것은 곧 하늘이 그들을 멸망시키려는 것입니다. 지금 만약 상장군 한 사람이 몇 만 명의 군사만 이끌고 장강을 건너 습격하게 되면, 촉은 그 밖을 공격하고 위는 그 안을 치니 동오는 열흘도 못 버티고 무너지고 말 것입니다. 동오가 망하고 나면 촉은 바로 고립될 터인데 폐하께서는 어찌하여 서둘러 도모하지 않으십니까?"

조비 曰: "손권이 이미 예를 갖추어 짐에게 복종했는데 짐이 동오를 친다면 이는 장차 짐에게 항복하려는 천하의 모든 사람들의 마음을 꺾

---

1 논어의 자로편에 나오는 말. 약자 주.

게 될 것이오. 그러니 차라리 그를 받아 주는 것이 옳지 않겠소."

유엽이 다시 말하기를: "손권의 재주가 비록 뛰어나다고 하나 그의 벼슬은 이미 망해버린 한(漢)의 표기장군 남창후(南昌侯)에 지나지 않습니다. 벼슬이 낮으면 그 세력 또한 미약해 계속 중원을 두려워할 것입니다. 그러나 만약 그를 왕으로 높여 주면 그는 폐하보다 고작 한 계급 아래일 뿐입니다. 지금 폐하께서 그의 거짓 항복을 믿으시고 그의 지위를 왕으로 높여 주는 것은 범에게 날개를 달아주는 격입니다."

조비 曰: "그렇지 않소. 짐은 오를 돕지 않을 것이며 그렇다고 촉도 돕지 않을 것이오. 오와 촉이 서로 싸우는 것을 구경하면서 둘 중 하나가 망하게 되고 한 나라만 남게 되면 그때 가서 그를 없애 버리면 무슨 어려움이 있겠소? 짐의 뜻은 이미 결정되었으니 경은 더는 나서지 마시오."

마침내 조비는 태상경 형정에게 조자와 함께 책봉 문서와 구석을 받들고 동오로 가도록 했다.

한편 손권은 백관을 모아 놓고 촉의 군사를 막을 계책을 논의하고 있었다. 그때 갑자기 보고가 들어오기를: "위제께서 주공을 왕으로 봉하셨으니 마땅히 예를 갖추어 속히 영접하라고 하십니다."

고옹(顧雍)이 간하기를: "주공께서는 마땅히 상장군 구주백(九州伯)의 지위를 스스로 칭하셔야지 위제의 작위를 받아서는 아니 됩니다."

손권 曰: "옛날 패공(沛公: 한 고조 유방)도 항우(項羽)가 주는 작위를 받지 않았소? 그때도 당시 형편이 그랬기 때문에 그런 것이고 지금 나도 조비에게 복종하겠다고 하였으니 굳이 주겠다는 작위를 거절할 까닭이 없지 않소."

손권은 백관을 거느리고 성을 나가 사자를 영접했다. 형정은 자신이 상국의 사자임을 으스대며 수레에서 내리지 않고 그냥 성 안으로 들어가려 했다.

장소가 크게 화를 내며 날카로운 목소리로 말하기를: " '예의는 공경함이 없어서는 아니 되고 법은 엄숙함이 없으면 아니 된다(禮無不敬, 法無不肅).'고 하였소. 그런데 그대는 감히 이렇게 거들먹거리다니, 어찌 우리 강남에는 칼 한 자루도 없겠느냐?"

그제서야 깜짝 놀란 형정은 황급히 수레에서 내려 손권을 뵙고 그와 수레를 나란히 하여 성안으로 들어갔다.

그때 갑자기 수레 뒤에서 한 사람이 대성통곡을 하면서 말하기를: "우리가 주공을 위해 목숨을 내던지며 위를 아우르고 촉을 삼키지 못해 주공으로 하여금 남의 봉작을 받게 했으니 이런 치욕이 어디 있겠는가!"

사람들이 보니 그는 서성(徐盛)이었다.

그 말을 들은 형정은 감탄하여 말하기를: "강동의 장수와 재상이 이러하니 손권은 결코 남의 밑에 오래 있을 사람이 아니구나!"

한편 봉작을 받은 손권은 모든 문무 관원들의 하례를 받은 뒤 진귀한 옥구슬 등의 예물을 마련하여 위 황제의 은혜에 감사의 뜻을 전할 사신을 보냈다.

바로 그때 첩자가 보고하기를: "촉주(蜀州: 유현덕)가 본국의 대군을 거느리고 만왕(蠻王) 사마가(沙摩柯)의 군사 수만 명과 동계(洞溪)의 한나라 장수 두로(杜路)와 유녕(劉寧)의 두 부대 군사들까지 합세하여 수로와 육로로 동시에 밀고 내려오고 있는데 그 위세가 천지를 뒤흔들고 있습니다. 수로로 오는 군사는 이미 무협(巫峽) 입구를 지났으며, 육로로 오는 군사는 자귀(秭歸)에 이르렀습니다."

이때 손권은 비록 왕위에 올랐지만 위주(魏主: 조비)가 군사를 지원해 주지 않으니 어찌하겠는가!

손권이 여러 문무 관원들에게 묻기를: "촉군의 세력이 그토록 크다 하니 어찌하면 좋겠소?"

관원들 모두 서로의 얼굴만 쳐다볼 뿐 누구 하나 말이 없었다.

손권이 탄식하며 말하기를: "주랑(周郎: 주유) 후에는 노숙(魯肅)이 있었고, 노숙 후에는 여몽(呂蒙)이라도 있었는데, 이제 여몽마저 죽고 나니 나와 걱정을 나눌 사람이 아무도 없구나!"

미처 그 말이 끝나기도 전에 문득 반열에서 한 소년 장수가 분연히 나오더니 땅에 엎드려 아뢰기를: "신이 비록 나이는 어리지만 병서는 꽤 읽었으니 군사 수만 명만 내어 주시면 촉군을 쳐부수겠습니다."

손권이 보니 그는 손환(孫桓)이었다. 손환의 자는 숙무(叔武)로 그의 부친 손하(孫河)는 원래 성이 유씨(俞氏)였다. 손책이 그를 몹시 아껴 손씨 성을 하사하여 손하 역시 오왕(吳王)의 종족이 된 것이다. 손하는 아들 넷을 두었는데 손환은 그중 맏이였다. 그는 활쏘기와 말 타기에 능숙하여 오왕이 출정할 때마다 늘 따라다니며 놀라운 공을 세워 무위도위(武衛都尉) 벼슬에 올랐으며 그때 나이 25세였다.

손권 曰: "너는 저들을 이길 무슨 계책이 있느냐?"

손환 曰: "신에게는 두 명의 장수가 있습니다. 한 사람은 이이(李異)이고 또 한 사람은 사정(謝旌)입니다. 둘 다 1만 명을 당해 낼 만한 용맹함이 있으니, 신에게 군사 수만 명만 내어 주시면 가서 유비를 사로잡아 오겠습니다."

손권 曰: "조카가 비록 영용하다고 하나 아직 나이가 어리니 반드시 곁에서 도와줄 사람이 있어야 한다."

호위장군(虎威將軍) 주연(朱然)이 나서며 말하기를: "신이 손 장군과 함께 가서 유비를 사로잡도록 하겠습니다."

손권이 이를 허락하여 수군과 육군 5만 명을 내어 주며 손환은 좌도독으로, 주연을 우도독으로 삼아 그날로 군사를 일으켰다. 정탐꾼은 촉의 군사들이 이미 의도(宜都)에 이르러 영채를 세웠다고 알려왔다. 손환은 군사 2만 5천 명을 이끌고 의도의 경계 지역까지 가서 주둔하면서 영채를 앞뒤로 세 군데로 나누어 세워 촉의 군사를 막기로 했다.

한편 촉장의 선봉장 오반은 성도를 떠나온 이후 이르는 곳마다 사람들은 소문만 듣고도 모두 항복해 오니 군사들의 칼날에 피 한방울 묻히지 않고 곧바로 의도에 이르렀다.

오반은 손환이 의도 경계에 영채를 세웠음을 알아내서 즉시 선주에게 보고했다. 이때 선주는 이미 자귀에 도착해 있었는데 이 보고를 받은 선주는 화를 내며 말하기를: "그까짓 애송이가 어찌 감히 짐에게 대항하려 하는가!"

관흥이 아뢰기를: "손권이 이런 어린놈을 장수로 내세웠으니 폐하께서 굳이 대장을 내보내실 필요 없이 신이 가서 그 애송이를 사로잡아 오겠습니다."

선주 曰: "짐은 마침 너의 장한 기개를 보고 싶었느니라."

즉시 관흥에게 출정 명령을 내렸다. 관흥이 감사의 인사를 하고 떠나려 하자 장포가 나서며 말하기를: "기왕에 관흥을 보내신다면 신도 함께 가고 싶습니다."

선주 曰: "두 조카가 함께 가는 것이 좋겠다. 다만 신중하게 행동해야지 경솔해서는 안 된다."

두 사람은 선주에게 절을 하고 물러나와 선봉 부대와 합류하여 함께 진군해 진을 쳤다.

손환은 촉의 대군이 이르렀다는 말을 듣고 세 영채의 군사를 모두 이끌고 나왔다. 양쪽 진영이 둥그렇게 마주보고 진을 친 후 손환이 이이와 사정을 거느리고 나와 문기 아래에 말을 세우고 보니 촉의 진영에서 대장 둘을 에워싸고 나오는데 두 명 다 은 갑옷에 은 투구를 쓰고 백마를 타고 백기를 들고 있었다. 왼편의 장포는 장팔점강모(丈八點鋼矛)를 들고 있고 오른편 관흥은 대감도(大砍刀)를 비켜들고 있었다.

장포가 큰 소리로 꾸짖기를: "손환 이 더벅머리 애송이야! 죽음이 코앞인데 아직도 감히 천자의 군사에 맞서려 하느냐!"

손환 역시 욕을 하기를: "네 아비는 이미 머리 없는 귀신이 되었는데 이제 네놈까지 와서 죽여 달라고 하는 게냐. 참으로 어리석은 놈이구나!"

장포가 크게 화를 내며 창을 꼬나들고 손환을 향해 달려들자 손환의 뒤에 있던 사정이 급히 말을 달려와서 맞서 싸웠다. 두 장수가 30여 합을 싸웠는데 사정은 더 이상 당해내지 못하고 달아났다. 장포는 이긴 기세를 타고 쫓아갔다. 사정이 패하고 돌아오는 것을 본 이이가 황급히 말을 몰아 금칠한 도끼를 휘두르며 장포를 막았다. 장포는 다시 이이와 20여 합을 싸웠지만 승부가 나지 않았다.

오군 속에서 비장 담웅(譚雄)이 장포가 용맹하여 이이가 이기지 못하는 것을 보고 슬며시 활을 들어 화살 한 대를 날려 장포가 타고 있는 말을 맞추었다. 고통을 참으며 본진으로 돌아오던 그 말은 문기 옆에 이르러 결국 땅에 쓰러지면서 장포 역시 땅에 뒹굴고 말았다. 이이가 급히 달려와 도끼로 장포의 머리를 내리 찍으려는 순간 갑자기 한 줄기 붉은 빛이 번쩍이더니 도리어 이이의 목이 땅에 떨어지는 것이 아닌가!

이이의 목을 벤 사람은 바로 관흥이었다. 원래 관흥은 장포의 말이 돌아오는 것을 보고 즉시 도와주러 나갔다. 그런데 갑자기 장포의 말이 쓰러지고 이이가 그 뒤를 쫓아오는 것을 보고 관흥이 호통을 치면서 이이를 단칼에 베어 말 아래로 떨어뜨린 것이었다.

장포를 구한 관흥은 그 기세를 몰아 쳐들어가자 손환은 대패했다. 양 진영은 징을 울려 각자 군사를 거두었다.

다음 날 손환은 또 군사를 이끌고 왔다. 관흥과 장포 역시 나갔다. 진 앞에 말을 세운 관흥은 손환에게 싸움을 걸었다. 손환이 크게 화를 내며 말에 박차를 가해 칼을 휘두르며 나와 관흥과 맞서 30여 합을 싸웠지만 손환은 힘이 달려 크게 패하고 진으로 돌아갔다.

관흥과 장포는 기세를 타고 그들을 추격하고 오반 역시 장남(張南) 풍습(馮習)과 함께 군사를 휘몰아 동오의 진영으로 쳐들어갔다. 장포가 용맹을 떨치며 앞장서서 쳐들어가다 마침 사정을 만나 그를 한 창에 찔러 죽이니 동오의 군사들은 놀라서 사방으로 흩어져 달아나기 시작했다. 대승을 거둔 촉의 장수들은 군사를 거두었는데 관흥이 보이지 않았다.

깜짝 놀란 장포가 말하기를: "안국(安國)이 잘못되면 나도 홀로 살아 있지는 않을 것이다."

장포는 즉시 창을 들고 말에 올라 관흥을 찾아 나섰다. 얼마 가지 않아 관흥이 왼손에 칼을 들고 오른손에는 웬 장수 하나를 붙잡아오는 것이 아닌가!

장포가 묻기를: "그자는 누구인가?"

관흥이 웃으며 대답하기를: "한참 어지럽게 싸우던 중에 마침 이 원수 놈을 만났기에 사로잡아 오는 길이오."

장포가 보니 그는 어제 자신에게 몰래 화살을 쏜 담웅이었다.

장포는 크게 기뻐하며 관흥과 함께 본영으로 돌아와 담웅의 머리를 베어 피를 뿌려 죽은 말에 제사를 지내 주었다. 그리고 표문을 올려 선주에게 승전보를 알렸다.

이이·사정·담웅 등 많은 장수와 군사를 잃은 손환은 형세가 매우 불리해져서 더 이상 적을 막아낼 수 없게 되자 동오에 사람을 보내 구원을 요청했다.

촉의 장수 장남과 풍습이 오반에게 말하기를: "지금 동오군은 싸움에 패배하여 세력이 매우 약해져 있으니 이 틈을 이용하여 저들의 영채를 기습하는 것이 좋겠습니다."

오반 曰: "손환은 비록 많은 장수와 군사를 잃었지만 주연(朱然)의 수군은 여전히 강 위에 진을 치고 있으며 아직 피해를 전혀 입지 않았소. 우리가 만약 저들의 영채를 습격하러 갔다가 수군이 육지로 올라와 우리의 퇴로를 차단한다면 어찌하겠소?"

장남 曰: "그것은 걱정할 필요 없습니다. 관흥과 장포 두 장군에게 각각 군사 5천 명씩을 주어 산골짜기에 매복해 있다가 주연의 수군이 손환을 구하러 오면 좌우 양쪽에서 일제히 협공하면 틀림없이 이길 수 있습니다."

오반 曰: "그렇다면 차라리 군사 몇 명을 주연에게 보내 거짓으로 투항시켜 우리가 손환의 영채를 습격하려 한다는 정보를 주연에게 알려주는 것이 좋겠소. 주연은 영채에 불이 일어나는 것을 보면 틀림없이 구원하러 올 테니, 그때 우리의 복병들이 기습한다면 크게 이길 수 있지 않겠소."

풍습 등은 매우 기뻐하며 그 계책을 실행에 옮겼다.

한편 강 위의 주연은 손환이 싸움에 패하여 많은 장수와 군사를 잃었다는 소식을 듣고 손환을 도우러 군사를 움직이려 하고 있었다. 그때 갑자기 길에 매복해 두었던 군사들이 투항하러 온 몇 명의 촉의 군사를 데리고 왔다. 주연이 그들에게 항복해 온 까닭을 묻자 군사들이 말하기를: "우리는 풍습의 휘하에 있는 군사들인데 풍습이 상벌에 공정하지 못해 이에 불만을 품고 일부러 투항하러 왔습니다. 군사기밀도 알려드리겠습니다."

주연 曰: "무슨 기밀이냐?"

군사 曰: "오늘밤 풍습은 승세를 몰아 손 장군의 영채를 기습하기로 했으며 횃불을 올려 신호로 삼기로 했습니다."

그 말을 들은 주연은 즉시 사람을 시켜 손환에게 이 사실을 알리도록 했다. 하지만 보고하러 간 군사는 도중에 관흥에게 붙잡혀 죽고 말았다. 주연이 수하 장수들과 상의하여 군사를 이끌고 손환을 구하러 떠나려 하는데 부장 최우(崔禹)가 말하기를: "투항해 온 군사들의 말을 너무 믿었다가 자칫 조금이라도 잘못된다면 수군과 육군 모두 끝장나고 맙니다. 장군께서는 수채를 지키고 계십시오. 제가 장군 대신 가보겠습니다."

주연은 그의 말에 따라 최우에게 군사 1만 명을 주고 떠나게 했다. 이날 밤 풍습·장남·오반은 군사를 세 방면으로 나누어 곧바로 손환의 영채로 쳐들어가 사방에 불을 질렀다. 큰 혼란에 빠진 동오의 군사들은 달아날 길을 찾아 도망가기에 바빴다.

한편 손환의 영채를 향해 가던 최우는 사방에서 불길이 이는 것을 보고 급히 군사를 재촉해 산골짜기를 돌아서는데 갑자기 산골짜기 안에서 북소리가 크게 울리며 왼편에서는 관흥이, 오른편에서는 장포가 양쪽에서 협공해 왔다. 깜짝 놀란 최우가 막 달아나려 했는데 어느새 나타난 장포에게 한 합도 싸우지 못하고 사로잡히고 말았다.

사태가 위급해졌다는 소식을 들은 주연은 배들을 강 하류로 5~60리나 물리었다. 패잔병을 이끌고 달아나던 손환이 부장에게 묻기를: "우리가 가는 길에 성벽이 견고하고 군량이 넉넉한 곳이 어디 있는가?"

부장 曰: "여기서 북쪽으로 곧바로 가면 이릉성(彝陵城)이 있는데 군사를 주둔시킬 만합니다."

손환은 패잔병을 이끌고 급히 이릉성을 향해 달아났다. 손환이 성 안으로 들어가자마자 추격해 온 오반의 군사가 성을 사방으로 둘러쌓다. 최우를 사로잡은 관흥과 장포는 그를 압송하여 자귀로 돌아갔다. 선주는 크게 기뻐하며 당장 최우의 목을 베라고 명하고 전군에 큰 상을 내려 공을 치하했다.

이때부터 촉군의 위풍이 천지를 진동하니 강남의 장수들 치고 두려움에 떨지 않은 자가 없었다.

한편 이릉성에 갇힌 손환은 오왕에게 사람을 보내 구원을 요청했다. 오왕은 깜짝 놀라 즉시 문무 관원들을 모아 놓고 상의하기를: "지금 손환이 이릉성에서 곤경에 처해 있고 주연 역시 강에서 크게 패하였소. 촉군의 세력이 이처럼 크니 이제 어찌하면 좋겠소?"

장소가 아뢰기를: "지금 비록 여러 장수들이 죽었지만 아직도 10여 명이나 남아 있는데 어찌 유비를 걱정하십니까? 한당을 대장으로 삼으시고, 주태를 부장으로, 반장을 선봉으로 각각 삼고 능통에게 후군을 맡기시고, 감녕을 지원군으로 삼아 군사 10만 명을 일으켜 막으시면 됩니다."

손권은 장소의 주청을 받아들여 즉시 여러 장수에게 속히 떠나도록 했다. 이때 감녕은 이질을 앓고 있었지만 병든 몸으로 출정했다.

한편 선주는 무협(巫峽)·건평(建平)에서부터 이릉 경계까지 7백여 리에 걸쳐 영채 40여 개를 연달아 세웠다. 선주는 관흥과 장포가 여러 차례 큰 공을 세우는 것을 보고 감탄하여 말하기를: "지난날 과인을 따르던 장수들은 이제 모두 늙어 쓸모없게 되었는데 이제 두 조카가 이처럼 영웅이 되었으니 짐이 어찌 손권을 겁내겠는가!"

이렇게 말하고 있을 때 한당과 주태가 군사를 이끌고 왔다는 보고가 들어왔다. 선주가 막 장수를 보내서 적을 막으려 하는데 가까이서 모시는 신하가 아뢰기를: "노장 황충(黃忠)이 대여섯 명의 군사를 데리고 동오로 투항해 가 버렸습니다."

선주가 웃으며 말하기를: "황한승(黃漢升)은 결코 나를 배신할 사람이 아니다. 짐이 늙은 장수는 이제 쓸모없다는 말을 하자 이 말을 들은 자신은 그렇지 않다는 것을 보여 주기 위해 일부러 적과 싸우러 갔을 것이다."

선주는 즉시 관흥과 장포를 불러 말하기를: "황한승이 이번에는 실수할 수도 있을 것이니 조카들이 수고를 아끼지 말고 가서 도와드리도록 해라. 그가 조그마한 공이라도 세우거든 즉시 돌아갈 것을 청하여 절대 실수가 없게 해야 한다."

두 젊은 장수는 선주께 인사를 하고 본부 군사를 이끌고 황충을 도우러 갔다.

이야말로:

늙은 신하는 항상 주군께 충성할 뜻을 품고	老臣素矢忠君志
젊은 장수는 공 세워 나라에 보답하려 하네	年少能成報國功

황충은 이번에 가서 어찌 될지 궁금하거든 다음 회를 기대하시라.

제 83 회

선주는 효정 싸움에서 원수들을 죽이고
육손은 강구를 지키다가 대장이 되었다

戰猇亭先主得仇人

守江口書生拜大將

장무 2년(서기 222년) 봄 정월, 선주를 따라 동오를 정벌하러 나선 무위후장군(武威後將軍) 황충은 늙은 장수는 이제 쓸모가 없다는 선주의 말에 즉시 칼을 들고 말에 올라 수행 군사 5~6명만 데리고 곧장 이릉의 영채를 찾아갔다. 오반이 장남·풍습과 함께 그를 맞아들이며 묻기를: "노장군께서 이곳까지 무슨 일로 오셨습니까?"

황충 曰: "나는 장사(長沙)에서부터 황제를 모신 이래로 오늘에 이르기까지 수많은 싸움터를 누볐다. 이제 내 나이 일흔이 넘었지만 아직도 한 자리에서 고기 열 근을 먹어치우고 이석궁(二石弓: 매우 강한 활)을 사용할 팔 힘이 있으며 하루에 천 리를 달리는 말을 몰 수 있으니 어찌 늙었다 하겠는가!

그런데 어제 주상께서 늙은 장수들은 이제 쓸모없다 하시기에 내 일부러 동오 군사와 싸우려고 왔네. 내 직접 적장의 목을 베어 나이는 먹었지만 늙지 않았음을 보여 드리려 한다."

이런 말을 하고 있는데 갑자기 동오의 선두 부대가 이미 당도했으며 정탐을 나온 군사가 영채 앞까지 왔다는 보고가 들어왔다. 그 말을 들은 황충은 분연히 자리를 박차고 일어나 막사 밖으로 나가 말에 올랐다.

풍습 등이 권하기를: "노장군께서는 가벼이 나가지 마십시오."

황충은 아예 들은 체도 않고 그대로 달려 나갔다. 오반은 풍습에게 군사를 이끌고 가서 황충을 도우라고 일렀다.

오군의 진영 앞에 이른 황충은 말을 세우고 칼을 비껴들고 혼자서 선봉 장수인 반장(潘璋)에게 싸움을 걸었다. 반장은 부하 장수 사적(史蹟)을 데리고 나왔다. 사적은 늙은 황충을 얕보고 창을 꼬나들고 싸우러 덤벼들었다가 불과 3합 만에 황충의 칼에 베어 말 아래로 떨어져 죽었다.

몹시 화가 난 반장은 관공이 사용하던 청룡도(靑龍刀)를 휘두르며 황충에게 달려들었다. 서로 어우러져 여러 합을 싸웠으나 승부가 나지 않았다.

황충이 힘을 떨쳐 사납게 공격하니 반장은 당해내지 못하고 말머리를 돌려 달아나고 말았다. 황충은 기세를 몰아 그 뒤를 쫓아 완전한 승리를 거두고 돌아오는 길에 관흥과 장포를 만났다.

관흥 曰: "저희들이 황제의 명을 받들어 장군을 도우러 왔습니다. 장군께서는 이미 공을 세웠으니 어서 본영으로 돌아가시지요."

하지만 황충은 그 말을 듣지 않았다.

다음 날 반장이 다시 와서 싸움을 걸었다. 황충은 분연히 말에 올랐다. 관흥과 장포가 싸움을 돕겠다고 했지만 황충은 듣지 않았다. 오반도 돕겠다고 나섰으나 그의 도움을 받을 황충이 아니었다. 황충은 혼자서 군사 5천 명을 이끌고 적을 맞아 싸우러 나갔다. 반장은 몇 합 싸우지도 않았는데 칼을 끌면서 달아났다. 황충은 그를 추격하면서 날카로운 목소리로 외치기를: "적장은 게 섯거라! 내 오늘은 관공의 원수를 갚고 말

테다!"

황충이 30여 리를 쫓아갔을 때 갑자기 사방에서 함성이 크게 진동하더니 일시에 복병이 뛰쳐나왔다. 오른편에서는 주태가, 왼편에서는 한당이, 그리고 앞에서는 달아나던 반장이 뒤돌아서서 앞을 막고, 또 뒤에서는 능통(凌統)이 달려오니 황충은 그야말로 완전히 포위되고 말았다.

이때 갑자기 미친 듯 세찬 바람까지 몰아치니 황충은 급히 물러서려는데 산언덕 위에서 마충이 한 무리의 군사를 이끌고 나오면서 쏜 화살이 황충의 어깻죽지에 명중하고 말았다. 황충은 하마터면 말에서 떨어질 뻔했다.

황충이 화살에 맞은 것을 본 동오의 군사들은 일제히 달려와 공격하기 시작했다. 그때 갑자기 뒤에서 함성이 크게 일면서 두 방면에서 군사들이 쳐들어와 동오의 군사들을 사방으로 흩어버리고 황충을 구출했으니, 그들은 바로 관흥과 장포였다. 두 젊은 장수들은 황충을 보호하여 곧바로 황제가 계신 진중으로 모시고 가서 화살을 뽑고 치료를 받게 했다. 하지만 연로하여 혈기가 쇠약해진데다 화살 맞은 상처가 너무 깊어 병세는 날로 위중해졌다.

어가를 타고 친히 병문안을 온 선주가 황충의 등을 어루만지며 말하기를: "노장군을 이렇게 상하게 만든 것은 다 짐의 탓이오!"

황충 曰: "신은 일개 무부(武夫)에 지나지 않는데 다행히 폐하를 만났습니다. 신의 나이 올해 일흔하고도 다섯이나 되었으니 살만큼 살았습니다. 부디 폐하께서는 옥체를 잘 보존하시어 중원을 도모하시기 바랍니다!"

말을 마친 황충은 그대로 정신을 잃었는데, 그날 밤 어영(御營) 안에서 선주가 보는 앞에서 숨을 거두었다. 후세 사람이 그의 죽음을 탄식해 시를 지었으니:

늙은 장수라면 황충을 꼽는데 老將說黃忠
서천을 세울 때 큰 공 세웠지 收川立大功
무거운 금쇄갑옷을 걸쳐 입고 重披金鎖甲
두 팔로 강한 무쇠 활 당겼지 雙挽鐵胎弓

담력은 하북을 놀라게 하였고 膽氣驚河北
위엄은 촉의 군사를 제압했네 威名鎭蜀中
죽을 때 머리는 백발이었지만 臨亡頭似雪
영웅의 기개 오히려 드러났네 猶自顯英雄

선주는 황충이 죽자 애통해하기를 마지않으면서 관곽을 마련하여 성도에서 엄숙히 장례를 지내주도록 명령했다.

선주는 탄식하기를: "오호대장 가운데 벌써 세 장수가 갔는데 짐은 아직도 원수를 갚지 못했으니 참으로 슬프구나!"

어림군을 거느리고 곧바로 효정(猇亭)으로 간 선주는 모든 장수들을 불러 모아 군사들을 여덟 방면으로 나누어 수로와 육로로 동시에 진군하기로 했다. 수로군은 황권이 맡고 육로군은 선주가 친히 군사를 거느리고 진군하였으니 때는 장무 2년(서기 222년) 2월 중순이었다.

선주가 어가를 타고 친히 정벌하러 온다는 보고를 받은 동오의 한당과 주태는 군사를 이끌고 맞이하러 나갔다. 양편 군사들이 마주보고 진을 친 뒤 한당과 주태가 말을 타고 나가니 촉군 진영의 문기가 열리면서 선주가 직접 말을 몰고 나오는 모습이 보였는데, 머리 위에는 황색 비단에 금박을 입힌 일산(黃羅鎖金傘)을 받쳐 들고 좌우에는 흰 소의 꼬리털로 장식한 깃발(白旄)과 금칠한 도끼(黃鉞)가 늘어서 있고, 앞뒤로는 금빛 은빛의 각종 깃발(金銀旄節)이 호위하고 있었다.

한당이 큰 소리로 외치기를: "폐하께서는 이제 촉의 주인이 되셨는데 어찌 이리 가벼이 행차하셨소이까? 만에 하나 일이 잘못되면 그때는 후회해도 소용없습니다!"

선주가 멀리 한당을 손가락으로 가리키며 꾸짖기를: "너희 동오의 개들이 짐의 수족을 해쳤으니 짐은 맹세코 네놈들과 한 하늘을 이고 살 수 없고, 같은 땅을 밟고 살 수 없느니라!"

한당이 여러 장수들을 돌아보며 말하기를: "누가 나가서 촉군을 쳐부수겠는가?"

부하 장수 하순(夏恂)이 창을 꼬나들고 말을 달려 나갔다. 그러자 선주의 등 뒤에 있던 장포가 장팔사모를 꼬나들고 말을 몰아 큰 소리로 호통치며 곧바로 하순에게 달려들었다. 하순은 장포의 천둥 같은 호통소리에 겁을 집어먹고 막 달아나려 했다. 그때 주태의 동생 주평(周平)은 하순이 장포를 당해내지 못하는 것을 보고 그를 도우려고 칼을 휘두르며 말을 달려 나왔다. 이를 본 관흥이 주평을 맞아 싸우려고 말을 달려 나갔다.

장포가 큰 소리로 호통을 치면서 장팔사모로 하순의 가슴을 찔러 말에서 떨어뜨려 죽였다. 몹시 놀란 주평은 미처 손을 놀려보지도 못하고 관흥의 칼에 목이 날아가고 말았다. 승세를 잡은 장포와 관흥이 동시에 주태와 한당에게 달려드니 그들은 황급히 자신의 진영으로 물러갔다.

이를 지켜보던 선주가 감탄하며 말하기를: "과연 범 같은 아비에 개 같은 자식은 없구나!(虎父無犬子也)"

선주가 황제의 채찍을 들어 적진을 가리키자 촉의 군사들이 일제히 쳐들어가니 동오의 군사들은 크게 패했다. 여덟 방면에서 쳐들어가는 촉군의 기세는 마치 샘물이 용솟음치는 듯 했으며 동오 군사들의 시체가 들판을 메우고 그 피는 강물을 이루었다.

한편 배 안에서 병을 치료 중이던 감녕은 촉군의 대부대가 몰려온다는 소식을 듣고 급히 말에 올라 상황 파악을 위해 나섰다가 마침 한 무리의 만족(蠻族) 병사들과 마주쳤다. 그들은 모두 머리를 풀어헤치고 맨발이었는데 손에는 궁노(弓弩)와 긴 창, 방패와 도끼 등을 들고 있었다.

앞장 선 대장은 바로 번왕(番王) 사마가(沙摩柯)였다. 그의 얼굴은 마치 피를 뒤집어쓴 것처럼 붉고, 푸른 눈은 툭 튀어나와 있었다.

그의 손에는 철질려골타(鐵蒺藜骨朶)[2]라는 무기를 들고 있고 허리에는 활을 두 개나 차고 있으니, 그 위풍은 보기만 해도 당당해 보였다.

감녕은 만족 병사와 사마가의 기세에 눌려 감히 싸울 엄두를 내지 못하고 말머리를 돌려 달아났다. 그때 사마가가 쏜 화살이 그의 뒤통수에 맞았다. 감녕은 화살을 뽑을 겨를도 없이 달아나다 부지구(富池口)에 이르러 큰 나무 아래에 앉아서 죽었다. 마침 나무 위에 있던 수백 마리의 까마귀들이 감녕의 시신 주위를 울며 맴돌았다.

그 말을 들은 오왕은 매우 애통해하며 예를 갖추어 후하게 장례를 치르고 사당을 지어 제사를 지내주라고 명했다.

후세 사람이 그를 한탄하여 시를 지었으니:

오군 땅 자가 흥패인 감녕 장군은	吳郡甘興霸
장강의 비단 돛단배 도적이었지만	長江錦帆舟
자신을 알아주는 주군에 보답하고	酬君重知己
적으로 만난 친구에게 보은하였지	報友化仇讐
날랜 기병으로 영채를 기습하였고	劫寨將經騎

2 긴 자루가 있는 쇠가시 몽둥이. 역자 주.

큰 사발 술 마시며 부하 격려했지 驅兵飮巨甌
죽어서 신령한 갈까마귀로 나타나 神鴉能顯聖
사당의 향불이 천년만년 이어지네 香火永千秋

한편 승기를 잡은 선주는 적들을 무찌르며 마침내 효정(猇亭)을 차지했다. 동오의 군사들은 사방으로 뿔뿔이 흩어져 달아났다. 선주가 군사를 거두었는데 관흥이 보이지 않았다. 선주는 황급히 장포를 불러 관흥을 찾아보라고 했다.

원래 관흥은 적진 깊숙이 쳐들어갔다가 마침 부친을 죽인 원수 반장을 발견하고 급히 말을 달려 그를 추격했다. 몹시 놀란 반장은 산골짜기 안으로 달아나 숨어 버렸다. 산속 어딘가에 숨어있을 것이라 짐작한 관흥은 여기저기 돌아보았지만 결국 찾지 못했다. 산속을 헤매는 동안 날이 저물어 관흥은 그만 길을 잃고 말았다.

다행히 달빛과 별빛에 의지해 산속 후미진 곳에 이르렀는데 어느덧 이경(二更)이 되었다. 마침 한 산장을 발견한 관흥은 말에서 내려 문을 두드리니 한 노인이 나와서 묻기를: "누구시오?"

관흥 曰: "나는 이번 싸움에 나선 장수인데 그만 길을 잃고 이곳까지 오게 되었습니다. 허기를 면할 수 있도록 밥 좀 얻어먹을 수 있겠습니까?"

노인이 그를 데리고 집 안으로 들어갔는데 집안에 등불이 켜 있고 벽 한가운데 관공의 신상(神象)이 그려져 있는 것이 아닌가!

그것을 본 관흥은 자신도 모르게 큰 소리로 곡을 하며 절을 올렸다.

노인이 묻기를: "장군은 어찌하여 울면서 절을 하십니까?"

관흥 曰: "이분은 저의 부친이십니다."

그 말을 들은 노인은 곧바로 엎드려 절을 했다.

관흥이 묻기를: "어르신께서는 무슨 연유로 제 부친을 공양하십니까?"

노인이 대답하기를: "이곳 사람들은 모두 관공을 신으로 모시고 있습니다. 군후께서 살아 계실 때에도 집집마다 모셨는데 하물며 이제는 정말로 신령이 되시지 않으셨습니까? 이 늙은이는 하루빨리 촉군이 원수 갚기만 바랄 뿐입니다. 지금 장군께서 이곳에 오셨으니, 이는 바로 우리 백성들의 복입니다."

노인은 술과 음식을 내와 관흥을 정성껏 대접을 하고 말안장을 벗기고 말에게도 여물을 먹이고 쉬게 했다.

삼경이 지날 무렵 갑자기 문밖에 또 한 사람이 찾아와 문을 두드렸다. 노인이 나가서 물어보니 그는 동오 장수 반장으로 그 역시 하룻밤 묵어가기를 청하는 것이었다.

반장이 막 초당 안으로 들어오는데 관흥이 손에 칼을 들고 큰 소리로 호통치기를: "반장, 네 이놈! 꼼짝 마라!"

반장은 몸을 돌려 막 달아나려고 했다. 그때 문 밖에서 한 사람이 들어왔다. 그의 얼굴은 대추처럼 검붉었고, 봉황의 눈에 누에 눈썹을 하고 있었으며, 턱 아래에는 세 가닥의 아름다운 수염이 바람에 흩날리고 있었다. 푸른 전포에 황금 갑옷을 입고 손에 칼을 들고 문 안으로 들어오는 그 사람은 바로 관우였다. 반장은 관우의 신령이 나타났음을 알고 까무러치게 놀라 외마디 비명을 지르며 몸을 돌리려는 순간 관흥의 칼이 번쩍 빛을 내자 반장의 목은 이미 땅바닥에 뒹굴고 있었다. 관흥은 그의 심장을 꺼내 피를 받아 관공의 신상 앞에 놓고 제사를 올렸다.

그리고 부친의 청룡언월도를 되찾은 관흥은 반장의 수급을 말의 목에 매달고 노인과 작별 인사를 한 다음, 반장의 말을 타고 본영을 향해 길을 떠났다. 노인은 직접 반장의 시신을 끌어내 불태워 버렸다.

관흥이 몇 리쯤 내려갔을 때 인기척과 함께 말 울음소리가 들리더니 한 무리의 군사들이 나타났다. 앞장 선 장수는 바로 반장의 부장 마충

戰猇亭先
主得九人

이었다. 마충은 자신의 주장(主將)인 반장의 수급이 말의 목에 매달려 있고, 게다가 반장이 쓰던 청룡언월도까지 관흥의 손에 들려 있는 것을 보고 피가 거꾸로 솟아 말을 달려 관흥에게 덤벼들었다. 관흥 역시 마충이 자신의 부친을 살해한 원수임을 알고 분노가 하늘에 솟구쳐 청룡도를 쳐들고 마충에게 달려들었다. 마충의 부하 3백 명이 힘을 합쳐 달려나와 함성을 지르며 관흥을 에워싸니 관흥은 곧 위태로운 형세에 빠지게 되었다.

바로 그때 서북쪽에서 한 무리의 군사들이 쳐들어왔는데 그는 바로 장포였다. 마충은 적의 구원병이 나타나자 황급히 군사를 거두어 물러났다. 관흥은 장포와 힘을 합쳐 그 뒤를 쫓아갔다. 얼마쯤 쫓아가자 미방과 부사인이 군사를 이끌고 나타나 마충을 도우러 왔다. 양쪽 군사들이 서로 어우러져 혼전을 벌였다. 상대적으로 군사 수가 적은 관흥과 장포는 급히 군사를 철수하여 효정으로 돌아와 선주를 뵙고 반장의 수급을 바치며 그간의 일을 소상히 아뢰었다. 선주는 매우 놀라고 기특하게 여기며 전군에게 상을 주고 위로했다.

한편 자신의 영채로 돌아간 마충은 한당과 주태를 만나 패잔병들을 거두어 각기 구역을 정하여 지키기로 했다. 군사들 가운데 부상당한 자들이 너무 많아 그 숫자를 헤아릴 수도 없었다. 마충은 부사인과 미방을 데리고 강 가운데 있는 작은 섬에 주둔하고 있었다.

그날 밤 삼경 무렵 갑자기 군사들의 울음소리가 들렸다. 미방이 가만히 들어 보니 한 무리의 군사들이 말하기를: "우리는 모두 형주의 군사들인데 여몽이 간사한 계책으로 우리의 주공을 해쳤네. 이제 유 황숙께서 어가를 타고 몸소 정벌에 나섰으니 동오는 머지않아 끝장나고 말 것이네. 참으로 원망스러운 것은 미방과 부사인이네. 우리가 그 두 놈을 죽여 버리고 촉의 영채로 가서 항복하면 어떻겠나? 그 공을 높게 평가해 줄 것이네."

또 한 무리의 군사들이 말하기를: "너무 성급히 서둘지 말게. 적당한 틈을 보아 손을 쓰도록 하세."

그 말을 들은 미방은 깜짝 놀라 곧바로 부사인과 상의하기를: "군사들이 변심하여 우리의 목숨을 부지하기가 어렵게 됐소. 지금 촉의 주인께서 한을 품고 있는 자는 마충이니, 우리가 그를 죽여 버리고 그 수급을 가지고 가서 촉의 주인께 바치는 게 어떻겠소? 그리고 우리는 지난날 어쩔 수 없어서 동오에 항복했으나 이제 황제께서 오셨기에 죄를 청하러 왔다고 아뢰면 되지 않겠소?"

부사인 曰: "그건 안 되오. 가면 틀림없이 화를 당하고 말 것이오."

미방 曰: "촉의 주인께서는 원래 성품이 너그럽고 인자하시며 후덕하신 분이오. 더구나 태자 아두는 나의 생질이니 국척(國戚)의 정을 봐서라도 우리를 죽이지는 않을 것이오."

두 사람은 이렇게 상의를 마치고 우선 말을 준비해 놓았다. 삼경 무렵 막사 안으로 들어간 두 사람은 마충을 찔러 죽이고 수급을 벤 다음 수십 명의 기병만 데리고 곧바로 효정으로 찾아갔다.

길가에 매복해 있던 군사들에게 잡힌 미방과 부사인은 우선 장남과 풍습에게 인도되어 그들에게 찾아온 사정을 자세히 설명했다.

다음 날 두 사람은 황제의 영채로 가서 선주를 뵙고 마충의 수급을 바치고 울면서 사정하기를: "신 등은 사실 모반할 마음이 있었던 것이 아니고 관 장군이 돌아가셨다는 여몽의 거짓 계략에 속아 부득이 성문을 열고 항복했던 것입니다. 이제 폐하께서 친히 오셨다는 말을 듣고 폐하의 한을 풀어드리고자 특별히 이 역적을 죽이고 수급을 가져온 것이니 바라옵건대 폐하께서는 신들의 죄를 용서해 주시옵소서."

선주는 몹시 화를 내며 말하기를: “짐이 성도를 떠나온 지 이미 오래되었다. 너희 두 놈은 어찌하여 일찍 와서 죄를 청하지 않았느냐? 이제 형세가 위급해지니 교묘한 말로 목숨을 부지해 보려고 찾아온 것이 분명하다. 짐이 만약 네놈들을 용서해 준다면 나중에 구천에 가서 무슨 낯으로 관공을 만나겠느냐?”

말을 마친 선주는 관흥에게 어영 안에 관공의 영위(靈位)를 차리게 했다. 그리고 직접 마충의 머리를 두 손으로 바치고 영위 앞으로 가서 제사를 지냈다. 또 관흥에게 명해 미방과 부사인의 옷을 벗겨 영전(靈前)에 꿇어앉히도록 한 다음 친히 칼을 뽑아 그들을 능지처참하여 관공에게 제물로 바쳤다.

그때 갑자기 어영 안으로 들어온 장포가 영전 앞에 절을 하고 울면서 말하기를: “둘째 아버님의 원수들은 이미 다 잡아 죽였는데 신의 아버님 원수는 언제 갚는단 말입니까?”

선주 曰: “조카는 걱정하지 마라. 짐은 마땅히 강남을 쓸어버리고 동오의 개들을 모조리 죽인 다음 네 아비를 죽인 두 도적놈을 사로잡아 네가 직접 그놈들로 육젓을 만들어 부친께 제사를 지낼 수 있도록 해 줄 것이다.”

장포는 울면서 감사의 절을 하고 물러갔다.

이때부터 선주의 위엄과 명성이 크게 떨치니 강남 사람들은 모두 간담이 서늘해져 밤낮으로 울음이 그치지 않았다. 크게 놀란 한당과 주태는 급히 오왕에게 미방과 부사인이 마충을 죽이고 촉 황제에게 돌아갔지만 그들 역시 죽임을 당했다는 사실을 자세히 보고했다.

손권도 내심 겁을 먹고 즉시 문무 관원들을 모아 놓고 상의했다.

보즐이 아뢰기를: “촉의 주인이 원한을 품고 있는 자는 여몽·반장·마

충·미방·부사인 등입니다. 이제 그들은 모두 죽고 남은 사람은 범강과 장달 두 사람만 동오에 있습니다. 이 두 사람을 붙잡아 장비의 수급과 함께 사자를 시켜 돌려보내시지요. 또한 형주를 반환하고 손부인 역시 보내드린 뒤 화친을 구하는 표문을 올리십시오. 그러면서 옛 정을 되살리시어 함께 위를 치자고 하면 촉의 군사들은 반드시 물러갈 것입니다."

손권은 그의 말에 따라 곧바로 침향목(沈香木)으로 만든 상자에 장비의 수급을 담고 범강과 장달을 결박하여 수레에 싣고 정병(程秉)을 사자로 삼아 국서(國書)를 가지고 효정으로 가도록 했다.

그때 선주는 대군을 총동원하여 앞으로 나아갈 준비를 하고 있었는데 갑자기 가까이 모시는 신하가 아뢰기를: "동오에서 사자가 당도했는데 장 거기장군(張車騎將軍: 장비)의 수급과 범강·장달 두 도적을 묶어서 보내왔습니다."

선주는 두 손을 이마에 갖다 대며 말하기를: "이는 하늘이 보내 주신 것이요. 또한 막내아우의 혼령이 보내 주신 것이다."

즉시 장포에게 장비의 영위(靈位)를 차리게 했다. 이윽고 수급이 든 나무상자를 연 선주는 장비의 얼굴이 예전의 모습과 조금도 다름이 없는 것을 보고 대성통곡을 했다.

장포는 직접 날카로운 칼로 범강과 장달을 난도질하여 능지처참한 뒤 부친의 영전에 제사를 올렸다. 제사를 마친 뒤에도 선주는 여전히 분이 풀리지 않는 듯 반드시 동오를 없애 버리려고 했다.

마량이 아뢰기를: "원수들을 모두 도륙하였으니 이젠 한을 푸십시오. 지금 동오의 대부 정병이 와서 형주를 반환하고 손부인을 돌려보낼 것이니 영구히 동맹을 맺고 함께 위를 멸망시키자고 하면서 엎드려 폐하의 성지(聖旨)만 기다리고 있습니다."

선주가 화를 내며 말하기를: "짐이 이를 갈고 있는 원수는 바로 손권이니라. 지금 만약 그와 화친을 맺는다면 이는 지난날 아우들과 맺은 맹세를 저버리는 일이다. 짐은 우선 동오를 멸망시킨 다음에 위를 없앨 것이다."

그러고는 즉시 사자의 목을 베어 동오와의 모든 정(情)을 끊어 버리려고 했다. 관원들이 극구 만류하여 겨우 목숨을 건진 정병은 머리를 감싸 쥐고 놀란 쥐새끼 도망치듯 동오로 달려가서 오주(吳主)에게 아뢰기를: "촉주는 우리의 강화 제의를 단칼에 거절하고 맹세코 우리를 먼저 멸한 후에 위를 칠 것이라고 했습니다. 여러 신하들이 극력 말렸지만 그는 듣지 않으니 이를 어찌해야 좋겠습니까?"

몹시 놀란 손권은 어찌할 바를 몰랐다.

감택이 나서며 아뢰기를: "우리에겐 지금 하늘을 떠받칠만한 기둥이 있는데 어찌하여 그를 쓰지 않으십니까?"

손권이 그가 누구냐고 다급히 물었다.

감택 曰: "지난날 동오의 큰일은 모두 주랑에게 맡겨서 처리하셨으며, 후에는 노자경이 주랑을 대신하였고 자경이 죽은 후에는 여자명이 모든 일을 결정하였습니다. 지금은 자명도 가고 없지만 육백언(陸伯言: 육손)이 형주에 있지 않습니까? 그 사람은 비록 유생(儒生)이지만 실은 크고 뛰어난 재능과 웅대한 지략이 있어 신이 보기에 결코 주랑에 뒤지지 않습니다. 전에 관공을 쳐부순 계책도 따지고 보면 모두 백언에게서 나온 것입니다.(제 75회 참고)

주상께서 만약 쓰신다면 반드시 촉을 물리칠 수 있을 것입니다. 만약 그가 일을 그르친다면 신도 함께 죄를 받을 것입니다."

손권 曰: "덕윤(德潤: 감택)이 아니었으면 내가 대사를 그르칠 뻔했소이다."

장소 曰: "육손은 한낱 서생에 불과합니다. 유비의 적수가 될 수 없으니 쓰셔서는 안 됩니다."

고옹 역시 말하기를: "육손은 아직 나이도 어리고 신망도 받지 못하니 그를 높이 세우신다 해도 다른 장수들이 복종하지도 않을 것입니다. 그리되면 변란이 일어나 반드시 국가 대사를 그르치고 말 것입니다."

보즐 역시 말하기를: "육손의 재주는 그저 한 고을이나 맡아 다스릴 정도인데 그에게 대사를 맡기는 것은 타당하지 않습니다."

감택이 큰 소리로 말하기를: "만약 육백언을 기용하지 않으면 동오는 끝장나고 맙니다. 신은 가문을 걸고 그를 보증하겠소이다."

손권 曰: "나도 예전부터 육백언이 뛰어난 재주가 있음을 알고 있었소. 내 뜻은 이미 정해졌으니 경들은 더 이상 말하지 마시오."

그러고는 곧바로 육손을 불러오도록 했다.

육손의 본명은 육의(陸議)였는데 나중에 이름을 손(遜)으로 바꾸고 자를 백언이라고 했다. 오군(吳郡) 오현(吳縣) 사람으로 한(漢)의 낙양성 성문교위(城門校尉)를 지낸 육우(陸紆)의 손자이고 구강도위(九江都尉) 육준(陸駿)의 아들이다. 키가 8척이나 되고 얼굴은 옥처럼 아름다웠는데 당시 그는 진서장군(鎭西將軍)으로 있었다.

부름을 받고 온 육손이 인사를 마치자 손권이 말하기를: "지금 촉의 군사들이 우리의 경계를 쳐들어오고 있소. 나는 특별히 경에게 우리의 군사를 총지휘하게 하여 유비를 쳐부수려고 하오."

육손 曰: "강동의 문무 대신들은 모두 대왕의 오래된 신하들이옵니다. 신은 나이도 어리고 재주도 없는데 어찌 그들을 지휘할 수 있겠습니까?"

손권 曰: "감덕윤(甘德潤: 감택)이 가문의 명예를 걸고 경을 천거했고 나 역시 경의 재주를 잘 알고 있소. 이제 경을 대도독으로 삼고자 하니 부디 사양하지 마시오."

육손 曰: "만약 문무 대신들이 신의 명령에 복종하지 않으면 어찌 합니까?"

손권은 자신의 허리에 차고 있던 검을 건네주며 말하기를: "만약 경의 명령을 듣지 않은 자가 있으면 우선 그 목부터 베고 고하라(先斬後奏)!"

육손 曰: "무거운 책임을 내리셨는데 신이 어찌 감히 명을 받들지 않겠습니까? 다만 대왕께서 내일 문무백관을 모아 놓고 그들이 보는 자리에서 신에게 그 검을 내려주시기 바랍니다."

감택 曰: "예로부터 대장을 임명할 때는 반드시 대(臺)를 쌓고 모든 문무 관원들을 불러 모은 뒤에 백모황월(白毛黃鉞: 대장의 상징인 흰 깃과 황금도끼)과 인수병부(印綬兵符)를 내려야 장수의 위엄이 서고 군령이 엄숙해집니다. 대왕께서는 마땅히 이런 의례를 갖추시어 날을 택하고 대를 쌓은 다음 백언을 대도독으로 제수하시고 절월(節鉞)을 내리십시오. 그러면 모든 사람들이 복종하지 않을 수 없을 것입니다."

손권은 그의 말에 따라 사람들에게 밤을 새워 단을 쌓도록 한 뒤 문무백관들을 모두 불러 모았다. 그러고는 육손에게 단에 오르기를 청하여 그를 대도독(大都督) 우호군(右護軍) 진서장군(鎭西將軍)으로 삼고 누후(婁侯)로 봉했다. 그리고 자신의 보검과 인수를 내려 6군 81주 및 형주의 여러 방면의 군사를 총감독하도록 했다.

오왕이 당부하기를: "성 안의 일은 내가 다스릴 테니 성 밖의 일은 모두 장군이 알아서 처리하시오."

명을 받은 육손은 단에서 내려와 서성과 정봉을 호위(護衛)로 삼고 그날 바로 출발하면서 여러 방면으로 군사를 조정하여 수로와 육로로 함께 나아가도록 했다.

육손을 대도독으로 임명했다는 문서가 효정에 당도하자 한당과 주태는 깜짝 놀라 말하기를: "주상께서는 어찌하여 일개 서생에게 이 나라 군사를 전부 맡기시는가?"

뒤이어 육손이 도착했지만 그들은 따를 마음이 없었다. 육손이 현황 보고를 받고 의논을 하기 위해 장수들을 불러 모으자 그들은 마지못해 들어와서 건성으로 축하 인사를 하고 앉아 있기만 했다.

육손 曰: "주상께서 나를 대장으로 임명하시어 군사를 총지휘하여 촉을 쳐부수라고 하셨소. 군중(軍中)에는 엄정한 법이 있으니 공들은 이를 잘 준수하길 바라오. 법을 어기는 자는 지휘고하를 막론하고 국법으로 엄정히 다스릴 것이며 법에는 개인의 사사로운 정이 없으니 후회하는 일이 없도록 하시오."

모두들 입을 다물고 잠자코 있는데, 주태가 말하기를: "지금 주상의 조카인 안동장군(安東將軍) 손환이 이릉성에 갇혀 있습니다. 성 안에는 군량과 마초가 바닥이 나고 밖에는 구원병도 없으니 도독께서 속히 좋은 계책을 강구하여 손환을 구출해 주상의 마음을 편안하게 해 주십시오."

육손 曰: "내가 평소 알기로 안동장군은 군사들의 신임을 두텁게 얻고 있어 틀림없이 성을 굳게 지켜낼 수 있을 것이니 그를 구하러 갈 필요는 없소. 우리가 촉을 쳐부수고 나면 포위도 저절로 풀릴 것이니 안동장군은 그때 나올 것이오."

모두들 속으로 비웃으며 물러갔다.

한당이 주태에게 말하기를: "이런 애송이를 대장으로 임명하다니 동오도 이제는 끝장난 것 같구려! 공도 그가 하는 짓을 보았지요?"

주태 曰: "그래서 아까 내 한 마디 슬쩍 떠본 것인데, 정말 아무런 계책이 없으니 어떻게 촉을 쳐부수겠소?"

다음 날 육손은 모든 장수들에게 각처의 관문과 주요 요충지들을 굳게 지키기만 하고 가벼이 나가 적과 맞서 싸우지 말라고 명령했다. 장수들은 모두 그의 비겁함을 비웃으며 굳게 지키려들지 않았다.

그 다음 날 육손은 막사 안으로 모든 장수를 불러 놓고 말하기를: "나는 왕명을 받들어 전군을 총지휘하고 있소. 어제 이미 그대들에게 각처를 굳게 지키라고 누차에 걸쳐 명령했음에도 따르지 않는 이유가 무엇이오?"

한당 曰: "나는 손 장군(孫將軍: 손권의 부친 손견)을 따라 강남을 평정하면서 지금까지 수백 번을 싸웠소. 다른 여러 장수들도 누구는 토역장군(討逆將軍: 손권의 형 손책)을 따라, 혹은 지금의 대왕을 따라 무장을 하고 병기를 들고 수 없이 죽기를 각오하고 싸웠던 장수들이오.

지금 주상께서 공을 대도독으로 임명하여 촉의 군사를 물리치라고 명령하셨으니, 마땅히 속히 계책을 강구하고 군마를 정비해 진군함으로써 대사를 도모해야 할 것인데, 어찌하여 공은 그저 굳게 지키기만 하고 나가 싸우지 말라 하시오. 혹시 하늘이 스스로 도적들을 죽여 주기를 바라는 것이오? 우리는 결코 살기를 탐내고 죽음을 두려워하는 사람들이 아닌데 공은 어찌하여 우리의 사기를 꺾으려고만 하시오?"

그러자 휘하의 여러 장수들도 모두 이구동성으로 말하기를: "한 장군의 말이 옳소. 우리는 진정 죽기로 싸우기를 원하오!"

그들의 말을 다 듣고 난 육손이 검을 뽑아들고 날카로운 목소리로 말하기를: "내 비록 일개 서생에 지나지 않으나 주상께서 나에게 중책을 맡기신 것은 나에게도 작으나마 취할 점이 있고 모욕을 참고 무거운 짐을 질 수 있다고 생각했기 때문이오.

다시 한 번 명령하겠소. 그대들은 요충지를 잘 지키고 험한 요새를 잘 막기만 하시고 절대 경거망동하지 마시오. 지금부터 나의 명을 어기는 자는 모두 목을 벨 것이오!"

여러 장수들은 모두 분을 참으며 물러갔다.

한편 선주는 효정에서부터 서천 어귀까지 군마를 벌려 세웠다. 7백리에 걸쳐 앞뒤로 40개의 영채가 늘어서니 낮이면 기치들이 해를 가리고 밤에는 불빛으로 대낮처럼 밝았다.

갑자기 정탐꾼이 보고하기를: "동오에서는 육손이라는 젊은 장수를 대도독으로 기용하여 군마를 총지휘하고 있습니다. 육손은 모든 장수들에게 각자 맡은 요새를 굳게 지키기만 하고 나가 싸우지 말라고 명령했습니다."

선주가 묻기를: "육손은 어떤 사람인가?"

마량이 아뢰기를: "육손은 동오의 한낱 서생이지만 나이는 어려도 재주가 많고 지모와 책략이 깊어서 전에 형주를 습격한 것도 모두 이 사람의 간교한 계략에서 나온 것입니다."

선주는 크게 화를 내며 말하기를: "그 애송이놈이 바로 내 둘째 아우를 죽게 만든 놈이란 말이지. 이번에 반드시 그놈을 사로잡고 말 것이다!"

선주는 곧바로 진군 명령을 내렸다.

마량이 간하기를: "육손의 재주는 주랑 못지않으니 그를 얕보아서는 안 됩니다."

선주 曰: "짐은 평생 군사를 부리다 이처럼 늙었는데 어찌 그런 젖비린내 나는 애송이보다 못하겠느냐!"

선주는 친히 선두 부대를 거느리고 각처의 관문과 요새를 공격하러 갔다. 선주가 공격하러 온 것을 본 한당은 곧바로 사람을 육손에게 보내 이 사실을 보고했다. 육손은 혹시나 한당이 경거망동하지 않을까 염려되어 급히 말을 달려 직접 확인하러 갔다. 다행히 한당은 산 위에 말을 세우고 멀리 바라보고 있었다. 촉의 군사들이 산과 들판을 뒤덮으며 밀려오는데 군중에 황금 일산이 어슴푸레 보였다.

육손을 맞이한 한당이 그와 말머리를 나란히 하고 손을 들어 가리키며 말하기를: "저 속에 틀림없이 유비가 있을 것이니 내가 나가서 치겠소."

육손 曰: "유비는 군사를 일으켜 동으로 내려오면서 지금까지 십여 차례 싸움에서 연달아 승리하여 그 사기가 하늘을 찌를 듯 높아 있소. 그러니 지금은 그저 높은 곳을 차지하고 요새를 굳게 지켜야지 함부로 나가 싸워서는 안 되오. 나가면 우리가 절대 불리하오. 다만 장수와 군사들을 격려하여 굳게 지키며 적의 형세가 어찌 변하는지를 잘 살펴야 하오.

저들은 지금 평원과 광야를 내달리며 자신들 뜻대로 되고 있는 것으로 착각하고 있지만 우리가 굳게 지키고 싸우러 나가지 않으면 저들은 싸우려 해도 싸울 수 없어 군사를 틀림없이 산속에 주둔시키게 될 것이오. 나는 그때를 기다렸다 기발한 계책으로 적을 무찌를 것이오."

한당은 겉으로는 수긍하는 척 했지만 마음속으로는 미덥지 않았다.

선주는 선두 부대로 하여금 가서 온갖 욕설을 퍼부으며 싸움을 걸도록 했다. 육손은 모든 군사들에게 귀를 틀어막고 욕설에 어떤 반응도 보이지 말고 나가 싸우는 것을 허락하지 않았다. 그리고 몸소 여러 관문과 요새를 돌아다니며 장수와 군사들을 격려하며 그저 굳게 지키고만 있으라고 지시했다.

선주는 동오군이 싸우러 나오지 앉아 초조해지기 시작했다.

마량 曰: "육손은 지모와 계략이 뛰어납니다. 지금 폐하께선 먼 길을 오셔서 봄부터 싸움을 시작하여 어느덧 여름이 되었는데 저들은 아예 싸우려 들지 않고 우리 군에 무슨 변화가 생기기만 기다리는 것 같습니다. 폐하께선 이 점을 잘 살피시기 바랍니다."

선주 曰: "저들에게 무슨 계책이 있겠는가? 그저 겁을 먹고 있을 뿐이겠지. 지금까지 여러 번 패했으니 어찌 감히 다시 싸우러 나오겠는가!"

선봉장 풍습이 아뢰기를: "지금 날씨가 몹시 무더워 군사들은 마치 화염 속에 주둔하고 있는 것과 같은데 물이 있는 곳도 멀어 매우 불편합니다."

선주는 즉시 각 영채에 명을 내려 모두 산림이 무성한 계곡 근처로 영채를 옮겨 여름을 보내고 가을이 되면 다시 일제히 진군하도록 했다. 풍습은 선주의 명에 따라 영채를 모두 숲이 우거진 서늘한 곳으로 옮겼다.

마량이 아뢰기를: "만약 우리가 영채를 옮기는 도중에 동오군이 기습을 하면 어찌 합니까?"

선주 曰: "짐은 오반에게 약한 병사 1만 명을 거느리고 동오의 영채 근처의 평지에 주둔해 있으라고 했으며 짐은 직접 정예병 8천 명을 거느리고 산골짜기 속에 매복해 있을 것이다.

육손은 짐이 영채를 옮기는 것을 알게 되면 틀림없이 그 틈을 타서 기습해올 것이다. 그러면 오반은 거짓으로 패한 척 하고 달아나게 했으며 육손이 그 뒤를 쫓아오면 짐이 매복해 있던 군사를 이끌고 뛰쳐나가 저들의 돌아갈 길을 끊고 그 어린놈을 사로잡아 버릴 것이다."

문무 관원들 모두 감탄하며 말하기를: "폐하의 신기묘산(神機妙算)은 신들로서는 도저히 따라갈 수 없습니다."

마량 曰: "근자에 들으니 제갈승상은 위군이 침입해 올 것에 대비하여 동천의 모든 요충지를 시찰하고 있다 하옵니다. 폐하께서는 어찌하여 각 영채를 옮긴 지형의 도면을 승상께 보내 의견을 물어보시지 않으십니까?"

선주 曰: "짐도 병법을 알 만큼 아는데 그런 것까지 승상에게 물어볼 필요가 있느냐?"

마량 曰: "옛말에 이르기를, '여러 말을 들으면 사리에 밝지만 한쪽 말만 들으면 사리에 어둡다(兼聽則明, 偏聽則蔽).'고 했습니다. 폐하께서는 깊이 살피시옵소서."

선주 曰: "그렇다면 그것은 경이 직접 하라. 각 영채로 가서 사면팔방에 이르는 산천과 도로 및 방위 등을 표시한 지도(四至八道圖本)를 그려 직접 동천으로 가서 승상께 의견을 물어보라. 만약 잘못된 점이 있으면 즉시 와서 알리도록 하라."

마량은 명을 받고 떠났다. 선주는 영채를 숲이 우거진 울창한 곳으로 옮겨 군사들의 더위를 피하도록 했다.

이 같은 촉의 움직임은 이미 정탐꾼에 의해 한당과 주태에게 보고되었다. 이 사실을 안 두 사람은 매우 기뻐하며 육손을 찾아가 말하기를: "현재 촉병들은 40여 개의 영채를 모두 산림이 우거진 곳의 계곡 근처에 옮겨 놓고 물에서 더위를 식히며 쉬고 있습니다. 도독은 이 틈을 이용하여 공격하시지요."

이야말로:

촉의 주인 꾀가 있어 매복해 두었으니	蜀主有謀能設伏
동오 군사 용맹해도 잡히고 말 것이다	吳兵好勇定遭擒

육손이 그 말을 들어줄지 궁금하거든 다음 회를 기대하시라.

제 84 회

육손은 칠백 리에 걸친 영채 불을 놓고
제갈량은 팔진도를 교묘하게 펼쳐 놓다

陸遜營燒七百里

孔明巧布八陣圖

한당과 주태는 선주가 영채를 숲속의 서늘한 곳으로 옮긴 사실을 알아내서 즉시 육손에게 보고했다. 육손은 매우 기뻐하며 직접 군사를 이끌고 그들의 동정을 살피러 갔다. 과연 평지에는 1만 명 정도의 군사만 주둔해 있는데 그나마 반 이상은 노약자들이고 깃발에는 '선봉 오반(先鋒吳班)'이라 크게 씌어 있었다.

주태 曰: "내 보기에 저따위 병사는 애들 장난 같소이다. 한 장군과 함께 양쪽에서 쳐들어가겠소. 이기지 못하면 응당 군령을 달게 받을 것이오."

한참을 살펴보던 육손이 채찍을 들어 가리키며 말하기를: "저 앞에 보이는 산골짜기 속에서 살기(殺氣)가 뻗치는 것을 보니 그곳에 군사들이 매복하고 있음이 틀림없소. 평지에는 일부러 저렇게 약한 군사들을 두어 우리를 유인하려는 것이오. 공들은 절대 나가지 마시오."

모든 장수들은 육손의 그런 지시에 다들 겁쟁이라 여겼다.

다음 날 오반이 군사를 이끌고 와서 싸움을 걸었다. 처음에는 무위를 뽐내고 쉬지 않고 욕설을 퍼붓더니 그래도 어떤 반응도 보이지 않자 급기야 갑옷 등을 모두 벗어던지고 알몸으로 앉아 있거나 아예 드러누워 잠을 청하기도 했다.

보다 못한 서성과 정봉이 막사 안으로 들어가 육손에게 건의하기를: "촉병들이 우리를 대놓고 무시하고 있소이다. 우리가 나가서 저놈들을 쳐부수겠소."

육손이 웃으며 말하기를: "공들은 그저 혈기와 용맹만 믿고 손자(孫子)와 오자(吳子)의 오묘한 병법은 모르시는 것 같구려. 저것은 우리를 유인하기 위한 계책이오. 사흘 후에는 틀림없이 속임수라는 것을 공들이 알게 될 것이오."

서성 曰: "사흘 후에는 적들이 영채를 다 옮겨서 안정을 되찾을 텐데 그때 어떻게 저들을 친단 말이오?"

육손 曰: "내가 바라는 것은 바로 저들이 영채를 산속으로 옮겨 주는 것이오."

장수들은 육손을 비웃으며 물러갔다.

사흘 뒤 육손이 장수들을 거느리고 관문 위로 올라가 적진을 살피는데 정말 오반의 군사들은 물러가고 보이지 않았다.

육손이 손으로 숲속을 가리키며 말하기를: "지금 산속에서 살기가 뻗치고 있소. 틀림없이 유비가 저곳에서 나올 것이오."

말이 채 끝나기도 전에 완전무장을 한 촉병들이 선주를 에워싸고 쏟아져 나오는 것이 아닌가! 그 광경을 본 동오의 장수들은 모두 간담이 서늘해졌다.

육손 曰: "오반을 치자는 그대들의 주장을 내가 받아들이지 않은 것은 바로 저것 때문이었소. 이제 복병들이 나왔으니 앞으로 열흘 안에 반드시 촉병을 쳐부술 것이오."

장수들이 묻기를: "촉병을 쳐부수려면 마땅히 처음 그들이 움직이려 할 때 쳤어야지, 지금은 적들이 영채를 5~6백리에 걸쳐 연이어 세워 놓고 7~8개월 동안 지키면서 요충지의 방비를 굳게 하고 있는데 이제 와서 어찌 쳐부순단 말이오?"

육손 曰: "그것은 그대들이 병법을 몰라서 하는 소리요. 유비는 천하의 효웅(梟雄)인데다 지모까지 갖추었소. 저 군사들이 처음 왔을 때는 군기가 엄하고 규율이 잘 서 있었지만 지금은 오랫동안 우리가 대응을 해주지 않아 저들의 뜻대로 되지 않으니 많이 지치고 사기도 떨어졌소. 우리가 저들을 칠 때는 바로 지금이오."

여러 장수들은 비로소 탄복했다. 후세 사람이 그를 칭찬하여 시를 지었으니:

막사 안에서 병법대로 계략을 세워	虎帳談兵按六韜
향기로운 미끼로 고래 자라 낚는다	安排香餌釣鯨鰲
삼국시대엔 영웅 준걸 원래 많은데	三分自是多英俊
강남의 육손도 높은 재주 드러내네	又顯江南陸孫高

촉을 쳐부술 계책을 정한 육손은 곧바로 촉을 무찌를 날을 정해 놓았다는 내용의 표문을 손권에게 보냈다.

그 글을 본 손권이 기뻐서 말하기를: "강동에 또 다시 이런 기이한 인물이 났으니 과인이 무엇을 걱정하겠는가! 여러 장수들이 모두 글을 올려 육백언은 겁쟁이라고 하였지만 나는 믿지 않았는데 이제 그의 글을 보니 과연 그는 나를 실망시키지 않는군."

손권은 동오의 모든 군사를 동원하여 육손을 지원하러 떠났다.

한편 효정의 선주는 수군을 모두 동원하여 강을 따라 내려와 동오의 경내 깊숙이 들어가 수채를 세웠다.

황권이 간하기를: "강을 따라 내려가는 것은 앞으로 나아가기는 쉽지만 뒤로 물러서기는 어렵습니다. 신이 선두에서 나아갈 것이니 폐하께서는 뒤를 따르십시오. 그래야만 만에 하나라도 잘못 되는 일이 없을 것입니다."

선주 曰: "동오의 군사들은 겁을 먹어 이미 간이 콩알만 해졌는데 짐이 기세를 몰아 깊숙이 들어간들 거리낄 게 뭐 있겠느냐?"

여러 관원들이 극력 말렸지만 선주는 끝내 듣지 않았다.

그리고 군사를 두 방면으로 나눈 선주는 황권에게는 강북의 군사들을 지휘하여 위군의 침략을 막도록 하고 선주 자신은 강남의 모든 군사를 통솔하여 강을 끼고 영채를 나누어 세우고 진격하려고 했다.

위의 정탐꾼이 이런 사실을 알아내서 밤낮으로 말을 달려 위주(魏主: 조비)에게 보고했다. 그 내용은 촉병들이 동오를 치기 위해 7백 리에 걸쳐 40여 개의 영채를 모두 숲속에 세웠으며 지금 황권은 강의 북쪽 기슭에 군사를 주둔시켜 놓고 매일 1백여 리나 정탐하러 내보내는데 무슨 의도인지 모르겠다는 것이었다.

그 말을 들은 위주는 하늘을 쳐다보며 웃으며 말하기를: "유비가 패하게 생겼구나!"

신하들이 그 까닭을 묻자 조비가 말하기를: "유현덕은 병법도 모른다. 어떻게 영채를 숲속에 7백 리에 걸쳐 연이어 세워 놓고 적을 막을 수 있단 말인가! 초목이 무성한 곳(苞)과 고원(原)이나 습한 땅(濕), 그리고 험한 땅(險阻)에 군사를 주둔하는 것은 병법에서는 아주 금기 사항이다. 현덕은 반드시 동오의 육손에게 패하고 말 것이다. 틀림없이 열흘 안에 패했다는 소식이 올 것이다."

신하들은 그래도 그 말을 믿지 못했다. 당장 군사를 보내서 혹시 모를 유비의 공격에 대비할 것을 청했다.

위주가 웃으며 말하기를: "이번에 육손이 이기면 동오는 틀림없이 모든 군사를 거느리고 서천을 취하러 갈 것이다. 그러면 동오는 텅 비어있을 것이니 그때 짐이 군사를 보내 돕겠다고 하면서 세 방면으로 일제히 진군하면 동오를 손에 넣는 것은 누워 떡먹기처럼 쉽지 않겠는가!"

그제야 모든 신하들은 절을 하며 탄복했다.

위주는 곧 명을 내리기를: "조인은 군사를 거느리고 유수(濡須)로 가라. 그리고 조휴(曹休)는 동구(洞口)로, 조진(曹眞)은 남군(南郡)으로 각각 군사를 거느리고 떠나라. 세 사람은 날짜를 정해 일시에 동오를 기습하되 은밀히 하라, 짐이 직접 그 뒤를 따라가서 지원할 것이다."

이렇게 위주는 군사의 배치를 마쳤다.

한편 동천에 간 마량은 공명을 만나 영채를 배치한 도본(圖本)을 바치며 말하기를: "지금 우리 군사들의 영채를 옮겼는데 장강을 끼고 7백 리에 걸쳐 40여 개의 영채를 세웠습니다. 모두 숲이 무성한 계곡에 주둔하고 있습니다. 황상께서 저더러 도본을 가지고 가서 승상께 보여 드리라고 하셨습니다."

도본을 본 공명이 손으로 책상을 내리치고 괴롭게 소리치기를: "누가 주상께 이런 식으로 영채를 세우라고 했는가? 당장 그 자의 목을 베야겠구나!"

마량 曰: "모두 주상께서 직접 하신 것이지 누구의 계책도 아닙니다."

공명이 탄식하며 말하기를: "한조(漢朝)의 운명이 여기서 끝난단 말인가!"

마량이 그 까닭을 묻자, 공명이 말하기를: "원래 포(苞)·원(原)·습(濕)·

험조(險阻)[3]에 영채를 세우는 것은 병법에서는 아주 꺼리는 일이네. 만약 저들이 화공(火攻)을 쓴다면 어떻게 피하겠는가? 더구나 영채를 7백 리나 늘어 세웠으니 무슨 수로 적을 막아낼 수 있겠는가? 화(禍)가 머지않았네! 육손이 굳게 지키기만 하고 나와서 싸우지 않은 것은 바로 이것을 기다렸음이네. 자네는 빨리 돌아가서 천자를 뵙고 모든 영채를 속히 옮기라고 아뢰라. 그대로 나두면 절대로 안 되네."

마량 曰: "만약 오군이 쳐들어와 이미 손을 쓸 수 없다면 어찌합니까?"

공명 曰: "육손은 감히 추격해 오지는 못할 것이니 성도는 걱정하지 않아도 되네."

마량 曰: "육손이 왜 추격하지 못합니까?"

공명 曰: "위병(魏兵)들이 그 배후를 급습할까 두렵기 때문이네. 만약 일이 잘못 되었으면 주상께서는 백제성(白帝城)으로 피하셔야 하네. 내가 서천에 들어올 때 이미 10만 명의 군사를 어복포(魚服浦)에 매복시켜 놓았네."

마량이 몹시 놀라며 말하기를: "제가 어복포를 여러 번 왕래했지만 군사는 단 한 명도 보지 못했습니다. 승상께서는 어찌 그런 거짓말을 하십니까?"

공명 曰: "두고 보면 알 터이니 더 이상 묻지 말게."

마량은 공명의 표문을 가지고 화급히 어영(御營)으로 돌아갔다.

공명 자신은 성도로 돌아가 구원하러 갈 군마를 준비했다.

한편 군기가 빠져 나태해지고 방비도 제대로 하지 않는 촉군을 본 육손은 곧 대소 장수들을 막사 안으로 불러 모아 명령하기를: "나는 왕명

---

3 포(苞: 초목이 무성한 곳), 원(原: 높고 평평한 곳), 습(濕: 습한 곳), 험조(險阻: 지세가 험한 곳). 역자 주.

을 받은 이래 한 번도 나가서 싸우지 않았소. 이제 촉군의 동태를 충분히 파악했으니, 먼저 강 남쪽 기슭의 영채 하나를 빼앗을 생각이오. 누가 먼저 가서 치겠소?"

그 말이 끝나기도 전에 한당·주태·능동 등이 일제히 나서며 말하기를: "제가 갈 것이오!"

하지만 육손은 그들을 다 물리치고 계단 아래 있던 말단 장수 순우단(淳于丹)을 불러 말하기를: "내 그대에게 군사 5천 명을 내어 줄 것이니 강남의 네 번째 영채를 취하도록 하시오. 그곳은 촉군의 장수 부동(傅彤)이 지키는 곳인데 반드시 오늘 밤에 성공해야 하오. 내 몸소 군사를 거느리고 지원하러 갈 것이오."

순우단이 군사를 이끌고 떠나자 육손은 다시 서성과 정봉을 불러서 명하기를: "그대들은 각각 군사 3천 명씩을 데리고 영채 밖 5리쯤 되는 곳에 주둔하고 있다가 순우단이 패하고 돌아올 때 추격하는 촉군의 군사를 물리치되 그들을 쫓지는 말게."

두 장수는 육손의 지시를 받고 떠나갔다. 그날 황혼 무렵 군사를 이끌고 출발한 순우단이 촉군의 영채에 이르렀을 때에는 이미 삼경(三更)이 지난 후였다.

순우단은 군사들에게 일제히 북을 치고 함성을 지르며 쳐들어가게 했다. 그러나 촉군 영채에서 부동이 군사를 이끌고 나와 즉시 창을 꼬나들고 순우단에게 달려들었다. 순우단은 그들을 감당하지 못하고 말머리를 돌려 달아나려 했다.

그때 갑자기 함성이 울리며 한 무리의 군사들이 앞길을 가로막았는데 앞장선 장수는 조융(趙融)이었다. 순우단이 간신히 길을 뚫고 달아났지만 순우단은 그곳에서 군사를 태반이나 잃고 말았다. 한참을 달아나는데 산 뒤에서 또 한 무리의 만병(蠻兵)이 뛰쳐나와 길을 막았다. 앞장선 장수는 사마가(沙摩柯)였다.

순우단은 죽기로 싸워 겨우 달아났지만 등 뒤에서는 여전히 세 방면에서 군사들이 뒤를 쫓아왔다. 순우단이 오군 본영에서 5리쯤 떨어진 곳에 이르자 오군의 서성과 정봉 두 장수가 양쪽에서 달려 나와 촉군을 물리치고 순우단을 구해 영채로 돌아갔다.

몸에 화살이 꽂힌 채 영채로 돌아온 순우단이 육손에게 죄를 청하니 육손이 말하기를: "그대의 잘못이 아니오. 내 적의 허와 실을 알아보기 위해 그대를 보낸 것인데 이제야 촉을 쳐부술 계책을 완성했소."

서성과 정봉이 말하기를: "촉병의 세력이 생각보다 훨씬 강해 쳐부수기 어려울 것 같은데 공연히 우리의 장수와 군사들만 잃게 될 뿐이오."

육손이 웃으며 말하기를: "나의 계책은 오로지 제갈량만은 속여 넘길 수 없을 것인데 천만다행으로 이곳에 그 사람이 없으니 내가 큰 공을 세우게 되었소."

육손은 곧 대소 장수들을 불러 명령을 내리기를: "주연은 수로로 나아가 내일 오후에 동남풍이 크게 불면 배에 마른 풀을 싣고 가서 지시한 계책대로 하시오. 한당은 한 무리의 군사를 이끌고 강의 북쪽 기슭을 공격하고 주태는 강의 남쪽 기슭을 공격하시오.

모든 군사들은 각자 마른 풀 한 단씩을 가지고 가되, 그 안에 유황과 염초를 감추어 넣도록 하라. 또 각기 불씨를 소지하고 창과 칼을 들고 일제히 강기슭 위로 올라가 촉병의 영채에 이르자마자 바람 부는 방향으로 불을 지르되 촉병의 주둔지 40곳 중 한곳 건너 한곳씩 모두 20곳에 불을 지르라.

또한 전군은 말린 비상식량을 준비하여 각자 식사를 해결하고 조금이라도 물러서면 용서치 않을 것이다. 밤낮 쉬지 말고 유비를 사로잡을 때까지 추격을 멈추지 말라!"

군령을 들은 모든 장수들은 각기 계책을 받고 물러갔다.

한편 선주는 어영에서 동오를 쳐부술 계책을 궁리하고 있었다. 그때 갑자기 막사 앞에 세워둔 중군기(中軍旗)가 바람도 불지 않는데 저절로 넘어졌다.

선주가 정기(程畿)에게 묻기를: "이게 무슨 조짐인가?"

정기 曰: "오늘 밤 동오의 군사들이 우리의 영채를 습격하러 올 것 같습니다."

선주 曰: "어젯밤에 그리 당해놓고 어찌 감히 다시 오겠는가?"

정기 曰: "어제는 육손이 우리 군사의 허와 실을 알아보기 위해 슬쩍 떠보았을 것입니다."

이런 말을 나누고 있을 때 보고가 들어오기를 산 위에서 보니 동오의 군사들은 모두 산기슭을 따라 동쪽으로 가고 있다고 했다.

선주 曰: "그것은 우리를 속이려는 짓이다. 모든 군사들은 동요치 말라!"

그리고 관흥과 장포에게 각기 군사 5백 명을 데리고 나가 순찰을 강화하도록 했다.

해질 무렵 관흥이 돌아와 아뢰기를: "강북의 영채 안에서 불길이 치솟고 있습니다."

선주는 급히 관흥을 강북으로 보내 알아보도록 지시하고 장포에게는 강남으로 가서 정황을 살피게 하면서 말하기를: "만약 동오의 군사가 오면 즉시 돌아와서 보고하라."

두 장수는 명을 받고 떠났다.

초경 무렵 동남풍이 갑자기 불기 시작하더니 어영의 왼편 주둔지에서도 불길이 일었다. 막 불을 끄려고 하는데 이번에는 오른편 주둔지에서 또 불길이 솟았다. 바람이 점점 거세지면서 불길은 순식간에 무성한 숲으로 옮겨 붙으면서 함성까지 크게 진동했다.

양쪽 주둔지의 군사들이 일제히 뛰쳐나오고 어영의 군사들까지 피해 달아나느라 어영 군사들끼리 뒤엉켜 서로 밟고 밟혀 죽은 자만도 그 수를 헤아리기 어려웠다. 더구나 뒤에서는 동오의 군사들이 쳐들어오는데 어둠과 연기 속에서 그 수가 얼마나 되는지 가늠도 할 수 없었다.

선주는 급히 말에 올라 풍습(馮習)의 영채로 달려갔다. 그러나 풍습의 영채 안에서도 불길이 하늘로 치솟고 있었다. 이제는 강남과 강북 모든 촉군의 영채에서 불길이 치솟아 온통 불바다가 되어 마치 대낮처럼 밝았다.

황급히 말에 오른 풍습이 기병 수십 명만 데리고 달아나다 마침 동오의 장수 서성의 군사를 만나 한바탕 싸움이 벌어졌다. 그 모습을 본 선주는 말머리를 돌려 서쪽으로 달아났다. 그러자 서성은 풍습을 내버려두고 군사를 이끌고 선주를 추격하기 시작했다. 선주가 한창 당황해하는데 앞에서 또 한 무리의 군사가 길을 막으니 바로 정봉이었다. 서성과 정봉이 양쪽에서 협공해 들어오자 몹시 놀란 선주는 사방을 둘러보았지만 달아날 곳이라고는 없었다.

바로 이때 함성이 요란하게 일면서 한 무리의 군사들이 겹겹의 포위망을 뚫고 쳐들어왔는데 바로 장포였다. 선주를 구한 장포는 어림군을 이끌고 달아나기 시작했다. 한창 가고 있을 때 앞에서 또 한 무리의 군사가 당도했다. 그는 촉의 장수 부동이었다. 그들은 군사를 하나로 합쳐 앞으로 달려갔다.

뒤에서는 동오의 군사들이 맹렬히 추격해 왔다. 선주가 마안산(馬鞍山)에 이르자 장포와 부동이 잠시 선주에게 산 위로 올라갈 것을 청했

陸遜

다. 그러나 산 아래에서 함성이 크게 일면서 육손이 거느린 대군이 마안산을 에워싸고 말았다. 장포와 부동은 죽기를 다해 오군이 산 위로 올라가지 못하도록 산 어귀의 길목을 막았다.

선주가 산 위에서 멀리 바라보니 온 들판이 불타고 있었고 촉군의 시체가 겹겹이 쌓여 강물을 메운 채 떠내려가고 있었다.

다음 날 산을 에워싼 동오의 군사들이 사방에 불을 질렀다. 불길이 산 위로 번지기 시작하자 군사들이 어지럽게 달아나기 시작했다. 당황한 선주가 어찌할 바를 모르고 있는 그때 불길 속에서 한 장수가 여러 명의 기병을 데리고 산 위로 올라오고 있었는데 바로 관흥이었다.

관흥이 땅에 엎드려 청하기를: "사방에서 불길이 치솟아 이쪽으로 다가오고 있으니 이곳에 오래 머물러 있을 수 없습니다. 폐하께서는 속히 백제성으로 피하셔서 군마를 정비하도록 하시옵소서."

선주 曰: "누가 적의 추격을 막겠느냐?"

부동이 아뢰기를: "신이 목숨을 걸고 막아보겠습니다."

그날 황혼 무렵, 관흥이 앞장을 서고 장포는 가운데서 선주를 보호하고 부동은 남아서 뒤를 차단하기로 하고 산 아래로 달려 내려갔다. 선주가 달아나는 것을 본 동오의 군사들은 모두들 서로 공을 다투어 각기 대군을 이끌고 서쪽으로 추격해오니 그 기세는 하늘을 가리고 땅을 뒤엎는 듯했다.

선주는 군사들에게 갑옷과 전포를 모두 벗어 길에 쌓아 놓고 불을 질러 동오군의 추격을 막도록 했다. 선주가 한창 달아나고 있을 때 함성이 크게 진동하면서 동오의 장수 주연이 이끄는 군사들이 강기슭을 따라 쳐들어와 앞길을 막았다.

선주가 소리치기를: "짐이 여기서 죽는단 말인가!"

관흥과 장포가 말을 달려 그들을 맞아 싸우러 나갔다. 그러나 동오의 군사들이 화살을 비 오듯 쏘아대니 더 이상 뚫고 나가지 못하고 결국 중상만 입은 채 돌아왔다. 등 뒤에서는 육손이 대군을 거느리고 산골짜기 안에서 쳐들어오고 있다. 이제 꼼짝없이 갇히는 신세가 되고 만 선주가 몹시 당황해하고 있는데 어느덧 날이 밝아오기 시작했다. 이때 갑자기 앞쪽에서 커다란 함성이 진동하면서 주연의 군사들이 바위 구르듯 사정없이 강물 위로 떨어지는 것이 아닌가! 이어서 한 무리의 군사들이 선주의 어가를 구하러 달려왔다. 그는 바로 다름 아닌 상산 조자룡이었다.

조운은 본래 서천의 강주(江州)에 있었다. 촉병이 동오의 군사와 싸우고 있다는 말을 들은 조운은 곧바로 군사를 이끌고 달려오는데 갑자기 동남쪽 일대에서 불길이 하늘높이 치솟는 것을 보았다. 놀란 조운이 멀리 살펴보다가 뜻밖에 선주께서 위급한 상황에 빠진 것을 보고 용맹을 떨쳐 쳐들어온 것이다.

조운이 나타났다는 말을 들은 육손은 급히 군사들에게 명을 내려 더 이상 쫓지 말고 물러나도록 했다. 기세를 잡은 조운은 적들을 쳐 죽이며 달려가다가 마침 주연을 만났다. 조운은 주연을 단 한 번의 창으로 찔러 말 아래 떨어뜨려 죽이고 동오의 군사들을 멀리 쫓아버렸다.

선주를 구한 조운은 백제성으로 달려갔다.

선주 曰: "짐은 이제 위험을 벗어났지만 다른 장수들은 어찌해야 하는가!"

조운 曰: "적군이 뒤에 있어 잠시도 지체할 수 없습니다. 폐하를 우선 백제성에 안전하게 모셔 놓고, 신이 다시 군사를 이끌고 가서 장수들을 구할 것입니다."

이때 선주 곁에 남아 있던 군사는 겨우 1백여 명에 불과했다.

후세 사람이 시를 지어 육손을 칭찬했으니:

창 들고 불 질러 연이은 영채 쳐부수니　　持矛擧火破連營
궁지에 몰린 현덕 백제성으로 달아나네　　玄德窮奔白帝城
순식간에 그 명성 촉과 위 놀라게 하니　　一旦威名驚蜀魏
오왕이 어찌 서생을 공경하지 않겠는가　　吳王寧不敬書生

한편 선주의 뒤에서 적의 추격을 막던 부동은 그만 동오의 군사들에게 사면팔방으로 포위되고 말았다.

정봉이 큰 소리로 외치기를: "서천의 군사들 중 죽은 자와 항복한 자가 이루 셀 수 없이 많다. 너희 주인 유비도 이미 사로잡혔다. 이제 너는 힘도 다하고 형세도 이처럼 고립되었는데, 어찌하여 빨리 항복하지 않느냐?"

부동이 꾸짖기를: "한나라의 장수가 어찌 동오의 개한테 항복하겠느냐!"

부동은 촉군을 이끌고 말을 달려 정봉과 1백여 합을 싸웠으나 끝내 포위를 뚫지 못했다.

부동은 탄식하며 말하기를: "나도 이제는 끝이로구나!"

그리고 입으로 피를 토하며 동오의 군사들 속에서 결국 숨을 거두었다. 후세 사람이 시를 지어 부동을 찬탄했으니:

이릉에서 오와 촉이 크게 싸울 때　　彝陵吳蜀大交兵
육손이 계략으로 화공을 사용했지　　陸遜施謀用火焚
목숨 잃을 때까지 오의 개 꾸짖은　　至死猶然罵吳狗
부동은 한 장수로서 자랑스럽구나　　傅肜不愧漢將軍

촉의 좨주(祭主) 정기는 필마단기로 강기슭으로 달려가 적과 싸우기 위해 수군을 불렀다. 하지만 동오의 군사들이 곧바로 뒤쫓아오는 바람에 겁에 질린 수군은 사방으로 흩어져 달아나 버렸다.

정기의 부하 장수가 외치기를: "동오군이 오고 있습니다. 정 좨주께서도 속히 달아나셔야 합니다!"

정기가 화를 내며 말하기를: "내가 주상을 따라 출전한 이래 한 번도 도망친 적이 없느니라!"

그 순간 동오의 군사들이 몰려와 이미 좨주를 에워싸고 말았다. 정기는 칼을 빼서 스스로 목을 찔러 죽었다.

후세 사람이 그를 칭찬하여 시를 지었으니:

그 기개 장하도다 촉의 좨주 정기여!	慷慨蜀中程祭主
스스로 자결하여 임금 은혜 보답했네	身有一劍答君王
위기를 만나 평생 그 뜻 변치 않으니	臨危不改平生志
만고에 향기로운 이름 길이 남기도다	博得聲名萬古香

이때 오반과 장남은 오랫동안 이릉성을 포위하고 있었는데 풍습이 달려와 촉군이 패한 소식을 전하니 곧바로 군사를 이끌고 선주를 구하러 갔다. 손환은 비로소 포위에서 풀려났다.

장남과 풍습 두 장수가 급히 가고 있는데 앞에서 동오군이 나타나 길을 막고, 등 뒤에서는 성에서 나온 손환이 쫓아나와 양쪽에서 협공했다. 장남과 풍습은 죽을힘을 다해 싸웠지만 끝내 적진을 뚫지 못하고 혼전 중에 결국 죽고 말았다. 후세 사람이 시를 지어 이 두 사람을 찬탄했으니:

풍습의 충성심은 천하에 다시없고	馮習忠無二

장남의 의기 또한 짝할 자 없도다　　張南義少雙
모래톱에서 싸우다 기꺼이 죽으니　　沙場甘戰死
두 사람 명성 청사에 길이 남기네　　史册共流芳

오반은 힘겹게 여러 겹의 포위를 뚫고 나갔지만 다시 추격해 오는 동오군을 만나 위기에 처했지만 다행히 조운이 달려와 구해 주어 함께 백제성으로 돌아갔다.

이때 만왕 사마가는 자신의 군사를 모두 잃고 필마단기로 쫓기다가 주태와 마주쳐 20여 합을 싸웠으나 결국 주태의 손에 죽고 말았다.

촉의 장수 두로(杜路)와 유녕(劉寧)은 동오군에 항복했다. 촉군 영채에 남아있던 군량과 마초 및 병장기들은 모두 동오군의 손에 들어갔으며 촉의 장수와 서천의 군사 가운데 항복한 자는 그 수를 헤아릴 수도 없었다.

한편 동오에 있던 손 부인은 촉군이 효정에서 크게 패하고 선주마저 싸움 중에 전사했다는 소문을 사실로 믿고 수레를 몰아 강변으로 간 뒤 멀리 서쪽을 바라보며 곡을 한 다음 강물에 몸을 던져 죽었다.

후세 사람이 손 부인이 몸을 던진 그 강변에 사당을 세우고 효희사(梟姬祠)라 불렀으며 시를 지어 그녀를 탄식했으니:

선주의 군사들 백제성으로 돌아갔는데　　先主兵歸白帝城
손 부인은 헛소문에 홀로 목숨 버렸네　　夫人聞難獨捐生
지금도 그 강가에 비석이 남아 있으니　　至今江畔遺碑在
열녀의 그 이름 천추에 전해 내려오네　　猶著千秋烈女名

한편 완전한 승리를 거둔 육손은 군사들을 이끌고 서쪽으로 촉군의 뒤를 계속 추격했다. 기관(夔關)에서 멀지 않은 곳에 이른 육손이 말 위에서 바라보니 앞에 보이는 산 옆의 강가에서 하늘을 찌를 듯한 살기가 뻗히고 있음을 느꼈다.

곧바로 말을 멈춘 육손이 여러 장수를 돌아보며 말하기를: "저쪽에 반드시 적이 매복하고 있을 것이니 전군은 섣불리 나가지 말라."

그러고는 즉시 10여 리를 물러서서 넓게 트인 곳에 진을 치고 방어 태세를 갖춘 뒤 정탐꾼을 보내 알아보도록 했다.

정탐꾼이 돌아와서 보고하기를 그곳에는 군사 한 명 보이지 않는다고 했다. 그 말이 믿기지 않은 육손이 말에서 내려 높은 곳에 몸소 올라가 그곳을 바라보니 여전히 살기가 뻗치고 있었다.

육손은 또 사람을 보내 그곳을 자세히 살피게 했다. 정탐꾼이 다시 돌아와서 보고하기를 앞에는 사람이든 말이든 아무것도 없다고 했다. 해는 곧 서산으로 지려고 하는데 살기는 더욱 거세짐을 느낀 육손은 아무래도 의심이 풀리지 않아 심복을 보내 다시 한 번 확인해 보도록 했다. 그가 돌아와서 보고하기를 분명 사람은 아무도 보이지 않지만 강변에 돌무더기 8~9십 개가 여기저기 쌓여있다고 했다.

더욱 의심이 커진 육손은 그 근처 사는 사람들을 찾아보도록 했다. 잠시 후 데리고 온 토박이 몇 사람에게 육손이 직접 묻기를: "누가 강변에 돌무더기를 쌓아 놓았으며 어째서 그 돌무더기 속에서 살기가 뻗쳐 나오는 것인가?"

토박이들이 대답하기를: "이곳은 어복포(魚腹浦)라는 곳인데 제갈량이 서천으로 들어갈 때 군사를 이끌고 이곳에 와서 돌을 모아 모래톱에 진을 쳤습니다. 그 후로 늘 구름 같은 기운이 돌무더기 속에서 일어나고 있습니다."

그 말을 들은 육손은 기병 수십 명을 데리고 석진(石陳)을 보러 갔다.

산비탈 위에 말을 세우고 바라보니 사면팔방으로 모두 문이 나 있었다.

육손이 웃으며 말하기를: "저것은 사람을 홀리는 속임수일 뿐이다. 저런 수작에 넘어갈 자가 어디 있겠는가!"

곧바로 몇 명의 기병만 데리고 산비탈을 내려가 석진 안으로 들어가 살펴보았다.

부하 장수가 말하기를: "날이 어두워지고 있으니 도독께서는 속히 돌아가시지요?"

육손이 막 석진에서 나오려 하는데 갑자기 광풍이 불면서 순식간에 모래가 흩날리고 돌맹이가 구르면서 하늘을 가리고 땅을 뒤덮었다. 그리고 보이는 것이라고는 괴상한 돌들이 우뚝우뚝 솟아 있는 것이 마치 날카로운 칼날처럼 뻗어 있고 모래와 흙이 산처럼 첩첩이 쌓여있는 모습뿐이다. 그리고 강물에 파도치는 소리가 마치 검이 부딪치고 북을 치는 듯한 소리로 들렸다.

육손은 몹시 놀라 소리치기를: "내가 제갈량의 계책에 말려들고 말았구나!"

급히 돌아 나오려 했지만 빠져 나가는 길이 보이지 않았다.

육손이 당황하여 쩔쩔매고 있을 때 문득 한 노인이 말 앞에 나타나 웃으며 말하기를: "장군께선 이 진에서 빠져나가려 하시오?"

육손 曰: "부디 어르신께서 꺼내주십시오."

노인은 지팡이를 짚고 천천히 앞장을 서서 걸었다. 그 뒤를 따라가니 아무 장애 없이 곧바로 석진을 빠져나올 수 있었다. 노인은 육손을 산비탈 위까지 바래다주었다.

육손이 묻기를: "어르신은 누구십니까?"

노인이 대답하기를: "이 늙은이는 제갈공명의 장인 황승언(黃承彦)이외다. 지난날 내 사위가 서천에 들어갈 때 이곳에 석진을 벌여 놓고 그 이

孔明巧布八陣圖

름을 팔진도(八陣圖)라 하였소. 여덟 문이 서로 번갈아 가며 둔갑술을 부리는 바, 휴(休)·생(生)·상(傷)·두(杜)·경(景)·사(死)·경(驚)·개(開)의 여덟 문을 세워 놓은 것으로 매일 매시간 변화무쌍하여 가히 10만 정예병과 견줄 만하오.

내 사위가 떠나면서 이 늙은이에게 당부하기를, '훗날 동오의 대장이 이 석진 속에 들어갔다가 길을 잃게 될 것인데 그때 그를 진 밖으로 꺼내주지 마십시오.'

그런데 이 늙은이가 방금 산 위의 바위에서 장군이 사문(死門)으로 들어가는 것을 보고 이 팔진도를 몰라서 틀림없이 길을 잃게 될 줄 알았소. 이 늙은이는 평생 착한 일 하기를 좋아해 장군이 이곳에서 빠져 죽는 것을 차마 두고 볼 수 없어 특별히 생문(生門)으로 나올 수 있게 인도해드린 것이오."

육손 曰: "어르신께서는 이 진법을 배우셨습니까?"

황승언 曰: "변화가 너무 무궁무진하여 배울 수 없소."

육손은 황급히 말에서 내려 고맙다고 절을 하고 돌아갔다.

후에 두공부(杜工部: 두보)가 이 일을 시로 읊었으니:

그의 공은 셋으로 나뉜 나라 덮고	功蓋三分國
그의 명성은 팔진도로 완성되었네	名成八陳圖
강물은 흘러도 그 돌은 안 구르니	江流石不轉
동오 삼키지 못한 것 한으로 남네	遺恨失呑吳

육손은 영채로 돌아와 탄식하며 말하기를: "공명은 진정 와룡(臥龍)이로다. 나는 그에 미칠 수가 없구나!"

육손은 결국 회군 명령을 내렸다.

좌우 장수들이 말하기를: "유비는 싸움에 져서 그 세가 약해질 대로 약해져 이제 겨우 성 하나를 어렵게 지키고 있으니, 지금이야말로 승세를 타고 그를 없앨 수 있는 절호의 기회인데 그따위 석진 하나에 겁을 먹고 물러가다니 도대체 그 까닭이 무엇입니까?"

육손 曰: "나는 석진이 두려워 돌아가려는 것이 아니오. 내 보기에 위주(魏主) 조비는 제 아비 못지않게 간사한 사람이오. 지금 우리가 촉병을 추격하고 있는 것을 알면 틀림없이 그 빈틈을 노려 우리 동오를 급습하려 할 것이오. 우리가 만약 서천으로 깊숙이 들어가면 급히 물러나기는 어렵기 때문이오."

육손은 한 장수에게 혹시 있을지도 모를 촉의 기습을 대비하게 하고 대군을 거느리고 동오로 돌아갔다. 군사를 물린 지 이틀도 지나지 않아 세 곳에서 급보가 날아왔는데: "위군(魏軍) 수십만 명이 조인은 유수(濡須)로, 조휴는 동구(洞口)로, 조진은 남군(南郡)으로, 세 방면으로 각각 대군을 이끌고 밤낮으로 달려와 우리의 경계에 이르렀는데 무슨 의도인지 모르겠습니다."

육손이 웃으며 말하기를: "역시 내 예상이 맞았군. 내 이미 군사들에게 그들을 막도록 조치해 놓았다."

이야말로:

웅대한 뜻은 서촉을 먼저 삼키고 싶지만	雄心方欲吞西蜀
이기려면 역시 위부터 막는 게 상책이지	勝算還須禦北朝

육손이 어떻게 위군을 물리칠지 궁금하거든 다음 회를 기대하시라.

제 85 회

선주는 자식을 부탁하는 유서를 남기고 공명은 편히 앉아 다섯 길 적 물리치다

劉先主遺詔托孤兒

諸葛亮安居平五路

장무(章武) 2년(서기 222년) 여름 6월, 동오의 육손은 효정과 이릉에서 촉의 군사를 크게 쳐부쉈다. 선주는 백제성으로 달아났고, 조운은 군사를 이끌고 와서 성을 지켰다. 그제야 공명에게 갔던 마량이 도착하여 대군이 이미 참패한 것을 보고 후회했지만 어쩔 수가 없었다. 그저 공명의 말만 선주에게 아뢰었다.

선주가 탄식하며 말하기를: "짐이 일찍이 공명의 말을 들었더라면 이런 참담한 패배는 없었을 텐데, 이제 무슨 면목으로 성도로 돌아가 여러 신하들의 얼굴을 본단 말인가!"

선주는 백제성에 머물기로 하고 거처하는 역관을 영안궁(永安宮)이라고 했다. 계속해서 슬픈 소식만 날아들었다. 풍습·장남·부동·정기·사마가 등이 모두 싸우다가 죽었다는 것이다. 선주는 슬픔을 이길 수 없었다. 그런데 또 보고가 들어오기를: "강북을 지키던 황권은 군사를 이끌고 위에 투항했습니다. 폐하께서는 그의 가솔들을 잡아다가 죄를 물으십시오."

선주 曰: "황권은 동오의 군사가 강의 북쪽 연안을 막고 있어 돌아오고 싶어도 길이 없어 부득이 위에 투항했을 것이다. 이는 짐이 황권을 저버린 것이지 황권이 짐을 저버린 것이 아니다. 그러니 그의 가솔들에게 어찌 죄를 묻는단 말이냐?"

선주는 오히려 황권의 가솔들에게 예전처럼 녹미(祿米)를 지급하게 했다.

한편 위에 투항한 황권을 위의 장수들이 조비에게 데려갔다.

조비 曰: "경이 이제 짐에게 투항했으니 진평(陳平)과 한신(韓信)[4]을 따르겠는가?"

황권이 울면서 아뢰기를: "신은 촉 황제의 은혜와 특별히 두터운 대우를 받았습니다. 황제께서는 신에게 강북의 모든 군사를 통솔하게 하셨는데 육손이 퇴로를 차단하여 서촉으로 돌아갈 방법이 없었습니다. 그렇다고 동오에는 항복할 수 없어 폐하께 투항한 것입니다. 싸움에 패한 장수가 죽음이나 면하면 다행이지 어찌 감히 옛 사람을 따르겠습니까?"

황권의 솔직한 말에 조비는 크게 기뻐하며 곧 그를 진남장군(鎭南將軍)으로 봉했다. 그러나 황권은 사양하고 받지 않았다.

이때 가까이 모시는 신하가 아뢰기를: "촉에서 온 염탐꾼이 말하는데 촉주가 황권의 가솔들을 모두 죽였다고 합니다."

황권 曰: "신과 촉주는 성심으로 믿는 사이입니다. 신의 본심을 누구보다 잘 알고 계실 촉주께서 신의 가솔들을 죽일 리가 없습니다."

조비는 황권의 말을 믿었다. 후세 사람이 황권을 책망하며 시를 지었으니:

---

4 진평과 한신 두 사람은 모두 항우의 부하였으나 항우에게 인정받지 못해 유방에게 투항한 후 유방을 도와 항우를 치고 한나라의 개국공신이 되었음. 역자 주.

동오에 항복할 수 없어 위에 항복하니	降吳不可却降曹
충의로운 사람이 어찌 두 임금 섬기나	忠義安能事兩朝
아쉽구나 황권이 이때 죽지 못한 것이	堪嘆黃權惜一死
자양의 필법은 그를 쉽게 용서 않으리	紫陽書法[5]不輕饒

조비가 가후에게 묻기를: "짐이 이제 천하를 통일하려고 하는데 촉을 먼저 쳐야 하오? 아니면 오를 먼저 쳐야 하오?"

가후 曰: "유비는 영웅의 재질이 있는데다 제갈량이 나라를 잘 다스리고 있습니다. 동오의 손권은 허와 실을 잘 꿰뚫어 볼 줄 알고 육손이 요충지마다 군사를 잘 배치하고 지키고 있으며 장강과 호수가 가로막고 있으니 둘 다 쉽게 도모하기는 어렵습니다. 신이 보기에 우리 장수 가운데 유비나 손권을 대적할 장수는 없습니다. 비록 폐하께서 하늘같은 위엄으로 임하신다 해도 전혀 빈틈이 없다고 할 수는 없으니 지금은 굳게 지키면서 두 나라의 변화를 기다리시는 편이 좋을 듯합니다."

조비 曰: "짐은 이미 세 방면으로 나누어 대군을 보내 동오를 정벌하라 했는데 이기지 못할 리가 있겠는가?"

옆에 있던 상서(尙書) 유엽(劉曄)이 아뢰기를: "최근 동오의 육손이 촉의 70만 대군을 쳐부순 뒤로 위아래가 한마음으로 뭉쳐 있는데다 중간에 강과 호수가 길을 막고 있어 쉽사리 제압할 수 없습니다. 지모가 뛰어난 육손이 틀림없이 대비하고 있을 것입니다."

조비 曰: "경은 이전에 짐에게 동오를 정벌하자고 권하더니 이제 와서 치지 말라니 어찌 된 까닭이오?"

유엽 曰: "지금은 그때와 사정이 다릅니다. 그때는 동오가 여러 차례

---

5 자양은 남송 주희를 가리키며 그는 제자들과 함께 유가사상의 입장에서 춘추필법으로 통감강목(通鑒綱目)을 지었음. 그 필법에 의하면 황권의 행위는 책망을 받아 마땅함. 역자 주.

촉에게 패한 뒤라 기세가 꺾여 있었습니다. 하지만 지금은 저들이 완전한 승리를 거두어 그 사기가 백배나 늘어났으니 공격해서는 안 됩니다."

조비 曰: "짐의 뜻은 이미 결정되었으니 경은 더 이상 말하지 말라."

그러고는 몸소 어림군을 거느리고 세 방면으로 진군하는 군사들을 지원하러 나섰다. 이때 정탐꾼이 달려와서 동오는 이미 우리를 맞을 대비를 하고 있다고 보고하면서, 여범이 군사를 거느리고 와서 조휴를 막고 있으며, 제갈근은 남군에서 조진을 막도록 하였으며 주환(朱桓)은 군사를 거느리고 유수에서 조인을 막고 있다는 것이다.

유엽 曰: "적들이 이미 만반의 대비를 하고 있다고 하는데 간다고 한들 무슨 이득이 있겠습니까?"

조비는 끝내 그 말을 듣지 않고 군사를 거느리고 갔다.

한편 동오의 장수 주환은 그때 나이 겨우 27세밖에 되지 않았지만 담대하고 지략이 있어 손권이 매우 아끼는 장수였다. 유수를 지키고 있던 주환은 조인이 대군을 이끌고 선계(羨溪)를 치러 간다는 말을 듣고 유수의 군사 대부분을 선계로 보내고 단지 기병 5천 명만 데리고 유수를 지키고 있었다.

그런데 갑자기 조인이 대장 상조(常雕)로 하여금 제갈건(諸葛虔)·왕쌍(王雙)과 함께 정예군 5만 명을 이끌고 나는 듯이 유수성으로 쳐들어온다는 보고를 받았다. 이 말을 들은 장병들의 얼굴에 두려운 기색이 역력했다.

주환은 손에 칼을 들고 외치기를: "승부는 장수에게 달린 것이지 군사의 많고 적음에 달린 것이 아니다. 병법에서 이르기를, '쳐들어오는 군사가 지키는 군사보다 두 배가 되더라도 지키는 군사가 능히 이길 수 있다.'고 했다. 지금 조인은 천리나 되는 길을 산 넘고 물 건너오느라 군사와 말 모두 지쳐 있다. 우리는 높은 성 안에서 남쪽으로는 장강에 임해 있고 북쪽으로는 험한 산을 등지고, 편히 쉬고 있으면서 멀리서 오느라 지친 적을 기다리고 있음이요, 주인이 손님을 기다리는 격이니, 이야말로 백번 싸워 백번 이기는 형세가 아니겠느냐. 비록 조비가 직접 온다고 해도 걱정할 게 없는데 그까짓 조인 따위를 두려워하겠느냐?"

주환은 명을 내려 모든 군사들에게 깃발을 눕혀 놓고 북도 치지 말도록 하여 마치 성이 텅 빈 것처럼 위장했다.

이윽고 위의 선봉장 상조가 정예병을 거느리고 유수성을 향해 달려왔다. 멀리 성이 보이는 곳에 이르러 바라보니 성 위에는 군사가 하나도 보이지 않았다. 상조가 군사를 재촉하여 성 가까이 이르자 갑자기 포성과 함께 성 위에 깃발들이 일제히 올라 나부끼기 시작했다.

그와 동시에 주환이 칼을 비껴들고 나는 듯이 말을 달려 성문을 나와 곧바로 상조에게 달려들었다. 두 장수가 미처 3합도 싸우지 않았는데 주환이 상조를 베어 말 아래로 떨어뜨렸다. 동오 군사들은 그 기세를 타고 일제히 성에서 뛰쳐나와 쳐들어가니 위 군사는 크게 패하여 죽은 자가 셀 수 없이 많았다.

대승을 거둔 주환은 무수한 깃발·병기·군마 등을 획득했다.

뒤이어 군사를 거느리고 선계에 이른 조인 역시 동오 군사들의 선제 공격에 크게 패해 물러났다. 조인이 돌아가서 위주 조비에게 싸움에 패한 상황을 자세히 보고하니 조비는 몹시 놀랐다.

조비가 한창 대책을 의논하고 있을 때 갑자기 정탐꾼이 와서 보고하기를: "조진과 하후상이 남군을 에워쌌지만 육손과 제갈근이 성 안과 밖에 각각 군사를 매복시켜 놓고 안팎으로 공격을 하니 당해내지 못하고 패하고 말았습니다."

보고가 끝나기도 전에 또 다른 정탐꾼이 와서 보고하기를: "조휴 역시 여범에게 당하고 말았습니다."

조비는 세 방면의 군사들이 모두 패했다는 소식을 듣고 탄식하며 말하기를: "짐이 가후와 유엽의 말을 듣지 않아 결국 이렇게 패하고 말았구나!"

때는 무더운 여름이라 무서운 전염병까지 크게 돌아 기병과 보병도 열에 일곱은 죽었다. 조비는 결국 군사를 이끌고 낙양으로 돌아갔다. 동오와 위는 이때부터 불화가 더욱 심해졌다.

한편 선주는 백제성 영안궁에서 병이 나서 자리에서 일어나지도 못하고 있었는데 병세가 갈수록 위중해졌다. 장무 3년(서기 223년) 4월에 이르자 선주는 자신의 병이 온몸으로 퍼지고 있음을 알았다. 더구나 먼저 간 관우와 장비 두 아우를 그리며 매일 눈물로 세월을 보내니 병세는 더욱 심해 졌다. 그는 두 눈이 흐릿해져 보이지 않게 되자 곁에서 시중드는 사람조차도 보기가 귀찮아지니 그들도 자리를 물리고 홀로 침상 위에 누워있었다.

그때 갑자기 음산한 바람이 일더니 등불이 펄럭이며 꺼질 듯 다시 밝아지기를 반복했다. 선주가 그쪽을 바라보는 순간 등불 그림자 아래 두 사람이 서 있는 것이 희미하게 보였다.

선주가 화를 내며 말하기를: "짐의 마음이 편치 않아 너희에게 잠시 물러가 있으라 했거늘 어째서 다시 왔느냐?"

그러나 두 사람은 선주의 그런 꾸지람을 듣고도 그 자리에 그대로 서 있었다. 선주가 몸을 일으켜 자세히 살펴보니 그들은 바로 관우와 장비가 아닌가!

선주가 깜짝 놀라 말하기를: "두 아우가 아직 살아 있었구나!"

운장 曰: "신들은 사람이 아니라 귀신입니다. 상제(上帝)께서 저희 두 사람이 평생 신의를 저버리지 않았다 하여 칙명을 내려 둘 다 신(神)이 되도록 해 주셨는데 형님도 이제 이 아우들과 함께 만날 날이 멀지 않았습니다."

선주는 두 사람을 붙들고 목 놓아 울다 문득 놀라서 깨어보니 두 아우는 보이지 않았다.

선주는 즉시 시종을 불러 시각을 물으니 삼경(三更: 밤 11시에서 새벽 1시)이었다.

선주가 탄식하며 말하기를: "짐이 세상에 살날도 이제 얼마 남지 않았구나!"

그러고는 곧바로 사자를 성도로 보내 승상 제갈량과 상서령(尙書令) 이엄(李嚴) 등에게 밤낮으로 영안궁으로 달려와 마지막 유명(遺命)을 받도록 했다. 공명은 태자 유선에게 남아서 성도를 지키게 하고 선주의 둘째 노왕(魯王) 유영(劉永), 셋째 양왕(梁王) 유리(劉理)와 함께 선주를 뵈러 영안궁으로 달려갔다.

영안궁에 이른 공명이 선주의 병이 위중함을 보고 황망히 침상 아래 엎드려 절을 했다. 선주는 공명을 가까이 오라고 하여 등을 어루만지며 말하기를: "짐은 승상을 얻고 나서 다행히 제업을 이루었는데 짐의 식견이 얕고 비루하여 승상의 말을 듣지 않아 그만 패하고 말았구려. 뉘우침과 한스러움이 병으로 남아 이제는 죽음이 조석에 달려 있소. 세자가 아직 허약하고 무능하니 부득이 대사를 승상께 부탁하지 않을 수 없구려."

말을 마친 선주의 얼굴에 눈물이 가득했다. 공명 역시 눈물을 흘리며 말하기를: "원하옵건대 폐하께서는 용체를 잘 보전하시어 천하 사람들의 소망을 이루어주소서."

선주가 힘없이 눈을 들어 두루 돌아보다 마량의 아우 마속이 곁에 있는 것을 보고 모든 신하를 물린 뒤 공명에게 묻기를: "공명은 마속의 재주를 어찌 보시오?"

공명 曰: "그 사람 역시 당세의 영재입니다."

선주 曰: "그렇지 않소. 짐이 보기에 그는 실제보다 말이 너무 지나쳐 크게 써서는 아니 되오. 승상께서 깊이 살피시오."

분부를 마친 선주는 여러 신하들을 모두 방 안으로 불러들인 다음 종이와 붓을 가져오게 하여 마지막 조서를 써서 제갈량에게 넘겨주고 탄식하며 말하기를: "짐이 오래전에 읽은 글이라 대충만 기억하고 있는데 성인(聖人: 공자)께서 말씀하시기를, '새가 죽을 때가 되면 그 울음소리가 구슬프고, 사람이 죽을 때가 되면 그 하는 말이 정직하다(鳥之將死, 其鳴也哀, 人之將死, 其言也善).'[6]고 했소. 짐은 본래 경들과 함께 역적 조조를 없애고 한(漢) 황실을 일으키고자 했으나, 불행히 중도에 헤어지게 되었소. 번거롭더라도 승상께서 조서를 태자 선(禪)에게 전해 주시면서 그가 이 조서를 내 평소에 늘상 하는 말이라 가볍게 여기지 말도록 해 주시오. 그리고 모든 일들을 승상이 가르쳐주기 바라오."

공명 등 모든 신하들이 엎드려 울면서 아뢰기를: "폐하께서는 부디 옥체를 잘 보존하시옵소서. 신들은 견마지로(犬馬之勞)를 다해 폐하께서 저희들에게 베풀어 주신 은혜에 보답하겠나이다."

선주는 내시로 하여금 공명을 부추겨 일으키도록 한 다음, 한 손으로는 자신의 눈물을 감추고 다른 한 손으로 공명의 손을 잡으며 말하기를: "짐은 이제 죽음을 앞두고 내 마음속의 말을 하려고 하오."

공명 曰: "무슨 말씀이시온지요?"

선주가 눈물을 흘리며 말하기를: "그대의 재주는 조비(曹丕)보다 열 배는 뛰어나니 반드시 나라를 안정시키고 마침내 천하를 통일하게 될 것이

6 논어 태백편. 역자 주.

오. 만약 태자를 보좌하여 천하를 통일 할 수 있을 것 같으면 보좌하고, 태자의 재주가 모자라 보좌를 해도 그리 되지 못할 인물이라면 그대가 스스로 성도의 주인이 되어주시오."

공명은 선주의 이 말을 듣는 순간 온몸에 식은땀을 비 오듯 흐르며 손발이 떨려왔다.

공명은 땅에 엎드려 절을 하며 울면서 아뢰기를: "신이 어찌 감히 고굉지신(股肱之臣)[7]으로서의 힘을 다해 충절을 다 바쳐 죽을 때까지 태자를 섬기지 않겠습니까?"

그렇게 소리치며 머리를 땅에 짓찧으니 공명의 이마에서 피가 철철 흘러내렸다.

선주는 다시 공명을 침상 머리맡에 앉으라고 한 다음, 노왕 유영과 양왕 유리를 앞으로 가까이 오라고 불러 분부하기를, "너희는 부디 짐의 말을 명심하거라. 짐이 죽은 후 너희 형제 세 사람은 모두 승상을 아버지로 섬기기를 조금도 태만히 해서는 안 된다."

그러고는 두 아들에게 일어나 공명에게 절을 올리게 했다. 공명이 두 왕의 절을 받고 나서 말하기를: "신이 비록 간뇌도지(肝腦塗地)[8]를 하더라도 어찌 폐하께서 신을 알아주시고 써 주신 은혜에 보답할 수 있겠나이까!"

선주가 여러 관원들에게 말하기를: "짐은 이미 승상께 자식들을 부탁했고 태자에게 승상을 부친으로 섬기라 명했다. 경들도 모두 명심하여 짐의 기대에 저버리는 일이 없도록 하라."

이어서 조운에게 부탁하기를: "경은 특별히 여러 환난을 겪으면서도 짐을 따르며 오늘에 이르렀는데 이렇게 이별하게 되었소. 경은 짐과의 오

---

7 임금이 가장 믿고 의지하는 신하. 역자 주.

8 간과 뇌장(腦漿)을 땅에 쏟아낸다는 뜻으로, 나라를 위하여 목숨을 돌보지 않고 힘을 다한다는 의미임. 사기(史記)의 유경열전(劉敬列傳)에 나오는 말임. 역자 주.

랜 교분을 생각해서라도 끝까지 내 아들을 잘 돌보아서 짐의 뜻을 저버리지 말아 주시오."

조운은 울면서 땅에 엎드려 절을 하며 말하기를: "신이 어찌 감히 견마지로(犬馬之勞)를 다하지 않을 수 있겠나이까!"

선주는 마지막으로 여러 관원들에게 당부하기를: "경들에게 짐이 일일이 당부하지 못하고 이렇게 부탁하노니, 부디 모두 자기 자신을 아끼고 사랑하시길 바라오!"

말을 마친 선주가 숨을 거두니 이때 나이 63세였다. 장무 3년(서기 223년) 4월 24일의 일이다.

후에 당나라 시인 두공부(杜工部: 두보)가 이를 탄식하여 시를 지었으니:

촉주는 동오를 치려고 삼협으로 나갔으나 蜀主窺吳向三峽
돌아가시던 그때에는 영안궁 안에 계셨네 崩年亦在永安宮
천자의 화려한 행차 빈 산 밖에 그려보고 翠華想像空山外
궁전 있을 그 자리는 들판 사찰로 변했네 玉殿虛無野寺中

옛 사당 뒤뜰의 전나무엔 학이 둥지 틀고 古廟杉松巢水鶴
철따라 명절에는 시골 늙은이들 찾아가네 歲時伏臘走村翁
공명 모신 무후사도 그 가까운 곳에 있어 武侯祠屋長鄰近
임금과 신하 한 몸으로 제사를 함께 받네 一體君臣祭祀同

선주가 세상을 떠나자 문무 관원들 가운데 애통해하지 않은 자가 없었다. 공명은 모든 문무 관원들을 거느리고 황제의 관을 모시고 성도로 돌아갔다. 태자 유선이 성을 나와 영구를 맞아 정전(正殿) 안에 모시고

劉先主遺詔托孤兒

곡을 하며 예를 마친 다음 유조(遺詔)를 낭독하기 시작했다.

"짐이 처음 병에 걸렸을 때에는 그저 이질에 불과했는데 후에 합병증이 생기면서 결국 고칠 수 없게 되었도다. 짐이 듣기로 사람이 오십을 넘기면 요절하는 것이 아니라고 하는데 짐의 나이 이미 육십이 넘었으니 죽는다고 무슨 한이 있겠느냐? 단지 너의 형제가 마음에 걸릴 뿐이로다.

힘쓰고 또 힘쓰거라! 악한 일은 사소하다 하여 저질러서는 아니 되고 착한 일은 작다 하여 행하지 않는 법이 없도록 하라(勉之! 勉之! 勿以惡小而爲之, 勿以善小而不爲). 오직 어질고 덕이 있어야만 남을 복종시킬 수 있느니라.

네 아비는 덕이 부족하여 본받을 게 못 되니, 너는 승상과 더불어 일을 의논하라. 승상 섬기기를 아비처럼 하되 섬기기를 게을리 해서도 안 되고, 잊어서는 더욱 안 된다. 너는 네 형제들과 함께 이름을 크게 떨치도록 노력하라. 짐의 지극하고 또 간절한 부탁이니라!"

태자의 유조 낭독이 끝나자 공명이 말하기를: "나라에는 하루도 임금이 없어서는 안 되니 이제 사군(嗣君)을 임금으로 세워 한(漢)나라의 대통을 잇도록 해야 하겠소."

그러고는 태자 유선을 받들어 황제의 자리에 오르게 하니 연호를 건흥(建興)으로 고치고 제갈량의 벼슬을 높여서 무향후(武鄕侯)로 봉해 익주목(益州牧)을 겸하게 했다.

또한 선주를 혜릉(惠陵)에 장사 지내고 시호(謚號)를 소열황제(昭烈皇帝)라 했다. 황후 오씨를 황태후(皇太后)로 높이고 감부인의 시호를 소열황후(昭烈皇后)로 하고 미부인 역시 황후로 추존(追尊)했다. 그리고 여러 신하들의 벼슬을 올려주고 상을 내렸으며 천하에 대사면령을 내려 죄수들을 풀어 주었다.

촉의 이러한 사정은 벌써 위의 정탐꾼에 의해 중원에 보고되었다. 근신(近臣)이 이를 조비에게 아뢰자 조비는 크게 기뻐하며 말하기를: "유비가 이제 죽었으니 짐은 걱정거리가 없어졌다. 그 나라에 주인이 없는 이 틈을 타서 군사를 일으키는 것이 어떻겠는가?"

가후가 간하기를: "유비는 죽고 없지만 틀림없이 제갈량에게 아들을 부탁했을 것입니다. 제갈량은 자신을 인정해준 유비의 은혜에 감격해 반드시 마음과 힘을 다해 새 주인을 섬길 것이니 폐하께서는 그들을 조급히 쳐서는 안 됩니다."

그때 갑자기 한 사람이 반열에서 분연히 튀어나와 말하기를: "이 때를 틈타 치지 않고 다시 어느 때를 기다린단 말입니까?"

사람들이 모두 바라보니 그는 바로 사마의(司馬懿)였다.

조비는 매우 기뻐하며 곧바로 그에게 계책을 물었다.

사마의 曰: "우리 중원의 군사만으로는 쉽게 이기기 어려울 것입니다. 반드시 다섯 방면(五路)에서 대군을 일으켜 사방에서 협공하여 제갈량이 선두와 후미를 서로 구원할 수 없도록 해야만 서촉을 도모할 수 있습니다."

조비가 묻기를: "다섯 방면의 군사라니 그게 무슨 말이오?"

사마의 曰: "먼저 서신 한 통을 써서 요동(遼東)의 선비국(鮮卑國)에 사자를 보내 국왕 가비능(軻比能)을 만나게 하십시오. 사자를 보낼 때 황금과 비단을 주어 그의 마음을 사서 요서(遼西)의 강병(羌兵) 10만 명을 일으켜 육로로 서평관(西平關)을 치도록 하는 것입니다. 이것이 첫째 방면(一路)입니다.

또 한통의 서신을 써서 사자를 남만(南蠻)으로 보내십시오. 만왕(蠻王) 맹획(孟獲)에게 관직과 상을 내리고 그로 하여금 10만 명의 군사를 일으켜 익주(益州)·영창(永昌)·장가(牂牁)·월준(越雋) 네 개 군을 치게 함으로써 서천의 남쪽 지역으로 쳐들어가게 하는 것입니다. 이것이 둘째 방면(二路)입니다.

다시 사자를 동오로 보내 화친을 맺고 땅을 떼어주겠다고 약속하면서 손권에게 10만 군사를 동원하여 동천과 서천으로 들어가는 협구(峽口)로 나아가 부성(涪城)을 취하도록 하는 것입니다. 이것이 셋째 방면(三路)입니다. 항복한 장수 맹달에게 사자를 보내 상용(上庸)에서 10만 대군을 일으켜 서쪽으로 한중을 기습하도록 하는 것이 넷째 방면(四路)입니다.

그렇게 한 다음 대장군 조진(曹眞)을 대도독으로 삼아 군사 10만 명을 거느리고 경조(京兆: 낙양)로부터 곧바로 양평관(陽平關)으로 나가서 서천을 취하도록 하는 것입니다, 이것이 다섯째 방면(五路)입니다.

이렇게 50만 대군이 다섯 방면으로 나뉘어 일제히 쳐들어가면 제갈량이 설령 여망(呂望: 강태공)과 같은 재주를 가졌다 한들 어떻게 이들을 당해낼 수 있겠습니까?"

조비는 매우 기뻐하면서 즉시 은밀하게 말 잘하는 관원 네 명을 뽑아 사자로 네 곳으로 보냈다. 또한 조진을 대도독으로 삼아 군사 10만 명을 거느리고 양평관을 치게 했다. 이때 장료 등 옛 장수들은 모두 열후(列侯)로 봉하여 이미 기주·서주·청주·합비 등지의 관문과 요충지를 지키고 있어 이번 싸움에 그들을 불러들이지는 않았다.

한편 촉한의 후주(後主) 유선(劉禪)이 즉위한 이래 옛 신하들 중에는 병이 들거나 나이가 많아 죽은 자들이 많았는데 이와 관련한 이야기는 여기서 더 언급하지 않겠다. 당시 조정의 인재 등용이나 법률 정비, 군사 문제나 송사 등은 모두 승상 제갈량이 관장했다.

후주는 아직 황후를 세우지 않고 있었는데 공명과 여러 신하들이 상

주하기를: "돌아가신 거기장군(車騎將軍) 장비의 딸이 매우 현숙하고 나이도 열일곱 살로 적당하니 정궁황후(正宮皇后)로 삼으시면 어떻겠습니까?"

후주는 즉시 그를 황후로 맞이했다

건흥 원년(서기 223년) 8월, 갑자기 변방에서 보고가 들어오기를: "위(魏)가 다섯 방면으로 대군을 보내 서천을 치러 오고 있습니다.

첫째 방면은 조진이 대도독이 되어 군사 10만 명을 거느리고 양평관을 취하려 하고, 둘째 방면은 촉을 배반한 장수 맹달이 상용의 군사 10만 명을 일으켜 한중으로 쳐들어오고 있습니다.

셋째 방면은 동오의 손권이 정예병 10만 명을 거느리고 협구를 거쳐 서천으로 들어오려고 하며 넷째 방면은 만왕 맹획이 만병(蠻兵) 10만 명을 일으켜 익주 등 네 개 군으로 쳐들어옵니다. 다섯째 방면은 번왕(番王) 가비능이 강족(羌族) 병사 10만 명을 거느리고 서평관으로 오고 있습니다.

다섯 방면으로 쳐들어오는 위군의 기세가 너무 대단해 이미 승상께 보고 드렸는데, 승상께서는 무슨 일인지 며칠 째 정사를 보러 나오시지 않습니다."

이 보고를 받은 후주는 몹시 놀라 즉시 근시로 하여금 교지를 가지고 가서 공명을 불러오게 했다.

근시가 간지 반나절 만에 돌아와 아뢰기를: "승상부의 사람이 말하기를 승상은 지금 병이 나서 입궐할 수 없다고 합니다."

후주는 더욱 당황했다.

다음 날 후주는 다시 황문시랑(黃門侍郎) 동윤(董允)과 간의대부(諫議大夫) 두경(杜瓊)에게 명하여 승상의 침상 앞에 가서 지금의 중대사를 직접 고하게 했다.

동윤과 두경이 승상부로 갔지만 들어가지 못했다.

두경이 문지기에게 투덜대기를: "선주께서 승상께 어린 아드님을 맡기셨고 주상께서 갓 보위에 오르셨소. 조비가 지금 다섯 방면으로 대군을 일으켜 국경을 쳐들어와 군사 사정이 매우 위급함에도 승상께서는 어찌하여 병을 핑계로 나오시지 않는단 말인가!"

한참 후에 문지기가 승상의 말을 전하기를: "이제 병이 좀 나아졌으니 내일 아침 일찍 조정에 나가 일을 의논하시겠답니다."

동윤과 두경은 탄식을 하며 돌아갔다.

다음 날 모든 관원들이 아침 일찍 승상부 앞에 가서 승상이 나오시기를 기다렸지만 날이 저물 때까지 제갈량은 모습을 드러내지 않았다. 하루 종일 기다리던 관원들은 불안한 마음을 뒤로하고 발길을 돌릴 수밖에 없었다.

두경이 입궐하여 후주에게 아뢰기를: "청하옵건대 폐하께서 어가를 타고 친히 승상부에 가셔서 계책을 물으시옵소서."

후주는 곧 여러 관원들을 데리고 황태후를 찾아가 이런 사실을 아뢰었다. 깜짝 놀란 황태후가 말하기를: "승상께서 무슨 까닭으로 이러신단 말인가! 정녕 선제의 부탁을 저버리시려는 것인가! 내 직접 가 봐야겠다."

동윤이 아뢰기를: "마마께선 가벼이 행차하시지 마시옵소서. 신이 짐작컨대 승상은 틀림없이 고명한 생각이 있을 것입니다. 주상께서 먼저 가보신 연후에 만약 승상이 태만하셨다면 그때 마마께서 선제를 모신 태묘로 승상을 불러 물어보아도 늦지 않으실 것이옵니다."

태후는 아뢴 대로 따르기로 했다.

다음 날 후주의 어가가 승상부에 당도했다. 이를 본 문지기가 황망히 땅에 엎드려 절을 하며 맞이했다.

후주가 묻기를: "승상께서는 어디 계시느냐?"

문지기 曰: "어디 계신지는 잘 모르오나 승상께서는 모든 관원들은 들여보내지 말라고 분부하셨나이다."

어가에서 내린 후주는 혼자 걸어서 안으로 들어갔다. 세 번째 문을 들어서자 공명은 혼자 대나무 지팡이를 짚고 작은 연못 가에서 물고기들이 노는 모습을 구경하고 있는 것이 아닌가!

한참을 서서 그 모습을 바라보던 후주가 드디어 천천히 입을 열기를: "승상께서는 평안하시오?"

고개를 돌려 후주를 본 공명이 황망히 지팡이를 버리고 땅에 엎드려 아뢰기를: "신은 만 번 죽어 마땅하옵니다!"

후주가 그를 부축해 일으키며 묻기를: "지금 조비가 대군을 일으켜 다섯 방면으로 나누어 국경을 쳐들어와 매우 위급한 상황인데 상부(相父)께서는 어인 까닭으로 상부로 나와 일을 보지 않으십니까?"

공명은 크게 웃으며 후주를 모시고 내실로 들어가 자리로 모신 다음 아뢰기를: "다섯 방면으로 적들이 쳐들어오고 있다는 것을 신이 어찌 모르겠사옵니까? 신은 물고기가 노는 것을 구경하고 있었던 것이 아니라 마지막 계책을 정리하고 있었습니다."

후주 曰: "어찌하면 좋겠소?"

공명 曰: "강왕 가비능과 만왕 맹획, 배신한 장수 맹달과 위군 장수 조진, 이 네 방면의 군사는 신이 이미 모두 물리쳤습니다. 다만 손권 한 방면이 남았는데, 신은 이미 그들도 물리칠 계책은 세워 놓았습니다. 다만 말 잘하는 사자를 구해 동오로 보내야 하는데 적임자로 누구를 보내야 하나 고심 중이었습니다. 폐하께서는 조금도 걱정하지 마시옵소서."

공명의 말을 들은 후주는 놀랍고도 기뻐서 말하기를: "승상께서는 참으로 귀신도 헤아리지 못한 재주를 가지셨소. 어서 적병을 물리칠 계책을 들려주시오."

공명 曰: "선제께서 신에게 폐하를 부탁하셨나이다. 그런데 신이 어찌 감히 한시라도 게으름을 피우겠습니까? 성도의 많은 관원들은 모두 병법의 묘한 이치를 모릅니다. 계책은 원래 남이 짐작하지 못하게 하는 것이 중요해서 혹시라도 계책이 새어나가면 안 되기에 병을 핑계로 집에 머물러 있었던 것입니다.

신은 먼저 서번 국왕 가비능이 군사를 이끌고 서평관을 침범해올 줄 알았습니다. 신의 생각에 마초는 대대로 서천에 살면서 강인들의 인심을 얻어 그들은 마초를 신 같은 위엄이 있는 하늘이 내린 장군(神威天將軍)이라 우러러보고 있습니다. 신은 이미 사람을 마초에게 보내 격문을 전하고 그에게 서평관을 굳게 지키되 네 방면으로 기습병을 매복시켜 두고 매일 번갈아 가며 적을 막도록 했으니 그쪽 방면은 걱정하실 게 없습니다.

또 남만의 맹획이 네 개 군을 침범하는 것 역시 신은 위연(魏延)에게 격문을 띄워, 그에게 한 무리의 군사를 이끌고 왼쪽으로 갔다가 오른쪽으로 들어오고, 다시 오른쪽으로 갔다가 왼쪽으로 들어오게 하여 많은 병력이 움직이는 것처럼 보이게 하는 의병계(疑兵計)를 쓰도록 했습니다. 만병(蠻兵)들은 원래 용맹과 힘은 있으나 워낙 의심이 많습니다. 그들은 적들에게 의심을 품게 되면 감히 나오지 못하므로 그쪽 방면도 걱정하실 필요가 없습니다.

신은 또한 맹달이 군사를 이끌고 한중으로 나올 것을 예상하고 있었습니다. 맹달은 일찍이 이엄(李嚴)과 생사를 함께 하기로 맹세한 적이 있습니다. 신이 성도로 돌아올 때 이엄에게 남아서 영안궁을 지키도록 했는데 신은 서신 한 통을 이엄이 쓴 것처럼 작성하여 사람을 시켜 맹달에게 전하도록 했으니, 맹달은 틀림없이 병을 핑계로 나오지 않을 것이며 그 군사들의 마음도 헤이해질 것이니 그쪽 방면 또한 걱정하실 필요가 없습니다.

또한 조진이 군사를 이끌고 양평관으로 쳐들어올 줄도 미리 알고 있었는데, 그곳은 지세가 워낙 험준하여 충분히 지켜낼 수 있습니다. 신은 이미 조운에게 한 무리의 군사를 이끌고 가서 관문과 요충지를 지키되 절대 나가서 싸우지 말라고 했습니다. 우리 군사가 싸우러 나오지 않으면 조진은 머지않아 스스로 물러갈 것입니다.

이렇듯 네 방면으로 쳐들어오는 적들은 모두 걱정할 필요가 없습니다. 그래도 신은 혹시라도 실수가 있을까 염려되어 은밀히 관흥과 장포 두 장수에게 각기 군사 3만 명씩을 이끌고 요충지에 주둔하고 있으면서 여러 방면의 군사를 지원하도록 했습니다. 이러한 곳에 군사를 배치할 때 모두 성도를 거치지 않게 했으므로 이 일을 아는 사람은 아무도 없습니다.

이제 남은 것은 동오의 군사들인데 그들은 틀림없이 군사를 곧바로 움직이지 않을 것입니다. 그러나 네 방면에서 쳐들어오는 적들이 우리를 이겨서 서천이 위급한 상황에 빠지게 되면 반드시 공격해 올 것입니다. 그러나 네 방면의 적들이 이기지 못한다면 저들이 어찌 감히 움직이겠습니까? 신이 헤아려보니 손권은 지난번 조비가 세 방면으로 동오를 침범해 왔던 것에 대한 원한을 품고 있어 틀림없이 조비의 말을 따르려 하지 않을 것입니다. 비록 그러하지만 신은 언변이 뛰어난 사람을 곧바로 동오로 보내 이해관계로 따져 동오를 설득하여 먼저 동오를 물러가게 한다면 나머지 네 방면으로 쳐들어오는 적들 쯤이야 걱정할 게 뭐 있겠습니까? 신은 다만 동오로 보낼 언변이 뛰어난 적임자를 아직 찾지 못해 신이 주저하고 있었을 뿐인데, 어찌하여 폐하께서 어가를 움직여 이곳까지 오시는 수고를 하셨나이까?"

후주가 말하기를: "태후께서도 상부를 만나 보러 오시려 하셨는데 이제 짐이 상부의 말씀을 듣고 나니 마치 꿈에서 깨어난 듯하오이다. 다시

무엇을 걱정하겠소?"

공명은 후주와 함께 술을 여러 잔 마신 후 후주를 배웅하러 나섰다. 승상부 앞에 빙 둘러 모여 있던 여러 관원들은 후주의 얼굴이 들어가실 때와는 달리 희색(喜色)을 띠고 있는 것을 보았다. 공명과 작별한 후주는 어가에 올라 궁으로 돌아갔다. 상황이 어찌 돌아가는 줄 모르는 많은 관원들은 어리둥절할 뿐이었다. 그런데 그런 관원들 가운데 오직 한 사람만은 하늘을 쳐다보며 웃는 사람이 있었다. 공명은 몰래 사람을 시켜 그 사람을 남아있도록 했다. 그는 의양(義陽) 신야(新野) 사람으로 성은 등(鄧), 이름은 지(芝), 자를 백묘(伯苗)라고 했다. 현재 호부상서(戶部尙書)로 있는데 한(漢)의 사마(司馬) 등우(鄧禹)의 후손이었다.

모든 관원들이 다 돌아간 뒤 공명은 등지를 서원 안으로 청해 묻기를: "지금 천하는 촉·위·오 세 나라가 솥의 세 발처럼 나뉘어 있소. 두 나라를 쳐서 천하를 통일하여 한 황실을 중흥하려면 먼저 어느 나라를 정벌해야 하오?"

등지 曰: "이 어리석은 사람의 소견으로는 위는 비록 한의 역적이긴 하나 그 형세가 너무 커서 쉽게 흔들기 어려우니 서서히 도모해야 합니다. 주상께서 보위에 오르신지 얼마 안 되어 아직 민심이 안정되지 못했으니 마땅히 동오와 먼저 손을 잡아 입술과 이처럼 서로 의지하는 사이(脣齒之誼)를 맺고 선대(先代)의 구원(舊怨)을 말끔히 씻어야 합니다. 이것이 바로 멀리 내다보는 계책(長久之計)입니다. 승상께서는 어찌 생각하시는지 모르겠습니다."

공명이 껄껄 웃으며 말하기를: "나도 그렇게 생각한지 오래되었소. 지금까지 그리 생각하는 사람을 만나 보지 못했는데 이제야 비로소 찾게 되었구려."

등지 曰: "승상께서는 그런 사람을 찾는 이유가 있으십니까?"

공명 曰: "나는 그 사람을 동오로 보내 그들과 손을 잡을 생각이오. 공이 이 뜻을 알고 있으니 틀림없이 군주의 명령을 욕되게 하지는 않을 것이오. 동오로 가는 사자의 임무는 공이 맡지 않으면 안 되겠소."

등지 曰: "저는 재주도 없고 지혜도 깊지 못해 감히 그 일을 감당하지 못할까 두렵습니다."

공명 曰: "내가 내일 천자께 상주하여 백묘를 사자로 동오에 보내자고 청할 것이니 부디 사양하지 마시오."

등지는 그리하겠다고 승낙하고 물러갔다.

다음 날 공명은 후주에게 아뢰어 허락을 받고 동오를 설득하도록 등지를 떠나보냈다. 등지는 하직 인사를 하고 동오로 갔다.

이야말로:

동오에서 창과 방패를 거두자마자 吳人方見干戈息
촉의 사신 옥백 보내 화친 청하네 蜀使還將玉帛通

등지의 이번 걸음이 어찌 될지 궁금하거든 다음 회를 기대하시라.

제 86 회

진복은 열변을 토하여 장온을 비난하고
서성은 화공을 사용해 조비를 쳐부수다

難張溫秦宓逞天辯

破曹丕徐盛用火攻

한편 동오의 육손이 위군을 물리치자 오왕 손권은 육손을 보국장군(輔國將軍) 강릉후(江陵侯)에 봉하고 형주목을 겸하도록 했다. 이때부터 동오의 군권은 모두 육손의 손에 들어갔다.

또 장소와 고옹이 오왕에게 지금까지 쓰고 있던 위의 연호를 바꾸자고 아뢰니 손권은 이를 받아들여 스스로 연호를 정해 황무(黃武) 원년(서기 222년)이라 했다.

그때 갑자기 위주(魏主)가 사신을 보내 왔다는 보고가 들어왔다.

사자가 아뢰기를: "지난번 촉에서 사람을 보내 구원을 요청했을 때 위에서 일시 잘못 판단하여 군사를 보내 촉에 호응했었는데 지금 그 일을 크게 뉘우치고 있습니다. 이번에 위에서 촉을 치기 위해 네 방면으로 대군을 일으키려고 합니다. 동오에서도 군사를 내어 호응해 주시기 바랍니다. 촉 땅을 얻으면 절반을 나누어 드리겠습니다."

그 말을 들은 손권은 곧바로 결단을 내릴 수 없어 장소와 고옹 등에게 물었다.

장소 曰: “육백언(陸伯言: 육손)의 식견이 높으니 그를 불러 물어보시는 게 좋겠습니다.”

손권은 즉시 육손을 불러들였다.

육손이 아뢰기를: “조비는 중원을 차지하고 있어 쉽게 도모할 수 없으니 지금 만약 그의 말을 들어주지 않으면 반드시 서로 원수가 될 것입니다. 하지만 신의 생각에 위와 우리 오는 현재 촉의 제갈량을 감당할 적수가 없으니 지금은 우선 내키지 않지만 위의 청을 받아 주시고, 군사를 정돈하며 준비를 하는 척 시일을 끌면서 네 방면의 상황이 어찌 돌아가는지 알아보도록 하십시오. 만약 네 방면의 군사들이 이겨서 촉이 위태로워지고 제갈량이 선두와 후미를 서로 도와주지 못할 상황이 되면 그때 주상께서 군사를 일으키시되, 위보다 먼저 성도를 취하시는 게 상책입니다. 만약 네 방면의 군사들이 패한다면 그때 가서 다시 의논하시면 됩니다.”

손권은 그의 말에 따라 위의 사자에게 말하기를: “우리는 싸움에 필요한 군수 물자를 아직 갖추지 못했으니 준비가 되는대로 날을 택하여 곧바로 군사를 일으킬 것이오.”

사자는 하직 인사를 하고 돌아갔다.

손권이 사람을 보내 네 방면의 상황을 알아보았다. 서평관을 치러 간 서번의 군사들은 그곳을 지키는 장수가 마초임을 알고 싸우지도 않고 스스로 물러가 버렸다. 남만의 맹획은 군사를 일으켜 네 군을 공격하려 했지만 위연이 의병계를 쓰자 동계(洞溪)로 돌아가 버렸다. 상용의 맹달은 군사를 거느리고 가다가 도중에 병이 나서 더 진군하지 못했으며, 조진의 군사는 양평관으로 나아가려다 조운이 각처의 요충지를 막고 있으니, 과연 ‘한 장수가 관을 지키니 만 명의 군사가 그 관문을 열지 못한다(一將守關, 萬夫莫開).’는 말 그대로 야곡(斜谷)으로 가는 길에 군사를 주둔하고 있다가 이기지 못하고 돌아가 버렸다고 했다.

이 모든 소식을 들은 손권은 문무 관원들에게 말하기를: "육백언은 참으로 귀신처럼 헤아리는구나! 내가 만약 함부로 움직였더라면 또 서촉과 원수가 될 뻔했구나."

이때 갑자기 서촉에서 등지가 사신으로 왔다는 보고가 들어왔다.

장소 曰: "이는 제갈량이 우리의 군사를 물리려는 계책으로 등지를 세객(說客)으로 보낸 것입니다."

손권 曰: "그렇다면 어찌 대답하면 좋겠소?"

장소 曰: "먼저 대전 앞에 커다란 가마솥(鼎)을 걸어 놓고 그 안에 기름 수백 근을 부어 불을 피우십시오. 기름이 펄펄 끓으면 기골이 장대한 무사 1천 명을 뽑아 각기 손에 칼을 쥐고 궁궐 문에서 대전 앞에 이르기까지 양옆으로 늘어세운 뒤 등지를 불러들이십시오.

그리고 그가 입을 열어 말하기 전에 먼저 역이기(酈食其)가 제왕(齊王)을 설득하려다가 죽임을 당한 옛일[9]을 들어 그를 꾸짖으며 기름 솥에 처넣어 삶아 죽이겠다고 겁을 주신 뒤 그가 어찌 대답하는지 두고 보십시오."

손권은 그의 말에 따라 곧바로 기름 가마솥을 걸어 놓고 무사들에게 각기 병장기를 손에 들고 좌우로 늘어서 있도록 한 다음 등지를 불러들였다.

의관을 정제한 등지가 궁궐 문 앞에 이르니 무사들이 양 옆으로 서 있는데 모두가 하나같이 위풍이 당당하고 늠름한 모습이다. 각자의 손에는 쇠칼·큰 도끼·긴 창·날카로운 칼 등을 들고 궁전 앞까지 죽 늘어서 있는 것이 보였다.

9 역이기는 한나라 유방의 사자로 제왕(齊王) 전광(田廣)을 설득하고 귀순하기를 권했음. 제왕은 그의 말을 듣고 전쟁 준비를 중지하였는데, 한신(韓信)이 기회를 틈타 습격하자 제왕은 역이기가 자신을 속인 것으로 여겨 그를 삶아 죽였음. 역자 주.

손권의 의도를 알아차린 등지는 전혀 두려운 기색 없이 고개를 쳐들고 앞을 바라보며 당당하게 걸어갔다. 대전 앞에 이르니 커다란 가마솥 안에서 기름이 펄펄 끓고 있었고 무사들은 눈을 부릅뜨고 자신을 노려보고 있었다. 하지만 등지는 그저 여유 있는 미소만 지으며 있는데 근신들이 그를 주렴(珠簾) 앞으로 안내했다. 등지는 두 손을 맞잡고 허리를 한 번 굽히는 인사(揖)만 할 뿐 엎드려 공손히 절을 하지 않았다.

손권이 주렴을 걷어 올리라고 명을 한 뒤 큰 소리로 호통치기를: "어째서 절을 하지 않느냐?"

등지는 고개를 쳐들고 당당하게 말하기를: "상국(上國)의 황제의 사신이 어찌 작은 나라의 주인에게 절을 할 수 있겠소?"

손권이 몹시 화를 내며 말하기를: "네놈은 주제도 모르고 감히 세 치 혀를 놀려 역이기가 제왕을 설득했던 일을 흉내 내려고 하느냐! 어서 저 놈을 기름 솥에 처넣어라!"

등지가 껄껄 웃으며 말하기를: "동오에 현명한 자들이 많다고 들었는데 나 같은 유생(儒生) 하나를 이토록 겁낼 줄 누가 알았겠느냐!"

화가 머리끝까지 치민 손권이 말하기를: "과인이 어찌 너 따위 필부를 겁낸단 말이냐?"

등지 曰: "나 등백묘를 겁내지 않고서야 어찌 내가 당신들을 설득할까 걱정하시오?"

손권 曰: "너는 제갈량의 세객(說客)으로서, 나로 하여금 위와 관계를 끊고 촉과 손을 잡도록 설득하러 온 것이 아니더냐?"

등지 曰: "나는 촉의 유생에 불과하지만 무엇이 동오에 이득인지 일러주기 위해 일부러 왔건만, 무사들을 늘어세우고 기름 솥을 걸어 놓고 사신을 거부하시니, 어찌 사람 하나 받아들이지 못할 정도로 도량이 그리 좁단 말이오?"

그런 말을 들은 손권은 부끄러운 마음을 감출 수 없어 무사들을 호통을 쳐 물리고 등지를 궁전 위로 올라오라고 하여 자리를 권한 뒤 묻기를: "오와 위의 이롭고 해로운 관계가 무엇인지 내게 가르쳐 주시오?"

등지 曰: "대왕께서는 우리 촉과 화친하시렵니까? 아니면 위와 화친하시렵니까?"

손권 曰: "나는 촉주(蜀主)와 강화하고 싶지만 촉주는 아직 나이도 어리고 아는 것이 부족하니 강화를 맺으면 그것이 온전히 끝까지 지켜질 수 있을지 염려될 뿐이오."

등지 曰: "대왕께서 당대에 알려진 호걸이시라면 제갈량 역시 이 시대의 준걸이옵니다. 촉은 험준한 산천을 차지하고 있고 동오는 넓고 긴 삼강(三江)이 든든히 막아줍니다. 만약 두 나라가 화친을 맺어 입술과 이(脣齒)가 되면 나아가서는 천하를 삼킬 수 있고, 물러나서는 솥발처럼 각자 자립할 수도 있습니다. 대왕께서 예물을 바치며 스스로 몸을 굽혀 위의 신하를 자청하시면 위는 반드시 대왕의 입조를 바랄 것이고 또 태자를 불러들여 조정에 들어와 천자를 모시라고 할 것입니다. 대왕께서 그 말을 따르지 않으시면 위는 군사를 일으켜 치러 올 것이며, 그때에는 촉 역시 물길을 따라 내려와 동오를 칠 수밖에 없습니다. 그리되면 강남 땅은 다시는 대왕의 것이 아니 될 것입니다.

만약 대왕께서 이 어리석은 사람의 말을 믿지 않으신다면, 저는 대왕 앞에서 죽음으로써 세객이라는 이름을 버리겠습니다."

말을 마친 등지는 자리에서 일어나 옷자락을 걷어 올리고 대전 아래로 내려가 가마솥으로 뛰어들려고 했다. 손권은 좌우에 급히 명하여 그를 멈추게 하고 후전(後殿)으로 청해 들어가 귀한 손님의 예로 대우했다.

손권 曰: "선생의 말씀은 바로 내 뜻과 같소. 내 바로 촉주와 화친을 맺으려 하는데 선생께서 나를 위해 다리를 놓아주시겠소?"

등지 曰: "방금 전 소신(小臣)을 기름 솥에 넣어 삶아 죽이려 하신 분도 대왕이시고, 지금 소신을 부리시려 하신 분도 대왕이십니다. 대왕께서 아직 의심을 버리지 못하시고 마음을 정하지 못하시면서 어찌 저더러 대왕을 믿으라 하십니까?"

손권 曰: "내 뜻은 이미 결정되었으니 선생은 더 이상 의심하지 마시오."

손권은 등지를 역관에 잠시 머물게 하고 여러 관원들을 불러 모은 뒤 묻기를: "나는 강남의 81개 주를 다스리고 있으며 형초(荊楚)의 땅까지 가지고 있지만 오히려 저 구석진 곳에 있는 서촉만도 못하오. 촉에는 등지 같은 사람이 있어서 그 주인을 욕되게 하지 않는데, 우리 동오에는 촉에 가서 나의 뜻을 전할 사람이 한 사람도 없단 말인가?"

그러자 한 사람이 반열에서 나와 아뢰기를: "신이 사자로 가고 싶습니다."

사람들이 보니 그는 오군(吳郡) 오현(吳縣) 사람으로 성은 장(張)이고 이름은 온(溫), 자는 혜서(惠恕)로 중랑장의 직책을 맡고 있었다.

손권 曰: "경이 촉에 가서 제갈량에게 나의 뜻을 잘 전할 수 있을지 걱정이오."

장온 曰: "공명도 사람인데 신이 어찌 그를 두려워하겠습니까?"

손권은 크게 기뻐하며 장온에게 후한 상을 내리고 그로 하여금 등지와 함께 서천으로 가서 촉과 좋은 관계를 맺게 했다.

한편 등지를 동오로 보낸 공명이 후주에게 아뢰기를: "이번에 등지가 동오에 가면 반드시 일을 성사시킬 것입니다. 동오 땅에는 현사(賢士)들이 많으니 반드시 답례차 사신을 보내올 것입니다. 폐하께서는 마땅히 그를 예를 갖춰 대우해 주셔서 그로 하여금 동오로 돌아가서 우리와 우호 관계를 맺도록 하십시오. 동오가 우리와 화친을 맺게 되면 위는 결코 감히 우리 촉을 공격하지 못할 것입니다. 이렇게 위와 오와의 관계를 안정시킨 뒤, 신은 남정(南征)을 하여 남만(南蠻)을 평정할 것입니다. 그런 다음 위를 다시 도모할 것입니다. 위가 망하게 되면 동오는 오래 가지 못할 것이니, 천하는 비로소 그때 다시 통일될 것입니다."

후주는 공명의 원대한 계획이 그저 놀라울 뿐이었다.

그때 갑자기 동오의 장온이 등지와 함께 답례차 왔다는 보고가 들어왔다. 후주는 문무백관들을 궁전의 붉은색 계단 아래 모아 놓고 등지와 장온을 들어오게 했다.

등지를 만나 준 동오의 손권과는 너무나 대조적인 예우에 장온은 득의양양하게 대전(大殿)에 올라가 후주에게 예를 올렸다. 후주가 비단방석을 깐 의자를 내어 주며 궁전의 왼쪽에 앉게 하고 연회를 베풀어 그를 대접했다. 후주는 단지 장온에게 예의만 차렸을 뿐이었다. 연회가 끝나자 백관들은 장온을 역관까지 바래다주었다.

다음 날엔 공명이 그를 위해 연회를 베풀었다.

공명이 장온에게 말하기를: "선제(先帝)께서 계실 때에는 동오와 화목하지 못했는데 지금은 이미 돌아가셨습니다. 지금의 주상께서는 오왕을 매우 존경하시어 구원(舊怨)을 버리고 영원히 우호 관계를 맺고 서로 힘을 합쳐 위를 쳐부수려고 합니다. 대부(大夫)께서는 돌아가시거든 오왕께 좋은 말로 아뢰어주시기 바랍니다."

장온은 그렇게 하겠다고 대답했다.

술기운이 오르자 장온은 거침없이 웃고 떠드는데 오만한 태도가 역력했다.

다음 날 후주는 장온에게 황금과 비단을 하사하고 성 남쪽 역관에서 다시 연회를 베풀어 관원들에게 장온을 전송하게 했다. 공명이 정성을 다해 술을 권하며 대접하고 있을 때 갑자기 술에 취한 한 사람이 불쑥

들어와 길게 읍(揖)을 한 다음 공명과 장온의 자리 사이에 끼어들었다.

괴이하게 여긴 장온이 공명에게 묻기를: "이 사람은 누구시오?"

공명이 대답하기를: "이 사람은 성은 진(秦), 이름은 복(宓), 자는 자칙(子勅)이라 합니다. 현재 익주의 학사(學士)로 있습니다.

장온이 웃으며 말하기를: "명색이 학사라고 하니 머릿속에 들은 것이 있겠지요?"

진복이 정색을 하며 말하기를: "촉에서는 삼척동자도 다 배우는데 하물며 나야 말해 무엇하겠소?"

장온 曰: "그러면 공은 무엇을 배우셨소?"

진복 曰: "위로는 천문에서 아래로는 지리까지, 그리고 삼교(三敎)[10]·구류(九流)[11]와 제자백가(諸子百家)[12]에 이르기까지 통달하지 않은 것이 없으며, 고금의 흥망성쇠의 이치와 성현들의 경전(經傳)은 보지 않은 것이 없소이다."

장온이 웃으며 말하기를: "공이 그토록 큰 소리를 치시니 내 하늘(天)을 가지고 한번 물어보겠소. 하늘에 머리가 있소?"

진복 曰: "당연히 있지요."

장온 曰: "어느 쪽에 있소?"

진복 曰: "시경(詩經)에 이르기를 '서쪽 땅을 돌아본다(乃眷西顧).[13]'고

---

10 유교(儒敎), 불교(佛敎), 도교(道敎)를 말함. 역자 주.

11 한나라 때 학파를 아홉 가지로 나누어 이르던 말. 즉, 유가(儒家), 도가(道家), 음양가(陰陽家), 법가(法家), 명가(名家), 묵가(墨家), 종횡가(縱橫家), 잡가(雜家), 농가(農家)를 말함. 역자 주.

12 춘추전국시대의 여러 학파. 공자(孔子), 관자(管子), 노자(老子), 맹자(孟子), 장자(莊子), 묵자(墨子), 열자(列子), 한비자(韓非子), 윤문자(尹文子), 손자(孫子), 오자(吳子), 귀곡자(鬼谷子) 등의 유가(儒家)는 물론 도가(道家), 묵가(墨家), 법가(法家), 명가(名家), 병가(兵家), 종횡가(縱橫家), 음양가(陰陽家) 등을 통틀어 말함. 역자 주.

13 시경의 대아(大雅)·문왕(文王)·황의(皇矣) 편에 나온 말로 기지를 발휘한 즉석 대답이지만 서촉을 높이려는 의도를 숨기고 있음. 역자 주.

했으니 이로 미루어 하늘의 머리는 서쪽에 있지요."

장온이 또 묻기를: "그럼 하늘에도 귀(耳)가 있소?"

진복 曰: "하늘은 높은 곳에 있으면서 낮은 곳의 소리를 듣지요. 시경에 이르기를 '학이 깊은 못가에서 우니 그 소리가 하늘에 들린다(鶴鳴九皐, 聲聞于天).'고 했으니 귀가 없으면 어찌 듣겠소이까?"

장온이 다시 묻기를: "하늘에도 발(足)이 있소?"

진복 曰: "있지요. 시경에 이르기를 '하늘의 발걸음은 어렵다(天步艱難).'고 했으니 하늘에 발이 없으면 어찌 걸을 수 있겠소?"

장온이 또 묻기를: "하늘에도 성(姓)이 있소?"

진복 曰: "성이 어찌 없겠소이까!"

장온 曰: "하늘의 성은 무엇이오?"

진복 曰: "유씨(劉氏)이지요."

장온 曰: "어째서 유씨라 하시오?"

진복 曰: "천자(天子: 하늘의 아들)의 성이 유씨이니, 당연히 유씨가 아니겠소!"

장온이 다시 묻기를: "해는 동쪽에서 뜨지요[14]?"

진복이 대답하기를: "해는 비록 동쪽에서 뜨지만 서쪽으로 지지요[15]."

진복의 목소리는 매우 또렷했으며 질문에 대한 대답이 마치 물이 흐르듯 막힘이 없으니 그 자리에 있던 모든 사람들이 놀랐다. 장온도 감히 더 이상 물어 볼 용기가 없어 침묵이 흘렀다.

그러자 이번에 진복이 묻기를: "선생은 동오의 명사(名士)로 저에게 하늘을 가지고 물으셨으니 당연히 하늘의 이치는 훤히 알고 계시리라 믿습

14 해는 군주의 상징으로 동오가 서촉의 동쪽에 있으니 진정한 군주는 동오에 있음. 즉 동오의 군주가 진정한 천자라는 의미임. 역자 주.

15 동오도 결국 서촉의 손에 들어올 것이라는 의미임. 역자 주.

難張溫
秦宓逞
天辯

니다. 아득한 옛날 원래 하나의 혼돈(混沌) 상태에 있던 하늘과 땅이 음양이 서로 나뉘면서 가볍고 맑은 것은 위로 올라가 하늘이 되고 무겁고 탁한 것은 아래로 내려앉아 땅이 되었다고 합니다. 그런데 공공씨(共工氏)가 싸움에 져서 머리로 부주산(不周山)을 들이받는 바람에 하늘을 받치던 기둥이 부러지고 땅을 지탱하던 밧줄이 끊겨 하늘은 서북쪽으로 기울고 땅은 동남쪽으로 꺼졌다고 합니다. 하늘은 가볍고 맑아서 위로 올라갔다고 했는데 어떻게 그것이 서북쪽으로 기울 수 있습니까? 하늘에 가볍고 맑은 것 외에 또 다른 물질이 있는 것은 아닙니까? 부디 선생께서 제게 가르침을 주십시오."

대답을 못한 장온은 자리를 피해 앉으며 사과하기를: "촉에 뛰어난 인재가 이렇게 많은 줄 정말 몰랐습니다. 방금 선생의 강론을 듣고 저의 어리석음을 확 깨우쳤습니다."

이에 공명은 장온이 무안해할까 염려되어 좋은 말로 둘러대기를: "술자리에서 오가는 말은 모두 농담일 뿐이오. 공은 나라를 안정시킬 도리를 꿰뚫고 있는데 그까짓 입술과 이로 하는 농담이 무슨 대수이겠소?"

장온이 고맙다고 인사했다. 제갈량은 다시 등지에게 장온과 함께 동오에 가서 답례를 하게 했다. 장온과 등지 두 사람은 공명에게 하직 인사를 하고 동오로 떠났다.

한편 동오의 손권은 촉에 들어간 장온이 한참이 지나도 돌아오지 않자 문무백관을 모아 놓고 상의하고 있는데 근시가 아뢰기를: "촉의 사신 등지가 장온과 함께 답례차 왔습니다."

손권이 그들을 불러들였다. 장온이 대전 앞에 와서 엎드려 절하며 후주와 제갈량의 덕을 높게 칭송하며 촉은 오와 영원히 사이좋은 동맹을 맺기를 바라며 특별히 등(鄧) 상서(尙書)를 또 답례차 보냈다고 아뢰었다.

손권은 매우 기뻐하며 연회를 베풀어 그를 대접했다.

손권이 등지에게 묻기를: "만약 오와 촉이 힘을 합쳐 위를 멸하고 천하를 둘로 나누어 절반씩 나누어 다스린다면 이 어찌 즐겁지 아니하겠는가?"

등지가 대답하기를: "하늘에 두 해가 있을 수 없고 백성에게 두 임금이 있을 수 없습니다. 만약 위를 멸망시킨 후에 천명(天命)이 과연 누구에게 돌아갈지는 현재로서는 아무도 알 수 없습니다. 다만 임금 된 이는 각자 그 덕을 쌓고, 신하 된 자는 그 충성을 다 한다면 비로소 모든 싸움은 그치겠지요."

손권은 호탕하게 웃으며 말하기를: "실로 그대의 진솔한 대답에 믿음이 가는구려!"

손권은 등지에게 후한 선물을 주어 촉으로 돌려보냈다. 이때부터 오와 촉은 서로 좋은 관계가 유지되었다.

한편 위의 정탐꾼이 이런 사실을 알아내 중원에 보고했다.

위주 조비가 몹시 화를 내며 말하기를: "동오와 촉이 동맹을 맺은 것은 중원을 도모할 뜻이 분명하니 차라리 짐이 먼저 저들을 칠 것이다."

조비는 문무백관들을 소집하여 군사를 일으켜 동오를 치는 문제를 상의했다. 이때 대사마 조인과 태위 가후는 이미 죽고 없었다.

시중 신비(辛毗)가 반열에서 나와 아뢰기를: "중원은 비록 땅은 넓으나 백성이 적어 군사를 모집하기가 쉽지 않습니다. 앞으로 10년간은 군사를 기르고 논밭을 일구어 군량미를 비축해야만 동오와 촉을 쳐부술 수 있습니다."

조비가 몹시 화를 내며 말하기를: "이런 세상 물정 모르는 샌님을 보았나! 동오와 촉이 손을 잡고 금방이라도 쳐들어올 판인데 어찌 10년씩이나 기다릴 시간이 있겠는가!"

조비는 즉시 동오를 칠 군사를 일으키라는 명을 내렸다.

사마의가 간하기를: "동오는 험한 장강이 가로막고 있으니 배가 없으면 건널 수가 없습니다. 폐하께서 기어이 어가를 움직여 친히 정벌하시겠다면 우선 크고 작은 배를 준비하여 채하(蔡河)와 영수(潁水)를 거쳐 회수(淮水)로 들어가 먼저 수춘(壽春)을 취하셔야 합니다. 이어서 광릉(廣陵)에 이르러 장강 어귀를 건너 남서(南徐)를 쳐야 합니다. 이것이 상책입니다."

조비는 그의 말에 따랐다. 이리하여 그날부터 공사를 시작해 밤낮으로 일을 시켜 용주(龍舟: 황제가 타는 배) 10척을 만들게 했는데 이 배는 길이가 20여 장(丈)이나 되었고 2천여 명을 태울 수 있었다. 그들은 또 전선 3천여 척을 끌어 모았다.

위(魏) 황초(黃初) 5년 (서기 224년) 8월, 대소 장사들을 불러 모은 조비는 조진에게 선두 부대를 맡기고 장료·장합·문빙·서황 등을 대장으로 삼아 앞서 나아가게 하고, 허저·여건을 중군 호위로, 조휴를 후군으로, 유엽·장제를 참모로 각각 삼았다.

앞뒤로 수군과 육군 30여만 명이 날짜를 정해 출병했다. 그리고 사마의를 상서복야(尙書僕射)로 봉하여 허도에 머물면서 모든 국정의 대사를 처리하도록 했다.

한편 동오의 정탐꾼이 이 정보를 탐지하여 동오에 보고했다. 당황한 근신들이 오왕에게 아뢰기를: "지금 위주 조비가 몸소 용주를 타고 수군과 육군 30여만 명을 거느리고 채수(蔡水)와 영수(潁水)로부터 회하로 내려온다고 합니다. 그곳에서 광릉을 취한 다음 강을 건너 강남으로 내려올 것이라고 하는데 그 기세가 매우 사납습니다."

깜짝 놀란 손권이 즉시 문무백관들을 불러 모아 상의했다.

고옹 曰: "주상께서는 이미 서촉과 화친을 맺으셨으니 글을 지어 제갈량에게 보내 그로 하여금 군사를 일으켜 한중으로부터 나와 위군의 세력을 분산시키도록 하는 한편, 대장 한 사람을 남서로 보내 그곳에 군사를 주둔하고 위군을 막게 하십시오."

손권 曰: "육백언이 아니면 이런 큰일을 감당할 사람이 있겠는가!"

고옹 曰: "육백언은 형주를 지키고 있는데 함부로 움직여서는 안 됩니다."

손권 曰: "과인이 그것을 모르는 바는 아니나 지금 당장 그를 대신할 사람이 없으니 어찌하겠는가?"

손권의 말이 미처 끝나기도 전에 반열에서 한 사람이 나서며 말하기를: "신이 비록 재주는 없지만 한 무리의 군사를 이끌고 나가 위군을 막겠습니다. 조비가 직접 강을 건너오면 신이 반드시 그를 사로잡아 전하께 바치겠습니다. 그가 강을 건너오지 않는다면 위군의 태반을 죽임으로써 그들이 감히 동오를 넘보지 못하게 할 것입니다."

손권이 보니 그는 바로 서성이었다.

손권이 크게 기뻐하며 말하기를: "경이 강남 일대를 지켜준다면 짐이 무엇을 걱정하겠는가!"

손권은 즉시 서성을 안동장군(安東將軍)에 봉하여 건업과 남서의 군사를 총지휘하도록 했다. 서성은 손권의 은혜에 감사를 표하고 물러나와 곧바로 명을 내려 부하들에게 병장기를 수습하고 깃발들을 세우는 등 강남을 막을 계책을 세웠다.

그때 갑자기 한 사람이 나서며 말하기를: "이제 대왕께서 장군께 중책을 맡기셨으니 위군을 쳐부수고 조비를 사로잡으려면 하루 빨리 군사를 움직여 강을 건너가 회남 땅에서 적을 맞아 싸우셔야지 어찌하여 이곳에서 적을 막을 생각을 하십니까? 이러다가 조비의 군사가 들이닥치기라도 하면 때를 놓치지 않을까 두렵습니다."

서성이 보니 그는 오왕의 조카 손소(孫韶)였다. 손소의 자는 공례(公禮)로 양위장군(揚威將軍)으로 있었는데 일찍이 광릉을 지킨 적이 있었다. 그는 비록 나이는 어리지만 의기가 강하고 담력도 크고 용감했다.

서성 曰: "조비의 세력이 워낙 강한데다 선봉에 명장들이 나섰으니 우리가 강을 건너 대적하기는 어렵다. 적의 배들이 강북 기슭에 모두 모이기를 기다렸다가 따로 계책을 써서 저들을 쳐부술 것이다."

손소 曰: "제 수하에 3천 명의 군사가 있으며 게다가 저는 광릉의 지리도 잘 알고 있습니다. 제가 직접 강북으로 가서 조비와 한번 죽기로 싸워보겠습니다. 이기지 못하면 기꺼이 군령에 따른 처분을 받을 것입니다."

서성은 그의 요청을 들어주지 않았다. 손소는 기어이 가겠다고 했지만 서성은 끝내 허락하지 않았다. 그래도 손소가 가겠다고 하자 서성이 마침내 화를 내며 말하기를: "네놈이 이처럼 명령을 어긴다면 내 어찌 여러 장수들을 통제할 수 있겠는가?"

서성은 즉시 무사들에게 호령하여 그를 끌어내 목을 베라고 했다. 도부수들이 그를 끌고 원문 밖으로 나가 처형을 알리는 조기(皂旗: 검은 기)를 세웠다. 손소의 부하 장수가 이 사실을 급히 손권에게 보고했다. 소식을 들은 손권이 황급히 달려오니 마침 무사들이 형을 집행하려 하고 있었다. 손권이 즉시 도부수들을 꾸짖어 물리치고 손소를 구했다.

손소가 울면서 아뢰기를: "신은 지난날 광릉에서 근무한 적이 있어 누구보다 그곳 지리를 잘 알고 있습니다. 그곳에서 조비를 막아 싸우지 않고 그들이 장강을 내려와 건너오기를 기다린다면 동오는 머지않아 끝장나고 말 것입니다!"

손권은 곧장 영채로 들어갔다. 서성이 그를 영접하여 막사 안으로 들어가 아뢰기를: "대왕께서 신을 도독으로 임명하여 군사를 거느리고 위군을 막으라 하셨습니다. 지금 양위장군 손소가 군법을 어기고 명령을 따르지 않으니 마땅히 목을 베야 하는데 대왕께서 어찌하여 그를 구해주려 하십니까?"

손권 曰: "소(韶)가 자신의 혈기만 믿고 군법을 어겼지만 부디 너그러이 용서해 주시오."

서성 曰: "이 법은 신이 세운 것도 아니며 대왕께서 세우신 것도 아니며 나라의 정상적인 형벌입니다. 만약 대왕의 친척이라는 이유로 용서해주면 신이 어떻게 군사를 호령할 수 있겠습니까?"

손권 曰: "소가 법을 어겼으니 사실 장군께서 마땅히 처리하는 것이 맞지요. 하지만 이 아이는 본래 유씨 성(姓)이었는데 돌아가신 둘째 형님께서 그를 몹시 아껴 손씨 성을 내려 주셨으며 또한 과인을 위해서도 적잖은 공을 세웠는데 이제 그를 죽이면 돌아가신 형님의 뜻을 저버리게 되지 않겠소?"

서성 曰: "그럼 대왕의 체면을 봐서 처형은 보류하겠습니다."

손권은 즉시 손소를 불러 서성에게 절을 하고 잘못을 빌라고 하자 손소는 오히려 언성을 높이며 말하기를: "제 생각에는 군사를 이끌고 가서 조비를 쳐야만 합니다. 저는 죽을지언정 장군의 의견을 따를 수 없습니다!"

서성의 얼굴이 새파랗게 질렸다. 손권은 곧바로 손소를 꾸짖어 내쫓아 버리고 서성에게 말하기를: "저런 놈 하나 없다고 우리 군에 무슨 손실이 있겠소. 앞으로 다시는 저놈을 쓰지 마시오."

손권은 말을 마치고 돌아갔다.

이날 밤 한 군사가 급히 달려와 서성에게 보고하기를: "손소가 정예병

3천 명을 데리고 몰래 강을 건넜습니다."

서성은 손소가 잘못되면 오왕 보기가 면구스러울 것 같아 곧바로 정봉을 불러 비밀 계책을 주며 군사 3천 명을 이끌고 강을 건너가서 손소를 지원하도록 했다.

한편 위주가 용주를 타고 광릉에 이르러 보니 선봉 부대 조진은 이미 장강 기슭에 군사를 배치해 놓았다.

조비가 조진에게 묻기를: "건너편 강기슭에 적의 군사는 얼마나 되는가?"

조진 曰: "멀리 살펴보았지만 군사는 하나도 보이지 않고 깃발과 영채도 없습니다."

조비 曰: "그것은 속임수임이 분명하다. 짐이 친히 가서 그 허실을 살펴봐야겠다."

조비는 강의 뱃길을 크게 열어 용주를 장강에 대고 강기슭에 정박시켰다. 배 위에는 용·봉·해·달을 수놓은 오색 깃발을 세우고 천자의 의장용 어가를 겹겹이 에워싸니 그 빛나는 광채가 눈이 부실 지경이었다. 조비가 배 안에 단정히 앉아 멀리 강남땅을 바라보니 남쪽 기슭에는 사람 그림자도 보이지 않았다.

조비가 유엽과 장제를 돌아보며 말하기를: "강을 건너도 되겠는가?"

유엽 曰: "병법에 허허실실(虛虛實實)이라 했습니다. 저들이 대군이 이른 것을 보고 어찌 대비를 하지 않았겠습니까? 폐하께서는 너무 서두르지 마시고 며칠간 적의 동태를 살핀 후에 선봉대를 보내 정탐하도록 하십시오."

조비 曰: "경의 말은 곧 짐의 생각과 같소."

날이 저물어 조비는 그날 배 위에서 잠을 잤다.

그날 밤은 달이 없었지만 군사들이 모두 등불을 들고 있었기 때문에 천지는 마치 대낮처럼 밝았다. 하지만 멀리 강남 쪽에는 불빛 한 점 보이지 않았다.

조비가 좌우를 돌아보며 묻기를: "이게 어찌된 일인가?"

근신이 아뢰기를: "폐하의 천병(天兵)이 이르니 소문만 듣고도 쥐새끼처럼 모두 달아난 것이 아닌가 생각됩니다."

조비는 속으로 웃었다.

동이 틀 무렵 사방이 온통 짙은 안개로 뒤덮여 서로 마주보고 있는 사람의 얼굴조차 알아볼 수가 없었다. 잠시 후 바람이 일면서 안개가 흩어지고 구름이 걷혔는데, 강남 일대를 바라보니 성곽이 연달아 이어지고 성루에는 창과 칼들이 아침 햇살에 번쩍이고 성 위에는 깃발과 신호 띠들이 두루 꽂혀 있는 것이 아닌가!

그것만이 아니었다. 잠깐 사이에 여러 사람이 연달아 보고하기를: "남서의 장강 연안 일대에서 석두성에 이르기까지 수백 리에 걸쳐 연이어 성벽을 쌓아 놓았고 배와 수레들이 끊이지 않고 이어져 있는데, 이 모든 게 지난 하룻밤 사이에 이루어진 것입니다."

조비는 깜짝 놀랐다.

알고 보니 실은 서성이 갈대를 묶어 사람 모양의 허수아비를 만들고 푸른 옷을 입히고 깃발을 꽂아 가짜 성곽과 가짜 성루 위에 꾸며 세워 놓은 것이었다. 그런데 멀리서 보는 위병들의 눈에는 그것이 모두 성 위에 수많은 군사들이 있는 것처럼 보이니 어찌 간담이 서늘해지지 않을 수 있겠는가!

조비가 탄식을 하며 말하기를: "위(魏)에 비록 무사가 수없이 많다지만 모두 쓸모가 없구나. 강남의 인물이 이러하니 어찌 도모할 수 있겠느냐!"

이렇게 조비가 한창 놀라고 의아해하고 있을 때 갑자기 광풍이 몰아

치면서 흰 파도가 하늘로 솟구치며 조비가 입고 있던 용포를 적셨다. 그 큰 배가 넘어질 듯 기울자 조진은 황급히 문빙에게 작은 배를 저어 가서 급히 조비를 구해오게 했다. 용주가 워낙 흔들려 그 안에 타고 있는 군사들은 바로 서지도 못한 채 비틀거리고 있었다. 용주로 뛰어올라간 문빙은 조비를 등에 업고 작은 배로 내려와 가까운 연안 기슭으로 들어왔다.

그때 갑자기 파발꾼이 달려와 보고하기를: "서촉의 조운이 군사를 이끌고 양평관을 나와 지금 장안을 치려고 합니다."

그 말을 들은 조비는 대경실색을 하며 곧바로 회군을 지시했다. 많은 군사들이 각자 달아나기 바쁘고 등 뒤에서는 동오의 군사들이 추격해 왔다. 조비는 황제가 쓰는 물건조차도 모두 버리고 물러가라고 명령했다. 용주가 회하(淮河)로 들어가려고 할 때 갑자기 북과 나팔 소리가 일제히 울리고 함성이 크게 진동하면서 측면에서 한 무리의 군사가 덮쳐왔는데 앞장선 장수는 바로 손소였다. 위군은 그들을 감당하지 못하여 태반이 목숨을 잃었으며 물에 빠져 죽은 자도 그 수를 셀 수가 없었다. 여러 장수들이 힘을 다해 겨우 위주(魏主)를 구해 냈다.

위주를 태운 용주가 회하를 건너 30리도 채 못 갔는데 강변 일대의 갈대밭에서 갑자기 불길이 치솟기 시작했다. 동오의 군사들이 갈대밭 전체에 생선 기름을 뿌려 두었다가 불을 지른 것이다. 때마침 불어오는 바람을 타고 불길은 삽시간에 번져 화염이 온 하늘을 뒤덮어 용주의 앞길을 막아 버렸다.

깜짝 놀란 조비는 급히 작은 배로 옮겨 타고 강기슭에 내렸다. 그때 용주에서는 이미 불길이 붙기 시작했다. 조비는 황급히 말에 올랐다. 그때 강기슭 위로 한 무리의 군사들이 쳐들어왔는데 선봉에 선 장수는 바로 정봉이었다. 장료가 그를 맞아 싸우려고 급히 말에 박차를 가하여 달려 나가다 그만 정봉이 쏜 화살에 허리를 맞고 말 아래로 굴러 떨어졌다. 다행히 서황이 달려와 장료를 구해 함께 위주를 보호하며 달아났다. 이곳에서 목숨을 잃은 위군의 수는 헤아릴 수도 없었다. 뒤쫓던 손소와 정봉이 빼앗은 말과 수레 및 배와 병장기들은 이루 다 셀 수도 없이 많았다.

위병들은 크게 패하고 돌아갔다. 완벽한 승리로 큰 공을 세운 동오 장수 서성은 오왕으로부터 큰 상을 받았다. 허창으로 돌아간 장료는 화살 상처가 터져 그만 죽고 말았다. 조비는 장료를 후하게 장사 지내 주었다.

한편 군사를 이끌고 양평관을 나와 장안으로 쳐들어가던 조운은 갑자기 승상으로부터 문서가 도착했다는 보고를 받았다. 익주의 노장 옹개(雍闓)가 만왕 맹획과 손잡고 10만 명의 만병을 일으켜 네 개 군을 침범하려 하니 마초에게 양평관을 맡겨 굳게 지키게 하고, 조운은 군사를 거느리고 돌아오라는 내용이었다. 또한 승상이 직접 남정을 떠나려 한다는 것이었다. 이에 조운은 군사를 거두어 급히 성도로 돌아오니 공명은 군마를 정비하며 직접 남만 정벌을 준비하고 있었다.

이야말로:

방금 동오와 북의 위가 맞서 싸웠는데	方見東吳敵北魏
다시 서촉과 남만의 싸움을 보게 되네	又看西蜀戰南蠻

그들의 승부가 어찌 될지 궁금하거든 다음 회를 기대하시라.

제 87 회

공명은 남만을 정벌하려 군사 일으키고
맹획은 촉병과 맞서다 처음 사로잡히다

征南寇丞相大興師

抗天兵蠻王初受執

제갈승상은 성도에서 크고 작은 일 가리지 않고 직접 공정하게 처리하니 양천의 백성들은 즐겁고 태평하여 밤에도 문을 잠그지 않았고 길에 물건이 떨어져도 줍는 사람이 없었다. 게다가 다행히 해마다 풍년이 들어 늙은이 어린이 가릴 것 없이 배를 두드리고 노래를 부르며 부역이 있다고 하면 앞다투어 나서 처리했다. 그러니 군수 물자와 병장기 등 모든 물자가 갖추어지지 않은 것이 없고 창고에 쌀이 가득 차고 부고(府庫)에는 재물이 넘쳤다.

건흥 3년(서기 225년)익주에서 급보가 날아들기를: "만왕 맹획이 10만 명의 만병(蠻兵)을 일으켜 국경을 넘어 쳐들어 왔습니다. 건녕 태수 옹개는 한조(漢朝)의 십방후(什方侯) 옹치(雍齒)의 후손인데도 맹획과 결탁해 반기를 들었습니다.

장가군(牂牁郡) 태수 주포(朱褒)와 월준군(越雋郡) 태수 고정(高定) 두 사람은 이미 성을 바쳐 항복했고, 오로지 영창군(永昌郡) 태수 왕항(王伉)만이 항복하지 않고 버티고 있습니다. 옹개·주포·고정 세 사람의 부하 군사들이 모두 맹획의 길잡이가 되어 영창군을 공격하고 있는데, 태수 왕항이 공조(功曹)·여개(呂凱)와 함께 백성을 모아 죽을힘을 다해 영창성을 지키고 있지만 형세가 매우 위태롭다고 합니다."

공명은 즉시 조정으로 들어가 후주에게 아뢰기를: "신이 보기에 남만이 폐하께 복종하지 않는 것은 나라의 큰 걱정거리입니다. 신이 직접 대군을 거느리고 가서 정벌하겠습니다."

후주 曰: "동쪽에 손권이 있고 북쪽에 조비가 있는데, 지금 상부께서 짐을 버리고 가셨다가 만약 동오나 위가 쳐들어오면 어찌하겠소?"

공명 曰: "동오는 방금 우리와 강화했으니 다른 마음은 먹지 않을 것입니다. 설령 다른 마음이 있더라도 백제성에 이엄이 있으니, 그가 육손을 막아낼 수 있습니다. 조비는 최근에 패하여 이미 예기가 꺾여 있으니 이곳까지 먼 곳을 도모할 수는 없습니다. 게다가 한중에서 마초가 주요 관문을 지키고 있으니 걱정하실 필요 없습니다. 신은 또한 관흥과 장포를 남겨 군사를 양군으로 나누어 서로 돕고 지원하여 만에 하나라도 실수 없이 폐하를 보호할 것입니다.

이제 신은 만방(蠻方)으로 가서 그들을 소탕하고, 이어서 북벌하여 중원을 도모하여 지난날 선제께서 신을 세 번이나 찾아주신 은혜(三顧之恩)와 폐하를 신에게 부탁하신 막중한 책임을 다하겠습니다."

후주 曰: "짐은 나이도 어리고 아는 것도 없으니 오직 상부께서 알아서 처리하시오."

말이 미처 끝나기도 전에 반열에서 한 사람이 나서며 말하기를: "안 됩니다. 승상께서 가셔서는 절대 안 됩니다!"

사람들이 보니, 그는 성은 왕(王), 이름은 연(連), 자는 문의(文儀)라고 하는 남양 사람인 간의대부(諫議大夫)였다.

왕연이 간하기를: "남방은 불모의 땅인데다 덥고 습하여 풍토병에 걸

리기 쉬운 지역인데, 나라의 중대사를 결정해야 할 승상께서 몸소 원정을 나가시는 것은 옳지 않습니다. 더구나 옹개 같은 자는 병으로 치면 옴과 같은 하찮은 병인데 승상께서 그저 대장 한 사람만 보내도 능히 쉽게 토벌할 수 있습니다."

공명 曰: "남만의 땅은 나라에서 아주 멀리 떨어져 있어서 그곳 사람들은 우리 군왕의 교화를 입지 않은 자가 많아 복종시키기가 쉽지 않네. 내가 직접 가서 정벌하려는 이유는 상황에 따라 때로는 강하게 다루고, 때로는 유연하게 달래야 하기 때문이니, 다른 사람에게 맡길 수 있는 일이 아니네."

왕연이 거듭거듭 간하며 말렸지만 공명은 끝내 그의 말을 듣지 않았다.

그날 후주에게 하직 인사를 한 공명은 장완(蔣琬)을 참군(參軍)으로, 비의(費禕)를 장사(長史)로, 동궐(董厥)과 번건(樊建) 두 사람을 연사(椽史)로 각각 삼고, 그리고 조운과 위연을 대장으로 삼아 군사를 총지휘하도록 하고 왕평(王平)과 장익(張翼)을 부장으로 삼고, 아울러 서천 장수 수십 명과 군사 50만 명을 일으켜 익주를 향해 떠났다.

길을 가던 중에 갑자기 관공의 셋째 아들 관삭(關索)이 군중으로 들어와 공명에게 말하기를: "형주가 함락된 뒤, 포가장(鮑家庄)으로 몸을 피해 병을 치료하고 있었습니다. 늘 서천으로 가서 선주를 뵙고 부친의 원수를 갚고자 했지만 상처가 아물지 않아 길을 떠날 수 없었습니다. 근래에 상처가 다 나아 이리저리 알아보니 동오의 원수들은 모두 죽임을 당했다 하기에 서천으로 황제를 뵈러 가다가 마침 길에서 남방을 정벌하는 군사를 만나 일부러 승상을 뵈러 온 것입니다."

그 말을 들은 공명은 탄식을 하며 놀라 마지않았다. 공명은 사람을 조정으로 보내 후주에게 알리는 한편, 관삭을 선두 부대의 선봉으로 삼아 함께 남정을 떠났다.

공명이 거느린 대부대의 인마(人馬)가 각기 대오에 맞추어 행군을 하는데, 배가 고프면 밥을 지어먹고 목이 마르면 물을 마시며, 밤에는 자고 날이 밝으면 행군했다. 그렇게 많은 군사들이 지나갔지만 가는 길에 백성들에게 민폐를 끼치는 일은 추호도 없었다.

한편 공명이 직접 대군을 거느리고 오고 있다는 말을 들은 옹개는 즉시 고정 및 주포와 상의하여 군사를 세 방면으로 나누었다. 고정은 가운데, 옹개는 왼쪽, 주포는 오른쪽을 맡아, 각각 5~6만 명씩 군사를 이끌고 적을 맞기로 했다. 고정은 악환(鄂煥)을 선봉장으로 삼았다. 악환은 9척 장신에, 험상궂은 얼굴을 하고 방천극(方天戟)을 다루는데 1만 명의 군사도 능히 대적할 수 있을 정도로 용맹했다. 그는 휘하 군사를 이끌고 대채를 떠나 촉병을 맞아 싸우러 갔다.

그 무렵 공명은 대군을 거느리고 익주 경계에 이르렀다. 선두 부대의 선봉장 위연과 부장 장익·왕평은 익주 경계에 들어서자마자 바로 악환의 군사와 마주쳤다, 양 진영이 마주보고 진을 치자, 위연이 말을 달려 나가 큰 소리로 꾸짖기를: "역적들은 어서 빨리 항복하라!"

악환 역시 말에 박차를 가해 달려 나가 위연과 겨루었다. 두 사람이 맞붙어 싸운 지 몇 합 되지 않아 위연이 패한 체하고 달아나니 악환이 그 뒤를 쫓아갔다. 몇 리를 가지 않아 함성이 크게 진동하며 장익과 왕평이 양쪽에서 군사를 끌고 나와 그의 퇴로를 차단했다. 그러자 달아나던 위연도 말머리를 돌려 세 장수가 힘을 합쳐 일시에 공격하여 악환을 사로잡아 공명에게 끌고 갔다. 공명은 그의 결박을 풀어 주고 술과 음식을 대접하며 묻기를: "너는 누구의 부장이냐?"

악환 曰: "저는 고정의 부장입니다."

공명 曰: "고정은 원래 충성심과 의리가 있는 장수인데 지금은 옹개의 꾐에 빠져 이렇게 된 것인 줄 나는 잘 알고 있다. 내 지금 너를 풀어줄 것이니 돌아가서 고 태수에게 빨리 항복하여 큰 화를 면하라고 일러라."

악환이 고맙다고 인사하고 돌아가 고정에게 공명의 은덕을 자세히 설명하자 고정 역시 감격해 마지않았다. 다음 날 고정의 영채를 찾은 옹개가 인사를 마치고 말하기를: "악환이 사로잡혔다 들었는데 어찌 돌아온 것이오?"

고정 曰: "제갈량이 의리로써 풀어 주었다고 합니다."

옹개 曰: "이는 제갈량이 반간계를 쓴 것이오. 우리 둘 사이를 떼어 놓으려고 부린 계책이란 말이오."

고정은 옹개의 말에 반신반의하며 주저하고 있는데 갑자기 촉의 장수가 와서 싸움을 걸고 있다는 보고가 들어왔다. 옹개가 몸소 3만 명의 군사를 이끌고 나가 맞아 싸웠다. 그러나 몇 합 싸우지 않아 옹개는 말머리를 돌려 달아나기 시작했다. 위연은 군사를 이끌고 20여리나 그 뒤를 쫓았다.

다음 날 옹개는 다시 군사를 이끌고 싸우러 왔다. 그러나 공명은 그날부터 연속 사흘간 싸우러 나오지 않았다. 나흘 째 되는 날, 옹개와 고정은 군사를 양쪽으로 나누어 촉의 영채를 치러 왔다.

공명은 위연 등에게 군사를 두 방면으로 나누어 도중에서 매복하며 적을 기다리게 했다. 과연 옹개와 고정의 군사들은 오다가 복병들의 기습을 받아 태반은 죽고 사로잡힌 자도 수없이 많았는데 그들을 모두 묶어서 본채로 압송했다.

공명은 옹개의 군사와 고정의 군사를 분리하여 따로따로 가두어 놓고 군사들을 시켜 헛소문을 퍼뜨리게 하기를: "고정의 군사는 모두 살려 주고 옹개의 군사는 모조리 죽인다고 하더라."

포로로 잡힌 군사들은 모두 이 말을 들었다.

잠시 후 공명은 옹개의 군사들을 막사 안으로 불러 묻기를: "너희는 누구의 군사들이냐?"

다들 거짓말하기를: "저희는 고정의 군사들입니다."

공명을 그들을 모두 살려 주라고 지시하고 술과 음식을 주어 위로한 다음 그들을 경계 밖까지 데리고 가서 자기 영채로 돌아가게 풀어 주었다.

공명은 다시 고정의 군사들을 불러들여 똑같이 물으니 그들이 한결같이 대답하기를: "실은 우리가 정말 고정의 군사들이옵니다."

공명은 그들 역시 모두 살려 주고 술과 음식을 내려주고 큰 목소리로 말하기를: "옹개가 오늘 사람을 보내 투항하겠다고 하면서 너희 주인 고정과 주포의 수급을 바쳐 자신의 공로로 삼겠다는 뜻을 밝혀왔다. 하지만 나는 차마 그렇게 하라고 할 수가 없었다. 너희가 고정의 군사라고 하니 내가 너희를 풀어 주겠다. 돌아가거든 다시는 배반해서는 안 된다. 다시 잡혀오는 날에는 결코 용서하지 않을 것이다."

모두들 고맙다고 절을 하고 떠났다. 그들은 본채로 돌아가서 고정에게 이 일을 소상히 보고했다. 이에 고정은 사람을 은밀히 옹개의 영채로 보내 동정을 살펴보도록 했다. 옹개의 부하들 중에 함께 붙잡혔다가 돌아온 군사들이 공명이 베풀어준 덕을 칭송하고 있었기 때문에 그들 가운데 고정에게 귀순하려고 마음먹은 자들이 많았다.

그래도 고정은 마음이 놓이지 않아 또 한 사람을 공명의 영채로 보내 허실을 살펴보게 했다. 그런데 공명의 영채로 잠입하려던 고정의 염탐꾼이 촉군에게 그만 사로잡혀 공명 앞으로 끌려갔다. 공명은 일부러 그가 옹개의 첩자로 잘못 아는 것처럼 그를 막사 안으로 불러 묻기를: "너희 원수(元帥) 옹개는 이미 나에게 고정과 주포 두 사람의 수급을 갖다 바치겠다고 약속해놓고 어찌하여 이렇게 날짜를 어긴단 말이냐? 이토록 꼼

꼼하지 못한 너 같은 놈이 어찌 염탐꾼 노릇을 하겠느냐!"

그 군사는 말을 얼버무리며 대충 넘겼다. 하지만 공명은 그에게 술과 음식을 내어 주고 밀서 한 통을 써 주며 부탁하기를: "너는 이 편지를 가지고 가서 옹개에게 전하며 빨리 손을 써서 일을 그르치지 말라고 전해라."

염탐꾼은 절을 하고 고정에게 돌아가 공명의 편지를 바치고 옹개가 여차여차했다고 말했다.

편지를 읽어본 고정이 크게 화를 내며 말하기를: "나는 진심으로 그를 대했는데 옹개는 나를 해치려 들다니, 이는 인정과 도리로 보아도 도저히 용서할 수 없다!"

그는 악환을 불러 상의했다.

악환 曰: "공명은 어진 사람이니 그를 배신하는 것은 옳지 못합니다. 우리가 이번에 모반에 가담하여 나쁜 짓을 하게 된 것은 모두 옹개 때문이니 차라리 옹개를 죽이고 공명에게 투항하는 것이 좋겠습니다."

고장 曰: "어떻게 손을 쓰는 것이 좋겠나?"

악환 曰: "술자리를 마련해 놓고 사람을 보내 옹개를 청하십시오. 딴 뜻이 없다면 그는 기꺼이 올 것입니다. 만약 그가 오지 않는다면 반드시 딴 속셈이 있기 때문입니다. 그러면 즉시 주공께서 그의 영채 앞을 치십시오. 저는 영채 뒤의 샛길에 군사를 매복해 놓고 기다리고 있으면 옹개를 사로잡을 수 있습니다."

고정은 그의 말에 따라 자리를 마련해 놓고 옹개를 청했다. 그러나 옹개는 전날 공명이 돌려보낸 군사들의 말이 의심스러워 겁을 먹고 오지 않았다. 그날 밤 고정은 군사를 이끌고 옹개의 영채를 쳐들어갔다. 그러자 공명에게 붙들렸다 풀려난 옹개의 군사들은 고정 덕분에 자신들이 죽음을 면했다 생각하고 오히려 고정을 도왔다. 옹개의 군사는 싸우기도 전에 혼란에 빠졌다.

옹개는 말에 올라 영채 뒤의 산길로 달아났다. 그러나 2리도 못 가 북 소리가 울리면서 한 무리의 군사들이 뛰쳐나왔는데 맨 앞에 악환이 있었다. 그는 방천극을 꼬나들고 말을 몰아 앞장서서 달려들었다. 옹개는 칼 한번 제대로 써보지도 못하고 악환의 방천극에 찔려 말 아래로 떨어졌다. 악환이 곧바로 그의 머리를 베니, 옹개의 군사들은 모두 고정에게 항복했다.

고정은 두 부대의 군사를 모두 이끌고 공명에게 가서 항복을 하고 옹개의 수급을 바쳤다. 뜻밖에 공명은 막사 안의 높은 자리에 앉아서 좌우를 돌아보며 고정을 끌고 나가 목을 벤 다음 보고하라고 호령했다.

고정 曰: "저는 승상의 크신 은혜에 감동을 받아 옹개의 수급을 가지고 항복하러 왔는데 어찌하여 저를 죽이려 하십니까?"

공명이 큰 소리로 웃으며 말하기를: "네놈은 거짓으로 항복하러 왔다. 어찌 감히 나를 속이려 하느냐?"

고정 曰: "승상께서는 어찌하여 제가 거짓 항복한다 하십니까?"

공명은 문갑 속에서 봉투 하나를 꺼내 고정에게 주면서 말하기를: "주포가 이미 사람을 시켜 은밀히 항복하겠다는 글을 바쳤다. 그가 말하기를 너와 옹개는 생사를 함께하기로 맹세한 사이라고 했다. 그런데 어떻게 하루아침에 옹개를 죽일 수 있단 말이냐? 그래서 나는 네가 거짓으로 항복하는 줄 아는 것이다."

고정은 억울하다고 소리치며 말하기를: "주포가 반간계를 쓴 것입니다. 승상께서는 절대로 믿으셔서는 안 됩니다!"

공명 曰: "나 역시 한쪽 말만 믿기는 어렵다. 네가 만약 주포를 잡아온다면 그때는 네 진심을 믿을 것이다."

고정 曰: "승상께서는 의심하지 마십시오. 제가 당장 가서 그놈을 사로잡아 와서 승상 앞에 대령하면 믿어 주시겠습니까?"

공명 曰: "그렇게 한다면 내 의심은 곧 풀어질 것이다."

고정은 즉시 부장 악환과 휘하 군사를 거느리고 주포의 영채로 쳐들어갔다. 주포의 영채까지 10여 리 남아 있는 곳에 이르렀을 때 문득 산 뒤로부터 한 무리의 군사들의 몰려나왔는데 바로 주포였다. 주포는 고정의 군사가 오는 것을 보고 황급히 달려와 고정에게 말을 걸려고 했다.

그런데 고정이 다짜고짜 큰 소리로 꾸짖기를: "너는 어찌하여 제갈 승상에게 글을 보내 반간계로 나를 해치려 했느냐?"

황당한 말을 들은 주포는 눈이 휘둥그레지고 어안이 벙벙해 할 말을 잊었다. 그때 갑자기 말 뒤에서 악환이 돌아 나오더니 방천극으로 찔러 그를 말 아래로 떨어뜨렸다. 고정이 날카로운 목소리로 외치기를: "누구든 복종하지 않는 자는 모조리 죽여 버릴 것이다!"

주포의 군사는 일제히 땅에 엎드려 항복했다. 고정은 두 부대의 군사를 이끌고 공명에게 가서 주포의 수급을 바쳤다.

공명이 껄껄 웃으며 말하기를: "내 일부러 그대에게 두 도적놈을 죽이게 하여 그대의 충성심을 보고 싶었소."

공명은 고정을 익주 태수로 임명하여 세 개 군을 다스리게 하고 악환을 아장(牙將)으로 삼았다. 이로써 공명은 옹개 등 세 방면의 적들을 쉽게 평정했다.

영창 태수 왕항(王伉)이 성을 나와 공명을 영접했다.

성으로 들어간 공명이 묻기를: "공과 함께 이 성을 지킨 사람이 누구요?"

왕항 曰: "제가 지금까지 이 성을 안전하게 지킬 수 있었던 것은 모두 여개(呂凱) 덕분입니다. 여개는 영창 불위(不韋) 사람으로 자를 계평(季平)이라 합니다."

공명은 곧 여개를 불러오라고 했다. 여개가 들어와서 인사를 마치자 공명이 말하기를: "나는 오래전부터 공이 영창의 고명한 선비라는 것을 알고 있었으며 이번에 공 덕분에 이 성을 지켜내게 되었소. 나는 이번 기회에 남만(南蠻)까지 평정하려 하는데 공의 고견을 듣고 싶소."

그러자 여개는 지도 한 장을 꺼내서 공명에게 바치며 말하기를: "저는 벼슬길에 처음 들어설 때부터 남만인들이 반역을 하려 한다는 것을 알고 있었습니다. 그래서 은밀히 사람을 그 지역으로 들여보내 군사들 주둔시키고 싸울 수 있을 만한 곳을 살펴보도록 하여 지도를 만들고 그 이름을 '평만지장도(平蠻指掌圖)'라 지었습니다. 지금 이 지도를 명공께 바치오니 명공께서 이 지도를 보시면 남만을 정벌하는데 큰 도움이 될 것입니다."

공명은 매우 기뻐하며 곧바로 여개를 행군교수(行軍教授) 겸 향도관으로 임명했다. 이리하여 공명은 군사를 거느리고 남만의 지경 깊숙한 곳까지 거침없이 들어갔다.

한창 행군을 하고 있을 때 갑자기 황제의 사자가 도착했다는 보고가 들어왔다. 공명이 사자를 중군(中軍)으로 맞아들이니 흰색 전포에 흰 옷을 입은 사람이 들어오는데 바로 마속(馬謖)이었다. 그의 형 마량이 죽은 지 얼마 되지 않아 상복을 입고 온 것이었다.

마속 曰: "주상의 칙명을 받들어 군사들에게 하사하는 술과 비단을 가지고 왔습니다."

공명이 조서를 받고 칙명에 따라 군사들에게 하사품을 나누어 주고 마속과 함께 막사에서 이야기를 나누었다.

공명이 묻기를: "나는 천자의 조서를 받들어 남만 지방을 평정하려고 하네. 오래전부터 유상(幼常: 마속)의 식견이 뛰어나다 들었는데 부디 가르침을 주시게."

마속 曰: "어리석은 소견이나마 한 말씀 드릴 테니 승상께서 헤아려 들으시기 바랍니다. 남만은 변방에 치우쳐 있는 데다 산세까지 험준한 것을 믿고 황제께 복종하지 않는 지가 오래 됐습니다. 비록 오늘 정벌하더라도 내일이 되면 다시 배반할 것입니다. 승상의 대군이 거기에 이르면 틀림없이 만인을 평정시킬 수 있습니다. 그러나 군사를 되돌려 북쪽의 조비를 치러 가면 남만의 군사들은 속 안이 빈 틈을 타 틀림없이 다시 반란을 꾀할 것입니다. 무릇 '용병을 하는 데 있어 마음을 굴복시키는 것이 상책이며 성을 공격하는 것은 하책이며, 심리전이 상책이며 백병전은 하책이다(攻心爲上, 攻城爲下. 心戰爲上, 兵戰爲下).'고 했습니다. 부디 승상께서는 저들을 마음으로 복종시켜야 할 것입니다."

공명이 감탄하며 말하기를: "유상이 내 폐부(肺腑)를 꿰뚫어 보고 있구나!"

이리하여 공명은 곧바로 마속을 참군으로 삼아 대군을 이끌고 진격했다.

한편 만왕 맹획은 공명이 계략으로 옹개를 쉽게 무찔렀다는 말을 듣고 곧바로 세 동(洞)의 원수들을 불러 모아 상의했다. 첫째 동의 원수는 금환삼결(金環三結)이었고, 둘째 동은 동도나(董荼那), 셋째 동은 아회남(阿會喃)이 각각 원수로 있었다.

세 동의 원수들이 모이자 맹획이 말하기를: "이번에 제갈 승상이 대군을 거느리고 우리 지경을 침범해 왔으니 우리는 부득이 힘을 합쳐 대적할 수밖에 없다. 너희 셋은 각자 군사를 나누어 나아가라. 싸워서 이기는 자가 그 동의 주인이 될 것이다."

이리하여 금환삼결은 가운데 길로 나아가고, 동도나는 왼쪽 길을, 아회남은 오른쪽 길을 각각 맡아 각자 5만 명의 만병을 이끌고 명령에 따라 나아갔다.

한편 공명이 영채 안에서 계책을 의논 중인데 정탐꾼이 와서 보고하기를 세 동의 원수들이 군사를 세 방면으로 나누어 공격해오고 있다고 했다.

공명은 즉시 조운과 위연을 불러들였다. 하지만 그들에게 어떠한 분부도 내리지 않고 다시 왕평과 마충을 불러들여 그들에게 당부하기를: "지금 만병들이 세 방면으로 쳐들어오고 있다. 나는 자룡과 문장(文長: 위연)을 보내고 싶지만 이 두 사람은 지리를 모르니 감히 쓸 수가 없다. 그러니 왕평은 왼쪽으로 가서 적을 맞고, 마충은 오른쪽으로 가서 적을 맞이하라. 자룡과 문장은 그대들의 뒤에서 지원하도록 할 것이다. 오늘 군마를 잘 정비해 놓고 내일 날이 밝는 대로 출발하라!"

두 사람은 명을 받고 떠났다.

공명은 다시 장억(張嶷)과 장익(張翼)을 불러 분부하기를: "너희 두 사람은 함께 한 무리의 군사를 이끌고 가운데 방면의 적을 막도록 하라. 오늘은 군사를 정돈하고 있다가 내일 왕평·마충과 약속하여 함께 나아가라. 나는 자룡과 문장을 쓰고 싶지만 그들이 지리를 몰라 쓰지 못하고 있다."

장억과 장익 역시 명을 받고 떠났다.

조운과 위연은 자신들을 불러만 놓고 써 주지 않자 그들의 얼굴에 노한 기색이 역력했다.

공명 曰: "내가 그대들을 쓰기 싫어서가 아니라 단지 중년의 나이에 험한 곳에 들어갔다가 그들의 계략에 빠지면 군사들의 예기만 꺾이게 될까 봐 두렵소!"

조운 曰: "만약 우리가 지리를 안다면 어떻게 하시겠습니까?"

공명 曰: "두 장군은 그저 조심하며 함부로 움직이지 마시오."

공명이 끝내 허락하지 않자 두 사람은 불만을 품고 물러갔다.

조운이 위연을 자신의 영채로 불러 말하기를: "우리 두 사람은 선봉임에도 지리를 모른다는 핑계로 쓰지 않으면서 지금 저 후배들을 선봉으로 내세우고 있으니 창피하여 얼굴을 들 수 없소이다!"

위연 曰: "우리 두 사람이 지금 곧 말을 타고 나가 직접 알아봅시다. 이 고장 토박이를 붙잡아 그를 길잡이로 하여 만병을 친다면 이길 수 있지 않겠소?"

조운은 그의 말에 따라 즉시 말에 올라 곧장 가운데 길로 나아갔다. 몇 리도 채 못 갔을 때 멀리서 먼지가 자욱이 일어났다. 두 사람이 산비탈 위로 올라가 살펴보니 과연 만병 수십 기가 말을 몰아 달려오고 있었다. 두 사람이 양쪽에서 쳐들어가니 만병들은 그들을 보고 깜짝 놀라 달아났다. 조운과 위연은 각기 몇 명씩을 붙잡아 가지고 본채로 돌아와 술과 음식을 주어 대접한 다음 그들을 붙잡아 온 이유를 설명했다.

만병이 말하기를: "저 앞에는 금환삼결 원수의 큰 영채가 있는데 바로 산 어귀에 있습니다. 영채 옆으로는 동서로 길이 나 있는데 바로 오계동(五溪洞)으로 통합니다. 그곳으로 가면 동도나와 아회남 원수의 영채 뒤로 갈 수 있습니다."

그 말을 들은 조운과 위연은 곧바로 정예병 5천 명을 이끌고 사로잡은 만병을 앞세워 길을 나섰다. 그들이 출발할 때에는 벌써 이경(二更: 밤 9시에서 11시)이 되어 하늘에는 달이 밝고 별이 빛나 행군하는데 어려움은 없었다.

조운 일행이 금환삼결의 영채 앞에 이르렀을 때 시각은 이미 사경(四更: 새벽 1시에서 3시)쯤 되었는데 만병들은 막 일어나서 밥을 짓고 있었다. 그들은 날이 밝으면 즉시 싸우러 갈 준비를 하는 중이었다.

뜻밖에 조운과 위연이 양쪽에서 쳐들어가니 만병들은 크게 당황했다. 곧바로 중군으로 쳐들어간 조운은 마침 금환삼결 원수와 마주쳤다. 그러나 싸운 지 단 1합 만에 그는 조운의 창에 찔려 말에서 굴러 떨어졌다. 조운이 그의 수급을 베어 버리자 나머지 군사들은 겁을 먹고 사방으로 흩어져 달아나 버렸다.

위연은 곧바로 군사의 절반을 이끌고 동쪽 길로 나아가 동도나의 영채로 달려갔다. 조운 역시 나머지 군사를 이끌고 서쪽의 아회남 영채로 달려갔다. 그들이 만병의 영채에 다다랐을 때 날은 이미 훤히 밝아오고 있었다.

먼저 위연이 동도나의 영채를 들이친 이야기부터 하겠다.

동도나는 영채 뒤쪽에서 군사들이 쳐들어오고 있다는 말을 듣고 곧바로 적을 막기 위해 군사를 이끌고 영채를 나오려고 할 때 갑자기 영채 앞쪽에서 함성이 크게 일어나니 만병들은 큰 혼란에 빠지고 말았다. 실은 왕평의 군사가 이미 그곳에 도착해 기다리고 있었던 것이다. 앞뒤에서 협공을 당한 만병들은 대패했고 동도나는 간신히 길을 내어 달아났다. 위연이 그 뒤를 쫓아갔지만 따라잡지 못했다.

한편 조운이 군사를 이끌고 아회남의 영채 뒤편에 이르렀을 때 마충은 이미 영채 앞에 와 있었다. 양쪽에서 협공을 하자 만병은 역시 크게 패했고 아회남은 혼란한 틈을 타 달아났다.

위연과 조운은 각자 군사를 거두어 공명의 본채로 돌아왔다.

공명이 묻기를: "세 동의 만병 중에서 두 동의 동주를 놓쳤다면 금환삼결의 수급은 어디 있소?"

조운이 금환삼결의 수급을 바치자 여러 장수들이 입을 모아 말하기를: "동도나와 이회남이 모두 말을 버리고 고개를 넘어 달아났기 때문에 놓치고 말았습니다."

공명이 큰 소리로 껄껄 웃으며 말하기를: "두 사람은 내가 이미 잡아 놓았소."

조운과 위연을 비롯한 여러 장수들은 공명의 말을 믿지 않았다. 그런데 잠시 후 장억이 동도나를, 장익이 아회남을 각각 결박하여 끌고 오는 것이 아닌가!

여러 장수들은 도대체 무슨 영문인지 몰라 서로 얼굴만 쳐다볼 뿐이다.

공명 曰: "나는 여개가 만든 지도를 보고 이미 저들이 세워 놓은 영채의 위치를 알고 있었소. 그래서 일부러 말로 자룡과 문장의 자존심을 건드려 두 사람이 적진 깊숙이 들어가 먼저 금환삼결을 쳐부수고 다시 군사를 양쪽으로 나누어 나머지 영채 뒤쪽으로 가게 한 것이오. 그리고 왕평과 마충 두 사람으로 하여금 서로 호응하도록 했소. 사실 자룡과 문장이 아니면 누가 이런 일을 감당하겠소.

나는 동도나와 아회남이 반드시 산길을 따라 도망갈 것을 예상하고 장억과 장익을 보내 고개에서 군사를 매복해 기다리게 하고 관삭에게 그들을 지원하도록 하여 이 두 사람을 사로잡은 것이오."

여러 장수들이 모두 엎드려 절을 하며 말하기를: "승상의 신기묘산(神機妙算)은 귀신도 알 수 없을 것입니다."

공명은 압송해 온 동도나와 아회남의 결박을 손수 풀어 주고 술과 음식, 그리고 옥(玉)을 내어 주며 각기 자기 동으로 돌려보내며 다시는 악한 자를 돕지 말라고 했다.

두 사람은 울면서 공명에게 절을 하고 샛길을 이용하여 각자 돌아갔다.

공명이 여러 장수들에게 말하기를: "내일 틀림없이 맹획이 군사를 이끌고 싸우러 올 것이오. 그때 그를 사로잡으시오."

그러고는 조운과 위연을 불러 계책을 일러주었다. 두 사람은 각자 군사 5천 명을 이끌고 떠났다.

또한 왕평과 관삭을 불러 함께 한 무리의 군사를 이끌게 하면서 계책을 주고 떠나보냈다. 군사 배치를 마친 공명은 막사 안에 앉아서 소식을 기다렸다.

한편 만왕 맹획은 막사 안에서 앉아 있는데 갑자기 정탐꾼이 들어와서 세 동의 원수들이 모두 공명에게 사로잡혔으며 부하들은 모두 달아나 버렸다고 보고했다.

몹시 화가 난 맹획이 즉시 만병을 일으켜 구불구불 이어진 길을 진군하다 왕평의 군사와 마주쳤다. 양쪽의 군사들이 마주 보고 진을 쳤다. 왕평이 말을 달려 칼을 치켜들고 바라보니 적진의 문기가 열리는 곳에 남만의 수백 명의 장수들이 양쪽으로 늘어서 있는데 그 가운데 맹획이 말을 타고 나왔다.

그는 머리에는 보석이 박힌 자금관(紫金冠)을 쓰고 몸에는 치렁치렁 술을 단 붉은 비단 전포를 걸쳤으며, 허리에는 사자 모양을 조각한 옥으로 만든 보대를 매고, 발에는 앞이 매부리처럼 뾰족한 녹색 장화를 신고, 털이 곱슬곱슬한 적토마를 타고 소나무 무늬를 새긴 보검 두 자루를 차고 있었다.

고개를 바짝 쳐들고 촉의 진영을 바라보던 맹획은 좌우에 있는 장수들을 돌아보며 말하기를: "사람들은 모두 말하기를 제갈량은 용병을 잘한다고 하더니 이제 보니 깃발들은 제멋대로이며 대오는 뒤얽혀있고 창칼 등 병장기 또한 우리보다 나은 게 없으니 지난날 들었던 소문이 다 거짓이 아닌가! 진작 이를 알았더라면 내 벌써 반란을 일으켰을 것이다. 누가 감히 나가서 촉장을 사로잡아 우리 군사의 위엄을 떨치겠느냐?"

말이 미처 끝나기도 전에 한 장수가 앞으로 나왔는데, 그의 이름은 망아장(忙牙長)이었다. 망아장은 황표마(黃驃馬)를 타고 큰 칼을 휘두르며 왕평에게 달려들었다. 두 장수가 어우러져 싸웠는데, 몇 합 싸우지 않아 왕평은 말머리를 돌려 달아났다. 맹획은 군사들을 휘몰아 왕평의 뒤를 쫓았다. 그때 관삭이 다시 나타나 몇 합 싸우더니 다시 달아나서 20여 리나 물러갔다.

맹획이 관삭의 뒤를 정신없이 쫓아가는데 갑자기 함성이 크게 일면서 왼편에서는 장억이, 오른편에서는 장익이 양쪽에서 쏟아져 나와 맹획의 퇴로를 차단해 버렸다. 그러자 달아나던 왕평과 관삭이 다시 군사를 되돌려 쳐들어오니 앞뒤로 협공을 당한 맹획의 만병은 그만 크게 패하고 말았다. 맹획은 부장들과 함께 죽을힘을 다해 싸워 겨우 탈출로를 찾아 금대산(錦帶山)을 향해 달아나는데, 등 뒤에서는 세 방면에서 군사들이 추격해 왔다.

맹획이 한창 달아나고 있을 때 바로 앞에[서 함성이 크게 일면서 한 무리의 군사들이 길을 막았다. 앞장 선 대장은 바로 상산 조자룡이었다. 그를 본 맹획은 깜짝 놀라 황급히 금대산의 샛길로 달아났다. 자룡이 맹렬히 뒤쫓아 무찌르니 만병은 크게 패하여 사로잡힌 군사만도 셀 수 없이 많았다.

맹획은 겨우 수십 명의 기병과 함께 산골짜기 속으로 들어갔으나, 추격병이 등 뒤에서 바짝 쫓아오고 앞길은 좁아서 말이 지나갈 수도 없게 되자 맹획은 말을 버리고 산을 기어올라 고개를 넘어 도망쳤다.

그때 갑자기 산골짜기에서 북소리가 요란히 울렸는데 그들은 바로 공명의 계책을 받은 위연이 5백 명의 군사를 데리고 매복하고 있었던 것이다. 맹획은 이제 더 이상 도망갈 길이 막혀 위연에게 사로잡히고 말았다. 그를 따르던 기병들은 모두 항복했다.

위연은 맹획을 본채로 압송하여 공명에게 데려갔다.

공명은 이미 소와 말을 잡아 영채 안에 연회 준비를 해놓고 막사 안에 일곱 겹으로 '위자수(圍子手)'[16]를 늘여 세웠다. 그들은 저마다 칼과 창, 그리고 검과 극(戟)을 손에 쥐고 있었는데 모두 서릿발처럼 번쩍이고 있었다.

또 천자가 내려준 황금 도끼(黃金斧鉞)와 자루가 휜 일산(曲柄傘蓋)을 손에 들고 있었다. 연회석 앞뒤로는 의장대와 악대를 배치하고 좌우로는 어림군(御林軍)을 늘여 세웠는데 그 분위기가 매우 엄숙했다.

준비를 마친 공명이 막사의 맨 윗자리에 위엄 있게 앉아서 만병들이 어수선하게 떼를 지어 압송되어 오는 것을 보고 있었는데 그 수가 매우 많았다.

공명은 그들을 모두 막사 안으로 불러 그들의 결박을 전부 풀게 하고 위로하며 말하기를: "너희들은 모두 착한 백성들인데 불행히도 맹획에게 붙들려 이번에 크게 놀랬을 것이다. 내 생각에 너희 부모 형제와 처자들은 모두 틀림없이 대문에 기대서서 너희들이 돌아오기만 손꼽아 기대하고 있을 텐데, 싸움에 패배했다는 소식을 들으면 배가 갈라지고 창자가 끊어지는 고통을 느끼고 눈에서는 피눈물을 흘릴 것이다.

나는 지금 너희들을 모두 풀어줄 터이니 돌아가 가족들의 마음을 안심시켜 주기 바란다."

말을 마친 공명은 만병들에게 일일이 술과 음식을 먹이고 또 양식까지 주어 돌려보냈다. 만병들은 너무나 황송한 대접에 감격하여 울면서 엎드려 절을 하고 떠났다.

공명은 무사들을 불러 맹획을 끌고 오라고 했다. 무사들이 결박이 된

16 위수군(圍宿軍)이라고도 부르며 위자수는 원나라 초기 황궁이 아직 건설되기 전에 운동장 같은 넓은 곳에서 조회를 열 때 회의장을 여러 겹으로 에워싸고 경비하는 군사들을 말하며 이 소설에서는 작가가 원명(元明)에서 쓰는 제도를 차용한 것임. 역자 주.

抗天兵蠻王初受執

맹획을 에워싸고 끌고 밀면서 막사로 데려와 꿇어앉혔다.

공명 曰: "선제께서 너를 박대하지 않았거늘 너는 어찌 감히 배반한 것이냐?"

맹획 曰: "양천의 땅은 지금껏 다른 사람이 차지하고 살던 곳인데 너희 주인이 강제로 빼앗아 스스로 황제라 칭한 것이 아니더냐? 나는 대대로 이곳에서 살아왔는데 너희들이 무례하게 내 땅을 침범해놓고 어찌 나더러 배반했다고 하느냐?"

공명 曰: "내 지금 너를 사로잡았으니 너는 진심으로 항복하겠느냐?"

맹획 曰: "험한 산에서 길이 좁아 재수가 없어 너희들에게 잡혔지만 내 어찌 너에게 복종하겠느냐?"

공명 曰: "네가 복종하지 않겠다하니 내 너를 풀어줄 것이다. 어떠냐?"

맹획 曰: "네가 나를 풀어준다면 돌아가서 다시 군사를 정비하여 너와 자웅을 겨룰 것이다. 만약 다시 나를 사로잡으면 그때는 항복하겠다."

공명은 곧바로 그의 결박을 풀어 주고 옷을 주어 입게 했다. 그리고 술과 음식을 내어 주고 안장까지 얹은 말에 태워 사람을 시켜 길까지 배웅하게 하니 맹획은 자신의 영채로 돌아갔다.

이야말로:

손안에 들어온 도적 다시 풀어 주지만　　寇入掌中還放去
교화 미치지 못하면 항복시킬 수 없네　　人居化外未能降

맹획이 다시 와서 싸운다면 어찌 될지 궁금하거든 다음 회를 기대하시라.

제 88 회

공명은 노수 건너 맹획을 두 번째 잡고
거짓 항복인 줄 알고 세 번째 사로잡다

渡瀘水再縛番王

識詐降三擒孟獲

공명이 맹획을 놓아주자 여러 장수들이 막사 안으로 들어와서 묻기를: "맹획은 남만의 괴수입니다. 이번에 다행히 그를 사로잡아 남방이 곧 평정될 것인데, 승상께서는 무슨 생각으로 그를 놓아주십니까?"

공명이 웃으며 말하기를: "내가 그를 사로잡는 것은 마치 호주머니에서 물건 꺼내는 것이나 다름없다. 그러니 그가 마음으로 항복할 때까지 기다리려는 것이다. 그래야 남만이 진정으로 평정되는 것이다."

하지만 장수들은 모두 그 말에 동의하려 하지 않았다.

이날 풀려난 맹획이 노수(瀘水)에 이르러 마침 그의 수하에 있던 패잔병들을 만났다. 맹획을 찾아다니던 만병들은 그를 보고 놀랍고도 기뻐 절을 하며 묻기를: "대왕께서는 어떻게 돌아오실 수 있었습니까?"

맹획 日: "촉인들이 나를 막사 안에 가두고 감시했으나 내가 그들 10여 명을 죽이고 어둠을 틈타 날아났다. 오던 중 마침 기마병 한 명을 만나 그놈 역시 죽이고 그놈의 말을 빼앗아 타고 탈출했느니라."

그들은 매우 기뻐하며 맹획을 에워싸고 노수를 건너 영채를 세웠다.

그러고는 각 동의 추장(酋長)들을 불러 모으고 잡혔다 풀려난 만병들을 불러 모으니 10여만 명이 되었다.

이때 동도나와 아회남 역시 자신의 동중에 돌아와 있었다. 맹획이 사람을 보내 이들을 부르니, 두 사람은 겁이 났지만 어쩔 수 없이 동의 군사들을 이끌고 갔다.

맹획이 명을 내리기를: "나는 이미 제갈량의 계책을 알고 있다. 그를 맞아 직접 싸우면 또 다시 그의 계책에 빠지고 말 것이다. 서천의 군사는 먼 길을 오느라 지쳐있고 게다가 날씨도 무더우니 어찌 오래 버틸 수 있겠느냐? 우리에게는 이 험한 노수가 있다. 배와 뗏목들은 모두 남쪽 기슭에 매어 두고 이 일대에 토성을 쌓고 도랑을 깊이 파며 보루를 높이 쌓은 뒤, 제갈량이 어찌 나오는지 두고 보자!"

여러 추장들은 그의 계책에 따라 배와 뗏목들은 남쪽 기슭에 메어 놓고 그 일대에 토성을 쌓았다. 또 산의 절벽이나 벼랑에 의지하여 높이 성루를 세우고 그 위에 활과 쇠뇌 및 돌 포탄 등을 많이 준비해 지구전에 대비를 했다. 군량과 마초는 모두 각 동에서 가져오기로 했다.

이렇게 만반의 대비를 하고 나니 이제 제갈량이 겁나지 않았다.

한편 공명은 대군을 거느리고 거침없이 진군하는데, 노수에 먼저 도착한 선두 부대의 정탐꾼이 급히 보고하기를: "노수에는 배나 뗏목이 하나도 없는 데다 물살이 매우 거셉니다. 건너편 강기슭 일대에는 토성을 쌓아 놓고 만병이 지키고 있습니다."

때는 마침 5월이라 불볕더위가 한창인데 특히 남쪽 지방이라 무덥고 습하여 군사들은 갑옷은커녕 아무 옷도 입을 수가 없었다.

공명이 직접 물가까지 내려가 자세히 살펴본 다음 본채로 돌아와 여러 장수들을 불러 모아 영을 내리기를: "지금 맹획은 노수 남쪽에 주둔하면서 도랑을 깊이 파고 보루를 높이 쌓아 놓고 우리의 군사를 막고 있다. 그렇다고 우리가 여기까지 힘들게 왔는데 어찌 빈손으로 돌아갈 수 있겠는가? 그대들은 각각 군사를 이끌고 숲속의 수목이 무성한 곳을 골라 우리 군사들을 쉬게 하라."

그러고는 여개를 보내 노수로부터 백 리 떨어진 곳의 그늘지고 서늘한 곳을 골라 영채 네 개를 세우고 왕평·장억·장익·관삭이 각각 하나씩 지키게 하되 영채 안팎에 초막들을 세워 말과 군사들이 쉴 수 있도록 했다.

이 모습을 보고 온 참군(參軍) 장완(蔣琬)이 막사 안으로 들어와 공명에게 묻기를: "제가 보기에 여개가 세운 영채들은 위치가 매우 좋지 않습니다. 그것은 바로 선제께서 동오에게 패했을 때의 지세와 같습니다. 만약 만병들이 몰래 노수를 건너와 불을 지르며 영채를 기습하면 어찌 대처하시겠습니까?"

공명이 웃으며 말하기를: "공은 너무 의심하지 마시오. 내 이미 계책을 세워 놓았소."

장완 등은 모두 공명의 뜻을 이해하지 못했다.

그때 갑자기 촉에서 마대가 군량미와 더위 먹은 것을 치료하는 약을 가지고 왔다는 보고가 들어왔다. 공명이 그를 들어오라고 하여 군량미와 약을 네 영채에 각각 나누어 주라고 지시하고 묻기를: "그대는 군사를 얼마나 데리고 왔는가?"

마대 曰: "3천 명을 데리고 왔습니다."

공명 曰: "우리 군사들은 여러 차례 싸우느라 지쳐 있으니 그대가 데리고 온 군사를 쓰고 싶은데, 그대가 앞장서서 싸워 줄 텐가?"

마대 曰: "모두가 조정의 군사들인데 내 것 네 것이 어디 있습니까? 승상께서 쓰시겠다면 죽더라도 마다하지 않겠습니다."

공명 曰: "지금 맹획이 노수를 막아 건널 길이 없네. 나는 우선 저들의 군량미 보급로를 끊어 적진을 혼란에 빠지게 할 작정이네."

마대 曰: "어떻게 하면 길을 차단할 수 있습니까?"

공명 曰: "여기서 1백 오십 리 떨어진 노수 하류에 사구(沙口)가 있는데 그곳은 물살이 느려 뗏목으로도 건널 수 있네. 그대는 군사 3천 명을 거느리고 강을 건너 곧바로 만동(蠻洞)으로 들어가서 먼저 그들의 군량미 보급로를 끊은 다음, 동도나와 아회남 두 동주를 만나 그들과 안에서 호응을 하시게. 실수가 없도록 해야 하네."

마대는 즉시 군사를 거느리고 떠났다. 사구에 도착한 마대는 군사들에게 강을 건너도록 했다. 군사들은 그곳의 물이 별로 깊지 않은 것을 보고 대부분 뗏목을 타지 않고 그냥 옷을 벗고 건너갔는데 반쯤 건너다 모두 쓰러졌다. 급히 그들을 구하여 강기슭으로 끌어냈으나 그들은 하나같이 코와 입으로 피를 쏟으며 죽어 갔다.

깜짝 놀란 마대는 밤새 말을 달려 돌아가 공명에게 이 사실을 보고했다. 공명이 길잡이로 쓰는 그곳의 토박이에게 물어보았다.

토박이 曰: "요 며칠 사이 날씨가 너무 더워 노수에 독기(毒氣)가 모여 있습니다. 낮 동안에는 더욱 기승을 부려 독기가 마구 피어나므로 그때 물을 건너면 반드시 중독됩니다. 만약 그 물을 마시면 반드시 죽게 됩니다. 그러니 만약 꼭 건너야 한다면 한 밤중에 물이 식고 독기가 일어나지 않을 때를 기다려 배를 든든히 채우고 건너야만 비로소 무사히 건널 수 있습니다."

공명은 곧바로 토박이에게 길을 안내하게 하고 또 건장한 정예병 5백 명을 뽑아 마대를 따르게 했다. 마대는 그들과 함께 노수의 사구에 도착하여 뗏목을 엮어 한밤중에 물을 건넜더니 과연 무사히 건널 수 있었다. 마대는 2천여 명의 건장한 군사를 데리고 토박이의 길 안내를 받아 곧바로 만동의 군량 운반의 길목인 협산욕(夾山峪)을 취하러 갔다. 이 협산욕은 양쪽이 깎아지른 절벽 사이에 길이 하나 나 있는데 겨우 사람 하나, 말 한 필 지날 정도의 협곡이었다.

협산욕을 점거한 마대는 곧 군사를 나누어 보내 영채를 세웠다. 그런 사실을 까맣게 모르는 만동의 군사들은 군량을 운반해 오다 마대가 앞뒤로 길을 끊고 수레 1백여 대에 실린 군량미를 모조리 빼앗겼다. 만병들이 이 사실을 본채의 맹획에게 보고했다.

이때 맹획은 본채 안에서 하루 종일 술만 마시고 즐기며 군무는 아예 신경도 쓰지 않고 있었다.

그는 여러 추장들에게 말하기를: "내가 만약 제갈량과 맞서 싸웠다면 틀림없이 그의 계략에 걸려들고 말았을 것이다. 이 험한 노수에 의지하여 굳게 방어만 하고 기다리면 촉의 군사는 이 혹독한 더위를 견디지 못하고 틀림없이 물러갈 것이다. 그때 내가 너희와 함께 그의 뒤를 쫓아가 기습하면 제갈량을 사로잡을 수 있을 것이다."

말을 마친 맹획은 호탕하게 껄껄 웃었다.

그때 갑자기 반열에서 한 추장이 말하기를: "사구는 물이 얕고 물살도 느려 만약 촉병이 그쪽으로 몰래 건너오면 매우 위험하니 군사를 보내 지켜야 합니다."

맹획이 웃으며 말하기를: "너는 이곳 토박이이면서 어찌 그리도 모른단 말이냐? 나는 촉병들이 그곳으로 건너오기를 바라고 있다. 그들이 이곳을 건너오다간 반드시 물속에서 죽고 말 것이다."

추장이 다시 말하기를: "만일 이곳 토박이가 밤에 건너는 방법을 가르쳐주면 어찌 합니까?"

맹획 曰: "쓸데없는 걱정을 하고 있구먼. 이곳 사는 사람이 어찌 적을 돕겠는가?"

이때 갑자기 보고가 들어오기를 촉군이 은밀히 노수를 건너와 협산욕의 군량미 보급로를 끊었는데 군사의 수가 얼마나 되는 지는 잘 모르겠으며 그들은 평북장군 마대라는 깃발을 들고 있다는 것이다.

맹획이 웃으며 말하기를: "그까짓 조무래기들은 신경 쓸 필요도 없느니라!"

그러고는 즉시 부장 망아장(忙牙長)에게 군사 3천 명을 주며 협산욕으로 가도록 했다.

한편 만병이 도착한 것을 본 마대는 곧 군사 2천 명을 산 앞에 늘여 세웠다. 양쪽의 군사들이 마주보고 진을 쳤다. 망아장이 말을 달려 나가 마대와 겨루었는데 단 한 합 만에 마대의 칼에 베여 말 아래로 떨어져 죽고 말았다. 만병들은 크게 패했고 겨우 달아난 만병이 돌아가서 맹획에게 사실대로 자세히 고했다.

맹획은 여러 장수들을 불러 놓고 묻기를: "누가 가서 마대와 싸워보겠느냐?"

말이 끝나기도 전에 동도나가 나서서 말하기를: "제가 가겠습니다."

맹획은 크게 기뻐하며 그에게 군사 3천 명을 주며 가도록 했다. 그리고 혹시 또 다시 촉병이 노수를 건너올까 두려워 아회남에게도 군사 3천 명을 주면서 사구를 지키도록 했다.

동도나는 만병을 이끌고 협산욕으로 가서 영채를 세웠다, 마대는 군사를 이끌고 그를 맞아 싸우러 갔다. 수하 군사 중에 동도나를 알아본 군사가 있어 마대에게 여차여차 일러 주었다.

마대는 말을 달려 앞으로 나가 큰 소리로 꾸짖기를: "이 의리도 없는 배은망덕한 놈아! 우리 승상께서 네 목숨을 살려 주셨거늘, 지금 또 배반하다니, 부끄럽지도 않으냐!"

그 말을 듣는 순간 동도나는 얼굴 가득 부끄러운 빛을 띠고 말 한마디 못한 채 싸우지도 않고 물러갔다. 마대는 그 뒤를 한바탕 몰아치고 돌아왔다.

동도나가 돌아가서 맹획에게 말하기를: "마대는 너무나 뛰어난 장수라 도저히 당할 수가 없었습니다."

맹획이 몹시 화를 내며 말하기를: "나는 네놈이 제갈량의 은혜를 입어 일부러 싸우지도 않고 물러난 줄 이미 알고 있느니라. 이것은 바로 고의로 싸움에 져 준 것이다!"

맹획은 그를 끌고 가서 목을 베라고 호령했다.

여러 추장들이 거듭 간곡하게 만류하여 겨우 목숨은 살려 주었지만 무사들에게 곤장 1백 대를 치라고 하여 그의 영채로 돌려보냈다.

여러 추장들이 동도나를 찾아와 말하기를: "우리가 비록 남만 땅에 살고 있지만 지금까지 한 번도 중국을 침범해 본 적이 없고 중국 또한 우리를 침범한 적이 없소. 지금 맹획이 자신의 힘만 믿고 우리를 강압하여 어쩔 수 없이 반란에 가담했소.

사실 공명의 신통한 묘책은 어느 누구도 짐작할 수조차 없어 조조와 손권마저 두려워하거늘 우리야 말해 무엇하겠소?

게다가 우리는 모두 그분에게 목숨을 살려준 은혜를 입었는데 보답할 길이 없소. 이제 우리가 죽음을 각오하고 맹획을 죽이고 공명에게 투항함으로써 도탄에 빠진 동중의 백성들을 구하고 싶소이다."

동도나 曰: "그대들의 의견은 어떠한가?"

그들 가운데 공명이 놓아주어서 돌아온 사람들이 있었는데 그들이 이구동성으로 말하기를: "기꺼이 가겠습니다!"

동도나는 강철 칼을 들고 1백여 명을 이끌고 곧바로 대채로 달려갔다. 마침 맹획은 잔뜩 취해 막사 안에 누워 있었다. 동도나는 사람들을 데리고 막사 안으로 들어가니 두 장수가 맹획을 지키고 있었다.

동도나는 칼을 들어 그들을 가리키며 말하기를: "너희들 역시 제갈 승상의 은혜로 죽음을 면했으니 마땅히 그 은혜에 보답해야 할 것이다!"

두 장수가 말하기를: "장군께서 손쓰실 필요 없이 저희가 맹획을 사로잡아 승상께 바치겠습니다."

그들은 일제히 막사 안으로 들어가서 맹획을 잡아 단단히 묶었다. 그러고는 노수로 끌고 가서 배에 태워 곧바로 북쪽 기슭으로 건너가 먼저 사람을 보내 이 사실을 공명에게 알렸다.

한편 정탐꾼을 통해 이 소식을 미리 전해들은 공명은 각 영채에 은밀히 지시하여 장수와 군사들에게 병장기를 잘 정돈해 두도록 한 다음, 우두머리 추장에게 맹획을 압송해 들어오도록 하고 나머지 사람들은 모두 본채로 돌아가서 명령을 기다리게 했다.

동도나가 먼저 중군으로 들어가 공명을 뵙고 이번 일의 전후 사정을 자세히 설명했다. 공명은 그에게 후한 상을 내리고 좋은 말로 위로한 다음 다른 추장들을 데리고 돌아가도록 했다.

그리고 도부수들에게 명해 맹획을 끌고 오라고 지시했다.

공명이 웃으며 말하기를: "너는 다시 잡혀오면 진심으로 항복하겠다고 지난번에 말했었다. 그래 오늘은 항복할 텐가?"

맹획이 말하기를: "이번엔 당신의 능력으로 나를 잡아온 것이 아니라 내 부하들이 자기들끼리 서로 해쳐 이렇게 된 것이다. 그러니 내 어찌 항복하겠느냐?"

공명 曰: "내 이번에도 너를 놓아주면 어찌하겠느냐?"

맹획 曰: "내 비록 만인(蠻人)이지만 그래도 병법을 모르지는 않으니, 승상이 만약 정말로 나를 놓아주어 동중으로 돌아가게 해 준다면 내 반드시 군사를 이끌고 와서 다시 결판을 낼 것이오. 만약 승상이 또 다시 나를 사로잡는다면 그때에는 진정으로 항복할 것이며 다시는 마음이 변치 않을 것이오."

공명 曰: "다음번에 사로잡혀도 항복하지 않으면 그때는 절대로 가벼이 용서치 않을 것이다."

그는 좌우 사람들에게 그의 밧줄을 풀어 주게 하고 막사 안에 자리까지 마련하여 앉게 하고 지난번처럼 술과 음식을 내렸다.

공명 曰: "나는 일찍이 초려(草廬)를 나온 이래로 싸워서 이기지 못한 적이 없었고 공격해서 취하지 못한 곳이 없었느니라. 그런데 너희 만방(蠻邦) 사람들은 어째서 항복하지 않는 것이냐?"

맹획은 입을 꾹 다문 채 대답하지 않았다.

술자리를 파한 공명은 영채를 나와 맹획과 말머리를 나란히 하여 여러 영채에 쌓아 놓은 군량미와 마초 및 병장기 등을 둘러보았다.

공명은 그것들을 가리키며 맹획에게 말하기를: "네가 나에게 항복하지 않는 것은 참으로 어리석은 짓이다. 나는 이처럼 정예병과 맹장을 거느리고 충분한 군량미와 마초 및 병장기 등을 갖추고 있는데 네가 어찌 나를 이길 수 있겠느냐? 만약 네가 빨리 항복한다면 내가 천자께 상주하여 네가 왕의 자리를 잃지 않고 자자손손 영원히 만방을 다스리게 해 주마. 네 뜻은 어떠냐?"

맹획 曰: "내가 비록 항복한다고 해도 동중(洞中) 사람들은 진심으로 복종하지 않을 것이오. 승상이 한 번만 더 나를 놓아준다면 곧바로 휘하 군사들을 불러 모아 한마음 한뜻이 되게 설득한 뒤에 귀순하겠습니다."

공명은 맹획과 함께 본채로 돌아와서 밤이 늦도록 같이 술을 마셨다. 맹획이 하직 인사를 하자 공명은 직접 그를 노수 근처까지 배웅을 하고 배를 태워 그의 영채로 돌려보냈다.

본채로 돌아온 맹획은 우선 도부수들을 막장 안에 숨겨 두고 심복을 동도나와 아회남 영채로 보내 공명의 사자가 왔다고 속이고 두 장수를 대체로 불러들인 뒤 모두 죽이고 그 시신을 강물에 던져버렸다.

그리고 맹획은 자신이 가장 믿을 만한 사람을 골라 관문을 지키도록 한 다음 자신이 직접 군사를 이끌고 마대와 싸우러 협산욕으로 달려갔다. 그런데 협산욕에 이르러보니 마대는커녕 사람 그림자도 보이지 않았다. 그곳 토박이에게 물어보니 간밤에 군량과 마초를 모두 싣고 노수를 건너 대체로 돌아갔다고 했다. 동중으로 다시 돌아온 맹획은 친동생 맹우(孟優)를 불러 상의하기를: "이제는 내가 제갈량의 허실을 모두 알아왔으니 너는 가서 여차여차하여라."

형으로부터 계책을 받은 맹우는 1백여 명의 만병을 데리고 황금과 구슬·보패(寶貝)·상아(象牙)·서각(犀角: 무소 뿔) 등을 싣고 노수를 건너 공명의 대채로 가려고 했다. 그런데 맹우가 노수를 건너자마자 앞쪽에서 북과 나팔 소리가 요란하게 울리며 한 무리의 군사들이 몰려왔다. 앞장 선 대장은 마대였다. 맹우는 깜짝 놀랐다. 마대가 그에게 찾아온 까닭을 묻고 밖에서 기다리게 한 다음 사람을 공명에게 보내 그 사실을 보고했다.

이때 공명은 막사 안에서 마속·여개·장완·비의(費禕) 등과 함께 남만 땅을 평정할 일을 논의하고 있었는데 맹획이 자신의 아우 맹우를 시켜 보물 등을 바치러 왔다는 것이다.

공명이 마속을 돌아보며 말하기를: "그대는 맹우가 온 까닭을 알겠소?"

마속 曰: "제가 입으로 직접 말하기는 그러하니 종이에 적어 보여 드리겠습니다. 승상께서 생각하시는 바와 같은지 한 번 봐주십시오."

공명이 그렇게 하라고 하여 마속이 종이에 글을 써서 공명에게 바쳤다. 공명이 보고 손뼉을 치며 큰 소리로 웃으며 말하기를: "맹획을 다시 사로잡을 계책을 이미 생각해 두었네. 그대의 생각이 바로 내 생각이네!"

공명은 곧 조운을 불러 그의 귀에 대고 여차여차하라고 지시하고 또 위연을 불러들여 역시 작은 소리로 분부를 내렸다. 또한 왕평·관색·마충 등을 불러 은밀히 지시를 내렸다.

각자 계책을 받고 떠나자 공명은 마침내 맹우를 막사 안으로 불러들였다.

맹우가 인사를 하고 말하기를: "저의 형님 맹획이 승상께서 목숨을 살려 주신 은혜에 감격해 조금이라도 보답하고자 급히 황금 구슬과 보패 등을 약간 가지고 왔습니다. 우선 군사들에게 줄 상으로 쓰시고 후에 천자께 올리는 예물은 따로 바치겠다고 했습니다."

공명 曰: "너의 형은 지금 어디 있느냐?"

맹우 曰: "승상의 하늘같은 은혜에 감격하여 지금 은갱산(銀坑山)으로 보물을 수습하러 갔으니 머지않아 돌아올 것입니다."

공명 曰: "너는 몇 사람이나 데려 왔느냐?"

맹우 曰: "감히 많이 데리고 올 수 없어 겨우 1백여 명만 데리고 왔습니다. 모두 예물을 지고 온 자들입니다."

공명이 그들을 모두 막사 안으로 들어오게 하여 살펴보니 다들 푸른 눈에 검은 얼굴, 노란 머리에 자주색 수염을 기르고 있었다. 귀에는 금 귀고리를 달고 곱슬머리에 신발은 신지 않았지만 하나같이 키가 크고 힘깨나 쓸 장사들이었다. 공명은 그들에게 자리에 앉게 하고 여러 장수들에게 술을 권하며 정성껏 대접했다.

한편 맹획은 아우를 공명에게 보내놓고 막사 안에서 소식이 오기만을 기다리고 있는데 갑자기 두 사람이 돌아왔다고 보고했다.

맹획이 급히 그들을 불러들여 물어보니 그들이 자세히 말하기를: "예물을 받은 제갈량은 매우 기뻐하며 수행해 간 사람들을 모두 막사 안으로 불러 소와 양을 잡아 연회를 베풀어 대접하고 있습니다. 둘째 대왕께서 저희더러 은밀히 대왕께 보고하라고 하셨는데 오늘 밤 2경에 안팎에서 호응하여 대사를 치르자고 했습니다."

맹획은 몹시 기뻐하며 즉시 3만 명의 만병을 일으켜 그들을 세 부대로 나누고 각 동의 추장을 불러 분부하기를: "모든 군사들은 각자 불을 지를 도구를 갖추고 오늘 밤 촉병의 영채에 도착하는 즉시 불을 질러 신호를 보내라. 나는 직접 중군으로 쳐들어가 제갈량을 사로잡을 것이다."

계책을 받은 여러 만병 장수들은 황혼 무렵 각자 노수를 건넜다. 맹획은 자신의 심복 장수 백여 명을 데리고 곧장 공명의 대채로 향해 가는데 가는 길에 그들을 막는 군사가 하나도 없었다. 대채 앞에 이른 맹획이 장수들과 함께 일제히 안으로 쳐들어갔다. 그러나 대채 안은 텅 비어 있고 사람하나 보이지 않았다.

맹획이 급히 중군으로 뛰어들어가 보니 막사 안에는 등불이 대낮처럼 환한 가운데 맹우 등 자신의 군사들만 모조리 취해서 쓰러져 있는 것이 아닌가!

실은 공명은 마속과 여개 두 사람에게 맹우를 대접하게 하면서 한편으로는 악인(樂人)들을 불러와서 잡극(雜劇)을 보여 주면서 계속 술을 권했는데 그 술에 약을 탔기 때문에 그들은 모두 정신을 잃고 쓰러져 마치 죽은 사람처럼 되었던 것이다.

놀란 맹획이 쓰러져 있는 군사를 발로 걷어차며 무슨 일이냐고 물으니 그 중에 깨어난 자가 자신의 입을 가리킬 뿐 말 한마디 하지 못했다.

맹획은 그제야 자신이 공명의 계책에 걸려든 줄 알고 급히 맹우 등 몇 사람만 구해 돌아가려는데 앞에서 요란한 함성 소리와 함께 불빛이 솟아오르자 만병들은 제각기 달아나 버렸다.

바로 그때 한 무리의 군사들이 쳐들어오는데 앞장 선 장수는 왕평이었다. 크게 놀란 맹획이 급히 왼쪽으로 달아나니 또 불길이 하늘 높이 치솟으며 한 무리의 군사들이 쳐들어왔는데 앞에 선 장수는 위연이었다. 맹획은 다시 황급히 오른쪽으로 달려갔다. 그때 또 불빛이 일면서 한 무리의 군사들이 덮쳐오는데 선봉에 선 장수는 조운이었다. 세 방면에서 군사들이 협공하니 사방 어디로도 달아날 길이 없다. 맹획은 군사들을 모두 버리고 필마단기로 노수를 향해 달아났다. 노수에 이르자 마침 수십 명의 만병들이 쪽배 한 척을 몰고 왔다. 맹획은 급히 쪽배를 강기슭에 대라고 소리쳤다. 맹획이 말에서 내려 말을 끌고 막 배에 오르려는 순간 신호 소리와 함께 만병들이 그를 단단히 묶어버렸다.

공명의 계책을 받은 마대가 자신의 군사를 만병으로 위장하여 배를 저어 이곳에서 기다리고 있다가 맹획을 유인하여 사로잡은 것이었다.

공명이 사로잡힌 만병들에게 항복할 것을 권하니 항복하는 자가 무수히 많았다. 공명은 그들을 일일이 안심시키고 조금도 해를 입히지 않았다. 그러고는 군사들에게 아직도 타고 있는 불을 끄도록 했다.

잠시 후 마대가 맹획을 사로잡아 오고, 조운은 맹우를, 그리고 위연·마충·왕평·관삭은 각 동의 추장들을 각각 붙잡아 왔다.

공명이 맹획을 손으로 가리키며 웃으며 말하기를: "너는 먼저 네 아우를 시켜 예물을 바치면서 거짓 항복하는 체했는데 그것으로 나를 속일 수 있다고 생각했느냐? 이번에 또 사로잡혔으니 이제는 항복을 할 테냐?"

맹획 曰: "이번에는 내 아우가 먹고 마시는데 정신이 팔려 너희들의 독주의 계략에 빠져 일을 그르친 것이오. 만약 내가 직접 오고 아우에게 군사를 이끌고 밖에서 호응하게 했더라면 틀림없이 성공했을 것이오. 이는 하늘이 망치게 한 것이지, 내가 재주가 없어서 진 게 아니거늘 내 어찌 억울하게 항복하겠소?"

공명 曰: "이번이 벌써 세 번째인데도 아직 항복하지 않겠다는 것이냐?"

맹획은 머리를 숙인 채 말이 없었다.

공명은 껄껄 웃으며 말하기를: "그럼 내 다시 널 놓아주겠다."

맹획 曰: "승상이 만약 우리 형제를 돌려보내 준다면 집안의 장정들을 모두 모아 승상과 한번 크게 싸워볼 것이오. 그때도 만약 사로잡히면 그때는 내 목숨을 걸고 항복할 것이오."

공명 曰: "만약 다시 붙잡히면 용서하지 않을 것이다. 부지런히 병법을 공부하고 네가 믿을 수 있는 군사들을 끌어 모아 좋은 계책을 내어 후회하는 일이 없도록 하라."

공명은 무사에게 그의 결박을 풀게 하여 맹획과 맹우 및 여러 추장들을 모두 돌려보냈다. 맹획 등은 고맙다고 하직 인사를 하고 떠났다.

이때 촉군은 이미 노수를 건너가 있었다. 맹획 등이 노수를 건너면서 보니 강기슭에 촉의 군사와 장수들이 늘어서 있고 깃발이 펄럭이고 있었다.

맹획이 영채 앞에 이르자 마대가 높이 앉아 칼을 들어 그를 가리키며 소리치기를: "이번에 다시 잡으면 결코 가벼이 놓아주지 않을 것이다!"

맹획이 자신의 대채에 이르자 이번에는 조운이 이미 그곳을 점령하여 촉의 군사들을 배치해 놓고 조운은 큰 깃발 아래 앉아 칼을 쥐고 말하기를: "승상께서 이처럼 대우해 주신 은혜를 잊지 말거라!"

맹획은 그저 예, 예, 하고 떠나갔다. 이어서 접경지대의 산언덕을 넘어가려는데, 위연이 정예병 1천여 명을 언덕 위에 배치해 놓고 말을 세우고 큰 소리로 꾸짖기를: "내 이미 너의 소굴 깊숙한 곳까지 쳐들어가 너희 요충지를 빼앗았느니라. 그럼에도 너는 아직도 어리석은 생각을 버리지 못하고 대군에 항거하려 하느냐? 이번에 다시 잡히는 날에는 너의 몸뚱이는 갈기갈기 찢기고 말 것이니 그리 알라!"

맹획 일행은 머리를 싸매고 놀란 쥐새끼마냥 도망치듯 자신들의 동을 향해 달려갔다.

후세 사람이 이 일을 찬탄하여 시를 지었으니:

5월에 군사를 몰아 불모의 땅에 들어가니 五月驅兵入不毛
달 밝은 밤 노수에 독한 기운 피어오르네 月明瀘水瘴煙高
선제의 삼고 은혜 갚으려 큰 계략 세우고 誓將雄略酬三顧
남만 쳐서 일곱 번 놓아주는 수고 꺼리랴 豈憚征蠻七縱勞

한편 공명은 노수를 건너가서 영채를 세운 뒤 전군에 큰 상을 내리고 장수들을 막사 안으로 불러 모아 말하기를: "맹획을 두 번째 사로잡아 왔을 때 내가 그에게 우리의 영채의 허실을 보여준 것은 그로 하여금 영채를 습격하러 오도록 유인하기 위함이었소. 내 보기에 맹획은 병법을 조금은 알고 있소. 나는 우리의 영채에 군량과 마초 등을 쌓아 놓아 그의 눈을 번쩍 뜨이게 해준 것은 사실 맹획으로 하여금 우리의 단점을 파악하여 화공을 쓰도록 한 것이었네. 그래서 맹획은 아우를 보내 거짓 항복을 시키고 안에서 호응하게 하는 계략을 짠 것이오.

내가 그를 세 번이나 사로잡고도 그를 죽이지 않은 것은 그에게 마음에서 우러난 항복을 받기 위함이며 그의 종족을 멸하고 싶지 않기 때문이오. 이제 그대들에게 분명히 당부하고 싶은 것은, 수고를 마다하지 말고 마음을 다하여 나라에 보답하길 바라네."

장수들이 엎드려 감복하여 말하기를: "승상께서는 지(智)·인(仁)·용(勇) 세 가지를 모두 겸비하고 계시니, 비록 자아(子牙: 강태공)와 장량(張良)이라도 미치지 못할 것입니다."

공명 曰: "내 어찌 옛사람과 견주길 바라겠는가? 모두 다 그대들의 노력 덕분이니 함께 공을 세우고 대업을 이루어 가길 바라네."

공명의 말에 모든 장수들이 즐거워했다.

한편 공명에게 세 번이나 사로잡힌 것에 대한 한을 품은 맹획은 분개하며 은갱동(銀坑洞)으로 돌아가, 즉시 심복들로 하여금 황금 구슬과 보배 등을 가지고 서남 지역의 소수민족이 사는 곳인 팔번구십삼전(八番九十三甸) 지방을 돌아다니며 방패와 칼을 쓰는 만인 군사 수십만 명을 빌려 날짜를 정해 모이게 했다.

마침내 각 부대의 인마(人馬)가 구름처럼 몰려들어 맹획의 명령만 기다렸다. 이 일은 매복해 있던 정탐꾼에 의해 즉시 공명에게 보고되었다.

공명은 웃으며 말하기를: "이제 모든 만병(蠻兵)이 모인 자리에서 내 능력을 보여줄 기회가 왔구나."

공명은 작은 수레를 타고 나아갔다.

이야말로:

만약 동주의 위세가 사납지 않았다면	若非洞主威風猛
공명의 높은 재주 어떻게 보여주겠나	怎顯軍師手段高

승부가 어찌 될지 궁금하거든 다음 회를 기대하시라.

제 89 회

제갈공명은 네 번째로 계책을 사용하고
남만왕 맹획은 다섯 번째로 사로잡히다

武鄕侯四番用計

南蠻王五次遭擒

공명은 몸소 작은 수레에 올라 기병 수백 명을 데리고 길을 탐색하러 나섰다. 앞에 있는 서이하(西洱河)라는 강은 물살은 그리 세지 않았는데 배나 뗏목이 하나도 보이지 않았다. 공명은 강을 건너가 보려고 나무를 베어 뗏목을 만들게 했다. 그런데 어찌된 영문인지 뗏목을 물에 넣기만 하면 바로 가라앉아 버렸다.

공명은 그 대책을 여개에게 물으니 여개가 대답하기를: "제가 듣기에 서이하 상류에 산이 하나 있다고 합니다. 그 산에는 대나무가 많이 있는데 큰 것은 둘레가 몇 아름이나 됩니다. 사람들을 보내 그것을 베어 와서 강 위에 다리를 놓으면 군사들이 건너갈 수 있습니다."

공명은 즉시 군사 3만 명을 산으로 들여보내 수십만 그루의 대나무를 베도록 하고 그것을 강물에 띄워 아래로 보내와서 강폭이 가장 좁은 곳을 골라 대나무 다리를 세우니, 그 너비가 10여 장(丈)이나 되었다.

그리고 대군을 움직여 강의 북쪽 기슭에 영채를 일자(一字)로 세워 강을 참호로 삼고 다리를 영문(營門)으로 삼았으며 흙을 쌓아 성벽을 만들었다. 또한 다리를 건너가서 남쪽 기슭에 일자로 큰 영채 셋을 세우고 만병을 기다렸다.

한편 맹획은 수십만 명의 만병을 거느리고 달려왔다. 마치 세 번이나 사로잡힌 수모를 한꺼번에 설욕하려는 듯 가슴속에 원한이 가득 차 있었다. 서이하 가까이에 이른 맹획은 칼과 방패로 무장한 요정(獠丁)[17] 군사를 앞세우고 곧바로 맨 앞의 영채로 달려나와 싸움을 걸었다.

공명은 머리에 윤건을 쓰고 몸에는 학창(鶴氅)을 두르고 손에는 우선(羽扇)을 들고 네 마리 말이 끄는 수레에 올라 좌우로 여러 장수들의 호위를 받으며 나갔다.

공명이 보니 맹획은 무소가죽으로 만든 갑옷을 입고 주홍색 투구를 쓰고, 왼손에는 방패를, 오른손에는 칼을 들고, 붉은 털의 소를 타고 나와 온갖 욕설을 퍼부었다. 그리고 1만여 명의 요족 군사들은 각기 칼과 방패를 들고 춤을 추며 이리저리 왔다 갔다 하고 있었다.

공명은 급히 명을 내려 영채로 군사를 물린 뒤 사방의 문을 굳게 닫고 싸우러 나가는 것을 허락하지 않았다. 만병들은 모두 벌거벗은 알몸으로 영채 바로 코앞까지 와서 큰 소리로 쌍욕을 퍼부었다.

몹시 화가 난 여러 장수들이 공명에게 청하기를: "저희들은 나가서 죽기로 싸워 저들을 쳐부수겠습니다."

하지만 공명은 허락하지 않았다. 여러 장수들이 거듭 나가서 싸우겠다고 하니 공명이 그들을 말리며 말하기를: "남만 사람들은 왕화(王化: 왕의 가르침)를 입지 못해 이번에도 저렇게 몰려와 미친 듯이 날뛰는데, 이럴 때는 맞아 싸우면 안 된다. 일단 수 일간 굳게 지키면서 저들의 기세가 수그러지기를 기다리도록 하라. 나에게 저들을 깨뜨릴 묘책이 있느

17 서남부의 소수민족. 역자 주.

니라."

촉군은 며칠 간 영채를 굳게 지키고만 있었다. 공명이 높은 언덕에 올라가 살펴보니 만병의 기세가 많이 누그러졌음을 보고 곧 여러 장수들을 모아 놓고 말하기를: "이제는 나가 싸울 때가 되었네. 누가 먼저 나가 싸우겠는가?"

여러 장수들이 서로 자신이 나가 싸우겠다고 했다. 공명은 먼저 조운과 위연을 막사 안으로 불러 귓속말로 여차여차하라고 일렀다. 계책을 받은 두 사람이 나가니 다시 왕평과 마충을 막사 안으로 불러 계책을 주었다.

그리고 또 마대를 불러 분부하기를: "나는 지금 이 세 영채를 버리고 강북으로 물러갈 것이다. 그대는 우리가 강을 건너는 즉시 부교를 뜯어 강 하류로 옮겨 놓아 조운과 위연의 군사들이 건너올 수 있도록 하라."

마대가 계책을 받고 나가니 다시 장익을 불러 말하기를: "우리 군이 물러가면 자네는 영채 안에 등불을 환하게 켜 놓아라. 맹획은 우리 군사가 물러간 것을 알게 되면 반드시 추격해 올 것이니 자네는 그때를 기다렸다가 그들의 뒤를 차단하라."

장익도 명을 받고 물러갔다. 공명은 다만 관삭은 남겨 두어 자신의 수레를 호위하게 했다. 모든 군사가 물러갔지만 영채 안에는 등불이 환하게 켜져 있다. 만병들은 멀리서 등불을 보고 감히 쳐들어오지 못했다.

다음 날 날이 밝을 무렵, 맹획이 대부대의 만병을 거느리고 촉군의 영채에 이르렀을 때는, 촉군의 세 영채에 군사는 하나도 보이지 않고 버리고 간 군량과 마초 및 수레 수백 량만 남아 있었다.

맹우가 말하기를: "제갈량이 영채를 버리고 간 것은 무슨 계책이 있는 게 아닐까요?"

맹획 曰: “내 생각에 제갈량이 군수품을 실어 나르는 수레까지 버리고 간 것은 틀림없이 나라 안에 긴급한 일이 생겼기 때문이다. 이는 동오가 침입해 오지 않았다면 틀림없이 위가 쳐들어왔을 것이다. 그래서 일부러 등불을 훤히 켜 놓아 군사들이 있는 것처럼 해 놓고 수레마저 버리고 떠난 것이다. 이러고 있을 때가 아니다. 속히 그 뒤를 쫓지 않으면 놓칠지도 모른다.”

맹획은 직접 선두 부대를 이끌고 서이하 강변으로 나아갔다. 그곳에서 바라보니 강 북쪽 기슭에 있는 영채에는 깃발들이 여전히 예전처럼 가지런히 꽂혀 나부끼는 모습이 마치 구름 비단처럼 찬란하고 강변 일대에도 비단으로 성을 두른 듯 안정감이 있어 물러가려는 기미는 전혀 보이지 않았다. 정찰을 하고 온 만병은 감히 앞으로 나아가지 못했다.

맹획이 맹우에게 말하기를: “이것은 제갈량이 우리의 추격이 무서워 강의 북쪽 기슭에 잠시 머물러 있는 것이다. 이틀도 지나지 않아 반드시 달아날 것이다.”

맹획은 만병을 강기슭에 주둔시켜 놓고 군사들을 산 위로 보내 대나무를 베어 와서 뗏목을 엮어 강을 건널 준비를 했다. 그런 다음 용맹한 군사들을 모두 영채 전면에 배치시켰다. 그러나 촉군이 이미 자신들의 지경 안에 들어와 있는 줄은 전혀 눈치도 채지 못했다.

그날 갑자기 광풍이 세차게 몰아치면서 기다렸다는 듯이 사방에서 불빛이 하늘을 비추고 북소리가 땅을 진동하며 촉병들이 쳐들어왔다. 혼란에 빠진 만인 군사와 요족 군사들은 저희들끼리 부딪치며 밀쳐대느라 정신이 없었다. 맹획은 깜짝 놀라 급히 자신의 종족 장정들을 이끌고 길을 뚫어 곧장 이전의 영채로 달아났다. 그때 갑자기 한 무리의 군사들이 영채 안으로 덮쳐 들어왔는데 그는 바로 조운이었다. 맹획은 황급히 서이하를 돌아 산속으로 달아났다. 그런데 다시 그곳에 마대가 이끄는 한 무리의 군사가 기다리고 있었다.

그때 맹획의 수하에는 겨우 수십 명의 패잔병만이 남아 있었다. 맹획이 산골짜기 안으로 도망치는데 남과 북 그리고 서쪽의 세 곳에서 먼지가 동시에 일어나고 불빛이 보이니 감히 앞으로 더 이상 나아가지 못하고 동쪽으로 달아날 수밖에 없었다. 두 산 사이의 입구를 돌아서니 큰 숲 앞에 수십 명의 종자가 작은 수레를 하나 끌고 나오는데, 그 위에 공명이 단정히 앉아 있는 것이 아닌가!

공명이 껄껄 웃으며 큰 소리로 말하기를: "만왕 맹획아! 하늘이 너를 이렇게 패하게 하여 이곳에 이르렀구나. 내 여기서 너를 기다린 지 오래다!"

몹시 화가 난 맹획이 주위를 돌아보며 소리치기를: "내 저놈의 속임수에 세 번이나 모욕을 당했는데, 지금 다행히 여기서 저놈을 만났다. 너희는 힘을 다해 앞으로 달려가 저놈과 수레를 가루로 만들어라!"

몇 명의 기병들이 용감하게 뛰쳐나가고 맹획 역시 선두에 서서 함성을 지르며 숲 쪽으로 말을 달려 나갔다. 바로 그때 '꽝' 하는 소리와 함께 땅이 꺼지면서 그들은 모두 깊은 구덩이 속에 빠지고 말았다.

이어서 숲 속에 있던 위연이 군사 수백 명을 이끌고 나와 하나하나 끌어내 밧줄로 꽁꽁 묶었다. 공명은 먼저 영채로 돌아와 잡혀온 만병과 여러 추장 및 부족 군사들에게 투항할 것을 권유하니 죽고 부상당한 자를 제외한 대부분은 모두 항복했다. 공명은 술과 음식을 그들에게 대접하며 좋은 말로 위로해 주고 모조리 돌려보냈다. 만병들은 모두 감탄하면서 돌아갔다.

잠시 후 장익이 맹우를 끌고 왔다. 공명이 그를 타일러 말하기를: "네 형이 어리석어 사리 판단을 못하면 너라도 마땅히 그러면 안 된다고 간하며 말렸어야지, 이제 나에게 네 번씩이나 사로잡혔으니 무슨 면목으로 사람들을 보겠는가?"

맹우는 부끄러워 얼굴을 들지 못하고 땅에 엎드려 그저 살려만 달라고 애걸했다.

공명 曰: "오늘은 너를 죽이지 않을 것이니 너는 네 형을 깨우쳐 항복하도록 권하거라!"

무사에게 결박을 풀어 주게 하여 놓아주니 맹우는 눈물을 흘리며 절을 하고 떠나갔다. 이어서 위연이 맹획을 압송해 왔다. 공명은 매우 화를 내면서 말하기를: "네놈은 이번에 또 내게 잡혔다. 무슨 할 말이 있느냐?"

맹획 曰: "내가 이번에도 속임수에 걸려들고 말았으니 죽어도 눈을 감지 못하겠소!"

공명은 무사에게 그를 끌고 나가 목을 치라고 호통쳤다. 그런데 맹획은 전혀 두려워하는 기색 없이 공명을 돌아보며 소리치기를: "만약 다시 한 번 나를 놓아준다면 네 번이나 붙잡힌 이 한을 반드시 갚고야 말 것이다!"

공명은 껄껄 웃으며 좌우 사람들에게 그의 결박을 풀어 주게 하고 술을 주며 놀란 가슴을 진정시킨 다음 막사 안으로 불러 묻기를: "내가 지금까지 네 번이나 예우해 주었는데 아직도 복종하지 않는 이유가 무엇이냐?"

맹획 曰: "내 비록 당신 임금의 교화가 미치지 않는 곳의 사람이지만 승상처럼 간사한 속임수만 쓰는 사람과는 다르오. 그러니 내 어찌 그대에게 항복하려 하겠는가?"

공명 曰: "내가 너를 놓아준다면 다시 나와 싸울 생각이 있느냐?"

맹획 曰: "승상이 만약 나를 다시 붙잡으면 내 그때에는 마음을 다해 항복할 것이며, 내 지역의 모든 물자를 모조리 촉의 군사에게 바칠 것이며, 다시는 반란을 일으키지 않을 것이오."

공명은 껄껄 웃으며 즉시 그를 놓아 보내 주었다. 맹획은 당당하게 고맙다고 절을 하고 떠나갔다.

맹획은 돌아가면서 여러 동(洞)의 장정 수천 명을 모아 구불구불 이어진 길을 따라 남쪽으로 내려갔다. 그런데 얼마 가지 않아 먼지가 일면서 한 무리의 군사들이 몰려오고 있었다. 그 아우 맹우가 패잔병을 수습하여 형의 원수를 갚으러 오고 있는 것이었다.

두 형제는 서로 끌어안고 울면서 지난 일을 하소연했다.

맹우 曰: "우리 군사는 수차례 패했고 촉군은 싸울 때마다 이기니 우리가 그들을 대적하기는 어렵습니다. 그러니 깊은 산속의 서늘한 동(洞)으로 숨어 들어가서 나오지 말아야 합니다. 그러면 촉군은 더위를 감당하지 못하고 결국 물러갈 것입니다."

맹획이 묻기를: "어느 곳으로 피하면 좋겠느냐?"

맹우 曰: "여기서 서남쪽으로 가면 독룡동(禿龍洞)이라는 곳이 있습니다. 그곳의 동주 타사대왕(朶思大王)은 저와 매우 가까운 사이이니 그곳으로 가시지요."

이에 맹획은 우선 맹우를 독룡동으로 보내 타사대왕을 만나 보게 했다. 타사는 황급히 동중의 군사를 이끌고 나와 맹획을 영접했다, 동 안으로 들어간 맹획은 타사와 서로 인사를 나누고 지난 일들을 하소연했다.

타사 曰: "대왕께서는 걱정할 것 없습니다. 만약 서천의 군사가 여기까지 온다면 사람 하나 말 한 마리도 살아 돌아가지 못하고 제갈량과 함께 모조리 이곳에서 죽고 말 것입니다."

맹획은 매우 기뻐하며 무슨 계책이 있느냐고 물었다.

타사 曰: "이 동중으로 들어오는 방법은 오직 두 길 뿐입니다. 동북쪽으로 난 길은 바로 대왕께서 오셨던 길로 지세가 평탄하며 흙이 많아 물맛이 좋아 사람과 말이 다닐 수 있지만 나무와 돌로 그 입구를 막아 버리면 비록 백만 대군이 쳐들어온다고 해도 들어올 수 없습니다.

그리고 서북쪽으로 난 길은 험준한 산에 가파른 고개가 있어 비록 오솔길이 나 있지만 독사와 전갈이 득실거리며 황혼녘에는 장기(瘴氣)[18]가 크게 일어나는데 그때부터 사시(巳時: 오전 9시에서 11시)나 오시(午時: 오전 11시에서 오후 1시)가 되어야 겨우 걷히므로 미시(未時)와 유시(酉時: 오후 5시에서 7시) 사이의 3시진(三時辰: 6시간) 동안만 지나갈 수 있습니다. 그러나 물을 마실 수가 없어 사람이나 말은 다니기 어렵습니다.

게다가 이곳에는 물에 독이 있는 샘(毒泉)이 네 곳이 있습니다. 첫 번째 샘인 아천(啞泉)은 물맛이 달지만 사람이 그 물을 마시면 말을 할 수 없게 되고 열흘 안에 죽게 됩니다. 두 번째 샘은 멸천(滅泉)이라 하는데 이 물은 끓는 물과 다름없어 이 물로 목욕을 하면 피부와 살이 모두 벗겨지고 결국 뼈만 남아 죽게 됩니다. 세 번째 샘은 흑천(黑泉)인데 그 물은 보기에는 아주 맑지만 그 물이 몸에 닿으면 손과 발이 모두 새까맣게 변해 죽게 됩니다. 마지막 네 번째 샘은 유천(柔泉)이라 하는데 그 물은 얼음처럼 차가워 그 물을 마시면 목구멍에 온기가 사라지고 몸이 솜처럼 부드러워지면서 죽어 버립니다. 그래서 이곳에는 벌레나 새도 살지 않습니다. 옛날 한나라 복파장군(伏波將軍)이 한번 다녀간 뒤로 지금까지 한 사람도 이곳에 온 적이 없습니다.

이제 동북쪽에서 오는 길은 제가 나무와 돌로 막아서 대왕께서 이곳에서 편히 쉴 수 있도록 하겠습니다. 만약 촉병들이 동쪽 길이 끊긴 것을 알게 되면 틀림없이 서쪽 길로 들어오려고 할 것이며, 오는 길에 다른 물이 없으니 그들이 이 네 개의 샘물을 반드시 마시게 되어 있습니

---

18 덥고 습한 땅에서 생기는 독한 기운. 역자 주.

다. 그렇게 되면 비록 백만 대군이라 하더라도 살아서 돌아갈 사람이 하나라도 있겠습니까? 구태여 군사를 동원해 창칼을 휘두를 필요가 없지요."

맹획은 너무나 기뻐 이마에 두 손을 대며 말하기를: "오늘에야 비로소 이 몸을 의탁할 땅을 얻었구려!"

그리고 손가락으로 북쪽을 가리키며 말하기를: "제갈량의 재주가 제 아무리 신기묘산(神機妙算)이라 해도 이제는 무용지물이로구나! 이 네 개의 샘물이면 그동안의 내 원한을 갚을 수 있겠구나!"

이때부터 맹획과 맹우는 타사대왕과 더불어 날마다 연회를 베풀며 술만 마셨다.

한편 공명은 여러 날이 지나도 맹획의 군사가 나타나지 않자, 마침내 전군에 서이하를 떠나 남으로 진격하라는 명령을 내렸다. 이때는 바로 6월의 가장 무더운 계절로 무덥기가 마치 타오르는 불과 같았다.

후세 사람이 견디기 힘든 남방의 무더운 날씨를 읊은 시가 있으니:

산은 불타고 못은 말라가며	山澤欲焦枯
타는 불볕이 하늘을 뒤덮네	火光覆太虛
알 수 없네 이 천지의 밖은	不知天地外
더위가 더 얼마나 심할는지	暑氣更何如

또 이런 시도 있다.

더위 주관 신이 권력 휘두르니	赤帝施權柄
검은 구름이 어찌 감히 생기나	陰雲不敢生

찌는 구름에 학은 숨 헐떡이고 雲蒸孤鶴喘
바다도 더워져 큰 자라 놀라네 海熱巨鰲驚

시냇가에 앉아 떠날 줄 모르고 忍舍溪邊坐
대나무 그늘 만나 떠나기 싫네 慵拋竹裏行
얼마나 힘이 들까 변경 군사여 如何沙塞客
갑옷 걸치고 또 먼길 행군하네 擐甲復長征

공명이 대군을 거느리고 행군을 하고 있을 때 갑자기 정탐꾼이 보고하기를: "맹획이 독룡동으로 물러나 나오지 않고 있는데 동쪽으로 들어가는 주요 도로의 입구를 완전히 막아 버리고 그 안쪽에서 군사들이 지키고 있으며 다른 곳은 산이 험하고 고개가 높아 앞으로 나아갈 수 없습니다."

공명이 여개를 불러 물으니, 여개가 말하기를: "저도 이전에 이 동으로 들어가는 길이 있다는 말을 들어 본 적은 있지만 자세히는 모릅니다."

장완 曰: "맹획은 네 번이나 사로잡혀 이미 간이 콩알만 해졌을 텐데 어찌 감히 다시 싸우러 나오겠습니까? 게다가 날씨가 찌는 듯이 무더워 사람과 말 모두 지칠 대로 지쳤으니 더 이상 싸워 봐야 득이 될 게 없습니다. 차라리 군사를 돌려 본국으로 돌아가는 것이 낫겠습니다."

공명 曰: "그렇게 하는 것은 바로 맹획의 계책에 걸려드는 것이오. 우리 군사가 물러서면 그는 반드시 그 기회를 타서 우리를 추격해 올 것이오. 이미 이곳까지 왔는데 어찌 그냥 돌아갈 수 있겠소?"

공명은 왕평으로 하여금 수백 명의 군사를 데리고 선봉이 되어 새로 항복한 만병들의 길 안내를 받아 서북쪽의 샛길을 찾아 들어가도록 했다. 앞으로 나아가던 왕평의 군사가 샘을 발견했다. 목이 몹시 마르던 군사들은 앞 다투어 그 물을 마셨다. 길을 알아낸 왕평이 공명에게 보고하러 돌아갔는데 대채에 이르자 군사들은 모두 말을 할 수 없어 손가락을 입만 가리킬 뿐 말을 하지 못했다. 왕평은 바로 이 사실을 공명에게 보고했다. 깜짝 놀란 공명은 군사들이 중독되었음을 알고 직접 작은 수레를 타고 수십 명만 데리고 그들이 물을 마신 곳으로 가 보았다. 그 샘물은 맑았지만 바닥이 보이지 않을 정도로 깊고 물 기운이 몹시 차서 군사들은 감히 시험 삼아 마셔볼 엄두도 못 냈다. 공명은 즉시 수레에서 내려 높은 곳으로 올라가 멀리 둘러보니 산봉우리가 사방에 빙 둘러 있는데 새소리조차 들리지 않았다. 몹시 의아스럽게 생각하고 있는 그때 문득 보니 멀리 산언덕 위에 오래된 사당 하나가 있었다. 공명은 등나무와 칡덩굴을 헤치며 그곳으로 올라가 보니 돌로 만든 집이 하나 있고 그 안에 단정히 모셔진 장군의 석상이 있고 옆에 서 있는 돌비석에는 '漢伏波將軍馬援之墓(한복파장군마원지묘)'라 씌어 있었다.

지난날 마원이 남만지방을 평정하러 여기에 왔었는데 이곳 사람들이 사당을 세워 놓고 제사를 지내고 있는 것이었다.

공명은 두 번 절을 한 뒤 기도하기를: "이 량(亮)은 선제로부터 후사를 부탁하신 무거운 책임을 물려받고 성지를 받들어 만인들을 평정하러 이곳에 왔습니다. 만인의 땅을 평정한 뒤 위를 정벌하고 동오를 삼켜 한 황실을 다시 편안케 하려 합니다. 지금 군사들이 이곳 지리를 몰라 독수를 잘못 마시고 말을 할 수 없습니다. 부디 바라건대 존귀하신 신령님께서는 우리 한조(漢朝)의 은혜와 의리를 생각하사 영험을 드러내시어 저희 삼군을 지키고 보살펴 주시옵소서!"

기도를 마치고 사당을 나온 공명은 그 지방 토박이를 찾아 물어보려는데 마침 건너편 산에서 한 노인이 지팡이를 짚고 걸어오는데 그 모습이 매우 특이했다. 공명은 노인을 청해 사당 안으로 들어가 인사를 나누고 돌 위에 마주 앉았다.

공명이 묻기를: "어르신의 존함은 어찌 되십니까?"

노인 曰: "이 늙은이는 대국 승상의 높으신 명성을 들은 지 오래인데 오늘 이처럼 뵙게 되어 다행입니다. 남만 지방에는 승상께서 목숨을 구해 주신 은혜를 입은 사람이 많아 모두 감복해 하고 있습니다."

공명은 샘물을 마시고 말을 하지 못하게 된 까닭을 물었다.

노인이 대답하기를: "군사들이 마신 샘물은 바로 아천(啞泉)입니다. 그 물을 마시면 말을 못하게 되고 며칠 후에는 죽게 됩니다. 이 샘 외에도 샘이 세 개 더 있는데, 동남쪽의 샘은 그 물이 매우 차서 사람이 그 물을 마시면 목구멍에 따뜻한 기운이 사라지면서 온몸의 기운이 쫙 빠져 죽게 되므로 그 이름을 유천(柔泉)이라고 합니다. 정남쪽에 있는 흑천(黑泉)은 사람의 손발에 그 물이 닿으면 바로 시꺼멓게 변해 죽게 되고 서남쪽의 멸천(滅泉)은 마치 열탕처럼 펄펄 끓어, 사람이 그 물에 목욕을 하면 가죽과 살이 모두 벗겨져 죽게 됩니다.

이렇게 네 곳의 샘물은 모두 독기가 서려 있어 고칠 수 있는 약이 없습니다. 더구나 이곳에는 장기(瘴氣)가 심하게 피어나니 오직 미(未)·신(申)·유(酉) 이 세 시진에만 왕래가 가능하고 나머지 시간에는 모두 장기가 자욱이 피어올라 그 기운이 사람의 몸에 닿으면 곧바로 죽게 됩니다."

공명 曰: "그렇다면 결국 만인의 땅은 평정할 수 없겠습니다. 남만 지방을 평정하지 못하고 어떻게 위와 동오를 쳐서 한나라 황실을 다시 일으켜 세울 수 있단 말인가! 선제께서 저에게 후사를 부탁하신 무거운 책임을 저버리게 된다면 저는 살아도 죽는 것만 못합니다!"

노인 曰: "승상은 걱정하지 마시오. 이 늙은이가 가르쳐 주는 곳으로 가면 모든 어려움을 해결할 수 있을 것이오."

공명 曰: "어르신의 고견을 부디 일러주시기 바랍니다."

노인 曰: "여기서 서쪽으로 몇 리를 가면 산골짜기가 하나 나오는데 그 골짜기로 20여 리를 들어가면 만안계(萬安溪)라는 계곡이 있지요. 그 계곡 위에 호가 만안은자(萬安隱者)라고 하는 선비 한 분이 살고 있소. 그 분은 벌써 수십 년째 그 계곡 밖을 벗어나 본 적이 없다고 합니다.

그가 기거하는 초가 암자 뒤편에 안락천(安樂泉)이라고 하는 샘이 하나 있는데 사람이 만약 물에 중독되었을 때 그 물을 마시면 즉시 낫지요. 또 옴에 걸리거나 장기에 걸린 사람도 만안계곡에서 목욕을 하면 저절로 낫게 됩니다. 게다가 암자 앞에 해엽운향(薤葉芸香)이라는 향초가 있는데 그 잎을 하나 따서 입에 물고 있으면 장기에 걸리지 않습니다. 승상은 속기 가서 그것을 구하십시오."

공명은 고맙다고 절을 하며 묻기를: "어르신께서 이처럼 목숨을 살려주신 은혜를 베풀어 무어라 감사의 말씀을 올려야 할지 모르겠습니다. 부디 어르신의 존함만이라도 알려주십시오."

노인은 사당 안으로 들어가며 말하기를: "나는 이곳 산신이오. 복파장군의 명을 받들어 일부러 와서 알려드린 것이오."

말을 마친 노인이 사당 뒤의 석벽을 향해 소리를 한번 외치자 그 벽이 갈라지면서 노인은 그 안으로 들어가 버렸다.

깜짝 놀란 공명이 한참을 멍하고 있다가 사당의 신에게 두 번 절을 하고 왔던 길을 다시 내려와 수레에 올라 본채로 돌아갔다.

다음 날 공명은 향과 예물을 준비하여 왕평과 벙어리가 된 군사들을 데리고 산신이 일러준 곳을 찾아갔다. 산골짜기 구불구불 이어진 샛길을 20여 리 들어가니 아름드리 소나무와 잣나무가 빽빽하고 무성한 대나무에 기이한 꽃들이 집 한 채를 빙 두르고 있는 것이 보였다. 그 울타리 안에는 몇 칸의 초가집이 있었는데 그윽한 향기가 코끝을 찔렀다.

공명은 기쁜 마음에 집 앞에 가서 문을 두드리니 어린 동자 하나가 밖으로 나왔다. 공명이 막 이름을 말하려는데 벌써 한 사람이 나타났다. 그는 대나무 관을 쓰고 짚신을 신고 있었으며 흰 도포에 검은 띠를 두르고 푸른 눈에 노란 머리를 하고 있었다.

그 사람이 반갑게 맞이하며 말하기를: "혹시 한나라 승상 아니십니까?"

공명이 웃으며 말하기를: "고명하신 선비께서 어찌 저를 아십니까?"

은자(隱者)도 웃으며 말하기를: "승상께서 대군을 거느리고 남정길에 오르신 지 오래인데 어찌 모르겠습니까?"

공명을 초당으로 맞이한 은자는 인사를 마친 후 공명을 손님의 자리로 모셨다.

공명이 먼저 말하기를: "저는 소열황제(昭烈皇帝)로부터 후사를 부탁하신 무거운 책임을 받고, 뒤를 이으신 폐하의 성지를 받들어 대군을 이끌고 이곳에 온 것은 만방(蠻邦) 지역을 복종시켜 왕의 교화를 받게 하기 위함입니다. 그런데 뜻밖에 맹획이 동중으로 숨어드는 바람에 우리 군사들이 잘못하여 아천의 물을 그만 마시고 말았습니다. 지난밤에 복파장군의 신령이 나타나서 고명한 선비께 이를 치료할 수 있는 약샘이 있다는 것을 알려 주셨습니다. 부디 선비께서 저들을 불쌍히 여기시어 신령한 물을 내려 주셔서 많은 군사의 남은 목숨을 구해 주십시오."

은자 曰: "산야에 버려진 늙은이에 불과한 인간인데 승상께서 수고스럽게 직접 왕림하셨습니다. 샘물은 바로 암자 뒤에 있습니다."

은자는 곧 그 샘물을 떠 마시게 했다. 이에 왕평과 벙어리가 된 군인들은 동자의 안내를 받아 샘터로 가서 그 물을 떠 마셨다. 그러자 사람들은 더러운 침 등을 토해내면서 곧바로 말을 할 수 있게 되었다. 동자는 또 군사들을 데리고 만안계로 가서 목욕을 하게 했다.

은자는 암자에서 공명에게 잣 차와 송화채(松花菜)를 대접하며 말하기

를: "이곳 만동(蠻洞)에는 독사와 전갈이 많은데 버들강아지(柳花)가 날려 와서 시냇물이나 샘물에 떨어지는 경우가 많으니 그 물을 마시면 안 됩니다. 그러니 물을 마시려면 반드시 땅을 파서 나오는 물을 마셔야 합니다."

공명이 또 해엽운향이 필요하다고 하자 은자는 군사들에게 마음껏 뜯어가게 하면서 말하기를: "각자 이 잎을 하나씩 물고 있으면 장기가 침범하지 못합니다."

공명이 고맙다고 인사하며 은자에게 성명을 물었다.

은자가 웃으면서 대답하기를: "저는 바로 맹획의 형 맹절(孟節)입니다."

뜻밖의 대답에 공명은 그만 깜짝 놀라고 말았다.

은자가 이어서 말하기를: "승상께서는 의심하지 말고 제 말을 들어주십시오. 제 부모님께서는 세 아이를 낳았으니 첫째가 이 늙은이이고 둘째가 맹획, 막내가 맹우입니다. 부모는 이미 다 돌아가셨습니다. 두 아우는 평소 거칠고 악하게 놀면서 왕화(王化)를 거부하였지요. 제가 여러 차례 타일러도 보았지만 소용없었습니다. 그래서 저는 성도 이름도 바꾸고 이곳에 숨어 들어온 것입니다.

이제 욕된 아우가 반역을 일으켜 승상으로 하여금 이런 불모의 땅 깊숙이 들어오시게 하는 수고를 끼쳤으니 이 맹절은 만 번 죽어도 마땅합니다. 먼저 승상께 죄를 청합니다."

공명이 탄식하며 말하기를: "이제야 도척(盜跖)과 유하혜(柳下惠)[19]의 일이 오늘날에도 있음을 믿게 되었습니다."

그러고는 맹절에게 말하기를: "제가 천자께 아뢰어 공을 이곳의 왕으로 세워도 되겠습니까?"

맹절 曰: "저는 공명(功名)이 싫어서 이곳으로 도망쳐온 것인데 어찌 다

---

19 도척과 유하혜는 춘추시대 사람으로 형제임. 형 유하혜는 당대의 유명한 사상가이자 현인인 반면, 아우 도척은 큰 도적이었음. 역자 주.

시 부귀를 탐내겠습니까?"

공명이 황금과 비단을 하사하였으나 맹절은 끝내 사양하고 받지 않았다. 공명은 찬탄을 금치 못하며 그와 작별하고 돌아갔다. 후세 사람이 이일을 시로 지었으니:

깊은 산중에 홀로 사는 고결한 선비	高士幽棲獨閉關
무후는 이 선비 덕에 남만 깨뜨렸네	武侯曾此破諸蠻
지금은 고목만 있고 사람 흔적 없어	至今古木無人境
차가운 연기만 옛 산에 둘러 있구나	猶有寒烟鎖舊山

본채로 돌아온 공명은 군사들에게 땅을 파서 먹는 물을 얻도록 명했다. 하지만 20여 길이나 파 내려갔지만, 물은 나오지 않았다. 계속해서 10여 곳을 파 보았지만 모두 마찬가지였다. 군사들은 당황하기 시작했다.

공명은 그날 밤 향을 피우고 하늘에 고하기를: "신(臣) 량(亮)은 재주도 없으면서 대한(大漢)의 복을 우러러 받아 만방(蠻邦)을 평정하라는 명을 받았나이다. 이제 가는 길에 물이 없어 군마들이 모두 목말라 합니다. 하늘이시여! 저희 대한을 멸하려 하지 않으신다면 감천(甘泉)을 내려주시옵소서! 만약 대한의 운수가 끝이 났다면 신 량 등은 이곳에서 죽기를 원하옵니다."

축원을 마치고 다음 날 날이 밝아 우물에 가보니 마실 수 있는 물이 가득 차 있었다.

후세 사람이 이 일을 시로 읊었으니:

나라 위해 남만 평정하러 대군 거느리며	爲國平蠻統大兵
바른 도리 품으니 천지 신령도 알아주네	心存正道合神明

옛날 경공이 우물에 절하자 단물 솟듯이　　耿恭拜井甘泉出
공명의 경건한 정성에 밤새 물이 나왔네　　諸葛虔誠水夜生

감천을 얻은 공명의 군사는 마침내 안심하고 샛길로 곧바로 독룡동으로 들어가서 그 앞에 영채를 세웠다. 만병이 이를 탐지하여 곧바로 맹획에게 보고하기를: "촉병들은 장역(瘴疫)에도 걸리지 않고 물 걱정도 없습니다. 네 곳의 독이 있는 샘물도 촉병에게는 아무 소용이 없습니다."

타사대왕은 그 말을 듣고 도저히 믿기지 않아 자신이 직접 맹획과 함께 높은 산으로 올라가 멀리 바라보니, 과연 촉병들은 아무 일도 없는 듯, 크고 작은 통으로 물을 길어다 말도 먹이고 밥도 짓는 것이 아닌가!

모골이 송연해진 타사는 맹획을 돌아보며 말하기를: "저들은 틀림없이 신(神)의 군사입니다!"

맹획 曰: "우리 두 형제는 촉병과 목숨을 걸고 싸울 것이오. 그들 앞에서 죽을지언정 어찌 다시 사로잡히는 수모를 당하겠소!"

타사 曰: "만약 대왕의 군사가 패한다면 내 처자들 역시 끝장이오. 소와 말을 잡아 동중의 장정들에게 배불리 먹인 뒤 물불 가리지 말고 촉의 영채를 곧바로 들이치도록 하면, 이길 수 있을 것이오."

이리하여 만병들에게 큰 상을 내린 맹획이 막 출병하려는데 갑자기 보고가 들어오기를, 독룡동 뒤의 서쪽에서 은야동(銀冶洞)의 이십일동주(二十一洞主) 양봉(楊鋒)이 군사 3만 명을 이끌고 싸움을 도우러 온다고 했다.

맹획은 크게 기뻐하며 말하기를: "이웃 군사들이 도우러 왔으니 이 싸움은 반드시 이길 것이다."

맹획은 즉시 타사대왕과 함께 동구 밖으로 나가 그들을 영접했다.

군사를 이끌고 온 양봉이 말하기를: "나의 정예병 3만 명은 모두 철갑으로 무장했고 산과 고개를 나는 듯이 넘나드니 촉병 1백만 명은 능히 대적할 수 있습니다. 뛰어난 무예를 갖추고 있는 나의 다섯 아들 또한 대왕을 도울 것입니다."

양봉은 다섯 아들에게 들어와서 맹획에게 절을 하라고 했는데 과연 모두 표범과 호랑이에 버금가는 우람한 체구에 위풍이 당당했다. 맹획은 매우 기뻐하며 곧바로 연회를 베풀어 양봉 부자를 대접했다.

술기운이 어느 정도 오르자 양봉이 말하기를: "군중에 풍악이 없으니 분위기가 어색합니다. 나를 따라다니는 군사 중에 칼춤과 방패춤에 능한 여자들이 있으니 그들을 불러 흥을 돋우겠습니다."

맹획은 흔쾌히 응낙했다. 잠시 후 수십 명의 만족 여자들이 머리를 풀어 헤치고 맨발로 막사 밖으로부터 춤을 추며 들어왔다. 만병들은 손뼉을 치고 노래를 부르며 장단을 맞춘다.

그때 양봉이 두 아들에게 잔을 올리라고 명하자, 두 아들은 술잔을 들어 맹획과 맹우 앞으로 갔다. 맹획 형제가 잔을 받아 막 마시려는 순간 양봉이 큰 소리로 호통을 치자 두 아들은 어느새 맹획과 맹우를 붙잡아 자리에서 끌어내렸다. 이를 본 타사대왕이 달아나려 했지, 그는 이미 양봉에게 사로잡혔다. 만족 여자들이 막사 앞을 가로막고 있으니 누구 하나 감히 가까이 갈 수 없었다.

맹획 曰: " '토끼가 죽으면 여우가 슬퍼하고, 동류(同類)가 불행을 당하면 함께 슬퍼한다(兎死狐悲, 物伤其类).'라고 했거늘 너와 나는 각 동의 주인으로 여태껏 원수진 일이 없는데, 어찌 나를 해치려 하느냐?"

양봉 曰: "나의 형제와 자식, 조카들 모두 제갈 승상께서 목숨을 살려준 은혜를 입었지만 갚을 길이 없었다. 그런데 네놈이 또다시 반역을 도모하였으니 어찌 너를 잡아다 승상께 바치지 않겠느냐?"

이런 상황이 되자 각 동의 만병 군사들은 전부 달아나 고향으로 돌아가 버렸다. 양봉은 맹획·맹우·타사 등을 꽁꽁 묶어 공명의 영채로 끌고 갔다.

공명이 양봉 일행을 안으로 들이니 양봉이 공명에게 절을 하며 말하기를: "제 자식과 조카들은 모두 승상의 은덕에 감사하여 맹획과 맹우 등을 잡아 승상께 바치옵니다."

공명은 양봉에게 큰 상을 내리고 맹획을 끌고 오라고 했다.

공명이 웃으며 말하기를: "이제는 진정으로 항복하겠느냐?"

맹획 曰: "너의 능력으로 잡은 것이 아니다. 우리 동중 사람이 나를 이 지경으로 만들었을 뿐이다. 나는 항복하지는 않을 것이니 죽일 테면 빨리 죽여라!"

공명 曰: "너는 나를 속여 물도 없는 땅으로 나를 들어오게 했고, 게다가 아천·멸천·흑천·유천과 같은 독물로 해치려 했지만, 우리 군사는 아무 탈 없이 이곳까지 왔으니 이것은 하늘의 뜻이 아니고 무엇이겠느냐? 너는 어찌하여 네 어리석음을 깨닫지 못하고 끝까지 고집을 부리려 하느냐?"

맹획이 다시 말하기를: "우리 조상들은 은갱산 속에서 살아왔는데 그곳은 험한 삼강(三江)이 있고 곳곳에 견고한 관문이 있소. 그대가 만약 그곳에서 나를 사로잡는다면 그때는 내가 자자손손 마음을 다해 복종하겠소."

공명 曰: "좋다. 내 이번에도 또 너를 놓아줄 것이다. 너는 군사를 정돈하여 나와 승패를 겨루자. 만일 또 내게 사로잡히고 복종하지 않으면 그때는 9족(九族)을 멸할 것이다!"

공명은 좌우에 명하여 맹획의 결박을 풀고 보내 주라고 했다. 맹획은 두 번 절하고 떠나갔다. 공명은 또 맹우와 타사의 결박도 풀어 주고 술과 음식을 내려 위로하니 그들은 송구한 나머지 감히 얼굴을 들지도 못했다.

공명은 이들 또한 말에 안장까지 갖춰 돌려보냈다.

이야말로:

험한 땅 깊숙이 들어가기도 쉽지 않거늘　　深臨險地非容易
기이한 지모 쓴 것이 어찌 우연이겠는가　　更展奇謀豈偶然

맹획이 군사를 다시 정비하여 왔을 때, 그 승부가 어찌 될지 궁금하거든 다음 회를 기대하시라.

제 90 회

공명은 거수 몰아 여섯 번째 만병 깨고
등갑군을 불태워 일곱 번째로 사로잡다

驅巨獸六破蠻兵

燒藤甲七擒孟獲

공명은 맹획 등 그의 무리를 돌려보낸 뒤 양봉 부자에게 관직을 내리고 군사들에게도 큰 상을 주었다. 양봉은 고맙다고 절을 하고 떠났다.

맹획 등은 밤낮으로 달려 은갱동으로 돌아갔다. 그 동 밖에는 세 개의 강이 흐르고 있으니 바로 노수(瀘水)·감남수(甘南水)·서성수(西城水)로 이 세 줄기의 강물이 이곳에서 만나므로 삼강(三江)이라고 한다.

그 동의 북쪽 가까운 곳은 3백여 리의 평탄한 땅이 펼쳐져 있어 각종 산물이 풍부하게 생산되며, 서쪽 2백리 되는 곳에는 염정(鹽井)이 있고, 서남쪽 2백 리는 노수와 감남수에 닿아 있으며, 남쪽 3백 리 되는 곳이 바로 양도동(梁都洞)이다. 양도동은 산으로 둘러싸여 있는데 산속에 은광(銀鑛)이 있어 그 산을 은갱산(銀坑山)이라고 불렀으며 산속에 궁전과 누대를 만들어 만왕의 소굴로 삼고 있었다. 그 안에 조상을 모시는 사당을 지어 그 이름을 가귀(家鬼)라 했으며 사계절 소와 말을 잡아 제사를 지내니 그 제사를 복귀(卜鬼)라 했다.

만인들은 해마다 이 제사에 촉인이나 타지방 사람을 잡아서 제물로 바치며 제사를 지냈다. 사람이 병에 걸리면 약 대신에 무당에게 비는데 이를 약귀(藥鬼)라 했다.

그곳에는 형법이 없었다. 죄를 지으면 바로 목을 베어 죽였다. 딸이 자라면 냇물에서 남녀가 뒤섞여 목욕하면서 자신의 맘에 드는 짝을 고르며 부모는 어떠한 간섭도 하지 않는데, 이를 학예(學藝)라 했다.

비가 적당히 내려 벼농사가 잘 되면 쌀로 밥을 해 먹지만, 가뭄이나 홍수로 벼농사가 안 되면 뱀을 잡아 국을 끓여 먹거나 코끼리를 잡아 밥 대신 먹었다.

각 부락마다 우두머리인 동주(洞主)가 있고 그 아래 추장(酋長)이 있었다. 매월 초하루와 보름의 두 날은 모두 삼강성 안에서 물건을 사고팔거나 물물교환을 했으니 이러한 것들이 바로 그들의 생활 풍속이었다.

한편 은갱산으로 돌아온 맹획은 종족 무리 1천여 명을 모아 놓고 말하기를: "나는 여러 차례 촉군에게 모욕을 당했다. 이제 맹세코 보복을 해야겠는데 너희에게 무슨 좋은 생각이 없느냐?"

말이 끝나기도 전에 한 사람이 나서며 말하기를: "제가 제갈량을 쳐부술 수 있는 사람을 천거하겠습니다."

사람들이 보니 그는 맹획의 처남이자 현재 팔번(八番)의 부장(部將)으로 있는 대래동주(帶來洞主)였다. 맹획이 매우 기뻐하며 그가 누구냐고 물었다.

대래동주 曰: "여기서 서남쪽으로 가면 팔납동(八納洞)이 있는데 그곳의 동주는 목록대왕(木鹿大王)입니다. 그는 술법에 능통해 나다닐 때는 늘 코끼리를 타고 다니며, 비와 바람을 마음대로 불러올 수 있고, 호랑이와 표범, 승냥이와 이리, 동사와 전갈 등을 거느린다고 합니다. 게다가 그의 수하에는 용맹한 신병(神兵) 3만 명이 있습니다. 대왕께서 서찰과 함께 예물을 준비해 주시면 제가 직접 가서 청을 드리겠습니다. 이 사람이 만약 승낙해 준다면 촉군 쯤이야 두려울 게 뭐가 있겠습니까?"

맹획은 흔쾌히 처남에게 편지를 써 주며 떠나보내는 한편, 타사대왕에게 삼강성(三江城)을 지키게 하여 전방의 전초 기지로 삼았다.

한편 공명은 군사를 거느리고 곧장 삼강성에 이르러 멀리 바라보니 성곽의 삼면이 강으로 둘러싸여 있고 한 면만 육지로 연결되어 있었다.

그는 즉시 위연과 조운에게 함께 군사를 거느리고 육로를 이용하여 성을 공격하도록 했다. 군사들이 성 아래에 이르자 성 위에서 활과 쇠뇌를 일제히 쏘기 시작했다.

원래 동중 사람들은 활과 쇠뇌를 잘 다루어 쇠뇌를 한 번 쏘면 열 대의 화살이 동시에 날아갔다. 살촉에는 독약이 발라져 있어 일단 화살에 맞기만 하면 살이 썩고 내장이 드러나 죽을 만큼 치명적이었다.

조운과 위연은 이길 수가 없어 돌아가 공명에게 독화살 이야기를 했다. 공명은 직접 작은 수레를 타고 성 밑까지 가서 적의 허실을 살핀 다음 영채로 돌아와 군사들에게 몇 리 뒤로 물러나 영채를 세우도록 했다.

촉군이 멀리 물라간 것을 본 만병들은 모두 큰 소리로 웃으며 승리를 자축했다. 그들은 그저 촉병들이 겁을 집어먹고 물러간 것이라고 여기며 밤에는 보초도 세우지 않은 채 안심하고 잠을 잤다.

한편 군사를 뒤로 물린 공명은 영채 문을 닫고 싸우러 나가지 않았다. 닷새 동안 꼼짝도 하지 않던 공명은 그날 황혼 무렵 갑자기 미풍이 불기 시작하자 명을 내리기를: "모든 군사들은 각자 옷깃 한 폭씩을 따로 준비하라. 초경에 점검하여 없는 자는 즉시 목을 벨 것이다."

장수들조차 그 의도를 알 수 없었다. 모든 군사들은 명령대로 준비했다.

초경이 되자 공명이 다시 명을 내리기를: "모든 군사는 준비한 옷깃에 흙을 담아 보자기를 만들라. 없는 자는 그 자리에서 목을 벨 것이다."

공명이 또 명을 내리기를: "모든 군사는 흙 보자기를 가지고 삼강성 아래로 가서 일제히 버리도록 하라. 제일 먼저 당도한 자에게는 상을 줄 것이다."

명을 받은 모든 군사들은 깨끗한 흙 보자기를 가지고 나는 듯이 성 아래로 달려갔다. 공명은 성 아래에 흙을 쌓아 계단이 있는 비탈길을 만들게 하고 제일 먼저 성 위로 올라간 군사를 으뜸 공을 세운 자로 인정하겠다고 했다.

그리하여 촉군 10만 명과 항복한 군사 1만 명이 흙 보따리를 일시에 성 아래에 쏟아부으니 눈 깜빡할 사이에 쌓인 흙이 산이 되어 성벽 위까지 이어졌다. 암호 소리와 동시에 촉군이 모두 성 위로 올라갔다. 뒤늦게 만병들이 급히 쇠뇌를 쏘려고 했지만 이미 태반이 붙잡히고 나머지는 성을 버리고 달아났다. 타사대왕은 혼전 중에 죽었다. 촉의 장수들은 각자 군사들을 나누어 만병을 소탕해 나갔다.

삼강성을 취한 공명은 노획한 보물들을 모두 군사들에게 상으로 나누어 주었다.

만병 중 패잔병이 달아나 맹획에게 보고하기를: "타사대왕은 죽었으며 삼강성도 빼앗겼습니다."

깜짝 놀란 맹획이 한창 걱정을 하고 있는데 한 사람이 와서 보고하기를 촉군들은 이미 강을 건너 현재 본동(本洞) 앞에 영채를 세우고 있다고 했다.

당황한 맹획이 어찌할 바를 모르고 있는데 갑자기 병풍 뒤에서 한 사람이 껄껄 웃으며 나오더니 말하기를: "사내대장부가 어찌 그리 지혜가 없으시오! 내 비록 일개 아녀자이지만 당신을 위해 싸우러 나가겠소."

맹획이 보니 그의 처 축융부인(祝融夫人)이 아닌가!

그는 대대로 남만에 살아온 축융(祝融)씨의 후손으로 비도(飛刀)를 다루는 솜씨가 일품이어서, 그녀가 비도를 던지면 어떤 목표물이건 백발백중이었다. 맹획이 일어서며 고맙다고 말했다.

축융부인은 기분 좋게 말에 올라 동종(同宗)의 맹장 수백 명과 새로 동원된 만병 5만 명을 거느리고 촉군과 대적하기 위해 은갱산 속의 궁궐을 나왔다.

그녀가 막 동의 입구를 돌아 나오는데 한 무리의 군사들이 그 앞을 가로막았다. 바로 촉장 장억이 이끄는 군사들이었다. 만병들은 곧바로 양쪽으로 갈라섰다.

축융부인은 등에 다섯 자루의 비도를 꽂고, 손에는 열여덟 자(尺)나 되는 긴 표창(標槍)을 꼬나들고 털이 곱슬곱슬한 적토마를 타고 나왔다. 장억은 축융부인의 모습에 놀라면서도 은근히 기이하게 여겼다.

두 사람은 말을 달려 서로 어우러져 싸웠다. 그러나 싸운 지 몇 합 안 되어 축융부인은 말머리를 돌려 달아났다. 장억이 곧바로 그 뒤를 쫓아가는데 느닷없이 공중에서 비도 한 자루가 날아왔다. 장억이 급히 손을 들어서 막으려 했지만, 비도는 바로 왼쪽 팔에 꽂히고 장억은 그만 몸을 뒤집으며 말에서 굴러떨어졌다. 만병들이 고함을 치며 달려들어 장억을 결박하여 잡아갔다.

장억이 잡혔다는 소식을 들은 마충이 급히 그를 구하려고 달려갔으나 그 역시 만병들에게 포위되고 말았다. 마충이 보니 축융부인이 긴 창을 꼬나들고 말 위에 서서 그를 보고 있었다. 잔뜩 화가 난 마충은 부인과 싸우러 달려 나갔다. 그러나 그가 탄 말이 올가미에 걸려 쓰러지는 바람에 그 역시 사로잡히고 말았다.

만병들이 장억과 마충을 끌고 동 안으로 들어가 맹획에게 데려갔다. 맹획은 연회를 베풀어 승리를 축하했다. 축융부인은 도부수들에게 호령하여 장억과 마충을 끌고 나가 목을 베라고 했다.

맹획이 제지하며 말하기를: “제갈량은 나를 다섯 번이나 놓아주었는데 이번에 그의 장수를 죽이면 의롭지 않은 일이오. 잠시 가두어 두었다가 제갈량을 붙잡은 뒤에 죽여도 늦지 않소.”

축융부인도 그렇게 하는 것이 좋겠다고 하고 술을 마시며 웃고 즐겼다.

한편 장억의 패잔병들이 공명에게 가서 이 사실을 아뢰었다. 공명은 즉시 마대·조운·위연 세 장수를 불러 계책을 주고 각자 군사를 거느리고 가도록 했다.

다음 날 조운이 싸움을 걸어왔다고 만병이 동중에 보고했다. 축융부인은 즉시 말을 타고 달려 나갔다. 두 사람이 어우러져 싸운 지 불과 몇 합 만에 조운이 말머리를 돌려 달아났다. 축융부인은 혹시 복병이 있을까 두려워 군사들에게 추격을 멈추게 하고 돌아갔다.

위연이 또 군사를 이끌고 나가 싸움을 걸었다. 부인이 다시 나가 맞서니 위연 역시 몇 합 싸우다가 일부러 패한 척하고 달아났다. 축융부인은 이번에도 그 뒤를 쫓지 않았다.

다음 날 조운이 또 군사를 이끌고 나가 싸움을 걸었다. 부인은 동의 군사를 거느리고 그를 맞이해 싸우러 나왔다. 두 사람이 몇 합 싸우다 조운이 다시 패한 척 달아났다. 부인은 표창을 세워서 들고 그 뒤를 쫓지 않았다. 부인이 군사를 수습하여 동중으로 돌아가려고 할 때 위연이 군사를 이끌고 나가 온갖 욕설을 퍼부으며 약을 올렸다. 화가 난 부인이 급히 표창을 꼬나들고 위연에게 달려드니 위연은 말머리를 돌려 달아났다. 몹시 화가 난 부인이 분을 이기지 못하고 씩씩거리며 위연의 뒤를 바짝 쫓아갔다.

위연이 급히 말을 달려 산속 샛길로 접어드는 순간 갑자기 뒤에서 꽈당하는 소리가 들려 위연이 고개를 돌려보니 부인이 말 위로 붕 뜨더니 뒤로 벌렁 나자빠지는 것이 아닌가!

실은 마대가 이곳에 말의 다리를 거는 밧줄인 반마삭(絆馬索)을 설치해 놓고 매복하고 있다가 축융부인이 다가오자 줄을 당겨 말의 다리를 걸어 넘긴 것이다.

마대는 축융부인을 사로잡아 대채로 압송해 갔다. 만병 장수들과 군사들이 부인을 구하고자 달려왔으나 조운이 그들을 모두 무찔러 쫓아 버렸다.

막사 안의 윗자리에 단정히 앉아 있던 공명은 축융부인이 압송해 들어오자 급히 무사들에게 그 결박을 풀어 주도록 한 다음 다른 막사로 데리고 가서 술과 음식을 대접하며 놀란 가슴을 진정시켰다.

그러고는 맹획에게 사자를 보내 부인을 보내줄 테니 장억과 마충 두 장수와 바꾸자고 제안했다.

맹획이 그 제안을 수락하여 즉시 장억과 마충을 풀어 주어 공명에게 돌려보내니 공명도 곧바로 부인을 동으로 돌려보내 주었다. 부인을 맞아들인 맹획은 기쁘기도 했지만, 한편으론 화가 났다.

그때 마침 팔납동주 목록대왕이 당도했다는 보고가 들어왔다. 맹획이 그를 영접하기 위해 동 밖으로 나가 보니 그는 흰 코끼리를 타고 있었다. 몸에는 금과 구슬로 장식된 목걸이를 하고, 양 허리에는 큰 칼 하나씩을 차고 있었다. 그의 뒤에는 호랑이와 표범, 승냥이와 이리 등을 거느린 무사들이 뒤를 따르고 있었다.

목록대왕이 동으로 들어서자 맹획은 두 번 절을 하고 그간 일어난 일을 애원하며 하소연했다. 목록대왕이 원수를 갚아주겠다고 하니 맹획은 매우 기뻐하며 연회를 베풀어 그를 대접했다.

다음 날 목록대왕은 본동의 병사를 이끌고 맹수를 몰아 촉군과 싸우러 나갔다. 조운과 위연은 만병이 싸우러 나온다는 말을 듣고 군마를 정비해 진을 쳤다. 두 장수가 고삐를 나란히 하고 진 앞에 서서 적진을 살펴보니 만병들의 깃발과 싸우는 장비가 예전과는 많이 달랐다.

군사들은 모두 갑옷을 입지 않은 알몸 상태였으며, 얼굴 생김새가 못났으며 몸에는 끝이 뾰족한 칼을 네 자루씩 차고 있었다. 군중에서는 북을 치거나 나팔을 불지 않고 징을 쳐서 신호로 삼았다.

드디어 목록대왕이 큰 깃발 사이로 모습을 나타냈다. 그는 허리에 보도(寶刀) 두 자루를 차고 손에는 꽃자루 모양의 체종(蒂鐘)을 들고 흰 코끼리 위에 앉아 있었다. 그를 본 조운이 위연에게 말하기를: "우리가 싸움터에서 한평생을 보냈지만 저런 인물은 처음이오."

두 장수가 어찌 해야 좋을지 몰라 망설이고 있을 때, 목록대왕이 입으로 중얼중얼 주문을 외우며 손에 들고 있는 체종을 흔들었다. 그러자 갑자기 광풍이 크게 일면서 모래가 날고 돌멩이가 구르는 것이 마치 소낙비 쏟아지듯 했다. 이어서 쇠뿔로 만든 나팔(畵角)을 한번 불자 호랑이와 표범, 승냥이와 이리, 독사와 맹수들이 바람을 타고 달려 나와 아가리를 쫙 벌리고 날카로운 송곳니를 드러내며 앞발톱을 휘저으며 촉군을 덮쳐왔다.

촉의 군사들이 어찌 그들을 감당할 수 있겠는가! 바로 뒤로 물러나니 만병들이 그 뒤를 쫓아오며 무찌르다 삼강 지경에 이르러 비로소 돌아갔다. 조운과 위연이 겨우 패잔병을 수습하여 영채로 돌아와 공명에게 죄를 청하며 이 일을 자세히 고했다.

공명이 웃으며 말하기를: "이것은 두 장군의 죄가 아니오. 내 초려에 있을 때부터 남만에는 호랑이와 표범을 부리는 술법이 있다는 말을 들었소이다. 나는 촉에서 남만을 치러 나설 때 이미 그 술법을 깨뜨릴 물건을 준비해 왔소이다. 20대의 수레가 군사를 따라왔는데 모두 봉해서 이곳에 두었으니 오늘은 절반만 쓰고 나머지 반은 남겨 두었다가 나중에 따로 쓸 것이오."

공명은 좌우에 명하여 붉은 칠을 한 궤짝을 실은 수레 10량을 막사 앞으로 끌고 오라고 하고, 검은 칠을 한 궤짝을 실은 수레는 남겨 두라고 했다. 사람들은 다들 무슨 영문인지 몰라 그저 쳐다만 보고 있었다.

공명이 그 궤짝들을 열자 그 안에는 나무를 깎아 만들어 색을 칠한 큰 짐승들의 모형들이 나왔다. 모두 오색 털실로 짠 털옷을 입고 강철로 만든 이빨과 발톱이 붙어 있었다. 짐승이 얼마나 큰지 하나에 사람 열 명이 탈 수 있었다. 공명은 정예병 1천여 명을 뽑아 나무로 만든 짐승 1백 개를 내어 주고 그 짐승의 입에 연기와 불을 뿜을 수 있는 물건들을 넣어 군중에 숨겨놓게 했다.

다음 날 공명이 군사를 이끌고 나가 동의 입구에 진을 쳤다. 만병이 시 사실을 탐지해 동중의 만왕에게 보고했다. 목록대왕은 자신을 대적할 자는 없다며 큰 소리를 치며 즉시 맹획과 함께 동병들을 이끌고 나갔다.

공명은 윤건을 쓰고, 우선(羽扇)을 들고 도포 차림으로 수레 위에 단정히 앉아 있었다.

맹획이 손가락으로 공명을 가리키며 말하기를: "저 수레 위에 앉아 있는 자가 바로 제갈량입니다. 저 사람만 잡으면 싸움은 바로 끝이 납니다!"

목록대왕이 입으로 주문을 외우며 손으로 체종(蒂鐘)을 흔들기 시작했다. 순식간에 광풍이 크게 일면서 맹수들이 뛰쳐나왔다. 그러나 공명이 우선을 한번 흔들자 그 광풍은 곧바로 방향을 바꾸어 목록대왕의 진중으로 되돌아갔다. 이어서 촉의 진영에서 가짜 짐승들이 일제히 뛰쳐나와 입으로 불을 토하고 코로는 시커먼 연기를 내뿜고 몸으로는 구리 방울을 흔들고 강철 이빨과 발톱을 흔들며 흉측한 모습을 드러냈다. 이를 본 만동의 진짜 맹수들은 감히 달려들지 못하고 되돌아서더니 오히려 만

驅巨獸
六破蠻
兵

병들에게 달려들어 들이받아 무수히 많은 자들이 쓰러졌다.

이 틈을 타서 공명이 군사를 휘몰아 일제히 북을 치고 나팔을 불며 앞으로 추격하니 목록대왕은 어지러이 싸우는 혼전 중에 그만 죽고 말았다. 동 안에 있던 맹획의 종족 무리들은 모두 궁궐을 버리고 산을 기어오르고 고개를 넘어 달아났다. 공명의 대군은 마침내 은갱동을 점령했다.

다음 날 공명이 맹획을 사로잡기 위해 군사를 나누어 보내려고 하는데 급히 보고가 들어오기를: "맹획의 처남 대래동주가 맹획에게 항복할 것을 여러 차례 권했지만 이를 듣지 않자, 지금 맹획과 축융부인 및 종족 무리 수백 명을 모두 사로잡아 승상에게 바치러 왔습니다."

보고를 받은 공명은 즉시 장억과 마충을 불러 여차여차하라고 분부했다.

계책을 받은 두 장수가 정예병 2천 명을 이끌고 가서 궁궐의 복도 양쪽에 매복했다.

공명은 궁궐 수문장에게 그들을 들여보내라고 했다. 대래동주는 도부수들을 대동하고 맹획의 무리 수백 명을 이끌고 들어와 대전 아래에서 공명에게 절을 했다.

공명이 큰 소리로 호통치기를: "데리고 온 저놈들도 모두 결박하라!"

그러자 복도 양편에 매복해 있던 군사들이 일제히 뛰쳐나와 두 사람이 한 명씩 붙잡아 단단히 묶어버렸다.

공명이 껄껄 웃으며 말하기를: "네놈이 그런 하찮은 속임수로 나를 속이려 했느냐! 너희 본동 사람들이 너를 두 차례나 붙잡아 와서 항복했지만 나는 너를 해치지 않고 살려 주었다. 그러자 네놈은 내가 너의 항복을 정말 믿는 줄 알고 이번에 거짓으로 항복해 여기서 나를 죽이려 한 것이 아니냐?"

공명은 무사들에게 그들의 몸을 뒤져 보라고 하니 과연 그들의 몸에서는 모두 날카로운 칼들이 나왔다.

공명이 맹획에게 묻기를: "너는 지난번 너희 집에서 잡히면 마음을 바쳐 복종하겠다고 말했었다. 이제 오늘은 어떠하냐?"

맹획 曰: "이번에는 우리가 스스로 죽으러 온 것이지 당신에게 사로잡힌 것이 아니다. 나는 마음으로 복종할 뜻이 없다."

공명 曰: "내 너를 여섯 번이나 사로잡았음에도 복종하지 않겠다면 도대체 언제까지 기다리라는 말이냐?"

맹획 曰: "내 일곱 번째 잡히는 날에는 내 마음을 바쳐 복종하고 맹세코 반역을 하지 않을 것이오."

공명 曰: "네 소굴까지 모두 깨진 마당에 내 무얼 걱정하겠는가!"

공명은 무사들에게 그들 모두를 풀어 주라고 했다. 그리고 다시 호통치기를: "다음번에 사로잡히고도 또 핑계를 대면 그땐 절대 용서치 않으리라!"

맹획의 무리는 모두 놀란 쥐새끼 마냥 머리를 감싸 쥐고 정신없이 달아났다.

한편 싸움에 패해 대부분 부상을 입고 달아나던 만병의 패잔병 1천여 명이 맹획을 만났다. 맹획은 그들이나마 거두고 나니 조금 위안이 되어 대래동주와 상의하기를: "내 동은 이미 촉군에게 빼앗겼으니 이제 어디로 가서 몸을 붙여야 하나?"

대래동주 曰: "촉군을 쳐부술 수 있는 나라는 하나밖에 없습니다."

맹획이 기뻐하며 말하기를: "그게 어느 나라인가?"

대래동주 曰: "여기서 동남쪽으로 7백 리를 가면 오과국(烏戈國)이 있습니다. 그곳 임금 올돌골(兀突骨)은 키가 12자(尺)나 되고 그는 오곡을 먹지 않고 산 뱀과 맹수들만 잡아먹어 몸에는 단단한 비늘이 나 있어 창이나 칼도 뚫을 수 없습니다. 그의 수하 군사는 모두 덩굴로 만든 등갑(藤甲)을 입고 있습니다.

그 등나무는 산골짜기 개울가에서 절벽 위로 뻗어 자라는데 그곳 사람들은 그것을 채취하여 기름에 담가두었다가 반년이 지난 뒤 꺼내 햇볕에 말리고 다시 기름에 담그기를 10여 차례 반복한 후 비로소 갑옷을 만듭니다. 등갑을 입으면 물속에 들어가도 가라앉거나 젖지도 않으며 칼이나 화살도 뚫지 못합니다. 그래서 그들을 등갑군(藤甲軍)이라 부릅니다.

지금 대왕께서 그곳으로 직접 가셔서 도움을 청해 보십시오. 만약 그의 도움만 받을 수 있다면 제갈량을 사로잡는 것은 마치 예리한 칼로 대나무를 쪼개는 것처럼 쉽습니다."

맹획은 매우 기뻐하며 곧바로 오과국의 올돌골을 만나러 갔다. 오과국에는 집이라고는 없고 모두 토굴 속에서 살고 있었다. 동중으로 들어간 맹획이 올돌골에게 재배를 하고 지난 일을 애처롭게 하소연했다.

올돌골 曰: "내 본동의 군사를 일으켜 그대의 원수를 갚아주겠소."

맹획은 너무 기뻐 고맙다고 절을 했다. 올돌골은 즉시 군사를 거느리는 부장(俘長) 두 사람을 불렀다. 한 사람은 토안(土安)이고 또 한 사람은 해니(奚泥)였다. 이들은 등갑군 3만 명을 이끌고 오과국을 떠나 동북쪽을 향해 나아갔다.

길을 가던 등갑군은 얼마 후 도화수(桃花水)라는 강에 이르렀다. 이 강의 양쪽 기슭에는 복숭아나무가 무성하게 있는데 해마다 그 잎이 떨어져 강물 속에 가라앉았다. 그 물은 다른 나라 사람이 마시면 모두 죽는데, 오과국 사람들이 그 물을 마시면 기력이 오히려 두 배로 증가하였다.

올돌골 군사들은 이 도화수 나루에 영채를 세우고 촉병을 기다렸다.

한편 공명이 남만인을 보내 맹획의 소식을 알아보게 했더니 그가 돌아와서 보고하기를: "맹획이 오과국 임금에게 지원 요청을 하여 오과국에서 3만 명의 등갑군을 보내 주어 지금 도화수 나루에 주둔하고 있습니다. 맹획은 또 여러 번(番)에서 만병을 모아 힘을 합쳐 싸우려고 하고 있습니다."

그 말을 들은 공명은 대군을 거느리고 곧바로 도화수 나루에 이르렀다. 강을 사이에 두고 바라보니 만병들은 자신들의 생김새와는 전혀 딴판이었다. 토박이에게 물어보니 지금은 복숭아나무 잎이 물에 떨어지고 있어 물을 마시면 안 된다고 했다. 공명은 5리를 물러나 영채를 세우고 위연에게 영채를 지키게 했다.

다음 날 오과국의 임금이 한 무리의 등갑군을 이끌고 징과 북을 요란하게 울리며 강을 건너왔다. 위연이 그를 맞아 싸우러 군사를 이끌고 나갔다. 만병들이 새까맣게 몰려오자 촉군들이 일제히 적들을 향해 쇠뇌를 쐈지만, 그들이 입고 있는 갑옷을 뚫지 못하고 땅에 떨어졌다. 칼로 찍고 창으로 찔렀지만 역시 들어가지 않았다.

만병들은 모두 예리한 칼과 강철로 된 작살을 휘두르는데 촉군들은 도저히 감당하지 못했다. 결국 촉군은 패하고 달아났다. 만병들은 그 뒤를 쫓지 않고 돌아갔다. 말을 돌려 도화 나루터로 달려온 위연은 만병들이 도화수를 건너는 모습을 보고 자신의 눈을 의심하지 않을 수 없었다. 만병들은 배나 뗏목도 없이 갑옷을 입은 채 강물 속으로 뛰어들어 헤엄을 쳐 강을 건너는데 그러다 지치면 아예 갑옷을 벗어 물 위에 띄워 놓고 그 위에 앉아서 건너가는 것이 아닌가!

위연은 급히 본채로 돌아와 공명에게 그 사실을 자세히 설명했다. 공명은 여개와 그곳 토박이를 불러 물었다.

여개 曰: "제가 이전에 듣기로 남만에 오과국이라는 나라가 있는데 그들은 인륜을 모른다고 합니다. 그들은 모두 등갑으로 무장하고 있어 창칼도 소용이 없다고 합니다. 또한 복숭아나무 잎이 떨어지면 강물이 모두 이상하게 변하는데 자기 나라 사람이 마시면 기력이 두 배로 강해지지만 다른 나라 사람이 그 물을 마시면 그 자리에서 죽는다고 합니다. 이러한 남만의 땅을 설령 완전히 평정한다고 한들 무슨 이득이 있겠습니까? 차라리 군사를 물려 빨리 돌아가는 것이 좋겠습니다."

공명이 웃으며 말하기를: "내 여기까지 오기가 결코 쉽지 않았는데 어찌 이대로 돌아간단 말이오! 내일까지 내가 만병을 평정할 계책을 마련할 것이오."

공명은 조운에게 위연을 도와 영채를 지키게 하고 당분간 함부로 나가 싸우지 말도록 했다.

다음 날 공명은 토박이의 안내를 받아 직접 작은 수레를 타고 도화나루터 북쪽 기슭의 후미진 산속으로 들어가 그곳 지리를 두루 살펴보았다. 산이 험하고 고개가 가파른 곳에 이르러 공명은 수레에서 내려 걸어서 올라가다 어느 산에 이르러 골짜기를 바라보니, 마치 큰 뱀이 기어가는 것처럼 구불구불 이어지는데 양 옆은 높고 가파른 암벽으로 이루어져 있고 나무라고는 전혀 없는데 그 가운데로 큰길이 나 있었다.

공명이 토박이에게 묻기를: "이 골짜기의 이름이 무엇이냐?"

그가 대답하기를: "이곳은 반사곡(盤蛇谷)이라고 합니다. 이 골짜기를 나가면 바로 삼강성으로 통하는 큰길이 나오고, 골짜기 앞은 탑랑전(塔郎甸)이라고 합니다."

공명이 매우 기뻐하며 말하기를: "저곳은 바로 하늘이 나에게 공을 이루도록 마련해 주신 곳이로다."

즉시 오던 길로 되돌아와 수레에 오른 공명은 영채로 돌아와 마대를

불러 분부하기를: "너에게 검은 칠을 한 궤짝을 실은 수레 10대를 줄 것이니 대나무 장대 1천 개를 사용하여 궤짝 안에 들어 있는 물건들을 여차여차하거라. 그리고 한 무리의 군사를 이끌고 가서 반사곡 양쪽을 지키면서 시킨 대로 하라. 너에게 보름 기한을 줄 것이니 그 안에 모든 것을 준비하여 때가 되면 여차여차해야 한다. 만약 이 일이 새어나가면 군법대로 다스릴 것이다."

마대가 계책을 받고 떠나가자 다시 조운을 불러 분부하기를: "그대는 반사곡 뒤의 삼강 대로의 어귀로 가서 여차여차하게 지키게. 필요한 물건들은 날짜에 맞춰 완벽하게 준비해야 하네."

조운이 계책을 받고 떠나니 이번에는 위연을 불러 분부하기를: "장군은 본부 군사를 이끌고 도화 나루에 가서 영채를 세우시오. 만약 만병들이 강을 건너 싸우러 오면 곧바로 영채를 버리고 흰 기가 꽂혀 있는 곳을 향해 달아나시오. 보름 동안 열다섯 번 싸워서 연달아 패해야 하고 일곱 번 영채를 적에게 내주어야 하오. 만약 한 번이라고 이겼다가는 나를 볼 생각을 하지 마시오."

명을 받은 위연은 자존심이 상한 나머지 불만을 품고 떠나갔다.

공명은 다시 장익을 불러 한 무리의 군사를 거느리고 지시한 곳에 영채와 울타리를 세우게 했다. 그런 다음 공명은 장억과 마충에게 항복해 온 남만의 군사 1천 명을 이끌고 가서 여차여차하게 했다. 사람들은 모두 공명의 계책대로 척척 움직였다.

한편 맹획은 오과국 임금 올돌골에게 말하기를: "제갈량이 쓰는 교묘한 계책은 다 매복이오. 그러니 앞으로 싸울 때 전군에 지시하여 산계곡 안에 나무가 많은 곳은 틀림없이 매복하고 있을 것이니 함부로 들어가지 말라고 하시오."

올돌골 曰: "대왕의 말씀에 일리가 있소. 나도 이미 중국 사람들이 간교한 계책을 잘 쓴다는 것을 알고 있소. 대왕의 말을 따르도록 하겠소. 나는 전면에서 직접 싸울 것이니 당신은 뒤에서 지도해 주시오."

두 사람이 이런 의논을 하고 있을 때 촉군들이 도화 나루터 북쪽 기슭에 영채를 세우고 있다는 보고가 들어왔다. 올돌골은 즉시 두 대장(俘長)에게 등갑군을 이끌고 강을 건너가 촉군을 맞아 싸우도록 했다. 그런데 몇 합 싸우지도 않아 위연은 패하고 달아났다. 만병들은 매복이 있을까 두려워 쫓지는 않고 돌아갔다.

다음 날 위연이 다시 가서 영채를 세웠다. 이를 탐지한 만병이 또 많은 군사를 이끌고 강을 건너 싸우러 오니, 위연은 또 몇 합 싸우다가 패하고 달아났다. 만병들은 그 뒤를 10리나 쫓으며 사방을 둘러봐도 별다른 동정이 없자 곧바로 촉의 영채를 빼앗아 그곳에 주둔했다.

다음 날 두 대장은 올돌골을 자신들이 빼앗은 촉의 영채로 모시고 와 어제 위연과 싸웠던 이야기를 했다. 올돌골은 즉시 대규모 군사를 이끌고 위연을 쫓아가 한바탕 싸웠다. 촉군들은 갑옷과 무기를 버리고 황급히 달아났다. 문득 앞쪽에 백기가 꽂혀 있는 것을 본 위연은 패잔병들을 데리고 그곳으로 달려가 보니 그곳에 이미 영채가 세워져 있어 그곳에서 주둔했다.

올돌골이 군사를 몰고 쫓아오니 위연은 다시 그 영채를 버리고 달아났다. 만병들은 그곳의 영채도 차지했다.

다음 날 올돌골이 또 앞으로 달려가 촉군을 추격했다. 위연은 군사를 돌려서 싸우다가 미처 세 합도 싸우지 않아 또 지고 흰 깃발이 있는 곳을 향해 달아났다. 역시 그곳에는 이미 영채가 하나 세워져 있었다. 위연은 그곳에 군사를 주둔시켰다.

다음 날 만병들이 또 추격을 시작했다. 위연은 또 싸우는 척하다가 도망을 가고 만병들은 도망간 촉군의 영채를 차지했다.

이렇게 위연은 싸우다가 달아나고 달아나다 다시 싸우기를 이미 열다섯 번이나 했으니 그동안 싸움에 지고 빼앗긴 영채도 일곱 개나 되었다. 올돌골의 만병들은 이처럼 싸울 때마다 이겼으니 올돌골은 이 승세를 타고 몸소 앞장을 서서 적을 쳐부수었지만, 도중에 수목이 무성한 곳만 나타나면 감히 나아가지 못하고 사람을 보내 탐지하게 하면, 과연 그런 곳마다 촉군의 정기가 바람에 펄럭이고 있었다.

올돌골이 맹획에게 말하기를: "과연 대왕의 예상에서 벗어나지를 않는군요."

맹획이 껄껄 웃으며 말하기를: "제갈량의 계책이 이번에는 나에게 모두 간파당했소. 대왕은 연일 열다섯 번이나 계속해서 이기고 그들의 영채도 일곱 개나 빼앗았소. 이제 촉군은 우리 소문만 들어도 달아날 지경이니 제갈량은 이젠 더 써 볼 계책도 없을 것이오. 이번에 한 번만 더 밀고 나가면 대사는 결정될 것이오."

올돌골은 매우 기뻐하며 촉군을 이제 우습게 보고 전혀 신경을 쓰지 않았다.

마침내 공명이 정한 열엿새 째 되는 날이 밝았다.

위연은 패잔병을 이끌고 나가 등갑군을 맞았다. 코끼리를 탄 올돌골이 앞장을 섰는데 머리에는 해와 달의 무늬를 수놓은 이리 수염 모자를 쓰고, 몸에는 황금과 구슬로 장식한 목걸이를 걸고, 양쪽 갈빗대 아래로 저절로 돋은 두꺼운 비늘이 갑옷처럼 번쩍이고 눈에서는 레이저 빛을 뿜고 있었다.

올돌골이 손으로 위연을 가리키며 큰 소리로 꾸짖으니 위연은 곧바로 말머리를 돌려 달아나고 만병들이 일제히 그 뒤를 추격했다. 위연은 군사를 이끌고 반사곡을 돌아 백기를 향해 달아났다. 올돌골이 모든 만병을 거느리고 마치 오늘은 마지막 결판을 내려는 무서운 기세로 쫓아왔다. 올돌골은 산 위에 큰 나무는커녕 작은 풀조차 없는 것을 보고 이곳에는 매복군이 있을 리가 없다고 생각하고 마음 놓고 추격했다.

반사곡 안으로 쫓아 들어가니 검은 칠을 한 궤짝이 실린 수레 수십 대가 길가에 버려져 있었다.

만병이 보고하기를: "여기는 촉병들이 군량미를 운반하는 길인데 대왕의 군사가 쫓아오니 군량을 실은 수레를 버리고 달아난 것입니다."

올돌골은 의기양양하여 군사들을 재촉하여 계속 추격하도록 했다. 거의 반사곡 계곡을 벗어날 무렵까지 촉군은 단 한 명도 보이지 않았다. 그때 갑자기 통나무들과 돌들이 정신없이 굴러떨어지면서 순식간에 계곡 출구를 막아 버렸다. 올돌골은 군사들에게 길을 열어 나아가라고 했다. 그때 갑자기 앞에 있던 크고 작은 수레에 실린 건초 더미와 마른 나무에 불이 붙기 시작했다. 당황한 올돌골이 급히 군사들에게 뒤로 물러나라고 명령했다. 바로 그때 올돌골 군사의 후미에서 함성이 일면서 보고하기를: "계곡 입구는 이미 나무토막 등으로 완전히 막혔고 버려진 수레에 실린 궤짝 안에는 모두 화약이 들어 있었는데 일제히 불이 붙어 펑펑 터지고 있습니다."

하지만 그때까지만 해도 올돌골은 심각한 상황이라고는 여기지 않았다. 주위에 나무와 풀이 없어 불이 크게 번지지는 않을 것으로 생각했기 때문이다. 군사들에게 길을 찾아 달아나라고 명령했다.

바로 그때 산 위 양쪽에서 횃불이 마구 떨어져 내리기 시작했다. 땅에 떨어진 불덩이들이 땅속에 이미 묻혀있던 도화선에 옮겨붙으니 땅에서는 철포(鐵砲)가 날아오르는 것이 아닌가!

반사곡의 모든 곳이 삽시간에 불길에 휩싸이며 그야말로 불바다가 되어 버렸다. 불이 등갑에 떨어지기만 하면 활활 타오르니 올돌골과 3만 명의 등갑군은 반사곡 안에서 서로 부둥켜안고 모두 불에 타 죽었다.

공명이 산 위에서 내려다보니 몸에 불이 붙은 만병들은 주먹을 펴고 다리를 뻗으며 비명을 지르며 죽어 갔고 태반은 계곡 안에서 철포에 맞아 머리와 얼굴이 부서지며 죽어 갔으며 시신이 타는 악취를 도저히 맡을 수가 없었다.

공명은 눈물을 흘리며 탄식하기를: “내 비록 사직을 위해 공을 세우기는 했지만, 틀림없이 내 명대로 살지는 못할 것이다!”

그 말에 곁에 있던 장수와 군사들 모두 비탄해 마지않았다.

한편 맹획은 영채 안에서 만병들의 최종 승전보를 기다리고 있는데 갑자기 만병 1천여 명이 영채 앞으로 몰려와 웃으며 절하고 말하기를: “오과국 군사들이 촉군과 크게 싸워 제갈량을 반사곡 안에 포위하고 있는데 특별히 대왕께 그곳으로 오셔서 지원해달라고 하셨습니다. 저희는 모두 본동 군사들인데 부득이 촉에 항복했었지만 지금 대왕께서 오신 것을 알고 촉군을 탈출하여 일부러 싸움을 도우러 왔습니다.”

맹획은 매우 기뻐하며 즉시 종족 무리들과 그동안 불러 모은 만인 군사들을 이끌고 그날 밤 말에 올랐다. 만병들에게 길을 안내받아 반사곡에 당도해보니 불길이 치솟는 가운데 악취가 코를 진동했다.

계략에 걸려들었음을 눈치챈 맹획이 급히 군사를 돌리려 할 때 왼편에서는 장억이, 오른편에서는 마충이 동시에 쳐들어왔다. 맹획이 막 맞서 싸우려고 하는데 자신이 이끄는 만병 가운데서 함성이 터져 나왔다. 자신을 도우러 왔다던 만병들 대다수가 실은 촉군이었던 것이다. 그들은 일제히 달려들어 맹획의 종족과 함께 온 번인들을 순식간에 모조리 사로잡아 버렸다.

맹획은 홀로 말을 달려 여러 겹의 포위망을 간신히 뚫고 산길을 향해 달아났다. 한참 달아나자 산기슭에서 한 무리의 군사가 작은 수레를 호위하며 나타났다. 그 수레에는 한 사람이 단정히 앉아 있었는데 그는 바로 윤건을 쓰고 우선을 들고 도포를 입은 공명이었다.

공명이 큰 소리로 호통치기를: "역적 놈, 맹획! 이제 어찌할 테냐!"

맹획은 급히 말머리를 돌려 달아나려 했다. 그때 옆에서 번개처럼 한 장수가 나타나 길을 막았다. 마대였다. 맹획은 미처 어찌 대항할 틈도 없이 마대에게 사로잡혔다. 이때 왕평과 장익은 한 무리의 군사를 이끌고 만병의 영채로 가서 축융부인을 비롯한 일가족 모두를 사로잡아 왔다.

영채로 돌아온 공명이 막사 윗자리에 올라앉아 장수들에게 말하기를: "내 이번에 반사곡에서 어쩔 수 없이 그런 계책을 썼지만, 음덕(陰德)을 크게 잃고 말았소. 적들은 틀림없이 내가 나무가 무성한 곳에 매복시켜 놓을 것으로 생각할 것이므로, 나는 그곳에 깃발들만 세워 놓고 실제로는 군사를 매복시키지 않았소. 그렇게 하여 저들이 의심을 하게 만들었소.

내가 위연에게 연달아 열다섯 번이나 싸움에 패하라고 한 것은 적들에게 자부심을 굳혀주어 끝까지 쫓아오게 하려는 의도였소. 나는 반사곡에는 앞뒤로 통하는 길이 하나뿐이고 양옆으로는 가파른 절벽인데다 나무나 풀이 하나도 없는 돌 뿐이고 바닥은 전부 모래만 있는 것을 보고 마대에게 검은 칠을 한 궤짝을 그 안에 가져다 놓게 했소.

수레 안의 기름칠을 한 궤짝 속에는 모두 내가 촉에 있을 때 미리 만들어 두었던 화포(火砲)가 들어 있었는데 그것을 지뢰(地雷)라고 하오. 화포 하나에 작은 포환(砲丸)이 아홉 개씩 들어 있는데 그것을 삼십 보마다 한 개씩 묻고, 그 사이에 긴 대나무의 마디를 뚫어 도화선을 연결했소. 그러니 지뢰가 한 번 터지면 산이 무너지고 돌이 갈라지게 되는 것이오.

나는 또 조자룡으로 하여금 건초를 실은 수레를 준비하게 하여 그것들을 골짜기 안에 배치해 놓도록 하고 산 위에 통나무와 바윗덩이 등을 준비해 두도록 했소. 그런 후에 위연으로 하여금 올돌골과 등갑군을 유인하여 골짜기 안으로 끌어들이고 유연이 빠져나간 즉시 그 길을 차단하고, 그들을 불태우도록 한 것이오.

'물에 유리한 것은 반드시 불에는 취약하다(利於水者, 必不利於火).'는 말을 나는 진즉부터 알고 있었소. 등나무로 만든 갑옷은 비록 칼과 화살은 뚫지 못하나, 기름에 오랫동안 담가서 만든 것이라 불에 닿기만 하면 바로 타게 되어 있소. 그러니 두꺼운 만병의 등갑을 화공이 아니면 어찌 이길 수 있겠소. 하지만 오과국 사람들을 모조리 죽여서 그 씨도 남기지 않았으니 그 큰 죄는 어찌 씻어야 할지 모르겠소!"

모든 장수들이 엎드려 감탄하며 말하기를: "승상의 천기(天機)는 귀신도 헤아리지 못할 것입니다."

이윽고 공명은 맹획을 끌고 오라고 했다. 막사 안에 들어온 맹획이 무릎을 꿇었다. 공명은 그의 결박을 풀어 주게 하고 다른 막사로 데려가서 술과 음식을 주며 놀란 가슴을 진정시키게 했다. 그리고 술과 음식을 관장하는 사람을 불러 여차여차하라고 분부했다.

맹획은 축융부인·맹우·대래동주를 비롯한 여러 종족 무리들과 함께 다른 막사에서 술을 마시고 있었는데 갑자기 한 사람이 들어와 맹획에게 말하기를: "승상께서는 공이 지금까지 너무나 약속을 지키지 않아 이제는 직접 얼굴을 마주 보는 것조차 창피하게 느끼십니다. 그래서 일부러 저더러 가서 공을 놓아 보내 주라고 하시면서 다시 군사를 불러 모아 승부를 가리자고 분부하셨습니다. 공은 지금 속히 떠나셔도 좋습니다."

맹획이 눈물을 흘리며 말하기를: "일곱 번 사로잡아 일곱 번 놓아준(七縱七擒) 일은 자고로 없었을 것이니, 내 비록 천자의 교화를 입어보지 못한 사람이지만 예의를 조금은 아는 데 어찌 그리 염치없는 행동을 하겠소?"

맹획은 마침내 형제와 처자 그리고 종족 무리와 함께 엎드려 기어서 공명의 막사 앞으로 가서 웃통을 모두 벗고 무릎을 꿇고 사죄하기를: "승상의 하늘같은 위엄에 남인들은 다시는 배반하지 않을 것입니다."

공명 曰: "이제는 진심으로 복종하겠다는 뜻이오?"

맹획이 눈물을 흘리며 사죄하기를: "저의 자자손손 모두 승상께서 다시 살려 주신 이 은혜를 잊지 않을 것입니다. 어찌 진심으로 복종하지 않을 수 있겠습니까?"

이에 공명은 맹획을 막사 안으로 들어오게 하여 연회를 베풀어 축하한 뒤 맹획을 영구히 동주로 삼고, 빼앗았던 땅을 전부 되돌려주었다. 맹획의 종족 무리들과 모든 남만의 병사들은 감격하여 펄쩍펄쩍 뛰며 기쁨의 눈물을 흘리며 돌아갔다.

후세 사람이 공명을 칭찬하여 지은 시가 있으니:

깃털부채 들고 윤건 쓰고 수레에 앉아	羽扇綸巾擁碧幢
일곱 번 잡은 묘책에 맹획이 굴복했네	七擒妙策制蠻王
지금까지 남만 땅에서 그 위덕 전하며	至今溪洞傳威德
높은 언덕에 사당 세워 그를 모신다네	爲選高原立廟堂

장사(長史) 비의(費禕)가 들어와 간하기를: "승상께서 친히 군사를 거느리고 이 불모의 땅 깊숙이 들어오셔서 만방(蠻方)을 평정하셨습니다. 이제 만왕이 항복했는데, 어찌하여 관리를 두어 맹획과 함께 지키도록 하지 않으십니까?"

공명 曰: "그렇게 하면 세 가지 어려운 점이 있소. 우리 관리를 둔다면 마땅히 군사도 남겨 두어야 하는데 군사가 먹을 것이 없음이 그 첫째 어려움이요, 만인들이 이번에 많이 죽고 다쳤으니 관원만 두고 군사를 남기지 않으면 틀림없이 재앙과 화가 생길 것이니 이것이 둘째 어려움이며, 만인들은 그동안 여러 차례 관원을 폐하거나 죽인 죄가 있어 스스로 남을 미워하고 의심하는 마음이 있어 만약 관원을 남기면 끝내 서로 믿지 않을 것이니 이것이 셋째 어려움이오.

나는 지금 관원을 남기지 않고 식량도 운반해 오지 않으면서 그저 그들과 별 탈 없이 무사하게 지냈으면 하는 마음뿐이오."

공명의 말을 듣고 모든 사람들이 탄복했다.

이리하여 남만 사람들은 공명의 은덕을 기리기 위해 살아있는 사람을 받들어 모시는 사당(生祠)을 세우고, 모두들 그를 자비로운 아버지(慈父)라 불렀으며 각 동주마다 진주와 금은보화, 붉은 옻과 약재, 소와 말 등을 보내 군사에 쓰게 하면서 다시는 반란을 일으키지 않겠다고 굳게 맹세했다. 이로써 남만은 완전히 평정되었다.

한편 공명은 모든 군사들을 배불리 먹인 뒤 군사를 되돌려 촉으로 돌아가기로 결정하고, 위연에게 본부 군사를 이끌고 선봉에 서도록 했다.

위연이 군사를 이끌고 노수에 이르자 갑자기 사방에서 시커먼 구름이 몰려오더니 강물 위에 일진광풍이 크게 일면서 모래가 날고 자갈이 굴러 군사들은 도저히 앞으로 나아갈 수가 없었다. 위연이 군사를 뒤로 물리고 이 일을 공명에게 보고했다. 공명은 맹획을 불러 그 까닭을 물었다.

이야말로:

변경의 만인들에게 겨우 항복 받으니	塞外蠻人方帖服
물가의 귀신 병졸들이 미쳐 날뛰누나	水邊鬼卒又猖狂

맹획이 무슨 말을 할지 궁금하거든 다음 회를 기대하시라.

제 91 회

공명은 노수에서 제를 지내고 회군하고
중원 정벌하려 후주에게 출사표 올리다

祭瀘水漢相班師

伐中原武侯上表

공명이 군사를 거두어 귀국하려고 하자 맹획은 크고 작은 여러 고을의 동주와 추장 및 인근 마을 사람들을 거느리고 나와 빙 둘러 절을 하며 배웅하였다.

선두 부대가 노수에 이르렀을 때는 9월의 가을이었다. 갑자기 음산한 구름이 몰려오면서 광풍이 몰아쳐 군사들이 강을 건널 수 없게 되자, 위연이 공명에게 돌아와 보고하니 공명은 곧바로 맹획에게 다시 물었다.

맹획 曰: “그 강에는 원래 창신(猖神)이 있어 재앙을 불러일으킵니다. 그곳을 건너려면 반드시 그 신에게 제를 올려야 합니다.”

공명 曰: “무엇으로 제를 지내는가?”

맹획 曰: “옛날에는 나라 안에서 창신이 재앙을 일으키면 사람의 머리 49개와 검은 소와 흰 양을 잡아 제를 올렸습니다. 그러면 바람이 멎고 물결이 잔잔해졌으며 해마다 풍년이 들었습니다.”

공명 曰: “내 이제 이곳을 평정하였거늘 어찌 한 사람이라도 함부로 죽일 수 있겠는가!”

공명이 직접 노수 기슭으로 가서 살펴보았다. 과연 음산한 바람이 거세게 불고 파도가 세차게 몰아치니 군사들과 말이 모두 놀라고 있었다. 공명은 몹시 의아한 마음에 그곳 토박이를 찾아서 물었다.

토박이 曰: "승상께서 이곳을 건너신 후로 밤마다 강가에서 귀신들의 울부짖는 소리가 들렸습니다. 해 질 무렵부터 동이 틀 때까지 울음소리가 끊이질 않고, 음산한 안개 속에 무수한 음귀(陰鬼)들이 떠돌아다니며 재앙을 일으키니 감히 이 강을 건너는 사람이 없습니다."

공명 曰: "이는 모두 나의 죄다. 전에 마대가 촉의 군사 1천여 명을 이끌고 왔다가 모두 물에 빠져 죽었고, 게다가 우리가 남방 사람을 죽여 모두 이 강물에 버렸으니 미친 혼과 원한을 품은 귀신들이 그 한을 풀지 못해 이렇게 되었다. 내 오늘 밤에 직접 강변에 가서 제사를 지낼 것이다."

토박이 曰: "제를 올리려면 예전의 예에 따라 반드시 사람의 머리 49개를 바쳐야만 원귀들이 스스로 물러갈 것입니다."

공명 曰: "원래 다른 사람에 의해 죽게 되었을 때 원한이 맺힌 귀신이 되는 것인데, 어찌 또 생사람을 죽일 수 있단 말인가? 내게 다 생각이 있느니라."

공명은 군중의 취사병을 불러 소와 말을 잡게 하고 밀가루를 반죽하여 사람의 머리 모양을 만들고, 그 속에 소와 양 등의 고기를 채워 넣게 하고 그것을 이름하여 만두(饅頭)라 했다.

그날 밤 노수 강기슭 위에 제단을 마련하여 향을 피우고 제물을 차려 놓고 49개의 등잔불을 밝히고 깃발을 높이 들어 혼을 부르고 만두 등의 제물들을 땅에 늘어놓았다.

삼경(三更: 밤 11시에서 새벽 1시)이 되자 공명은 머리에는 금관을 쓰고 몸에는 학창(鶴氅)을 입고 몸소 제사상 앞에 서서 동궐(董厥)로 하여금 제문을 읽도록 했다.

그 제문의 내용은:

"대한(大漢) 건흥(建興) 3년(서기 225년) 9월 1일, 무향후겸 익주목 승상 제갈량은 삼가 제물을 차려놓고 나라를 위해 목숨을 바친 촉의 장병들과 남인 망자들의 영혼 앞에서 고하노라.

우리 대한 황제께서는 그 위엄은 춘추시대의 오패(五覇)[20]보다 더 높으시고 명철하심은 하(夏)·상(商)·주(周)를 창건하신 삼왕을 계승하셨으니, 지난날 먼 지역(遠方) 사람들이 우리 경계를 침범하고 풍속이 다른 자들이 군사를 일으켜 전갈의 꼬리를 쳐들 듯 요사한 짓을 하고, 이리의 못된 심보로 난을 일으키니 내 왕명을 받들어 그들의 죄를 묻기 위해 용맹한 군사를 크게 일으켜 거친 땅으로 들어가서 땅강아지와 개미 떼를 쓸어버리듯 오랑캐 땅을 평정하였노라. 용맹한 군사가 구름처럼 모이니 미친 도적들이 얼음 녹듯이 사라졌고 파죽지세(破竹之勢)로 쳐들어오는 소리에 놀란 원숭이들이 부리나케 도망가는 형국이었노라.

우리의 군사들은 모두 전국의 호걸이었고 관리와 장교들은 모두 사해의 영웅으로 무예를 익혀 전장에 나왔으니 밝은 도리로 임금을 섬겼으며 여러 차례 내리는 명령을 한결같이 잘 따라 결국 적장을 일곱 번이나 사로잡는 일을 함께 펼쳤으며 지성으로 나라를 받들고 임금께 충성하고자 했도다.

뜻밖에도 그대들은 싸울 기회를 놓치거나 간사한 계략에 빠지거나 혹은 날아온 화살에 맞아 그 넋이 황천을 떠돌거나 혹은 칼과 검에 목숨을 잃어 그 혼백이 기나긴 어둠 속으로 들어갔으니, 그대들은 살아서는

20 오패: 춘추(春秋)시대 다섯 명의 패자(覇者)로, 제환공(齊桓公)·진문공(晉文公)·송양공(宋襄公)·초장왕(楚莊王)·진목공(秦穆公)을 가리키기도 하고 일설에는 제환공(齊桓公)·진문공(晉文公)·초장왕(楚莊王)·오왕합려(吳王闔閭)·월왕구천(越王句踐)을 가리킴. 역자 주.

용맹했고 죽어서는 그 이름을 남겼도다.

이제 나는 개선가를 부르며 돌아가 종묘에 포로를 바치는 의식을 거행하고자 한다. 그대들의 영령이시어 나의 기도를 반드시 듣기 바라노니 우리의 정기(旌旗)를 따라서 우리 군사들의 대오를 쫓아서, 함께 고국으로 돌아가서 각자의 고향으로 찾아가 혈육이 차려주는 제사를 받고 가족이 차려주는 제사를 받아먹기 바란다. 부디 타향을 떠도는 귀신이 되거나 부질없이 이역을 떠도는 외로운 넋이 되지 말지어다.

내 반드시 천자께 아뢰어 그대들의 집집마다 나라의 은혜가 미치도록 할 것이며 해마다 옷과 양식을 내려주고 달마다 녹봉을 내려 그대들의 충성에 보답하고 그대들의 넋을 위로할 것이니라.

그리고 이 고장의 토신과 남방의 죽은 귀신들은 혈식(血食)이 늘 있을 것이며 의지할 곳도 머지않아 생길 것이다. 살아 있는 사람은 하늘의 위엄을 경외하고, 죽은 자는 왕화를 입게 될 것이니 마음을 가라앉히고 울부짖지 말지어다.

정성을 다하여 경건한 마음으로 제사를 올리니, 아 슬프도다(嗚呼哀哉)! 엎드려 비나니 모두 흠향하기 바라노라(伏惟尙饗)!"

제문 낭독이 끝나자 공명이 목을 놓아 통곡하는데 얼마나 애절하고 비통한지 모든 군사들이 감동하여 눈물을 흘리지 않은 자가 없었다. 맹획 등의 무리도 모두 소리 내어 울었다. 그러자 참담한 구름과 원망이 서린 안개 속에서 은은하게 수천 명의 귀신들이 모두 바람을 따라 흩어지는 것이 아닌가!

이에 공명은 좌우에 명하여 제물들을 모두 노수에 던지게 했다.

다음 날 공명이 대군을 거느리고 노수 남쪽 기슭에 이르러 보니 구름은 걷혔고 안개는 흩어졌으며 바람은 멈추고 물결도 잔잔하여 촉군들이

祭瀘水漢相班師

안심하고 노수를 건널 수 있었다.

그때부터 촉군의 행군은 그야말로:

말채찍으로 쇠등자를 쳐서 울리고	鞭鼓金鐙響
사람들은 개선가 부르며 돌아가네	人唱凱旋還

촉의 개선군이 영창(永昌)에 이르자 공명은 왕항(王伉)과 여개(呂凱)로 하여금 그곳에 남아 네 군을 지키게 하고 그곳까지 전송하러 온 맹획에게는 무리를 거느리고 돌아가도록 하며 아울러 맹획에게 정사에 힘쓰고 아랫사람을 잘 다스리고 백성을 잘 위무하고 농사일에도 소홀함이 없도록 당부했다. 맹획은 울면서 작별 인사를 하고 떠났다.

공명은 마침내 대군을 이끌고 성도로 돌아왔다. 후주가 몸소 난가(鑾駕)를 타고 성 밖 30리까지 나와 수레에서 내려 길가에 서서 공명을 기다리고 있었다. 이를 본 공명이 황망히 수레에서 내려 길에 엎드려 아뢰기를: "신이 남방을 빨리 평정하지 못해 주상께 심려를 끼쳐 드렸으니 신의 죄가 크옵니다."

후주는 몸소 공명을 부축해 일으키고 수레를 나란히 하여 궁으로 돌아와 태평연회(太平宴會)를 열고 전군에 큰 상을 내렸다. 이때부터 먼 곳에서 조공을 바치는 나라가 2백여 곳이나 되었다.

공명은 후주에게 상주하여 허락을 받아 이번 남방 정벌에서 죽은 자들의 가족들을 일일이 보살펴주니 백성들의 마음은 기쁨이 넘쳐나고 조정과 백성이 모두 태평해졌다.

한편 위주 조비가 황제 자리에 오른 지 7년이 되었다. 바로 황초 7년(서기 226년), 촉한의 건흥 4년이다. 조비가 처음 부인으로 맞아들인 견씨(甄氏)는 원래 원소의 둘째 아들 원희(袁熙)의 아내였는데, 지난날 업성을 차지했을 때 빼앗은 여자다.(제 33회 참고) 견 부인이 아들 하나를 낳으니, 이름은 예(叡), 자를 원중(元中)이라 했다. 그는 어릴 적부터 총명하여 조비의 사랑을 듬뿍 받았다.

조비는 후에 안평(安平) 광종현(廣宗縣) 사람인 곽영(郭永)의 딸을 귀비로 삼았는데 그녀는 대단한 미인이었다.

그녀의 아비는 일찍이 말하기를: "내 딸은 여자들 가운데 왕이로다."

그래서 곽씨는 여왕이라는 별명까지 있었다. 조비가 곽 귀비를 맞아들이면서 견 황후가 조비의 사랑을 잃게 되자 곽 귀비는 황후가 되고자 음모를 꾸며, 조비의 총애를 받는 신하 장도(張韜)와 상의했다.

이 무렵 조비는 병을 앓고 있었다. 장도는 조비에게 견 황후가 거처하는 궁전 뜰에서 오동나무로 만든 목각 인형이 나왔는데 그 위에 황제의 생년월일과 태어난 시까지 적혀 있는 것으로 보아 황제를 주살하려는 주술 행위를 한 것이 분명하다고 거짓으로 아뢰었다.

조비는 매우 화를 내며 마침내 견 부인에게 사약을 내리고 곽 귀비를 황후로 세웠다. 하지만 곽 귀비는 자식을 낳지 못해 예를 자신의 아들처럼 키웠다. 조비는 예를 예전처럼 아끼고 사랑했지만, 자신의 후계로 세우지는 않았다.

어느덧 열다섯 살이 된 조예는 제법 활도 잘 쏘고 말도 잘 탔다. 그 해 봄 2월에 조비는 조예를 데리고 사냥을 나갔다. 산속에서 말을 달리다 새끼 사슴을 데리고 달아나는 어미 사슴을 만났다. 조비가 화살 한 대로 어미 사슴을 쓰러뜨리고 뒤돌아보니 새끼 사슴이 조예 쪽으로 달아나고 있었다. 조비가 큰 소리로 외치기를: "어찌하여 화살을 쏘지 않는 것이냐?"

조예가 말 위에서 울먹이며 고하기를: "폐하께서 이미 그 어미를 죽이셨는데, 어찌 차마 그 새끼까지 죽일 수 있겠습니까?"

그 말을 들은 조비는 활을 땅에 내던지며 말하기를: "내 아들은 참으로 어질고 덕이 있는 군주가 되겠구나!"

마침내 조비는 조예를 평원왕(平原王)으로 봉했다.

그해 5월 여름, 한질(寒疾)[21]에 걸린 조비는 무슨 약을 써도 낫지 않았다. 이에 그는 중군(中軍) 대장군 조진(曹眞)·진군(鎭軍) 대장군 진군(陳群)·무군(撫軍) 대장군 사마의(司馬懿) 세 사람을 침궁으로 불렀다. 조비는 조예를 불러 그를 가리키며 조진 등에게 말하기를: "지금 짐의 병이 깊어 다시 일어나지 못할 것 같소. 이 아이가 아직 어리니 경들 세 사람이 잘 보필해 짐의 뜻을 저버리지 마시오."

깜짝 놀란 세 사람이 동시에 아뢰기를: "폐하께서는 어찌하여 그런 말씀을 하십니까? 신 등은 오로지 힘을 다해 폐하를 천추만세(千秋萬歲)에 이르기까지 섬길 것입니다."

조비 曰: "금년에 허창의 성문이 까닭 없이 저절로 무너졌으니, 이는 상서롭지 못한 징조가 아닌가! 짐은 그때 내가 죽을 것을 이미 알았소."

이때 내시가 들어와 정동(征東) 대장군 조휴(曹休)가 문후 인사차 입궐했다고 아뢰었다.

조비가 그를 들어오게 하여 말하기를: "경들은 나라의 기둥이요, 주춧돌의 신하가 아닌가? 만약 마음을 하나로 합해 짐의 아들을 보필해 준다면 짐은 죽어서도 편히 눈을 감을 수 있을 것이오!"

말을 마친 조비는 눈물을 흘리며 세상을 떠났다. 이때 그의 나이 마흔 살, 재위 7년 만의 일이다.

이에 조진·진군·사마의와 조휴 등은 조비의 죽음을 애도하는 한편,

21 감기의 일종인 오한이 드는 병. 역자 주.

조예를 대위(大魏) 황제로 세웠다. 조예는 부친 조비의 시호를 문황제(文皇帝)로, 모친 견씨에게는 문소황후(文昭皇后)의 시호를 내렸다.

그리고 종요(鍾繇)를 태부로, 조진을 대장군으로, 조휴를 대사마로, 화흠을 태위로, 왕랑을 사도로, 진궁을 사공으로, 사마의를 표기대장군(驃騎大將軍)으로 각각 봉하고 그 밖의 문무 관료들에게도 작위와 칭호를 내리고 천하에 대사령(大赦令)을 내렸다.

이때 옹주(雍州)와 양주(凉州)를 지키는 사람이 없었는데 사마의가 표문을 올려 자신이 서량(西凉) 등을 지키고 싶다고 청했다. 조예는 그의 뜻을 받아들여 사마의를 제독으로 봉하고 그곳의 군사를 거느리게 했다. 사마의는 칙명(勅命)을 받고 떠나갔다.

이 소식은 정탐꾼에 의해 이미 서천에 보고되었다.

공명이 매우 놀라며 말하기를: "조비가 이미 죽고 어린 아들 조예가 즉위했다니 달리 염려할 것은 없다. 다만 사마의는 모략이 뛰어난 자인데 그가 하필 옹주와 양주의 군사를 거느리게 되었다고 하니 그가 군사들 조련이 끝나면 촉에는 큰 걱정거리가 될 것이다. 차라리 먼저 군사를 일으켜 그를 치는 것이 낫겠다."

참군(參軍) 마속이 말하기를: "승상께서 남방을 평정하고 돌아오신 지 얼마 되지 않으셨고 군사들도 매우 지쳐 있습니다. 지금은 군사를 위로하고 쉬게 해야 마땅한데 어찌 다시 원정길에 오르려 하십니까? 사마의가 조예의 손에 죽게 할 계책이 저에게 있는데 한번 들어 보시겠습니까?"

공명이 어쩐 계책인지 물었다.

마속 曰: "사마의가 비록 위의 대신이긴 하지만 조예는 평소 그를 의심하여 꺼리고 있습니다. 은밀히 사람을 낙양과 업군 등지에 보내 사마의가 모반을 꾸미고 있다는 유언비어를 퍼뜨리게 하시고 그가 천하에 알리는 것처럼 방문을 만들어 각처에 갖다 붙이면 조예가 그를 의심할 것이며 결국 그를 죽일 것입니다."

공명은 그의 말에 따라 즉시 사람들을 보내 이 계책을 은밀히 실행하도록 했다.

얼마 뒤 업성의 성문 위에 난데없는 방문이 한 장 붙었다. 성문을 지키는 자가 그 방문을 떼어다 조예에게 바쳤다.

조예가 그 방문을 읽어 보니, 그 내용은:

"옹주와 양주 등의 군사를 총독하는 표기장군 사마의는 삼가 신의를 받들어 널리 천하에 고하노라.

지난날 태조 무황제(武皇帝: 조조)께서 처음 나라를 세우시면서 원래 진사왕(陳思王) 자건(子建: 조식)을 세워 사직의 후계로 삼으려 하셨다. 그런데 불행히도 간사한 무리들이 온갖 헐뜯는 소리를 하여 오래도록 잠용(潛龍)의 처지가 되었도다. 황손 조예는 평소 아무런 덕행도 없으면서 망령되이 지존의 자리에 올라 있으니 이는 태조의 유의(遺意)를 저버린 것이다.

이제 나는 하늘의 뜻을 받들고 사람의 마음에 순응하여 날짜를 정해 군사를 일으켜 만백성들이 바라는 바를 이루려 한다. 고시(告示)가 이르는 날 각자 새로운 임금의 명에 따르도록 하라. 따르지 않는 자는 마땅히 구족을 멸할 것이다. 이에 먼저 알리노니 명심하기를 바란다."

방문을 다 읽은 조예는 대경실색하여 급히 여러 신하들에게 물었다.

태위 화음이 아뢰기를: "사마의가 표문을 올려 자신이 옹주와 양주를 지키겠다고 청한 것은 다 이런 뜻이 있었기 때문입니다. 전에 태조 무황제께서 신에게 이르시기를, '사마의는 매처럼 노려보고 이리처럼 돌아보니 군권을 주어서는 아니 된다. 오래되면 반드시 나라에 큰 화가 될 것이다.'라고 하셨습니다.

이제 그가 모반의 뜻을 이미 품었으니 당장 그를 없애야 합니다."

왕랑이 아뢰기를: "사마의는 군사 책략이 아주 밝고 군사 문제를 다루는데 통달해 있는 데다 평소 큰 뜻을 품고 있으니 만약 서둘러 제거하지 않으면 나중에 반드시 큰 화를 당하실 것입니다."

마침내 조예는 교지를 내려 군사를 일으켜 직접 사마의를 치러 가려고 했다.

그때 갑자기 반열에서 대장군 조진이 나서며 아뢰기를: "아니 됩니다. 문황제(文皇帝: 조비)께서는 신들 몇 사람에게 어리신 주상을 부탁하셨는데 이는 사마중달(司馬仲達: 사마의)에게 다른 뜻이 없음을 아셨기 때문입니다. 지금 그 진위 여부도 가리지 않으시고 그를 치기 위해 군사를 일으킨다면 이는 그에게 반역하도록 부추기는 일이 될 뿐입니다. 어쩌면 촉이나 오의 간사한 첩자들이 반간계(反間計)로 우리 주상과 신하들 간에 자중지란에 빠지게 한 후 그 빈틈을 이용하여 저들이 쳐들어오려는 계략인지도 알 수 없습니다. 폐하께서는 부디 깊이 헤아리십시오."

조예 曰: "만약 사마의가 반역하려 한다면 어찌합니까?"

조진 曰: "폐하께서 굳이 의심이 든다면, 한 고조께서 짐짓 운몽(雲夢)으로 놀러 갔던 그 계책[22]을 써 보십시오. 폐하께서 안읍(安邑)으로 행차하시면 사마의는 틀림없이 영접을 나올 것입니다. 그때 그의 동정을 잘 살피시다가 수레 앞에서 바로 그를 사로잡으시면 됩니다."

조예는 조진의 말에 따라 그에게 자신이 없는 동안 허도에서 나랏일

---

22 한 고조 6년(기원전 201년) 한신이 모반을 꾀한다는 고변이 있자 한고조 유방은 모사 진평(陳平)(의 계책에 따라 운몽으로 놀러가는 척하고 한신을 불러 영접 나온 한신을 사로잡음. 역자 주.

을 돌보게 하고 친히 어림군 10만 명을 거느리고 곧바로 안읍으로 갔다.

무슨 이유로 천자가 안읍으로 행차하는 줄 알 리 없는 사마의는 오히려 천자에게 그동안 자신이 훈련을 시킨 군사들의 위세를 보여 주어 자신을 더욱 신뢰하게 하는 계기로 삼기 위하여 잘 훈련된 갑옷을 입은 군사 수만 명을 거느리고 어가를 맞이하러 갔다.

근신이 조예에게 아뢰기를: "사마의가 군사 10만여 명을 이끌고 항거하러 왔습니다. 정말 반역의 뜻이 있사옵니다."

조예는 황급히 조휴로 하여금 먼저 군사를 거느리고 앞으로 나가 사마의를 맞으라고 명령했다. 군마들이 오는 것을 본 사마의는 천자의 어가가 친히 오는 것으로 여기고 길에 엎드려 그들을 맞이했다.

조휴가 나서며 말하기를: "중달은 선제로부터 어리신 천자를 잘 보필하라는 막중한 부탁을 받았거늘, 무엇 때문에 반란을 꾀한 것이오?"

사마의는 대경실색하며 온몸에 식은땀을 흘리며 도대체 무슨 연유로 그런 말을 하는지 물었다. 조휴가 지금까지의 일을 자세히 설명했다.

사마의 曰: "이는 동오와 촉의 첩자들이 반간계를 쓴 것이오. 우리 군신(君臣) 간에 서로 해치게 만들어 저들이 우리의 빈틈을 타서 습격하려는 것이오. 제가 마땅히 직접 천자를 뵙고 해명해야겠소."

사마의는 급히 군사를 뒤로 물리고 조예의 어가 앞으로 가서 땅에 엎드려 눈물을 흘리며 아뢰기를: "신은 선제로부터 어리신 폐하를 잘 보필하라는 막중한 부탁을 받았사온데 어찌 감히 딴마음을 품겠나이까? 필시 이는 촉과 동오의 간사한 계책이옵니다. 청하옵건대 신이 한 여단의 군사만 거느리고 가서 먼저 초를 쳐부수고 다음에 동오를 정벌하여 선제와 폐하의 은덕에 보답하고 신의 진심을 밝히게 해 주시옵소서."

조예는 여전히 의심이 가시지 않아 결정을 내리지 못하고 있을 때 화흠이 아뢰기를: "그에게 병권을 주시면 안 됩니다. 즉시 파직한 뒤 고향으로 돌아가게 해야 합니다."

조예는 화흠의 말에 따라 사마의의 관직을 삭탈하고 고향으로 돌려 보냈다. 그리고 조휴로 하여금 옹주와 양주의 군사를 총지휘하도록 하고 조예는 어가를 돌려 낙양으로 돌아갔다.

한편 정탐꾼이 이 소식을 탐지하여 서천에 보고했다. 보고를 받은 공명은 매우 기뻐하여 말하기를: "내 위를 정벌하려고 마음먹은 지 오래 되었는데 사마의가 옹주와 양주의 군사를 총지휘하고 있어 어찌하지 못했다. 이제 우리의 계교에 걸려 사마의가 쫓겨났으니 내 무엇을 더 걱정하겠느냐!"

다음 날 아침 일찍 모든 관료가 모인 가운데 후주가 조회를 열자 공명이 반열에서 나와 출사표(出師表)[23] 한 장을 올렸다:

"신 량 아뢰옵니다(臣亮言):

선제께서 창업의 뜻을 반도 이루지 못하시고 붕어하시어 이제 천하는 셋으로 나뉘어 익주(益州: 촉)는 피폐해 있으니, 이는 참으로 나라의 존망이 걸린 위급한 때이옵니다. 그러나 조정 안에서는 폐하를 모시는 신하들이 긴장을 풀지 않고, 밖에서는 충성스러운 무사들이 목숨을 아끼지 않고 있는 것은 모두 선제로부터 받았던 특별한 대우를 상기하며 폐하께 보답하기 위함이옵니다.

先帝創業未半, 而中道崩殂. 今天下三分, 益州罷敝, 此誠危急存亡之秋也. 然侍衛之臣不懈于內, 忠志之士忘身于外者, 蓋追先帝之殊遇, 欲報之于陛下也.

---

23 제갈량의 출사표는 워낙 뛰어난 문장으로 중국어를 아는 사람은 꼭 중국어로 직접 해석해 보기를 바라는 마음에서 중국어 원문을 그대로 실었음. 역자 주.

폐하께서는 마땅히 귀를 활짝 여시어 널리 들으시고 선제께서 펼치신 덕을 더욱 빛내시며 지사(志士)들의 기개를 더욱 북돋아 주셔야 하옵니다. 함부로 폐하 스스로 낮추셔도 아니 되며 그릇된 비유를 들어 대의를 잃음으로써 충성으로 간하는 언로(言路)를 막아서도 아니 되옵니다.

궁중(宮中: 황제를 모시는 신하)과 부중(府中: 조정의 모든 신하)은 하나가 되어야 하며 그들에게 상을 내리고 벌을 줌에 있어 다름이 있어서는 아니 되옵니다. 만약 간악한 짓을 범하여 죄지은 자나, 충성을 다하여 선한 행위를 한 자는 마땅히 그 해당 관청에 맡겨 형벌과 포상을 논하게 하시어, 폐하의 공명정대한 다스림을 더욱 빛나게 하시옵고, 사사로운 정에 치우쳐 황실과 조정에 적용하는 법을 달리해서는 아니 되옵니다.

誠宜開張聖聽, 以光先帝之遺德, 恢弘志士之氣, 不宜忘自菲薄, 引喩失義, 以塞忠諫之路也. 宮中府中, 俱爲一體. 陟罰臧否, 不宜異同. 若有作奸犯科及爲忠善者, 宜付有司, 論其刑賞, 以昭陛下平明之治, 不宜偏私, 使內外異法也.

시중과 시랑으로 있는 곽유지(郭攸之)·비의(費禕)·동윤(董允) 등은 모두 선량하고 진실하며 뜻과 생각이 충성스럽고 순수하여 선제께서 발탁하여 폐하께 물려주셨으니, 어리석은 신의 생각으로는, 황궁의 크고 작은 모든 일들을 그들에게 물으셔서 처리하시면 틀림없이 빠지거나 모자람을 채워 널리 이로울 것이옵니다. 장군 상총(向寵)은 성품과 행실이 맑고 치우침이 없으며, 군사업무를 잘 알아 선제께서는 그를 시험 삼아 써 보신 뒤에 능력이 있다고 칭찬하시고, 여러 사람의 뜻을 모아 그를 도독으로 천거했으니, 어리석은 신의 생각으로는, 군중(軍中)의 크고 작은 일은 그에게 물어 처리하시면, 반드시 군중이 화목하고 우열이 제대로 가려져 인재를 적재적소에 배치할 것이옵니다.

侍中, 侍郎郭攸之, 費禕,董允等, 此皆良實, 志慮忠純, 是以先帝簡拔以遺陛下. 愚以爲宮中之事, 事無大小, 悉以咨之, 然後施行, 必得裨補闕漏, 有所廣益. 將軍向寵, 性行淑均, 曉暢軍事, 試用之于昔日, 先帝稱之曰能, 是以衆議擧寵以爲督, 愚以爲營中之事, 事無大小, 悉以咨之, 必能使行陣和穆, 優劣得所也.

어진 신하를 가까이 두고 소인을 멀리한 것이 전한(前漢)이 흥한 까닭이며, 소인을 옆에 끼고 어진 신하를 멀리한 것이 후한(後漢)이 무너진 이유이옵니다. 선제께서 살아계실 때 신과 이런 이야기를 나누실 때마다 환제(桓帝)와 영제(靈帝) 시절 황실이 무너진 것에 대해 몹시 분하고 억울해하며 탄식하지 않으신 적이 없었나이다! 시중(侍中) 상서(尙書: 진진 陳震을 가리킴)·장사(長史) 참군(參軍: 장완 蔣琬을 가리킴)은 모두 곧고 바르며 폐하를 위하여 기꺼이 목숨을 바칠 신하들이오니 바라옵건대, 폐하께서 가까이 두시고 믿어 주시옵소서. 그리하시면 한의 황실이 머지않아 융성해질 것이옵니다.

親賢臣, 遠小人, 此先漢所以興隆也. 親小人, 遠賢臣, 此後漢所以傾頹也. 先帝在時, 每與臣論此事, 未嘗不歎息痛恨于桓·靈也! 侍中,尙書,長史,參軍, 此悉貞良死節之臣也, 願陛下親之·信之, 則漢室之隆, 可計日而待也.

신은 원래 벼슬도 없는 일반 백성으로 남양 땅에서 직접 농사를 지으며 그저 어지러운 세상에서 목숨이나 부지하며 살려고 했을 뿐, 제후들에게 알려져 그들에게 쓰이게 되길 바라지 않았사옵니다. 그런데 선제께서는 신을 비천하게 여기지 않으시고 귀하신 몸을 스스로 굽혀, 신의 초가집을 세 번이나 찾아오셔서 신에게 당시 세상일을 물으셨사옵니다. 이에 감격한 신은 마침내 선제께서 가시는 곳은 어디든지 따라다녔사옵니다. 후에 선제의 형세가 기울어 우리가 싸움에 패했을 때는, 패한 군사를 수습하는 임무를 맡아 위태로운 가운데 명을 받들어 온 지 어느덧 스물 하고도 한 해가 지났사옵니다.

臣本布衣, 躬耕南陽, 苟全性命于亂世, 不求聞達于諸侯. 先帝不以臣卑鄙, 猥自枉屈, 三顧臣于草廬之中, 諮臣以當世之事, 由是感激, 逐許先帝以驅馳. 後直傾覆, 受任于敗軍之際, 奉命于危難之間, 爾來二十有一年矣.

선제께서는 신이 주의 깊고 신중함을 아시고, 승하하시기 전에 신에게 큰일을 맡기셨나이다. 신은 선제의 명을 받은 이래 밤낮으로 근심하며 행여 그 당부하신 바를 제대로 해내지 못해 선제의 밝으심에 손상을 끼치지 않을까 두려웠나이다. 그리하여 지난 5월에는 노수를 건너 불모의 땅 깊숙이 들어갔던 것이옵니다. 이제 남방은 평정되었고 군사들과 병장기도 넉넉히 준비되어 있으니, 마땅히 전군을 거느리고 북으로 중원을 평정하러 가고자 하나이다. 바라옵건대 신의 아둔하고 어리석은 재주를 모두 바쳐 간악하고 음흉한 무리들을 없앰으로써 한 황실을 다시 일으켜 세우고 옛 도읍 낙양으로 돌아가는 것만이 바로 선제께 보답하고 폐하께 충성하는 신의 직분이옵니다. 그리고 앞으로 이곳에서 나라의 손익을 헤아려 폐하께 충언을 올리는 일은 이제 곽유지·비의·동윤 등이 맡을 것이옵니다.

先帝知臣勤慎, 故臨崩寄臣以大事也. 受命以來, 夙夜憂慮, 恐付托不效, 以傷先帝之明, 故五月渡瀘, 深入不毛, 今南方已定, 甲兵已足, 當奬師三軍, 北定中原, 庶竭駑鈍, 攘除奸凶, 興復漢室, 還于舊都. 此臣所以報先帝而忠陛下之職分也. 至于斟酌損益, 進盡忠言, 則攸之·禕·

允之任也.

바라옵건대 폐하께서는 신에게 역적을 토벌하여서 한 황실을 부흥시킬 임무를 맡겨주시옵고, 신이 만약 그 일을 제대로 해내지 못하면 신의 죄를 다스리시어 선제의 영전에 고하시옵소서.

또한 만약 한 황실을 일으키는데 필요한 충언이 올라오지 않거든, 곽유지·비의·동윤 등의 허물을 책망하시어 그들의 태만함을 밝히시옵소서. 폐하 또한 스스로 좋은 방도를 모색하시고 자문하시어 바른말을 잘 살펴 받아들이시어 선제께서 남기신 조서를 따르시옵소서. 신이 받은 폐하의 은혜에 감격을 이길 수 없사옵니다. 신은 이제 멀리 떠나며 표문을 올리려 하니, 눈물이 앞을 가려 무슨 말씀을 올려야 할지 모르겠나이다."

願陛下托臣以討賊興復之效, 不效則治臣之罪, 以告先帝之靈. 若無興復之言, 則責攸之、禕、允等之咎, 以彰其慢. 陛下亦宜自謀, 以諮諏善道, 察納雅言, 深追先帝遺詔. 臣不勝受恩感激. 今當遠離, 臨表涕泣, 不知所云.

표문을 다 읽은 후주가 말하기를: "상부께서 남방 정벌을 하시느라 먼 길을 온갖 고생을 다 하시고 이제 막 도성으로 돌아오셔서 노독도 아직 풀리지 않으셨을 텐데, 이제 또 북쪽을 치러 가시겠다니 정신과 마음이 모두 지치지 않으실까 걱정됩니다."

공명 曰: "신은 선제께서 당부하신 막중한 임무를 한시도 게을리 한 적이 없사옵니다. 이제 남방은 평정되어 안으로 되돌아볼 걱정거리는 없어졌으니, 이때 역적을 토벌하여 중원을 되찾지 않으면 다시 어느 때를 기다리겠나이까?"

이때 갑자기 반열에서 태사(太史) 초주(譙周)가 앞으로 나서며 아뢰기를: "신이 밤에 천문을 살펴보니 북방의 기운이 너무나 왕성해 별들이 어느 때 보다 빛을 밝게 발산하고 있습니다. 지금은 북방을 도모할 때가 아닙니다."

초주는 공명을 돌아보며 말하기를: "승상께서는 천문에 누구보다 밝으신 분이 어찌하여 천문을 무시하고 억지로 무리하게 강행하려 하십니까?"

공명 曰: "하늘의 도는 쉬지 않고 변하거늘 어찌 그것에 얽매일 수 있단 말이오? 나는 우선 군사를 한중에 주둔시켜 놓고 저들의 동정을 살핀 후에 나아갈 것이오."

초주가 적극적으로 간했지만, 공명은 끝내 듣지 않았다.

공명은 곽유지·비의·동윤 등을 시중으로 삼아 황궁 안의 모든 일을 맡아보게 하고 향총을 대장으로 삼아 어림군을 총지휘하게 했다. 또한 진진(陳震)을 시중으로, 장완(蔣琬)을 참군으로, 장예(張裔)를 장사(長史)로 각각 삼아 셋이서 승상부의 일을 관장토록 했다. 두경(杜瓊)을 간의대부(諫議大夫)로, 두미(杜微)와 양홍(楊洪)을 상서(尙書)로, 맹광(孟光)과 내민(來敏)을 좨주(祭酒)로, 윤묵(尹默)과 이선(李譔)을 박사(博士)로, 극정(郤正)과 비시(費詩)를 비서(秘書)로, 초주(譙周)를 태사(太史)로 각각 삼는 등, 내외 문무 관료 1백여 명이 함께 나라 안의 일들을 맡아서 처리하도록 했다.

마침내 출정을 명하는 후주의 조서를 받아 승상부로 돌아온 공명이 여러 장수를 불러 놓고 각자 맡을 임무를 발표하기를:

"전독부(前督部)는 진북장군(鎭北將軍) 승상사마(丞相司馬) 겸 양주 자사(刺史)인 도정후(都亭侯) 위연이 맡는다. 전군도독(前軍都督)은 부풍(扶風) 태수 장익이, 아문장(牙門將)은 비장군(裨將軍) 왕평이 각각 맡는다.

후군영병사(後軍領兵使)는 안한장군(安漢將軍) 겸 건녕(建寧) 태수 이회

伐中原武
侯上表

(李恢)가 맡고 그의 부장(副將)으로 정원장군(定遠將軍) 한중(漢中) 태수 여의(呂義)를 임명한다.

관운량(管運糧) 겸 좌군영병사(左軍領兵使)는 평북장군(平北將軍) 진창후(陳倉侯) 마대(馬岱)가 맡고 그의 부장에 비위장군(飛衛將軍) 요화(寥化)를 임명한다. 우군영병사(右君領兵使)에 분위장군(奮威將軍) 박양정후(博陽亭侯) 마충(馬忠)과 무융장군(撫戎將軍) 관내후(關內侯) 장억(張嶷)을 임명한다.

행중군사(行中軍師)는 거기장군(車騎將軍) 도향후(都鄉侯) 유염(劉琰), 중감군(中監軍)은 양무장군(揚武將軍) 등지(鄧芝), 중참군(中參軍)은 안원장군(安遠將軍) 마속이 각각 맡는다. 전장군에 도정후(都亭侯) 원침(袁綝), 좌장군에 고양후(高陽侯) 오의(吳懿), 우장군에 현도후(玄都侯) 고상(高翔), 후장군에 안락후(安樂侯) 오반(吳班)을 각각 임명한다.

영장사(領長史)에 수군장군(綏軍將軍) 양의(楊儀), 전장군에 정남장군(征南將軍) 유파(劉巴), 전호군(前護軍)에 편장군(偏將軍) 한성정후(漢城亭侯) 허윤(許允), 좌호군(左護軍)에 독신중랑장(篤信中郎將) 정함(丁咸), 우호군(右護軍)에 편장군 유민(劉敏), 후호군(後護軍)에 전군중랑장(典軍中郎將) 관옹(官雝)을 각각 임명한다.

행참군(行參軍)은 네 명이다. 소무중랑장(昭武中郎將) 호제(胡濟), 간의장군(諫議將軍) 염안(閻晏), 편장군 찬습(爨習), 비장군(裨將軍) 두의(杜義)를 각각 행참군으로 임명한다. 무략중랑장(武略中郎將)에 두기(杜祺), 수군도위(綏軍都尉)에는 성발(盛勃)을 임명한다.

종사(從事)에 무략중랑장 번기(樊岐), 전군서기(典軍書記)에 번건(樊建), 승상영사(丞相令史)에 동궐(董厥), 장전좌호위사(帳前左護衛使)에 용양장군(龍驤將軍) 관흥(關興), 우호위사(右護衛使)에 호익장군(虎翼將軍) 장포(張苞)를 각각 임명한다.

이상의 모든 관원들은 평북대도독(平北大都督) 승상(丞相) 무향후(武鄉

侯) 겸 익주목(益州牧) 지내외사(知內外事) 제갈량의 명을 따른다."

모든 자리를 정한 공명은 다시 이엄(李嚴)에게 격문을 보내 자신이 북벌을 나가는 동안 천구(川口)를 굳게 지켜 동오의 침입을 막도록 했다.

위를 정벌하러 군사가 떠나는 날은 건흥 5년(서기 227년) 3월 병인일(丙寅日)로 정했다.

그때 갑자기 막사 아래에서 한 노장이 뛰쳐나와 날카로운 목소리로 말하기를: "내 비록 나이는 들었지만, 염파(廉頗: 전국시대 조나라의 명장) 같은 용맹과 마원(馬援: 한무제 때의 명장) 같은 기백이 있소이다. 두 옛사람은 늙었음에도 끝까지 쓰임을 받았는데, 어찌하여 나는 쓰지 않는 것이오?"

모두들 보니 바로 조운이었다.

공명 曰: "내 남방을 평정하고 성도로 돌아와 보니 마맹기(馬孟起: 마초)가 병으로 죽어서 마치 한쪽 팔을 잃은 듯 애석했었소. 지금 장군의 연세가 많으신데 조금이라도 실수하는 날에는 한평생 드날린 영웅의 명성이 한순간에 흔들릴 수 있으며 촉군의 사기에도 영향을 줄 수 있지 않겠습니까?"

조운이 언성을 높이며 말하기를: "내가 선주를 따라다닌 이래 싸움에 나가 물러선 적이 없고 적을 만나면 언제나 앞장서 싸웠소이다. 대장부가 싸움터에서 싸우다 죽으면 그보다 큰 행운이 어디 있을 것이며 무슨 한이 있겠소! 부디 저를 선두 부대의 선봉으로 삼아주시오!"

공명은 조운을 극구 말렸다.

조운 曰: "승상께서 저를 선봉으로 삼지 않으시면 이 계단에 머리를 짓찧고 죽어 버리겠소이다!"

공명 曰: "장군께서 기어이 선봉으로 나서시겠다면 반드시 한 사람을 데려가십시오."

말이 미처 끝나기도 전에 한 사람이 나서며 말하기를: "제가 비록 재주는 없지만 노장군을 도와 먼저 군사를 거느리고 가서 적을 무찌르겠습니다."

공명이 보니 그는 등지(鄧芝)였다. 공명은 매우 기뻐하면서 즉시 정예병 5천 명과 부장(副將) 10명을 골라 조운과 등지를 따라가도록 했다.

공명이 군사를 거느리고 출발하니, 후주는 백관들을 데리고 북문 밖 10리까지 나가 전송했다. 후주에게 하직 인사를 한 공명은 깃발로 들판을 뒤덮고 창과 칼로 숲을 이루며 군사를 거느리고 한중(漢中)을 향해 서서히 발길을 옮겼다.

한편 변방에 있던 위의 정탐꾼들은 이런 사실을 탐지하여 낙양에 보고했다. 그날 조예가 조회를 열자 가까운 신하가 아뢰기를: "변방의 정탐꾼이 와서 보고하기를, 제갈량이 30만 대군을 거느리고 한중에 와서 주둔하고 있으며 조운과 등지가 선두 부대의 선봉이 되어 우리 지경에 이미 들어왔다고 합니다."

몹시 놀란 조예가 여러 신하에게 묻기를: "누가 대장이 되어 촉군을 물리치겠는가?"

한 사람이 나서며 말하기를: "신의 아비가 한중에서 세상을 떠났지만, 원수를 갚지 못해 이를 갈고 있었사옵니다.(제 71회 참고) 이제 촉의 군사들이 우리의 국경을 침범했으니 신이 본부의 맹장들을 데리고 가서 폐하께서 관서의 군사들을 저에게 내려주시면 그들을 거느리고 나가 촉군을 쳐부수겠사옵니다. 그리하여 공적으로는 나라를 위해 충성을 다하고 사적으로는 제 부친의 원수를 갚을 수만 있다면 신은 만 번을 죽어도 마다하지 않을 것이옵니다."

사람들이 모니 그는 바로 하후연의 아들 하후무(夏侯楙)였다.

하후무의 자는 자휴(子休)로 성격이 매우 급하고 또 인색했다. 그는 어릴 때 하후돈의 양자로 들어갔다. 하후연이 황충에게 죽자 조조가 그를 가엽게 여겨 자신의 딸 청하공주(淸河公主)를 하후무에게 시집보내 그를 부마(駙馬: 왕의 사위)로 삼았다. 그래서 조정에서는 그를 매우 공경했다. 그는 비록 병권을 가지고 있었지만, 아직 싸움터에 직접 나간 적이 한 번도 없었는데 이때 처음 출정하겠다고 나선 것이다.

조예는 즉시 그를 대도독으로 삼아 관서 지역의 모든 군사를 움직여 앞으로 나아가 적을 막도록 했다.

사도 왕랑(王朗)이 간하기를: "아니 됩니다. 하후 부마는 여태껏 싸움터에 나가 본 경험이 한 번도 없는데 지금 그에게 그런 대임을 맡기시는 것은 옳지 않습니다. 게다가 제갈량은 지모가 누구보다 많고 도략(韜略)도 통달한 자인데 그런 적을 가벼이 보아서는 안 됩니다."

하후무가 그를 꾸짖기를: "사도는 제갈량과 결탁하여 안에서 호응하려는 게 아니오? 나는 어렸을 때부터 부친께 도략을 배워 병법은 누구보다 더 많이 알고 있는데 그대는 어찌하여 내가 어리다고 깔보는 것이오? 내가 만약 제갈량을 사로잡지 못한다면 결코 돌아와 천자를 뵙지 않을 것이오!"

왕랑을 비롯한 신하 어느 누구도 감히 나서서 말을 할 수 없었다. 하후무는 위주에게 하직 인사를 하고 밤낮으로 장안으로 달려가 관서 지역의 모든 군사 20여만 명을 동원하여 공명과 싸우러 나갔다.

이야말로:

흰 대장기 잡고 전군을 지휘하게 하면서 欲秉白旄麾將士
어찌하여 애송이에게 병권을 맡기려는가 却敎黃吻掌兵權

승부가 어찌 될지 궁금하거든 다음 회를 기대하시라.

제 92 회

조운은 힘을 떨쳐 다섯 장수 목을 베고
제갈량은 꾀를 내어 세 개 성을 빼앗다

趙子龍力斬五將

諸葛亮智取三城

한편 군사를 거느리고 면양(沔陽)에 이른 공명은 근처에 있는 마초의 무덤을 지나게 되자 그의 사촌 아우 마대(馬岱)에게 상복을 입게 하고 자신이 직접 가서 제사를 지내주었다. 제사를 마치고 영채로 돌아와 진군할 일을 상의하는데 정탐꾼이 와서 보고하기를: "위주 조예가 그의 부마 하후무로 하여금 관중 여러 곳의 군사를 모아 우리와 대적하기 위해 이쪽으로 오고 있습니다."

위연이 막사로 들어와 계책을 올리기를: "하후무는 부유한 집안의 자제(膏粱子弟)로 나약하고 꾀가 없습니다. 저에게 정예병 5천 명만 내어 주시면 포중(褒中)으로 나아가 진령(秦嶺)을 따라 동쪽으로 가다가 자오곡(子午谷)에 이르러 북쪽으로 올라가면 열흘 안에 장안에 도착할 수 있습니다. 하후무는 만약 제가 그쪽으로 쳐들어왔다는 말을 들으면 틀림없이 성을 버리고 횡문(橫門)의 저각(邸閣: 곡물창고) 쪽으로 달아날 것입니다. 그때 저는 동쪽에서 쳐들어가고 승상께서는 대군을 휘몰아 야곡(斜谷)에서 진군해오시면 함양(咸陽) 서쪽 일대는 일거에 평정할 수 있습니다."

공명이 웃으며 말하기를: "그것은 완전한 계책이라고 할 수 없네. 장군은 중원에는 유능한 인물이 없을 거라 얕보고 있는데, 만약 누군가 건의하여 산골짜기 속에서 매복해 있다가 우리의 길을 끊고 쳐들어온다면, 5천 명의 군사가 해를 입음은 물론 우리 군 전체의 사기도 꺾이고 말 것이니 절대로 그 계책은 쓸 수 없네."

위연이 또 말하기를: "승상의 군사가 큰길로 나아가면 저들은 틀림없이 관중의 군사를 모두 일으켜 길을 막고 맞서 싸울 것이니, 결국 시일이 오래 걸릴 것입니다. 그러면 어느 세월에 중원을 얻을 수 있겠습니까?"

공명 曰: "나는 농우(隴右)로부터 평탄한 큰길을 따라 병법에 의거하여 진군할 것인데 어찌 이기지 못할까 봐 걱정하겠소?"

위연은 끝내 자신의 계책을 받아 주지 않는 공명이 야속하기만 했다. 공명은 조운에게 사람을 보내 앞으로 진군하도록 했다.

한편 하후무는 장안에서 관서 지역의 모든 군사들을 불러 모았다. 이때 서량(西凉)의 대장 한덕(韓德)이 서강의 여러 지방에서 불러 모은 8만 명의 군사를 이끌고 왔는데 그는 칼이나 창 대신 큰 도끼를 쓰는 장수로 이른바 산도 쪼갠다는 개산대부(開山大斧)를 잘 쓰기로 유명하여 혼자서 만 명의 군사도 거뜬히 당해낼 수 있을 만큼 용맹스러웠다.

하후무는 한덕에게 큰 상을 내리고 곧바로 그를 선봉으로 삼아 싸우러 보냈다. 한덕에게는 네 명의 아들이 있었는데, 첫째는 한영(韓瑛), 둘째는 한요(韓瑤), 셋째는 한경(韓瓊), 넷째는 한기(韓琪)였다. 그들은 모두 무예에 정통하고 말타기와 활쏘기 실력도 매우 뛰어났다. 한덕은 네 아들과 서강 병사 8만 명을 이끌고 봉명산(鳳鳴山)에 이르는 길을 가다가 촉의 군사와 마주쳤다.

양쪽 군사들이 서로 마주 보고 진을 친 가운데 한덕이 네 아들을 좌우에 데리고 말을 타고 나왔다.

한덕이 날카로운 목소리로 꾸짖기를: "나라를 배반한 역적 놈아! 어찌 감히 우리 경계를 침범하느냐?"

조운이 크게 화를 내며 창을 꼬나들고 달려 나가 한덕에게 싸움을 걸었다. 한덕의 맏아들 한영이 칼을 들고 달려 나와 조운에게 달려들었으나 그는 3합도 싸우지 못하고 조운의 창에 찔려 죽고 말았다. 그 모습을 본 둘째 한요가 칼을 휘두르며 말을 달려 나왔다. 조운은 지난날 범 같은 위엄을 보이며 한층 힘을 내 그를 맞아 싸웠다. 한요가 당해내지 못하는 것을 본 셋째 아들 한경이 급히 방천극을 꼬나들고 달려 나와 협공했다. 그러나 조운은 전혀 겁내지 않고 창을 놀리는 자세에 조금도 흐트러짐이 없었다. 넷째 아들 한가 역시 두 형이 이기지 못하는 것을 보고 그의 일월도(日月刀) 두 자루를 휘두르며 말을 달려 나와 셋이서 조운을 에워쌌다.

조운은 한 가운데서 세 장수와 맞서 싸웠다. 잠시 후 한기가 창에 찔려 말에서 굴러떨어지니 한덕의 진중에서 편장들이 급히 달려 나와 그를 구해 돌아갔다.

조운은 창을 끌며 곧바로 달아났다. 그때 한경이 방천극을 말안장에 걸어 놓고 급히 활을 잡고 화살을 연달아 세 대를 날렸으나 조운은 그것들을 모두 창으로 쳐서 땅에 떨어뜨렸다. 몹시 화가 난 한경은 다시 방천극을 손에 들고 말을 달려 조운을 쫓아갔으나 조운이 쏜 화살 한 대에 정통으로 얼굴에 맞아 말에서 굴러떨어져 죽고 말았다.

한요가 말을 달려 조운에게 다가가 보도를 번쩍 쳐들어 조운을 내리치려는 순간 조운이 창을 땅에 내던지고 번개처럼 보도를 피하면서 한요를 낚아채 사로잡아 진으로 돌아왔다. 그러고는 다시 말을 달려 창을 주워들고 적진으로 뛰어들었다.

네 아들이 순식간에 조운에게 당한 것을 본 한덕은 다시 조운이 달려오자 간담이 찢어질 듯 아팠지만 맨 먼저 진중으로 달아나 버렸다. 평소에도 조운의 명성을 익히 들어 알고 있던 서량의 군사들은 지금도 그 영용함이 예전 못지않은 것을 직접 목격했으니 누가 감히 싸우러 나서겠는가! 조운의 말이 이르는 곳마다 한덕의 군사들은 그저 달아나기 바빴다.

필마단창(匹馬單槍)으로 이리저리 적진을 휩쓸고 다니는 조운은 마치 무인지경(無人之境)에 들어가 있는 듯했다. 후세 사람이 그를 칭찬하여 시를 지었으니:

옛날의 상산 조자룡 그 이름 생생한데	憶昔常山趙子龍
나이 일흔 넘어서도 기이한 공 세우네	年登七十建奇功
홀로 네 장수를 죽이고 적진을 휩쓰니	獨誅四將來衡陣
바로 당양에서 주인 구한 그 영웅이네	猶似當陽求主雄

조운이 크게 이긴 것을 본 등지가 촉군을 이끌고 몰아치니 서량의 군사들은 크게 패하여 달아났다. 하마터면 조운에게 사로잡힐 뻔했던 한덕은 갑옷마저 벗어 버리고 걸어서 도망쳤다. 조운은 등지와 함께 군사를 거두어 영채로 돌아왔다.

등지가 승전을 축하하며 말하기를: "장군은 연세가 이미 칠순이신데 영용하시기는 예전과 전혀 다름이 없습니다. 오늘 싸움에서 장수 네 명을 혼자 해치웠으니 세상에 이런 일이 또 있겠습니까?"

조운 曰: "승상은 내가 늙었다고 써 주시려 하지 않아 일부러 과시를 좀 했을 뿐이오."

그러고는 곧바로 사로잡은 한요를 사람을 시켜 공명에게 압송해 보내고 승전보도 올렸다.

한편 패군을 이끌고 돌아간 한덕은 하후무를 보고 울면서 아들 잃은 일을 하소연했다. 하후무는 직접 군사를 이끌고 조운과 싸우러 갔다. 정탐꾼이 이 사실을 재빨리 알아내어 촉군의 영채에 보고했다. 조운은 말에 올라 창을 들고 1천여 명의 군사만 이끌고 봉명산 앞에 가서 미리 진을 쳤다.

이때 하후무는 황금 투구를 쓰고 백마를 타고 대감도(大砍刀)를 손에 들고 문기 앞에 서 있었는데 조운이 창을 꼬나들고 이리저리 왔다 갔다 하는 것을 보고 자신이 직접 나가서 싸우려 했다.

한덕 曰: “아들 넷을 잃은 원수를 내 어찌 갚지 않겠습니까?”

그는 개산대부를 휘두르며 말을 달려 조운에게 덤벼들었다. 몹시 화가 난 조운이 창을 꼬나들고 그를 맞았다. 두 사람이 어우러져 싸운 지 불과 3합 만에 한덕은 조운의 창에 찔려 말에서 떨어져 죽었다. 조운은 급히 말머리를 돌려 하후무에게 달려들었다. 깜짝 놀란 하후무는 황급히 본진 속으로 달아나 버렸다. 등지가 곧바로 군사를 휘몰아 쳐들어가니 위병은 또다시 크게 패해 10여 리를 물러나 영채를 세웠다. 그날 밤 하후무는 여러 장수들과 밤새 대책을 상의하며 말하기를: “내가 조운이란 이름은 오래전부터 들어왔지만, 얼굴을 본 것은 오늘이 처음이오. 그는 비록 늙었지만, 그 영용함은 여전하니, 과연 지난날 당양 장판파에서 있었던 일(제 41회 참고)을 비로소 믿을 만하오. 그를 대적할 사람이 없으니 어찌하면 좋겠소?”

정욱(程昱)의 아들인 참군 정무(程武)가 나서며 말하기를: “제 생각에 조운은 용맹하지만, 지모가 없으니 그리 걱정하실 것 없습니다. 내일 도독께서 다시 군사를 이끌고 나가 싸우시되 먼저 좌우에 군사를 매복해 두십시오. 도독께서는 나가 싸우시다가 물러나며 조운을 매복 장소로 유인하십시오. 그런 다음 도독께서는 산으로 올라가 사방의 군사를 지휘해 그를 포위해 버리면 조운을 사로잡을 수 있습니다."

하후무는 그의 계략에 따라 곧바로 동희(董禧)에게 군사 3만 명을 주어 왼쪽에 매복하라 이르고, 설칙(薛則)에게도 군사 3만 명을 주어 오른쪽에 매복해 있으라고 했다. 두 사람은 군사를 이끌고 매복 장소로 갔다.

다음 날 하후무는 다시 징과 북을 울리며 깃발들을 정돈하여 군사를 거느리고 나아갔다. 조운과 등지가 맞이하러 나갔다. 등지가 조운에게 말 위에서 말하기를: "어젯밤 저들이 대패하고 오늘 다시 이렇게 온 것을 보면 틀림없이 무슨 속임수가 있을 것입니다. 노장군께서는 이를 대비하셔야 합니다."

자룡 曰: "저까짓 젖비린내 나는 애송이가 설령 속임수를 쓴다고 별 수 있겠나! 내 오늘은 기필코 사로잡고 말 테다!"

그는 곧바로 말을 달려 나갔다. 위의 장수 반수(潘遂)가 달려 나와 그를 맞섰으나 3 합도 못 싸우고 말머리를 돌려 달아났다. 조운이 그 뒤를 쫓아가는데 위군 진영에서 하후무를 포함한 여덟 명의 장수가 한꺼번에 달려 나와 막아서더니 하후무가 말머리를 돌려 달아나자 그들 모두가 하후무를 보호하며 달아나기 시작했다. 승기를 잡았다고 생각한 조운이 그 뒤를 계속 추격했다. 그러자 등지도 군사를 이끌고 나아갔다.

조운이 이미 적진 깊숙이 들어갔는데 갑자기 사면에서 함성이 크게 울렸다. 깜짝 놀란 등지가 황급히 군사를 돌리려 하는데 왼쪽에서는 동희가, 오른쪽에서는 설칙이 거느린 군사들이 물밀듯이 쏟아져 나왔다. 군사 수가 적은 등지는 조운을 구할 수가 없었다. 한가운데 둘러싸인 조운이 포위망을 뚫기 위해 좌충우돌했지만, 위병의 포위망은 갈수록 두터워졌다.

그때 조운이 거느린 군사는 고작 천여 명에 불과했다. 조운은 그들을 이끌고 위군을 맞아 싸우며 산비탈 아래에 이르러 보니 하후무가 산 위에서 군사를 지휘하고 있었다. 그는 조운이 동으로 가면 동쪽을 가리키고 서로 움직이면 서쪽을 가리키고 있으니 조운이 어찌 포위망을 뚫고 나갈 수 있겠는가!

조운은 군사를 이끌고 산 위로 올라가려 했지만 산 중턱에서 커다란 통나무들과 돌덩이들이 날아오니 도저히 올라갈 수도 없었다.

조운은 진시(辰時: 아침 7시에서 9시)부터 유시(酉時: 오후 5시에서 7시)까지 10시간을 계속해서 있는 힘을 다해 싸웠지만, 포위망을 뚫지 못했다. 그는 어쩔 수 없이 잠시 쉬었다 달이 뜨면 다시 싸울 요량으로 말에서 내려 갑옷을 벗고 자리에 앉았다. 막 달이 떠오르려고 하는데 갑자기 사방에서 불길이 치솟으며 북소리가 진동하며 돌과 화살이 비 오듯 했다. 이어서 위병들이 쳐들어오며 고함을 치기를: "조운은 어서 항복하라!"

조운은 급히 말에 올라 적을 맞았다. 그러나 위군들이 사방에서 점점 포위망을 압박해 들어오며 팔방에서 쇠뇌와 화살을 마구 쏘아대니 사람이고 말이고 한 걸음도 앞으로 나아갈 수 없었다.

조운은 하늘을 우러러보며 탄식하기를: "내 늙었음을 인정하지 않았더니 이곳에서 죽는구나!"

그때 갑자기 동북쪽에서 함성이 크게 일더니 위병들이 어지러이 달아나기 시작하면서 한 무리의 군사들이 쳐들어왔다. 앞장선 장수는 장팔점강모를 손에 들고 있었고 그가 탄 말의 목에는 머리 하나가 매달려 있는데 조운이 보니 그는 바로 장포였다.

장포는 조운을 발견하고 말하기를: "승상께서 혹시 노장군께 실수가 있을까 염려된다고 하시면서 군사 5천 명을 내어 주시면서 후원하라 하여 달려온 길입니다. 오는 길에 장군께서 포위되었다는 말을 듣고 겹겹이 포위망을 뚫고 들어오다가 마침 적장 설칙이 길을 막기에 제가 그를 죽이고 그의 목을 베어 가지고 왔습니다."

저승문 앞까지 왔다고 생각했던 조운은 너무나 기뻐, 곧 장포와 함께 서북쪽으로 길을 뚫고 짓쳐나갔다. 그런데 문득 보니 그쪽의 위병들도 창을 내버리고 달아나는데 바로 그 뒤에 한 무리의 군사들이 밖에서부터 고함을 지르며 쳐들어오는 것이 아닌가!

앞장 선 대장은 한 손에 청룡언월도를 들고 또 한 손에는 사람의 머리를 들고 있었다. 조운이 보니 그는 바로 관흥이었다.

관흥 曰: "승상의 명을 받들어 혹시 노장군께서 실수하지 않을까 염려되어 일부러 군사 5천 명을 이끌고 지원하러 왔습니다. 방금 위의 장수 동희를 만나 한칼에 그를 베어 버리고 그의 머리를 들고 왔습니다. 승상께서도 뒤이어 곧 당도하실 것입니다."

조운 曰: "두 장군은 이미 특별한 공을 세웠는데 기왕에 아예 오늘 하후무를 사로잡아 대사를 끝장내 버리면 어떻겠는가?"

그 말을 들은 장포는 곧바로 군사를 이끌고 떠났다.

관흥 曰: "저도 공을 세우러 갈 것입니다."

그 역시 군사를 이끌고 떠나갔다.

조운은 좌우를 돌아보며 말하기를: "저 두 사람은 모두 내 조카뻘인데도 앞다투어 공을 세우려 하거늘, 나는 나라의 상장군이자 조정의 오랜 신하인데도 이 아이들보다 못하단 말이냐? 내 마땅히 늙은 목숨을 버리는 한이 있더라도 선제의 은혜에 보답을 해야겠구나!"

조운 역시 군사를 이끌고 하후무를 잡으러 떠나갔다.

이날 밤 세 방면의 군사들이 협공하여 위군을 한바탕 크게 무찔렀다. 등지도 군사를 이끌고 가서 지원하니, 죽은 위병들의 시신이 들판을 뒤덮고 피는 흘러 내를 이루었다.

하후무는 지모가 없을 뿐만 아니라 나이도 어리고 또 싸워본 경험조차 없으니 군사들이 큰 혼란에 빠지자 곧바로 가까이에 있던 장수 1백여 명만 데리고 남안군을 향해 달아났다. 모든 군사들은 자신의 주장(主將)이 달아난 것을 보고 모조리 흩어져 도망쳤다.

관흥과 장포 두 장수는 하후무가 남안군 쪽으로 달아났다는 말을 듣고 밤새 그 뒤를 쫓았다. 가까스로 남안 성 안으로 들어간 하후무는 성문을 굳게 걸어 잠그고 군사들에게 철통같이 지키게 했다. 관흥과 장포가 쫓아가 성을 에워싸고 조운도 이르러 삼면에서 공격을 시작했다. 잠시 후 등지도 군사를 이끌고 당도했다. 열흘 동안이나 성을 포위하고 공격했지만, 성을 함락시키지 못했다.

그때 보고가 들어오기를 승상께서 후군은 면양에 남겨 두고 좌군은 양평(陽平)에, 우군은 석성(石城)에 주둔시키고 자신이 직접 중군을 이끌고 왔다고 했다. 조운·등지·관흥·장포 등은 함께 가서 공명에게 문안 인사를 한 뒤, 연일 성을 공격했지만, 성을 함락시키지 못했다고 보고를 했다.

공명은 작은 수레를 타고 몸소 성 주위를 한 바퀴 둘러보고 막사 안으로 돌아와 자리에 앉았다. 여러 장수들은 그 주위에 둘러서서 명을 기다렸다.

공명 曰: "이 성은 참호가 깊고 성이 견고하여 공격하기 쉽지 않소. 내가 하려던 일은 이 성을 빼앗는 것이 아니네. 그대들이 이 성을 빼앗으려 시간을 허비하는 동안 혹시라도 위군이 군사를 나누어 한중을 취하게 되는 날에는 우리 군사들만 위험에 빠지게 될 것이네."

등지 曰: "하후무는 위의 부마(駙馬)이니, 이 사람만 사로잡으면 장수 1백 명을 죽이는 것보다 낫지 않겠습니까. 지금 그가 이곳에 포위되어 있는데 어떻게 그를 그냥 두고 이곳을 떠나갈 수 있겠습니까?"

공명 曰: "내게 따로 계책이 있네. 이곳은 서쪽으로는 천수군(天水郡)에 이어져 있고 북으로는 안정군(安定郡)에 닿아 있는데 두 군의 태수가 누구인지 혹시 아는가?"

정탐꾼이 대답하기를: "천수 태수는 마준(馬遵)이고 안정 태수는 최량(崔諒)입니다."

공명은 매우 좋아하며 위연을 불러 여차여차하라고 계책을 일러주었다. 또한 관흥과 장포를 불러 여차여차하라고 계책을 주었다. 그리고 심복 군사 두 명도 불러 계책을 주면서 여차여차하라고 지시했다. 각 장수들이 명을 받고 군사를 이끌고 떠나갔다.

그런 뒤 공명은 남안성 밖에 있으면서 군사들로 하여금 건초 더미와 나뭇가지 등을 성 밑에 높이 쌓아 올리게 한 뒤, 성을 불태울 것이라고 소리치게 했다. 그런 황당한 소리를 들은 위의 군사들은 그저 비웃기만 할 뿐 전혀 겁을 먹지 않았다.

한편 성 안에 있던 안정 태수 최량은 촉군이 남안성을 포위하고 하후무가 그 성 안에 갇혀있다는 소식을 듣고 몹시 걱정을 하며 군사 4천 명을 골라 성을 단단히 지키고 있었다. 그때 갑자기 한 사람이 남쪽에서 찾아와 전해 줄 군사 기밀이 있다고 말했다.

최량이 그를 불러들여 무슨 일이냐고 묻자 그가 대답하기를: "저는 하후무 도독 휘하의 심복 장수 배서(裵緖)라는 사람이오. 지금 도독의 군령을 받들어 특별히 천수군과 안정군에 구원을 청하러 왔소. 남안성은 지금 매우 위험한 상황에 처해 있어 매일 성 위에서 불울 피워 신호를 보내 구원병이 오기만을 학수고대하고 있는데 전혀 구원병이 오는 기미가 보이지 않았소. 그래서 도독께서는 이 사람을 보내 겹겹의 포위망을 뚫고 이곳으로 가서 직접 위급함을 알리고 밤을 새워서라도 군사를 일으켜 바깥에서 호응해 주기를 바라고 있소. 도독께서는 두 군의 군사들이 당도하면 즉시 성문을 열고 달려 나와 호응할 것이오."

최량 曰: "도독의 문서는 있소이까?"

배서가 품속에 깊이 숨겨 두었던 문서를 꺼냈는데 이미 땀으로 흠뻑 젖어 있었다. 그는 최량에게 문서를 보여 주며 대충 읽게 하고는 다시 문서를 거두어 자신의 품속에 넣고 급히 수하에게 타고 왔던 말을 바꾸도록 하여 곧바로 성을 나가 천수로 떠났다.

이틀이 지나지 않아 다시 말을 탄 병사가 와서 보고하기를 천수 태수는 이미 군사를 일으켜 남안을 구원하러 떠났다고 하면서 안정군에서도 어서 빨리 호응하라는 것이었다.

최량은 여러 관원들과 상의했다.

여러 관원들이 말하기를: "만약 구하러 가지 않았다가 남안성이 함락되어 하후 부마를 잃게 된다면 그 죄가 모두 우리 두 군에 돌아올 것입니다. 즉시 구원병을 보내야 합니다."

최량은 즉시 군마를 점검하여 남안성으로 떠났다. 성에는 문관들만 남겨 두어 성을 지키게 했다. 최량이 군사를 이끌고 남안으로 이어지는 큰길로 들어서자 저 멀리 남안성에서 불길이 하늘로 치솟고 있었다. 최량은 군사를 더욱 재촉하여 밤새 길을 달렸다. 남안까지 가려면 아직도 50여리는 남았는데 갑자기 앞뒤에서 함성이 크게 울렸다.

정탐꾼이 보고하기를: "앞에서는 관흥이 길을 막고 있고, 뒤에서는 장포의 군사들이 쫓아오고 있습니다."

이 말을 들은 안정의 군사들은 사방으로 흩어져 달아났다. 최량은 몹시 놀라 수하 군사 1백여 명만 데리고 작은 길로 접어들어 죽기로 싸워 겨우 적의 포위를 벗어나 안정으로 돌아갔다. 막 성의 해자 근처까지 이르렀을 때 성 위에서 화살이 마구 쏟아졌다. 촉의 장수 위연이 성 위에서 소리치기를: "내 이미 성을 차지했느니라. 너는 어찌하여 빨리 항복하지 않느냐?"

사실 위연은 군사를 안정의 군사로 분장시켜 한밤중에 성문을 열게 하여 일시에 성을 점령해 버린 것이었다.

최량은 황급히 천수군을 향해 달려갔다. 그러나 얼마 가지 못해 전면에 한 무리의 군사가 늘어서 있는데, 큰 깃발 아래에 한 사람이 윤건(綸巾)을 쓰고 우선(羽扇)을 들고 학창(鶴氅)을 입고 수레 위에 단정히 앉아 있었다. 최량은 그가 제갈량임을 알아보고 급히 말머리를 돌려 달아났다.

관흥과 장포의 군사들이 뒤쫓아와 큰 소리로 외치기를: "빨리 항복하라!"

사면이 모두 촉의 군사들임을 안 최량은 어쩔 수 없이 항복하고 촉군의 영채로 끌려갔다. 하지만 공명은 그를 귀한 손님으로 대우해 주었다.

공명 曰: "그대는 남안 태수를 잘 아시오?"

최량 曰: "그 사람은 양부(楊阜)의 집안 동생 양릉(楊陵)입니다. 저와는 이웃 군(郡)이라 교분이 매우 두텁습니다."

공명 曰: "수고스럽지만, 그대가 성 안으로 들어가 하후무를 사로잡자고 양릉을 설득할 수 있겠소?"

최량 曰: "승상께서 만약 저를 믿고 보내시겠다면 잠시 군사들을 뒤로 물리십시오. 그러면 제가 성 안으로 들어가 양릉을 설득시키겠습니다."

공명은 그의 요구를 들어주었다. 즉시 사면의 군사를 20리 뒤로 물러나라고 지시했다.

최량은 혼자 말을 몰아 남안성 밑에 이르러 큰 소리로 성문을 열라고 외쳐 부중으로 들어가 양릉과 인사를 나눈 뒤 지금까지의 일을 자세히 설명했다.

양릉 曰: "우리는 위주(魏主)의 은혜를 크게 입었는데 어찌 그를 배반할 수 있겠소? 우리가 저들의 계책을 역으로 이용(將計就計)하면 될 것 아니오."

양릉은 최량을 데리고 하후무를 찾아가 그동안의 자초지종을 소상히 보고했다.

하후무 曰: "어떤 계책을 쓰는 게 좋겠소?"

양릉 曰: "제가 성을 바치겠다고 성문을 열어 촉의 군사들을 들어오도록 속인 뒤 성 안에서 죽여 버리면 됩니다."

최량은 그의 계책에 따라 성을 나가 공명에게 말하기를: "양릉이 성문을 열어 대군이 성내로 들어가 하후무를 사로잡자고 합니다. 양릉이 스스로 하후무를 사로잡으려 했으나 수하에 용맹스런 군사가 많지 않아 경솔하게 움직일 수 없다고 합니다."

공명 曰: "이 일은 지극히 쉬운 일이오. 지금 그대에게는 항복해 온 군사 1백여 명이 있으니 그 안에 우리 촉의 장수를 몰래 숨겨 안정군 군사처럼 위장하여 성으로 들어가서 하후무의 부중에 매복해 두시오. 그런 다음 은밀히 양릉과 약속하여 한밤중에 성문을 열어 안팎이 서로 호응하면 될 것이오."

최량은 속으로 생각하기를: '만약 촉의 장수를 데려갈 수 없다고 하면 공명이 의심할 것이니 일단 데리고 들어가서 안에서 먼저 죽이고 나서 불을 올려 신호를 보내 공명을 안으로 들어오도록 유인해서 죽이면 될 것이다.'

그러고는 공명이 하자는 대로 따랐다.

공명이 부탁하기를: "내가 신임하는 장수 관흥과 장포를 그대를 따라 가도록 보낼 것이니, 그대는 구원병을 데려왔다는 핑계로 성 안으로 들어가서 하후무를 안심시키시오. 신호불이 오르면 내 직접 성 안으로 쳐들어가 그를 사로잡을 것이오."

황혼 무렵 공명의 비밀 계책을 받은 관흥과 장포는 갑옷에 투구를 쓰고 말에 올라 각자 병장기를 들고 안정의 군사들 속에 끼여 최량을 따라 남안성 아래에 이르렀다.

양릉이 성 위에서 머리 위를 방어하는 현공판(懸空板)을 받치고, 호심란(護心欄)[24]에 몸을 기대어 서서 묻기를: "무슨 군사들이오?"

최량 曰: "안정에서 구원병이 도착했소."

그러고는 신호 화살을 쏘아 보냈는데 그 화살에는 밀서가 달려 있었는데 그 내용은: "지금 제갈량이 두 장수를 들여보내 성 안에 매복시켜 놓고 안팎으로 호응하려고 하오. 우리의 계책이 누설될 수도 있으니 그들을 놀라게 하지 말고 부중에 들어간 다음에 도모하도록 하시오."

양릉이 하후무에게 그 밀서를 내보이며 자세히 설명했다.

하후무 曰: "제갈량이 우리의 계책에 걸려들었으니 도부수 1백여 명을 부중에 매복시켜 놓으시오. 두 장수가 최 태수를 따라 부중 안으로 들어와 말에서 내리거든 즉시 문을 닫고 목을 베시오. 그런 다음 성 위에서 신홋불을 올려 제갈량을 유인하여 성 안으로 들어오면 복병들이 일제히 뛰쳐나와 제갈량을 사로잡도록 하시오."

준비를 마친 양릉이 성 위로 다시 올라가서 말하기를: "안정에서 온 지원군이라니 성 안으로 들여보내라."

관흥은 최량을 따라 먼저 들어가고 장포는 후미를 따랐다. 양릉이 성 위에서 내려와 성문에서 그들을 영접했다. 그 순간 관흥이 칼을 들어 내리쳐 양릉을 베어 말에서 떨어뜨렸다. 깜짝 놀란 최량이 말머리를 돌려 조교 쪽으로 달아났으나 후미에 있던 장포가 호통을 치기를: "역적 놈, 게 섯거라! 네놈들의 간교한 계책으로 승상을 속일 수 있을 것 같으냐?"

장포가 창을 쳐들어 단번에 최량을 찔러 말 아래로 떨어뜨렸다. 관흥은 이미 성 위로 올라가서 신홋불을 올렸다. 사방에서 일제히 촉의 군사들이 밀려 들어오니 하후무는 미처 손을 쓸 새도 없어서 남문을 열고

---

24 화살 등을 방어할 수 있는 난간. 역자 주.

수하 군사들과 함께 밖으로 뛰쳐나왔다.

그때 한 무리의 군사들이 앞을 가로막았는데, 앞선 대장은 바로 왕평이었다. 두 사람이 어우러져 싸우기를 겨우 한 합 만에 왕평은 이미 하후무를 사로잡아 버렸다. 나머지 군사들은 모두 죽임을 당했다.

공명은 남안 성에 들어가 그곳 군사와 백성을 위무하고 촉군으로 하여금 그곳 백성들의 털끝 하나 건드리지 못하게 했다. 모든 장수들은 각자의 공로를 보고했다. 공명은 하후무를 수레 안에 가두어 두도록 했다.

등지가 묻기를: "승상께서는 최량이 속임수를 쓰려한 것을 어찌 아셨습니까?"

공명 曰: "나는 이미 그가 항복할 마음이 없다는 것을 알았기 때문에 일부러 그를 성 안으로 들여보낸 것이오. 그는 틀림없이 모든 사정을 하후무에게 알려주고 우리의 계책을 역이용할 것으로 생각했소. 나는 그가 다시 와서 하는 말을 듣고 그 속임수를 훤히 들여다보고 두 장수를 함께 가게 하여 그를 안심시킨 것이오. 그가 만약 진심으로 항복했다면 위험하니 가지 말라고 말려야 하는 것이오. 또 그가 흔쾌히 함께 간 것은 내가 그를 의심할까 두려웠기 때문이오. 그는 속으로 생각하기를 두 장수가 함께 가면 성 안으로 들어간 후 죽이더라도 늦지 않을 것이며, 또 우리 군사들도 두 장수와 함께 가니 안심하고 들어갈 것으로 판단한 것이오.

나는 이미 두 장수에게 은밀히 지시하여 그들을 성문 아래에서 죽이라고 했소. 그들은 부중 안에 모든 준비를 해 놓고 성문 쪽에는 틀림없이 준비하지 않았을 것이니 우리 군사들에게 곧바로 따라가도록 했던 것이오. 이것이 바로 '그들의 생각이 미치지 않는 틈을 타서 행동한다(出其不意).'는 것이오."

모든 장수들은 탄복하여 절을 올렸다.

공명 曰: "최량을 속일 수 있었던 것은 나의 심복 한 사람이 위군 장수 배서로 위장하여 안정군에 들여보냈기 때문이오. 나는 또 그에게 천수군 태수도 가서 속이도록 했는데 여태껏 돌아오지 않고 있으니 어찌된 영문인지 모르겠소. 지금 이러고 있을 때가 아니오. 승세를 몰아 천수군도 취해야 하오."

공명은 오의에게 남아서 남안군을 지키게 하고 유염을 안정군으로 보내 대신 지키게 하고 그곳에 있는 유연에게 군사를 이끌고 천수군을 치러 가도록 했다.

한편 천수군 태수 마준(馬遵)은 하후무가 남안성 안에 갇혀있다는 소식을 듣고 문무 관원들을 모아 상의했다.

공조(功曹) 양서(梁緖)·주부(主簿) 윤상(尹賞)·주기(主記) 양건(양건) 등이 말하기를: "하후 부마는 황실의 금지옥엽(金枝玉葉)의 귀하신 몸인데 잘못되기라도 하시면 앉아서 구경만 한 죄를 면치 못할 것입니다. 태수께서는 어찌하여 군사를 모두 일으켜 구원하러 가시지 않습니까?"

하지만 마준은 걱정되는 점도 많아 쉽게 결정을 내리지 못하고 망설이고 있는데 갑자기 보고가 들어오기를 하후 부마께서 심복인 배서 장군을 보내왔다고 했다. 부중으로 들어온 배서가 공문을 꺼내서 마준에게 보여 주며 말하기를: "도독께서는 안정과 천수 두 군의 군사가 밤을 새워서라도 빨리 와서 도우라고 하셨습니다."

말을 마친 배서는 서둘러 떠나갔다. 다음 날 다시 말을 탄 병사가 와서 말하기를: "안정의 군사들은 이미 떠나갔으니 태수께서도 화급히 가셔서 군사를 합류하라 하십니다."

마준은 더 이상 미룰 수 없어 군사를 일으키려 하는데 갑자기 한 사람이 들어와 말하기를: "태수께서는 제갈량의 계략에 걸려든 것이오."

사람들이 보니 그는 천수군 기현(冀縣) 사람으로 성은 강(姜), 이름은 유(維), 자는 백약(伯約)이라 하는 사람이었다. 그의 부친 강경(姜冏)은 지난날 천수군의 공조를 지낸 적이 있는데 강인(羌人)들이 난을 일으켰을 때 그 난을 진압하다 죽었다.

강유는 어릴 적부터 다방면의 책을 두루 읽고 특히 병법과 무예에도 능했다. 또한 모친을 지극정성으로 모시고 있어 군(郡)의 많은 사람들이 그를 존경했다. 마침 그때 강유는 중랑장으로 본부의 군사 일을 맡고 있었다.

그날 강유는 마준에게 말하기를: "근자에 들으니 하후무는 제갈량에게 크게 패하고 남안성 안에 갇혀 있고 제갈량이 물샐틈없이 에워싸고 지키고 있다고 합니다. 그런데 어떻게 겹겹의 포위망을 뚫고 사람이 나올 수 있겠습니까? 또한 배서라는 사람은 이름 없는 하급 장수인지 몰라도 누구도 얼굴조차 본 적이 없습니다. 게다가 안정에서 왔다는 소식을 전하러 온 말 탄 병사는 공문도 없습니다. 이런 점으로 미루어 볼 때, 배서라는 사람은 촉의 장수로서 위의 장수를 사칭한 것으로 태수를 속여 성을 나가도록 한 다음 성에 방비가 없는 틈을 이용하여 근처에 매복시켜 놓은 군사로 하여금 천수를 취하려는 계략이 틀림없습니다."

마준은 그제야 크게 깨닫고 말하기를: "백약이 아니었더라면 그만 간교한 계략에 빠질 뻔했소이다!"

강유가 웃으며 말하기를: "태수께서는 마음 놓으십시오. 제게 계책이 하나 있으니, 제갈량을 사로잡아 남안을 위기에서 구하겠습니다."

이야말로:

계책을 쓰다보면 강한 적수를 만나고	運籌叉遇强中手
지혜를 겨루다 뜻밖의 사람 마주치네	鬪智還逢意外人

그 계책이 어떠한 것인지 궁금하거든 다음 회를 기대하시라.

제 93 회

강백약은 마침내 공명에게 항복을 하고 무향후는 왕랑에게 모욕을 주어 죽이다

姜伯約歸降孔明

武鄉侯罵死王朗

강유가 마준에게 계책을 올리며 말하기를: "제갈량은 틀림없이 우리 군(郡) 배후에 군사를 매복해 두고 속임수로 우리 군사들이 성을 나오게 한 다음, 그 틈을 노려 기습을 노리고 있습니다. 제게 정예병 3천 명만 주시면 주요 길목에 매복하고 있겠으니 태수께서는 군사를 이끌고 성을 나와 30리쯤 가셨다가 되돌아와 불길이 일어나는 것을 신호로 앞뒤에서 협공한다면 크게 이길 수 있습니다. 제갈량이 직접 온다면 내 반드시 그를 사로잡고 말겠습니다."

마준은 그 계책을 쓰기로 하고 강유에게 정예병을 주어 먼저 떠나보냈다. 그리고 자신은 양건과 함께 군사를 이끌고 성을 나가 기다리며 양서와 윤상에게 남아서 성을 지키게 했다.

공명은 강유의 예상대로 조운에게 한 무리의 군사를 이끌고 가서 산속에 매복해 있으면서 천수의 군사들이 성을 나가기를 기다렸다가 그 틈을 타서 성을 기습하도록 지시해 두었었다.

그날 정탐꾼이 돌아와 조운에게 보고하기를 천수 태수 마준이 이미 군사를 이끌고 성을 나왔으며 성은 문관들만 남아서 지키고 있다고 했다. 조운은 매우 기뻐하며 곧 장익과 고상에게 이 정보를 알려주고 중요 길목에서 마준을 차단하고 공격하도록 지시했다. 그 두 곳의 군사 역시 공명이 미리 매복시켜 놓은 것이다.

조운은 군사 5천 명을 이끌고 천수성 아래 이르러 큰 소리로 외치기를: "나는 상산 조자룡이다! 너희는 계략에 빠진 것을 알고 있느냐? 순순히 성을 내놓는다면 목숨만은 살려줄 것이다!"

양서가 성 위에서 껄껄 웃으며 말하기를: "너희야말로 우리 강백약의 계략에 걸려들었는데 아직도 그것을 모르고 있느냐?"

조운이 막 성을 공격하려고 할 때 갑자기 함성이 크게 일면서 사방에서 불길이 치솟더니 젊은 장수 하나가 창을 비껴들고 말을 달려오며 외치기를: "너는 천수의 강백약을 본 적이 있느냐?"

조운은 창을 꼬나들고 곧바로 강유에게 달려들었다. 두 장수가 서로 어우러져 몇 합 겨루었는데 강유는 싸울수록 기력이 더욱 왕성해졌다.

조운은 내심 놀라기를: "여기서 이런 인물을 만나다니!"

한창 싸우고 있을 때 다시 양쪽에서 군사들이 협공해 왔다. 마준과 양건이 군사를 이끌고 되돌아온 것이다. 협공을 받은 조운은 선두와 후미 부대 군사를 동시에 돌볼 수 없게 되자 겨우 길을 열어 패한 군사를 이끌고 달아났다. 강유가 그 뒤를 쫓아왔다. 그러나 다행히 장익과 고상이 군사를 이끌고 나타나 조운을 맞이하여 돌아갔다.

조운은 돌아가서 공명에게 적의 계책에 걸려들었다고 말하자 공명이 놀라며 묻기를: "그가 도대체 누구기에 나의 계책을 알아냈단 말인가?"

남안 사람 하나가 고하기를: "그 사람은 성이 강(姜), 이름은 유(維), 자는 백약(伯約)이라고 하는 천수 기현(冀縣) 사람입니다. 그는 효성이 지극하여 모친을 모시고 있으며, 문무(文武)와 지용(智勇)을 모두 갖추고 있는 진정한 이 시대의 젊은 영걸(英傑)입니다."

조운 역시 강유의 창 쓰는 법이 예사로운 솜씨가 아니라고 칭찬했다.

공명 曰: "내가 천수를 취하려 하면서도 그런 인물이 있는 줄 모르다니!"

공명은 곧바로 대군을 거느리고 앞으로 나아갔다.

한편 강유는 돌아가서 마준에게 말하기를: "조운이 패하고 돌아갔으니 틀림없이 공명이 직접 올 것입니다. 그들은 필시 우리가 성 안에만 있을 것으로 생각하고 있을 것이니 지금 군사를 네 방면으로 나누어야 합니다. 제가 한 무리의 군사를 이끌고 성 동쪽에 매복해 있다가 적의 군사가 당도하면 길을 차단할 것입니다. 태수께서는 양건·윤상과 함께 각기 한 무리의 군사를 이끌고 성 밖에 매복하시고, 양서는 백성들을 데리고 성을 지키십시오."

마준은 강유의 말에 따라 군사를 나누어 배치했다.

한편 공명은 강유가 마음에 걸려 자신이 직접 선봉 부대를 이끌고 천수군을 향해 갔다. 성 근처에 이르러 공명이 명을 내리기를: "무릇 성을 치려면 도착하자마자 전군의 사기가 최고조일 때 전군을 독려해, 북 치고 함성을 지르며 일제히 성을 공격해야 한다. 만약 시일을 오래 끌다 보면 사기가 떨어져 성을 쳐부수기가 어렵다."

공명의 명령에 따라 대군은 곧바로 성 밑에 이르렀다. 하지만 막상 와서 보니 성 위의 깃발들이 너무나 정연히 꽂혀 있어, 감히 선불리 공격하지 못하고 밤이 되기를 기다렸다.

그때 갑자기 사방에서 불길이 하늘로 치솟으며 함성이 땅을 흔들면서 군사들이 몰려오는데 어느 쪽에서 얼마의 군사가 오는지조차 알 수 없었다. 게다가 성 위에서도 북을 치고 함성을 지르며 호응을 했다.

촉의 군사들은 정신없이 달아나기 바빴다. 공명이 급히 말에 오르자 관흥과 장포 두 장수가 공명을 호위하며 겹겹의 포위망을 뚫고 나갔다. 문득 고개를 돌려보니 바로 동쪽에 군사가 있는데 길게 뻗은 불빛이 마치 기다란 뱀처럼 이어졌다.

공명이 관흥에게 알아보도록 했다.

관흥이 돌아와서 보고하기를: "저것은 강유의 군사들입니다."

그 말을 들은 공명은 탄식하며 말하기를: "싸움에서 군사의 많고 적음은 중요치 않다. 그저 군사를 어떻게 쓰느냐가 중요한 것이다.(兵不在多, 在人之調遣耳) 저 사람이야말로 진정한 장수의 재목이로다!"

군사를 거두어 영채로 돌아온 공명은 한참을 고심한 끝에 안정 사람을 불러 묻기를: "강유의 모친은 지금 어디에 살고 계시냐?"

그가 대답하기를: "그는 지금 기현(冀縣)에 살고 있습니다."

공명은 위연을 불러 분부하기를: "장군은 군사를 이끌고 가서 기현을 칠 것처럼 허장성세(虛張聲勢)를 하시오. 그리고 강유가 오면 그냥 성 안으로 들어가도록 내버려 두시오."

공명이 또 묻기를: "이 근방에서 가장 요충지가 어디인가?"

안정 사람이 말하기를: "천수의 모든 물자와 양식은 상규(上邽)에 있습니다. 만약 상규만 빼앗으면 천수의 양식 보급로는 완전히 차단됩니다."

공명은 매우 기뻐하며 조운으로 하여금 상규를 치도록 했다. 그리고 자신은 성에서 30리 떨어진 곳에 다시 영채를 세웠다. 이런 사실은 첩자에 의해 이미 천수군에 보고되어 촉의 군사들이 세 방면으로 나뉘어 한 부대의 군사는 이 군을 지키고, 한 부대는 상규를 치러 가며, 다른 한 부대는 기성을 빼앗으로 갔다고 했다.

이 말을 들은 강유는 마준에게 사정하기를: "제 모친이 지금 기성에 있는데 혹시 잘못될까 걱정이 됩니다. 제게 한 무리의 군사를 주시면 가서 성도 구하고 모친도 보호해 드리고 싶습니다."

마준은 강유에게 3천 명의 군사를 주어 기성을 지키게 하고, 양건에게도 3천 명의 군사를 이끌고 가서 상규를 지키게 했다.

강유가 군사를 이끌고 기성에 도착해 보니 전면에 한 무리의 군사들이 늘어서 있는데, 촉의 장수는 바로 위연이었다. 두 장수가 서로 어우러져 몇 합 싸우더니 위연이 짐짓 패한 척하고 달아났다. 강유는 곧바로 성 안으로 들어가 성문을 굳게 닫고 군사들에게 잘 지키라 명하고 자신은 모친을 뵈러 갔다. 그런 뒤 강유는 좀처럼 나가서 싸우려 하지 않았다.

조운 역시 양건이 상규성 안으로 들어가도록 내버려 두었다.

공명은 마침내 사람을 남안군으로 보내 감금해 두었던 하후무를 데려오도록 했다.

공명 曰: "너는 죽는 것이 두려우냐?"

하후무는 황망히 땅에 엎드려 절을 하며 제발 목숨만 살려 달라고 빌었다.

공명 曰: "지금 천수의 강유라는 자가 기현을 지키고 있는데, 그가 사람을 보내 편지를 보내왔다. 그는 부마만 살려준다면 투항을 하겠다는 것이다. 내 너를 살려 보내줄 것이니 네가 가서 강유를 설득해 올 수 있겠느냐?"

하후무 曰: "내 기꺼이 그를 설득해 데려오겠소."

공명은 하후무에게 의복과 말을 내어 주었다. 대신 수행원 없이 혼자서 가도록 했다. 촉군의 영채를 빠져나온 하후무는 곧바로 길을 찾아 달아나려 했으나 길을 모르니 도리 없이 앞만 보고 달리다 앞에서 오고 있는 몇 사람을 만났다.

하후무가 그들에게 묻자, 그들이 대답하기를: "우리는 기현의 백성들인데, 지금 강유가 제갈량에게 성을 바치고 항복했습니다. 촉의 장수 위연이 불을 지르며 노략질을 일삼아 우리는 집을 버리고 상규로 달아나는 중입니다."

하후무가 다시 묻기를: "지금 천수성은 누가 지키고 있느냐?"

토박이 曰: "천수성 안에는 마 태수가 있습니다."

그 말을 들은 하후무는 말머리를 돌려 천수성을 향해 갔다. 가는 도중에 어린 자식들을 데리고 멀리서 오고 있는 백성들을 만났는데 그들이 하는 말도 모두 같았다.

천수성에 이른 하후무가 성문을 열라고 소리치자 성 위에 있던 군사가 하후무임을 알아보고 황급히 성문을 열고 맞이했다. 놀란 마준이 절을 하고 어찌된 영문인지 묻자, 하후무는 강유의 일을 자세히 설명하며 오던 중 백성에게 들은 얘기도 모두 했다.

마준이 한탄하며 말하기를: "강유가 제갈량에게 투항했다니 정말 뜻밖이로구나!"

양서 曰: "강유는 도독을 구하려는 마음에 단지 거짓으로 투항했을 것입니다."

하후무 曰: "강유가 이미 항복했다는데, 그대는 무슨 근거로 거짓 항복이라고 하는가?"

이런 답이 없는 논쟁을 하는 사이 이미 초경(初更: 저녁 7시에서 9시)이 지났다. 촉의 군사들 공격이 다시 시작되었다. 그런데 문득 불빛 속에 강유가 보이면서 그가 성 아래서 창을 꼬나들고 말을 세우고 큰 소리로 외치기를: "하후 도독께서는 저에게 답을 주시오!"

하후무가 마준 등과 함께 성 위로 올라가 보니 강유는 한껏 무위(武威)을 뽐내며 소리 높여 외치기를: "나는 도독을 위해 항복했는데 도독은 어찌하여 먼저 한 약속을 저버린단 말이오?"

하후무 曰: “너는 위(魏)의 은혜를 입었으면서 어찌 촉에 투항했단 말이냐? 그리고 약속을 저버렸다니 그건 무슨 말이냐?”

강유가 대답하기를: “그대가 나에게 촉에 투항하라고 서신을 보내놓고 이제와서 어찌 시치미를 떼시는 게요? 당신은 지금 당신의 몸을 빼내기 위해 나를 함정에 빠뜨린 것이오? 나는 지금 촉에 투항하여 상장군까지 되었는데 어찌 다시 위로 되돌아가겠소이까?”

말을 마친 강유는 군사를 휘몰아 밤새 성을 공격하다 날이 밝자 비로소 물러갔다.

사실 야간에 강유 노릇을 한 사람은 공명의 계교에 따라 군사 가운데 용모가 비슷한 자를 고른 것으로, 강유처럼 분장하여 성을 공격하게 한 것이었다. 그런데 어두운 밤 불빛 속에서 그 진위를 분간할 수 없었을 뿐이다.

천수에서 강유 소동을 벌인 공명은 군사를 이끌고 기성을 공격하러 갔다. 성 안에는 군량미가 부족하여 군사들이 제대로 먹지 못하고 있었다.

강유가 성 위에 올라가서 보니 촉의 군사들이 크고 작은 수레로 군량과 마초를 운반하여 위의 영채로 옮기고 있었다. 강유는 군사 3천 명을 이끌고 성을 나와 군량미를 빼앗으러 갔다. 군량미를 나르던 촉군들은 강유의 군사를 감당하지 못하고 군량과 마초를 실은 수레를 모두 내버리고 달아났다.

강유가 빼앗은 수레를 가지고 성 안으로 들어가려 할 때 갑자기 한 무리의 군사가 앞길을 막았다. 앞장 선 장수는 장익이었다. 두 장수가 어우러져 몇 합 싸우고 있는데 왕평이 또 한 무리의 군사를 이끌고 와서 양쪽에서 협공했다.

강유는 그들을 감당하기 어려워 길을 뚫고 성을 향해 달아났다. 그런데 돌아와 보니 성 위에는 이미 촉군의 깃발들이 꽂혀 있는 것이 아닌가! 강유가 성을 비운 사이 위연이 성을 기습하여 빼앗아 버린 것이다. 강유는 어쩔 수 없이 죽을힘을 다해 싸워 겨우 길을 뚫어 천수성으로 달아났다. 그때만 해도 수하에 기병이 10여 명 남아 있었지만 다시 장포를 만나 한바탕 싸움을 하고 보니, 따르는 군사는 하나도 남지 않았다.

필마단창(匹馬單槍)으로 어렵게 천수성 아래에 도착한 강유는 성문을 열라고 소리치자, 성 위의 군사들은 그가 강유임을 일고 즉시 마준에게 보고했다.

마준 曰: “이는 강유가 나를 속여 성문을 열게 하려는 것이다.”

그러고는 화살을 마구 쏘라고 명령했다. 몹시 당황한 강유가 고개를 돌려보니 촉의 군사들이 바짝 쫓아오고 있었다. 어쩔 수 없이 강유는 상규성을 향해 나는 듯이 말을 달렸다. 상규 성 위에 있던 양건이 그를 보더니 큰 소리로 꾸짖기를: “나라를 배신한 역적 놈아! 어찌 감히 나를 속여 성을 빼앗으려 하느냐? 나는 이미 네놈이 촉에 투항한 것을 알고 있느니라!”

그러고는 마구 화살을 쏘아댔다. 변명도 할 수 없는 강유는 그저 하늘을 우러러 보며 길게 탄식을 했는데, 두 눈에서는 하염없이 눈물만 흘러내렸다. 그는 말머리를 돌려 장안을 향해 달려갔다.

몇 리를 못 가서 큰 나무가 무성한 우거진 숲이 있었는데 갑자기 함성이 일면서 수천 명의 군사가 몰려나와 길을 막았다. 앞장 선 장수는 관흥이었다. 사람도 말도 지칠 대로 지친 강유는 더 이상 대적할 기운도 없어 말머리를 돌려 달아나려 했다.

그때 갑자기 작은 수레 한 대가 산언덕을 돌아 나왔다. 그 사람은 머리에는 윤건을 쓰고 몸에는 학창의를 걸치고 손에는 우선을 흔들고 있는 바로 공명이었다.

공명이 부드러운 목소리로 강유를 부르며 말하기를: “백약! 이제는 항복하는 게 어떻겠소?"

강유는 한참을 곰곰이 생각해 보았지만, 앞에는 공명이 있고 뒤에는 관흥이 버티고 있으니 도저히 빠져나갈 길이 없다. 마침내 강유는 말에서 내려 항복을 했다.

공명은 황급히 수레에서 내려 강유의 손을 붙잡고 말하기를: "내 초려에서 나온 이래로 어질고 유능한 사람을 구하여 내 평생 배운 바를 전수하고자 했으나, 지금껏 그런 사람을 만나지 못했는데 이제 백약을 만났으니 내 소원을 풀게 되었구려!"

강유는 매우 기뻐하면서 엎드려 절하며 사례했다.

공명은 곧바로 강유와 함께 영채로 돌아와 막사 안에서 천수와 상규를 취할 계책을 상의했다.

강유 曰: "천수성 안에 있는 윤상과 양서는 저랑 친분이 두터운 사이입니다. 밀서 두 통을 써서 성 안으로 쏘아 보내 그들로 하여금 내분이 일어나게 하면 성을 쉽게 얻을 수 있을 것입니다."

공명은 그의 말을 따랐다. 강유는 밀서 두 통을 써서 화살에 매달고 말을 달려 곧바로 성 아래로 가서 화살을 날려 보냈다. 하급 장교가 그것을 주워서 마준에게 바쳤다. 그것을 읽은 마준은 의심이 크게 들어 하후무와 상의하기를: "양서와 윤상이 강유와 결탁해 안에서 호응하려고 하니 도독께서는 속히 결단하셔야 합니다."

하후무 曰: "그 두 놈을 죽이시오."

이 소식을 들은 윤상이 양서에게 말하기를: "이렇게 억울하게 죽을 바에야 차라리 성을 촉에 바치고 항복하여 그들에게 크게 쓰이는 편이 나을 것이오."

이날 밤 하후무는 여러 차례 사람을 보내 양서와 윤상 두 사람에게 할 말이 있다고 들어오라고 했다. 사태가 급박해졌음을 느낀 두 사람은

갑옷에 투구를 쓰고 말에 올라 병장기를 손에 들고 본부 군사를 이끌고 성문을 활짝 열고 촉의 군사들을 들어오게 했다. 하후무와 마준은 놀라고 당황하여 수백 명만 데리고 성을 버리고 서문으로 빠져 나가 강성(羌城)으로 향했다.

양서와 윤상은 공명을 성 안으로 맞아들였다. 백성들을 안정시킨 공명이 상규를 칠 계책을 물었다.

양서 曰: “그 성은 바로 제 친동생인 양건(梁虔)이 지키고 있으니 제가 항복하도록 설득하겠습니다.”

공명은 매우 기뻐했다. 당장 양서를 상규로 보내니, 양건은 성을 나와 공명에게 항복했다. 공명은 그들에게 후한 상을 내려 위로한 다음, 양수를 천수 태수로, 윤상은 기성 현령으로, 양건을 상규 현령으로 각각 삼았다.

이렇게 세 군을 차지한 공명은 군사를 정비해 떠나려 했다.

여러 장수들이 묻기를: “승상께서는 어찌하여 하후무를 사로잡으러 가지 않으십니까?”

공명 曰: “내가 하후무를 놓아준 것은 그저 오리 한 마리를 놓아준 것에 불과하오. 그러나 이제 백약을 얻었으니 이는 봉황 한 마리를 얻은 것이오.”

공명이 세 성을 얻은 이후 그의 위세와 명성은 날로 높아져 멀고 가까운 주(州)와 군(郡)에서 그 소문만 듣고도 항복해왔다. 군사를 정비한 공명은 한중의 군사를 모두 거느리고 기산(祁山)으로 나아가서 위수(渭水) 서쪽에 주둔시켰다. 이런 사실을 탐지한 위의 정탐꾼이 즉시 낙양에 보고했다.

위(魏) 태화(太和) 원년(서기 227년), 위주 조예가 대전에서 조회를 열고 있는데 근신이 아뢰기를: "부마 하후무가 세 개 군을 잃고 강인의 땅으로 달아났다 하옵니다. 지금 촉의 군사들은 이미 기산에 당도했으며, 선두 부대는 위수 서쪽까지 이르렀다 하옵니다. 속히 군사를 일으키시어 적을 쳐부수옵소서."

깜짝 놀란 조예가 여러 신하에게 묻기를: "누가 짐을 위해 촉의 군사를 물리치겠는가?"

사도 왕랑이 반열에서 나오며 아뢰기를: "신이 보니, 선제께서는 매번 큰 싸움이 있을 때마다 대장군 조진(曹眞)을 기용하셨는데 그는 싸우러 나갈 때마다 반드시 이겼나이다. 폐하께서는 어찌하여 그를 대도독으로 삼아 촉군을 물리치지 않으시옵니까?"

조예는 왕랑의 건의에 따라 조진을 불러들여 말하기를: "선제께서는 경에게 어린 짐을 부탁하셨소. 지금 촉의 군사가 중원을 침범했는데 경은 어찌하여 앉아서 보고만 있는 것이오?"

조진이 아뢰기를: "신은 재주도 없고 지혜도 부족한데 그런 중책을 맡을 수 있겠습니까?"

왕랑 曰: "장군은 나라의 안위를 책임지는 신하로서 그리 사양할 일이 아닙니다. 신은 비록 늙고 노둔하지만 장군을 따라가겠소이다."

조진이 다시 아뢰기를: "신은 나라의 큰 은혜를 입었으니 어찌 감히 사양하겠습니까? 다만 부장으로 데려갈 사람 하나만 얻고자 하옵니다."

조예 曰: "경이 천거하십시오."

조진은 태원군(太原郡) 양곡현(陽曲縣) 사람으로, 성은 곽(郭), 이름은 회(淮), 자는 백제(伯濟)라 하는 사람을 천거했다. 그의 현재 벼슬은 사정후(射亭侯)로 옹주자사(雍州刺史)를 겸하고 있었다.

조예는 그의 말에 따라 조진을 대도독으로 임명하여 절월(節鉞)을 내려주고 곽회를 부도독으로 삼았다. 그리고 왕랑을 군사(軍師)로 삼으니 이때 그의 나이 76세였다.

조예는 동경(東京: 낙양)과 서경(西京: 장안)에서 군사 20만 명을 선발하여 조진에게 내주었다. 조진은 친족 동생인 조준을 선봉으로 삼고 탕구장군(蕩寇將軍) 주찬(朱贊)을 부선봉으로 삼아 그해 11월 출정했다. 조예는 서문 밖까지 친히 나가 그를 전송하고 돌아왔다.

조진은 대군을 거느리고 장안에 이르러 위수 서쪽으로 건너가 영채를 세웠다. 조진은 왕랑·곽회와 더불어 촉의 군사를 물리칠 계책을 상의했다.

왕랑 曰: "내일 우리 군사의 대오를 엄하게 정비하고 깃발을 넓게 벌려 세우도록 하십시오. 이 늙은이가 몸소 나가 제갈량과 담판을 지어 그로 하여금 두 손을 마주잡고 항복하게 하여 촉의 군사들이 싸우지 않고 스스로 물러나게 할 것이오."

조진은 매우 기뻐하며 즉시 전령을 내려 내일 4경(四更: 새벽 1시에서 3시)에 밥을 지어 먹고, 날이 새자 대오를 잘 갖추어 군마들은 위풍이 당당하게 서 있고, 깃발과 북, 나팔을 차례대로 정렬하도록 했다. 그러고는 사람을 촉 진영에 보내 문서로 선전포고를 했다.

다음 날 양쪽의 군사는 기산 앞에서 마주 보고 진을 펼쳤다. 촉의 군사들이 보니 위군의 위세가 몹시 웅장하여 하후무의 군사와는 비교가 되지 않을 정도로 완전히 달랐다.

전군이 북을 치고 나팔을 불자 사도 왕랑이 말을 타고 앞으로 나왔는데 왼쪽에는 도독 조진이, 오른쪽에는 부도독 곽회가 선봉으로 버티고 서서 진의 양쪽 날개를 통제하고 있었다.

그때 전령이 말을 달려 나와 큰 소리로 외치기를: "그쪽 진영의 주장(主將)은 나와서 말을 들으시오!"

바로 그때 촉군 진영의 문기가 양쪽으로 열리더니, 그 사이에서 관흥과 장포가 좌우로 나뉘어 나와서 양쪽에 말을 세웠다. 이어서 한 사람 한 사람 용맹한 장수들이 말을 타고 나와 양쪽으로 나뉘어 늘어섰다. 마침내 진 앞에 세운 깃발들의 그림자 사이에서 사륜거(四輪車) 한 대가 나타났다. 그 위에는 공명이 머리에는 윤건을 쓰고 손에는 우선을 들고 흰 옷에 검은 띠를 두른 옷을 입고 단정히 앉아 있었다.

공명이 눈을 들어 바라보니 위의 진영 앞에는 대장기와 수레에 세우는 일산이 세 개가 세워졌는데, 깃발 위에는 이름이 크게 쓰여 있었다. 한가운데 깃발 아래 흰 수염의 늙은이가 바로 군사(軍師) 사도(司徒) 왕랑(王朗)이었다.

공명은 내심 생각하기를: '왕랑은 필시 말로써 나를 설득하려 들 것이다. 상황에 따라 적절히 대처해야겠다.'

공명은 수레를 밀어 진 앞으로 나가게 한 다음 하급 호위장교로 하여금 말을 전하게 하기를: "한(漢) 승상께서 사도와 말씀을 나누시겠다고 하신다!"

왕랑이 말을 달려 나왔다. 공명이 수레 위에서 손을 모아 쥐며 인사하자 왕랑은 말 위에서 몸을 굽혀 답례했다.

왕랑 曰: "그대의 명성을 들은 지 오래인데 오늘 다행히 만나게 되었소. 공은 하늘이 정해준 운명(天命)도 알고 지금 천하가 당면한 문제(時務)도 잘 아시면서 어찌 명분 없는 군사를 일으켰단 말이오?"

공명 曰: "나는 역적을 치라는 황제의 조서를 받들고 있는데 어찌 명분이 없다는 것이오?"

왕랑 曰: "하늘이 정해준 운수(天數)는 변하기 마련이고 황제의 자리(神器)는 덕이 있는 사람에게 돌아가는 것이 자연의 이치가 아니오. 지난날 환제·영제이래로 황건적이 난을 일으켜 천하는 어지럽게 다투는 형국이 되고 말았소. (제 1회 참고)

그 뒤 초평(初平: 서기 190~193년)·건안(建安: 서기 196~220년) 시대에 이르러서는 동탁이 반역을 일으키고,(제 9회 이전 참고) 이어서 이각·곽사가 포악한 행위를 저질렀으며,(제 13회 이전 참고) 원술은 수춘에서 무도하게 황제를 참칭했소.(제 17회 참고) 또한 원소는 업 땅에서 스스로 영웅이라 칭하고,(제 31회 이전 참고) 유표는 형주를 차지하고(제 39회 이전 참고) 여포는 범처럼 서군을 삼켰소.(제 19회 이전 참고)

이처럼 도적들이 도처에서 벌 떼처럼 일어나고 간웅들이 매처럼 날아오르니, 사직은 계란을 쌓아 올린 듯 위기에 처했고(累卵之危), 백성들은 거꾸로 매달린 것처럼 위급해졌소(倒懸之急).

우리 태조 무황제(武皇帝: 조조)께서 천하의 간사한 무리들을 깨끗이 청소하시어 천하를 석권하시니 온 백성들의 인심이 그에게 쏠리고 사방에서 그 덕을 우러러보게 되었으니 이는 권세로써 취한 것이 아니라 오로지 하늘이 정해준 운명(天命)이 그분께로 돌아간 것이오.

세조(世祖) 문제(文帝)께서는 문무(文武)에 통달하시어 제위를 이어받아, 하늘의 뜻에 따르고 사람들의 마음에 합치되어, 순(舜) 임금이 요(堯) 임금에게서 왕위를 넘겨받은 것을 본받아, 중원에 계시면서 온 나라를 다스리게 되셨으니, 이 어찌 하늘의 마음과 사람의 뜻에 따르는 것이라 아니할 수 있겠소?(제 91회 이전 참고)

지금 공은 큰 재주와 재능을 품은 인물로 스스로 관중(管仲)과 악의(樂毅)에 견주고자 하면서, 어찌하여 하늘의 도리(天理)를 거스르고 인간의 정(人情)을 어기는 일을 하려고 하시오?

공은 '하늘에 따르는 자는 흥하고 하늘을 거스르는 자는 망한다(順天者昌, 逆天者亡).'는 옛말도 듣지 못하셨단 말이오?

지금 우리 대위(大魏)는 무장한 군사가 1백만 명에 이르고 뛰어난 장수가 1천 명이나 되오. 썩은 풀에서 나온 반딧불이의 빛으로 어찌 하늘

한가운데서 환히 비추는 달과 견주려 하시오?

공이 지금이라도 창을 거꾸로 잡고 갑옷을 벗어 버리고 예를 갖추어 항복한다면 봉후(封侯)의 지위는 잃지 않을 것이오. 그리하면 나라가 태평하고 백성은 즐거울 테니, 이 어찌 아름다운 일이 아니겠소!"

왕랑이 말을 마치자 공명이 수레 위에서 껄껄 웃으며 말하기를: "나는 그래도 공이 한조(漢朝)의 원로 대신이니 고명한 말씀이 있을 것으로 기대했는데 어찌 이리도 염치도 없고 추잡한 말만 골라서 지껄인단 말인가!

내가 한마디 할 것이니 모든 군사들은 조용히 들어 보라!

지난날 환제와 영제 시절 한 황실의 대통이 쇠락해지면서 환관 무리들이 재앙을 일으켰다. 나라가 어지러워지고 해마다 흉년이 들며 사방이 소란했다. 황건의 난 이후 동탁과 이각·곽사 등이 연이어 일어나 황제를 납치하여 끌고 다니고, 백성들에게는 잔인하고 포악하게 굴었다. 조정에는 썩은 나무 같은 자들이 벼슬을 하고 금수(禽獸)만도 못한 놈들이 녹(祿)을 받아먹었으며, 흉악하고 아첨하는 무리들이 잇달아 권력을 농단했고 종의 비굴한 얼굴에 시녀처럼 무릎을 잘 꿇는 자들이 끊임없이 정사를 어지럽혔다. 그 결과 사직은 폐허가 되고 백성은 도탄에 빠지고 말았다.

나는 예전부터 너의 소행을 소상히 알고 있다. 너는 대대로 동해(東海) 근처에 살면서 맨 처음 효렴(孝廉)으로 추천되어 벼슬길에 들어섰으니, 마땅히 임금을 잘 섬기고 나라에 보탬이 되어 황실을 편안케 하고 유씨(劉氏)를 번성시켜야 마땅했거늘, 도리어 역적을 도와 황제의 자리를 빼앗는데 함께 했지 않느냐? 네놈의 죄악이 너무나 중하고 무거워 하늘도 땅도 너를 용서치 않을 것이며, 천하의 모든 사람들이 네놈의 살을 씹어

먹기를 원하느니라. 다행히 하늘의 뜻이 한(漢) 황실이 끊어지는 것을 바라지 않아, 소열황제(昭烈皇帝: 유비)께서 서천에서 대통을 이으시니, 나는 지금 사군(嗣君: 후주)의 성지(聖旨)를 받들어 역적을 치려고 군사를 일으켰느니라.

너는 기왕에 아첨이나 하며 빌어먹는 주제이니 그저 몸을 숨기고 목을 움츠려 구차하게 목숨이나 이어갈 것이지, 어찌 감히 군사들 앞에 나타나 망령되이 천수를 입에 담느냐? 이 머리카락 센 노망한 늙은이야! 수염 허연 늙은 도적놈아! 네놈은 오늘 당장 구천(九泉)에 떨어질 것인데, 무슨 낯짝으로 스물네 분의 천자를 뵐 것이냐? 늙은 역적 놈은 썩 물러가고 천자를 내친 놈이나 불러 내 나와 승부를 결판내게 하라!"

공명의 말을 들은 왕랑은 기가 차고 숨이 막혀 외마디 비명을 지르며 말에서 떨어져 그만 죽고 말았다.

후세 사람이 공명을 칭찬하여 지은 시가 있으니:

군사 이끌고 서진으로 나가서	兵馬出西秦
뛰어난 재주로 만인 대적하네	雄才敵萬人
입안의 혀를 가볍게 놀리어서	輕搖三寸舌
늙은 간신을 꾸짖어 죽였도다	罵死老奸臣

공명이 깃털 부채를 들어 조진을 가리키며 말하기를: "내 오늘은 너를 공격하지 않을 것이다. 너는 군사를 정비해 내일 나와 결전을 벌이도록 하라."

말을 마친 공명이 수레를 돌리니 양쪽 군사들은 모두 물러갔다. 조진은 왕랑의 시신을 나무 관에 담아 장안으로 보냈다.

부도독 곽회 曰: "제갈량은 우리가 군중에서 상을 치를 것이라 예상하고 오늘 밤 틀림없이 우리 영채를 기습할 것입니다. 우리는 군사를 네 방면으로 나누어 두 방면의 군사는 산골짜기의 샛길로 가서 그들이 기습하러 오는 틈을 이용하여 촉군의 영채를 습격하고, 두 방면의 군사는 본채 밖에 매복하고 있다가 적이 오면 양쪽에서 치도록 합시다."

조진은 매우 기뻐하며 말하기를: "그것 참 좋은 계책이오!"

조진은 곧 조준과 주찬 두 선봉을 불러 분부하기를: "너희 두 사람은 각각 군사 1만 명씩을 이끌고 샛길을 이용하여 기산 뒤로 나가서 촉군이 우리 영채로 오는 것이 보이거든 곧바로 촉의 영채를 습격하고 만약 촉군의 움직임이 없으면 가벼이 군사를 움직이지 말고 곧바로 군사를 거두어 돌아오라."

계책을 받은 두 사람은 군사를 이끌고 떠났다.

조진이 곽회에게 말하기를: "우리 두 사람은 각각 군사를 이끌고 영채 밖에 매복해 있고 영채 안에는 장작과 건초 더미만 쌓아 놓고 군사 몇 사람만 남겨 두었다가 적들이 쳐들어오면 불을 질러 신호를 하도록 합시다."

여러 장수들이 각자 역할 분담을 맡아 준비하러 떠났다.

한편 막사로 돌아온 공명은 곧바로 조운과 위연을 불러 명령을 내렸다.

공명 曰: "두 장군은 각자 군사를 이끌고 가서 위군의 영채를 습격하시오."

위연이 나서며 말하기를: "조진은 병법에 아주 밝은 자입니다. 그는 틀림없이 우리가 자신들이 상을 치르는 틈을 이용하여 영채를 습격할 것이라 예상하고 있을 텐데 어찌 그에 대해 대비를 하지 않고 있겠습니까?"

공명이 웃으며 말하기를: "나는 바로 조진으로 하여금 우리가 그들의 영채를 습격하려 한다는 것을 알려주려는 것이오. 그러면 그들은 틀림없이 기산 뒤에 군사를 매복해 놓고 우리 군사가 지나가기를 기다렸다가 우리 영채를 습격하러 올 것이오. 그래서 나는 두 장군에게 군사를 이끌고 앞으로 가서 산기슭 뒷길을 지나 멀리 떨어진 곳에 영채를 세우라는 것이오. 위군으로 하여금 실컷 우리 영채를 공격하게 해 놓고 그대들은 불길이 솟아오르는 것을 신호로 군사를 두 방면으로 나누어 문장(文長: 위연)은 산어귀를 막아서고 자룡은 군사를 이끌고 급히 돌아오시오.

자룡은 돌아오는 길에 위병을 마주치더라도 그냥 달아날 길을 잠시 터 주었다가 두 장군이 틈을 타서 동시에 공격하면, 그들은 틀림없이 자기들끼리 적으로 오인하여 치고받으며 싸울 것이오. 그러면 우리는 완전한 승리를 거둘 수 있소."

계책을 받은 두 장수는 군사를 이끌고 떠나갔다.

공명은 또 관흥과 장포를 불러서 분부하기를: "너희 둘은 각각 한 무리의 군사를 이끌고 기산의 중요 길목에 매복해 있다가 위병들이 지나간 다음에 그들이 온 길을 이용하여 위병의 영채로 쳐들어가라."

두 사람 역시 계책을 받고 군사를 이끌고 떠나갔다. 그리고 마대·왕평·장익·장억은 영채 밖 사방에 매복해 있으면서 위군이 오거든 나가 싸우라고 했다.

군사 배치를 끝낸 공명은 영채를 비우고 그 안에 장작과 마른 풀을 쌓아 올려 불을 지를 준비를 했다. 그런 뒤 공명 자신은 여러 장수를 데리고 영채 뒤로 물러나서 동정을 살폈다.

한편 위군의 선봉 조준과 주찬은 황혼 무렵 영채를 떠나 구불구불 산길로 접어들었다. 밤 이경(二更: 밤 7시에서 9시) 무렵 멀리 바라보이는 산 앞에서 촉군의 움직임이 보였다.

조준은 내심 생각하기를: '곽 부도독께서 참 귀신처럼 헤아리시는구

나!'

조준은 군사를 재촉하여 서둘러 나아갔다. 촉군의 영채에 이르렀을 때는 이미 삼경이 거의 다 되었다. 조준은 앞장을 서서 촉의 영채로 쳐들어갔다. 그러나 영채는 텅 비어 있고 한 사람도 보이지 않았다. 계략에 걸렸음을 안 조준이 급히 군사를 돌려 돌아가려고 했다. 바로 그때 영채 안에서 불길이 치솟았다. 그때 마침 도착한 주찬의 군사들이 자기편끼리 치고받느라 위의 군사들은 큰 혼란에 빠졌다. 조준과 주찬은 서로 어우러져 싸우다가 비로소 자신들이 한편이라는 것을 알게 되었다.

급히 싸우기를 멈춘 조준과 주찬은 군사를 하나로 합쳤는데, 그때 갑자기 사방에서 함성이 크게 터지면서 왕평·마대·장억·장익이 동시에 쳐들어왔다. 조준과 주찬 두 사람은 심복 1백여 명만 데리고 큰길을 향해 달아났다. 그때 갑자기 북소리 나팔 소리가 일제히 울리면서 한 무리의 군사가 앞길을 막았다. 앞장선 장수는 상산 조자룡이었다.

그가 큰 소리로 외치기를: "역적 장수는 어디를 도망가려 하느냐! 어서 빨리 목숨을 내놓아라!"

조준과 주찬은 겨우 길을 찾아 달아나기 시작했다. 그때 다시 함성이 일면서 위연이 한 무리의 군사를 이끌고 쳐들어왔다. 크게 패한 조준과 주찬은 본채로 돌아갔다. 영채를 지키던 몇 명의 위의 군사들은 촉군이 쳐들어 온 것으로 착각하고 영채 안에 쌓아 놓은 장작 더미에 불을 질렀다. 그러자 왼쪽에서는 조진이, 오른쪽에서는 곽회가 쳐들어와서 자기편끼리 또 싸웠다.

그때 배후의 세 방면에서 정말로 축의 군사들이 쳐들어왔으니, 가운데는 위연이, 왼쪽은 관흥이, 오른쪽에서는 장포가 일제히 쳐들어와 한바탕 살육이 벌어졌다.

위군은 크게 패해 결국 10여 리나 달아났는데 위의 장수들 가운데 목숨을 잃은 자는 이루 셀 수 없었다. 그야말로 공명의 완벽한 대승이었다. 공명은 군사를 거두어 돌아갔다.

조진과 곽회는 패한 군사를 수습해 영채로 돌아와 상의하기를: "지금 우리 군은 열세인데다 사기도 완전히 꺾여 있고 촉군의 기세는 너무 강하니 앞으로 어떤 계책으로 저들을 물리친단 말인가!"

곽회 曰: "싸움에 이기고 지는 일은 흔한 일이니(勝負乃兵家常事) 걱정할 필요 없습니다. 제게 촉군들이 머리와 꼬리를 서로 돌보지 못하게 할 계책이 있으니, 그리하면 저들은 스스로 물러가게 될 것입니다."

이야말로:

가련한 위의 장수 일 뜻대로 안 되니	可憐魏將難成事
서쪽으로 가서 구원병을 얻으려 하네	欲向西方索求兵

그 계책이 어떤 것인지 궁금하거든 다음 회를 기대하시라.

제 94 회

제갈량은 눈을 이용해 강병을 쳐부수고 사마의는 기일을 정해 맹달을 사로잡다

諸葛亮乘雪破羌兵

司馬懿克日擒孟達

곽회가 조준에게 말하기를: "서강(西羌) 사람들은 태조(太祖: 조조) 때부터 해마다 조공을 바쳐 왔으며 문황제(文皇帝: 조비)께서도 그들에게 은혜를 베푸셨습니다. 그러니 우리는 이제 험준한 지세를 이용하여 방어에 치중하면서 사람을 샛길로 강중(羌中)으로 보내 구원을 요청하고 서로 화친을 맺자고 하면, 서강 사람들은 틀림없이 군사를 일으켜 촉군의 배후를 습격할 것입니다. 그때 우리도 일제히 대군을 일으켜 공격하면 머리와 꼬리를 동시에 공격하게 되니 크게 승리할 수 있지 않겠습니까?"

조진은 그의 계책에 따라 즉시 사람을 보내 밤낮으로 달려가서 서강 사람에게 서신을 전달하도록 했다.

한편 서강 국왕 철리길(徹里吉)은 조조 때부터 해마다 조공을 바치고 있었으며 그의 수하에는 문무(文武)에 능한 자들이 각각 한 사람씩 있었으니, 문관은 아단 승상(雅丹丞相)이고, 무장은 월길 원수(越吉元帥)였다.

위의 사자가 서신과 함께 황금·주옥을 가지고 가서 먼저 아단 승상을 찾아가 예물을 바치고 구원병을 청하는 뜻을 자세히 설명했다. 아단 승상이 그를 국왕에게 안내하여 사자가 가지고 간 예물과 서신을 바쳤다. 서신을 읽어 본 철리길이 여러 신하들과 상의했다.

아단 曰: "우리는 위와 오래전부터 왕래하고 있습니다. 지금 조 도독이 구원병을 청하며 화친까지 맺자고 하니 그들의 청을 받아 주는 것이 이치에 맞을 것 같습니다."

철리길은 그의 말에 따라 즉시 아단과 월길 원수에게 서강 병사 15만 명을 일으키도록 했다. 그들은 모두 활과 쇠뇌, 창과 칼, 질려(蒺藜: 마름쇠 모양의 무기)와 비추(飛錘: 줄이 달린 쇠공) 등의 무기를 잘 다뤘다. 그들은 또한 사방을 철판으로 둘러 싼 수레를 만들어 그 안에 양식이나 병장기 등을 싣고 낙타나 노새로 끌었으니, 이를 철거병(鐵車兵)이라 불렀다.

아단과 월길은 국왕에게 하직 인사를 하고 군사를 이끌고 곧바로 서평관(西平關)으로 쳐들어갔다. 관을 지키던 촉의 장수 한정(韓禎)이 급히 사람을 공명에게 보내 문서로 보고했다.

보고를 받은 공명이 여러 장수들에게 묻기를: "누가 가서 강병을 물리치겠는가?"

장포와 관흥이 대답하기를: "저희들이 가겠습니다."

공명 曰: "너희 두 사람이 가겠다고 하나, 그곳 지리를 잘 모르지 않는가."

공명은 곧바로 마대를 불러 말하기를: "그대는 그곳에 오래 살았으니 강인들의 특성도 잘 알고 길도 익숙할 테니 길잡이가 되어주게."

공명은 즉시 정예병 5만 명을 두 사람에게 내어 주었다. 관흥과 장포는 마대와 더불어 군사를 이끌고 서평관으로 떠났다. 출발한 지 며칠 만에 강병을 만났다. 관흥이 먼저 1백여 기병을 데리고 산기슭으로 올라가 바라보니, 강병들은 철거(鐵車)를 선두부터 후미까지 길게 연결하고 그 안 도처에 영채를 세우고 철거 위에는 병장기를 두루 배치해 놓았는데 그 모습이 마치 성곽을 둘러놓은 것 같았다.

관흥은 그것을 한참 동안 살펴보았지만 적을 쳐부술 마땅한 계책이 떠오르지 않아, 영채로 돌아와 장포·마대와 상의했다.

마대 曰: "내일 저들과 마주 보고 진을 치고 적진의 허실을 살펴본 다음에 계책을 논의합시다."

다음 날 아침 일찍 촉군은 군사를 세 방면으로 나누었다. 가운데는 관흥이, 왼쪽에는 장포, 오른쪽에는 마대가 선봉에 서서 일제히 나아갔다.

강병의 진영에서는 원수 월길이 철추를 손에 쥐고, 보석으로 장식된 활을 차고 용맹스럽게 말을 달려 나왔다.

관흥이 좌우에 돌격 신호를 보내며 일제히 달려 나가는데 강병의 진영이 갑자기 양 옆으로 갈라지면서 그 가운데로 철갑 수레들이 쏟아져 나오는데 마치 거센 파도가 밀려오는 듯했다. 동시에 활과 쇠뇌를 일제히 쏘아 대니 관흥의 군사는 제대로 싸워보지도 못하고 크게 패하고 말았다.

다행히 좌우에서 뒤따르던 마대와 장포의 군사는 급히 후퇴했지만 앞장섰던 관흥의 군사는 강병에 포위당한 채 서북쪽 모퉁이로 몰려갔다.

관흥은 포위망 한가운데서 적을 쳐부수며 좌충우돌했지만 쉽게 뚫을 수가 없었다. 철갑 수레로 빽빽이 에워싼 벽은 마치 튼튼한 성벽과 같았다. 촉군들은 서로를 돌볼 틈이 없어 허둥대고 있었다. 관흥은 간신히 산골짜기로 길을 찾아 달아났다. 날은 점점 저물어 가는데 한 무리의 검은 깃발들이 벌 떼처럼 몰려오는 것이 아닌가!

강병의 장수 한 사람이 철추를 휘두르며 큰 소리로 외치기를: "어린 장수는 게 섯거라! 내가 바로 월길 원수니라!"

관흥은 급히 말에 박차를 가해 앞으로 내달렸다. 그런데 길이 끊기고 개울이 나타났다. 어쩔 수 없이 말머리를 돌려 월길과 싸워야 했다. 그러나 관흥은 당황한데다 기가 꺾인 상태이니 월길을 당해낼 수 없었다. 결국 개울 안으로 도망을 쳤다. 뒤쫓아온 월길이 철추를 내리쳤다. 관흥이 재빨리 피했지만, 철주는 그만 말의 넓적다리에 맞고 말았다. 말이 개울 속으로 처박히면서 관흥도 물에 빠졌다. 그때 문득 등 뒤에서 외마디 비명소리와 함께 쫓아오던 월길이 아무 까닭 없이 말과 함께 물속에 처박히는 것이었다. 관흥이 물속에서 허겁지겁 일어나 보니 언덕 위에서 한 장수가 강병들을 모두 물리치고 있었다.

관흥이 칼을 들어 옆에 있던 월길을 내리치려는 순간 월길은 물 위로 껑충 뛰어올라 달아났다. 관흥은 월길의 말을 끌고 언덕 위로 올라가 안장과 고삐를 가다듬고 칼을 들고 말에 올라 바라보니 아직도 그 장수는 혼자서 강병을 뒤쫓으며 무찌르고 있었다.

관흥은 속으로 내 목숨을 구해 준 저분을 마땅히 만나 뵙고 인사를 드려야겠다고 생각하여 말에 박차를 가해 달려갔다. 차츰 가까워지면서 구름과 안개 속에 한 장수의 모습이 어렴풋이 보였다. 검붉은 대추 빛 얼굴에 잠자는 누에 눈썹을 하고, 녹색 전포에 황금 갑옷을 입었으며, 손에는 청룡도를 쥐고 있고 적토마를 타고 손으로 멋진 수염을 쓰다듬는 모습에 관흥은 그만 깜짝 놀라고 말았다. 그 장수는 분명 자신의 부친 관공이었다.

그때 갑자기 관공이 손으로 동남쪽을 가리키며 말하기를: "아들아! 이 길로 가거라. 네가 영채로 돌아가는 길을 내 보호해 줄 것이다!"

말을 마치자 관공의 모습은 사라지고 없었다.

관흥은 동남쪽을 향해 정신없이 달렸다. 한밤중이 되어갈 무렵 한 무리의 군사와 마주쳤는데 그들은 바로 장포의 군사였다.

장포가 관흥에게 묻기를: "너는 혹시 둘째 백부님을 뵙지 않았느냐?"

관흥 曰: "형님께서 그걸 어찌 아시오?"

장포 曰: "내가 철거군에게 급박하게 쫓기고 있는데 문득 백부님께서 하늘에서 내려오시는 것을 보았는데 쫓아오던 강병들도 그 모습을 보고 혼비백산하여 물러가 버렸다. 백부께서 나에게 손으로 가리키며 말씀하시기를, '너는 어서 이 길을 따라가서 내 아들을 구해 주거라.' 하시었다. 그래서 이렇게 급히 달려온 것이다."

관흥 역시 방금 겪었던 일을 이야기하고 함께 기이한 일을 감탄하며 영채로 돌아왔다.

마대가 두 장군을 맞이하며 말하기를: "우리끼리 강병을 물리칠 계책을 짜내기는 어려울 것 같습니다. 내가 영채를 지키고 있을 테니 두 장수는 본채로 돌아가 승상을 뵙고 저들을 쳐부술 계책을 받아 오시오."

이에 관흥과 장포는 밤낮으로 달려가 공명에게 이 일을 자세히 설명했다.

공명은 곧바로 조운과 위연에게 각각 한 무리의 군사를 이끌고 가서 매복해 있으라고 한 다음, 자신이 직접 군사 3만 명을 거느리고 강유·장익·관흥·장포를 앞세워 마대의 영채로 갔다.

다음 날 공명이 높은 언덕 위로 올라가 바라보니 철갑 수레들이 끊임없이 이어져 있고 말을 탄 군사들이 왔다 갔다 하고 있었다.

공명 曰: "저것을 깨뜨리는 것은 어려운 것이 아니다."

공명은 마대와 장익을 불러 여차여차하라고 분부했다.

두 사람이 떠나자 다시 강유를 불러 묻기를: "백약(伯約)은 저 철갑수레를 깨뜨릴 방법을 알겠는가?"

강유 曰: "강인들은 오로지 힘 하나만 믿고 날뛰는 자들인데 어찌 묘한 계책을 알 수 없겠습니까?"

공명이 웃으며 말하기를: "자네는 내 의도를 알아차렸군. 지금 먹구름이 몰려오고 북풍이 세차게 몰아치고 있으니 곧 눈이 내릴 것이네. 그때 내 계책을 쓸 것이네."

공명은 관흥과 장포 두 사람에게도 군사를 이끌고 가서 매복하라 이르고, 강유에게 군사를 거느리고 나가 싸우되 철거병이 나오면 곧바로 물러나 달아나도록 했다. 그리고 영채 앞에는 깃발만 세워 놓고 영채 안은 비워 두도록 했다.

이렇게 모든 준비는 마치고 눈이 내리기만 기다렸다.

때는 바야흐로 섣달그믐, 과연 큰 눈이 내리기 시작했다. 강유가 군사를 이끌고 나가자 월길이 철거병을 이끌고 나왔다. 강유는 즉시 뒤로 물러났다. 강병들이 영채 앞까지 쫓아오니 강유는 아예 영채 뒤로 달아났다. 강병들이 영채 안을 들여다보니 영채 안에서는 거문고 켜는 소리만 들리는데 사방에는 깃발들이 가지런히 세워져 있을 뿐 텅 비어 있었다. 강병들이 급히 돌아가 월길에게 보고했다. 월길은 의심이 들어 쉽게 앞으로 나아가지 못했다.

아단 승상 曰: "이것은 제갈량의 속임수가 틀림없소. 속임수로 세워 놓은 깃발일 뿐이니 당장 쳐들어가야 합니다."

월길이 군사를 이끌고 영채 앞으로 가서 보니 공명이 거문고를 들고 수레에 올라 기병 몇 명만 데리고 영채 뒤로 달아나고 있었다. 강병들은 곧바로 영채를 지나 뒷산 어귀까지 쫓아갔다. 그때 작은 수레가 산모퉁이를 돌아 산속으로 들어가는 것이 내리는 눈발 속에 희미하게 보였다.

아단이 월길에게 말하기를: "이런 군사들 쯤이야 설령 매복이 있다 한들 겁낼 게 뭐 있겠소."

그들은 대군을 이끌고 계속 쫓아갔다. 강유의 군사가 눈밭에서 달아나는 모습이 보였다. 화가 치밀어 오른 월길이 군사를 재촉하여 급히 추격했다. 산길은 이제 완전히 눈으로 덮여 멀리까지 평탄하게 뻗어있는 것처럼 보였다.

한참을 쫓아가고 있을 때 촉의 군사들이 산 뒤에서 나오고 있다는 보고가 들어왔다.

아단 曰: "얼마 되지 않는 복병들 쯤이야 신경 쓸 필요 있겠소."

계속 군사들을 재촉해 앞으로 달려갔다. 그때 갑자기 산이 무너지고 땅이 꺼지는 듯한 소리와 함께 강병들은 모조리 함정 속으로 빠지고 말았다. 그들의 등 뒤를 바짝 따라오던 철거병들은 멈출 새도 없이 미끄러지면서 강병들 위를 덮쳤다.

이를 본 뒤쪽에 있던 강병들은 급히 뒤돌아섰으나 왼쪽에서는 관흥의 군사들이, 오른쪽에서는 장포의 군사들이 일제히 쇠뇌를 쏘면서 쳐들어왔다. 또 등 뒤에서는 강유·마대·장익이 이끄는 세 방면의 군사가 쳐들어왔으니, 철거병들은 대혼란에 빠지고 말았다.

월길 원수는 뒤쪽 산골짜기로 도망을 치다 관흥과 정면으로 마주쳤다. 두 말이 서로 어울려 싸우기를 단 한 합에 월길은 호통 소리와 함께 내리친 관흥의 청룡도에 찔려 말 아래로 떨어져 죽고 말았다. 아단 승상은 이미 마대에게 사로잡혀 본채로 압송되어 갔다. 이를 본 강병들은 사방으로 흩어져 달아나기 바빴다.

공명이 막사 안에 들어가 자리에 앉으니 마대가 아단을 끌고 들어왔다. 공명은 무사에게 호령하여 그의 결박을 풀어 주게 하고 술을 주어 놀란 가슴을 진정시킨 다음 좋은 말로 위로했다. 아단은 예상치 못했던 그의 은덕에 매우 감격했다.

공명 曰: "우리 주공께서는 대한(大漢)의 황제로서 이번에 나로 하여금 역적을 토벌하라고 명하셨소. 그런데 그대들은 어찌하여 역적을 돕는단 말이오? 내 지금 그대를 돌아가게 놓아줄 것이니 그대의 주인에게 가서 이렇게 전하시오. '우리와 그대 나라는 서로 이웃이니 길이 우호 관계를 맺고 다시는 반역한 역적의 말을 듣지 마시오!'"

공명은 사로잡은 강병들을 비롯한 수레와 말 등 모든 병장기들을 아단에게 내어 주고 본국으로 돌아가게 했다. 그들은 모두 고맙다고 절을 하고 떠나갔다.

공명은 그날 밤으로 전군을 거느리고 기산의 대체로 돌아가기로 하고 관흥과 장포에게 군사를 먼저 주어 떠나보내는 한편, 사람을 성도로 보내 표문을 올려 황제께 승전 소식을 아뢰게 했다.

한편 조진은 날마다 강인들의 소식을 기다리고 있었다. 하루는 길에 매복해 있던 군사가 달려와 보고하기를: "촉군들은 영채를 거두어 떠나고 있습니다."

곽회가 매우 기뻐하며 말하기를: "이는 강병들이 공격하고 있기 때문입니다."

그러고는 군사를 두 방면으로 나누어 추격해갔다. 저만치 촉의 군사들이 어지럽게 달아나고 있었다. 선봉장 조준이 한창 촉군의 뒤를 쫓아가고 있을 때 갑자기 북소리가 크게 울리면서 한 무리의 군사들이 뛰쳐나왔다. 앞선 대장은 위연이었다.

위연이 큰 소리로 외치기를: "이 역적 놈들 게 섰거라!"

크게 놀란 조준이 말에 박차를 가해 달려 나가 싸웠지만 3합도 채 싸우지 못하고 위연의 칼에 맞아 말에서 떨어졌다. 부(副) 선봉 주찬 역시 다른 방면으로 군사를 이끌고 뒤를 쫓다가 한 무리의 군사와 마주쳤다. 앞선 대장은 조운이었다. 주찬은 미처 손도 써 보지 못하고 조운의 창에 찔려 죽고 말았다.

두 선봉 장수를 잃은 조진과 곽회는 군사를 거두어 돌아가려 했다. 그때 등 뒤에서 함성이 진동하더니 북소리·나팔 소리가 일제히 울렸다. 관흥과 장포가 양쪽에서 덮쳐온 것이다. 두 장수는 조진과 곽회를 포위하여 한바탕 살육이 진행되었다. 조진과 곽회는 패배한 군사를 수습하여 겨우 길을 열어 달아났다. 완전한 승리를 거둔 촉의 군사는 계속 그 뒤를 추격하여 위수까지 쫓아가 그들의 영채를 빼앗았다. 선봉 장수 둘을 잃은 조진은 슬프고 괴로웠지만, 조정에 표문을 올려 구원병을 애걸할 수밖에 없었다.

한편 위주 조예가 조회를 열고 있는데 근신이 아뢰기를: "대도독 조진이 촉군에 여러 차례 패하여 두 선봉과 많은 군사를 잃었으며 지원을 받은 강병들조차 크게 패해 그 형세가 매우 위급하다 하옵니다. 지금 구원병을 요청하는 표문을 보내왔으니 폐하께서는 이 일부터 처결하시옵소서."

조예는 몹시 놀라 급히 적군을 물리칠 계책을 물었다.

화흠이 아뢰기를: "이제는 폐하께서 친히 어가를 타고 나가 정벌에 나서야 합니다. 제후들을 대대적으로 불러 모으시고 군사들로 하여금 모두 죽을힘을 다해 싸우게 해야 비로소 적을 물리칠 수 있습니다. 그렇지 않으면 장안도 잃을 수 있고 관중마저 위험해집니다."

태부 종요(鍾繇)가 아뢰기를: "무릇 장수된 자는 지혜가 남보다 뛰어나야 다른 사람을 제압할 수 있습니다. 손자(孫子)가 말하기를, '적을 알고 나를 알면 백 번 싸워 백 번 이긴다(知彼知己, 百戰百勝).'고 했습니다. 신이 보기에 조진이 비록 오랫동안 군사를 지휘했지만, 제갈량의 적수는 되지 못합니다. 신이 저의 집안 모든 식솔들의 목숨을 걸고, 한 사람을 천거해 촉군을 물리치고자 하는데 폐하께서 윤허하실지 모르겠사옵니다."

조예 曰: "경은 조정의 원로대신이 아니오. 촉군을 물리칠 현사(賢士)가 있으면 속히 그를 불러들여 짐의 근심을 덜게 하시오."

종요가 아뢰기를: "이전에 제갈량이 군사를 일으켜 우리 지경을 침범하려 했으나, 오직 이 사람이 두려워 일부러 유언비어를 퍼뜨려 폐하로

하여금 그를 의심하여 쫓아버리게 한 다음, 이렇듯 기세 좋게 대군을 거느리고 쳐들어온 것입니다. 만약 그를 다시 기용하시면 제갈량은 스스로 물러갈 것입니다."

조예가 그 사람이 누구냐고 물었다.

종요 曰: "표기대장군 사마의(司馬懿)입니다."

조예가 탄식하며 말하기를: "그 일은 짐 또한 후회하고 있소. 지금 중달(仲達: 사마의)은 어디 있소?"

종요 曰: "근자에 들으니 중달은 완성(宛城)에서 한가히 지내고 있다 합니다."

조예는 즉시 조서를 내려 사자에게 부절(符節)을 가지고 가 사마의의 옛 관직을 회복시키고 또 벼슬을 높여 평서도독(平西都督)으로 삼아, 곧 바로 남양 각처의 군사를 동원하여 장안으로 진군하도록 했다.

조예 역시 어가를 타고 친히 정벌에 나서며 사마의로 하여금 정한 날짜에 장안에 도착하도록 했다. 사자는 밤낮으로 달려 완성으로 갔다.

한편 공명은 군사를 이끌고 나온 이래 여러 차례 완승을 거두어 내심 매우 기뻤다. 공명이 기산의 영채 안에서 여러 사람을 모아 놓고 앞일을 의논하고 있을 때 영안궁(永安宮: 백제성)을 지키고 있는 이엄(李嚴)의 아들 이풍(李豊)이 뵈러 왔다는 보고가 들어왔다.

공명은 동오가 침범해 온 것이 아닌가 하는 생각이 들어 깜짝 놀라 이풍을 막사 안으로 불러들여 무슨 일이냐고 물었다,

이풍 曰: "기쁜 소식을 보고하려고 일부러 왔습니다."

공명 曰: "기쁜 소식이라니, 무슨 기쁜 일이냐?"

이풍 曰: "지난날 맹달(孟達)이 위에 항복한 것은 부득이한 일이었는데, 그때 조비는 그의 재주를 아껴 몇 번이나 준마(駿馬)와 황금·구슬

등을 내리고, 황제가 타는 수레(輦)를 함께 타고 궁궐을 출입한 적도 있으며, 그를 산기상시(散騎常侍)로 봉하여 신성(新城) 태수를 겸하도록 했습니다. 또한 상용과 금성을 비롯한 여러 곳을 지키게 하면서 서남쪽을 모두 그에게 맡겼습니다. 그러나 조비가 죽고 조예가 즉위한 이후 조정의 많은 신하들이 그를 질투하자 맹달은 밤낮으로 불안해 늘 장수들에게 말하기를, '나는 원래 촉의 장수였는데 그 당시 형세가 어쩔 수 없어 이 지경이 되었다.'라고 한탄하곤 했답니다. 그러다 근래에 몇 차례나 심복을 시켜 저희 부친께 서신을 보내 자기 대신 승상께 되돌아 갈 뜻을 말씀드려 달라고 부탁했습니다.

맹달은 전에 위의 군사들이 다섯 방면으로 서천에 쳐들어가려고 했을 때에도 이런 뜻이 있었는데, 지금 승상께서 위를 정벌하러 나섰다는 소식을 듣고, 자신이 금성·신성·상용 세 곳의 군사를 모아 신성에서 거사를 일으켜 곧바로 낙양을 칠 것이니 승상께서 장안을 취하시면 두 수도는 완전히 평정될 것이라고 했습니다. 그래서 승상께 맹달이 보낸 심복 부하를 데리고 왔습니다. 또한 맹달이 그동안 여러차례 보내온 서신도 함께 바칩니다."

공명은 매우 기뻐하며 이풍과 함께 온 자들에게 후한 상을 내렸다. 그때 갑자기 정탐꾼이 와서 보고하기를: "위주 조예가 친히 어가를 타고, 장안으로 오고 있는 한편 조서를 내려 사마의를 복직시키고 평서도독으로 승진까지 시켜 그에게 완성(宛城)의 군사를 일으켜 장안으로 달려오라고 했답니다."

공명은 깜짝 놀랐다.

참군 마속 曰: "조예쯤이야 어디 입에 올릴 거리나 됩니까? 장안으로 오면 가서 바로 사로잡으면 그만인 것을, 승상께서는 어찌 놀라십니까?"

공명 曰: "내 어찌 조예를 겁내겠는가! 내가 걱정하는 것은 오직 사마의 한 사람뿐이네. 지금 맹달이 거사를 일으키려 하는데 만약 사마의를 만나게 되면 일은 반드시 실패할 것이네. 맹달은 사마의의 적수가 되지 못하니 사마의에게 잡히고 말 것이네. 만일 맹달이 죽으면 중원을 얻기가 쉽지 않을 것이오."

마속 曰: "그렇다면 속히 맹달에게 글을 보내 방비를 하게 하시지요."

공명은 즉시 글을 써서 맹달이 보내온 심복에게 주어 밤낮으로 달려가 그에게 보고하도록 했다.

한편 신성에서 심복이 돌아오기만을 기다리던 맹달은 심복이 돌아와 공명의 서신을 바치자 즉시 열어보니, 그 내용은:

"근래에 그대가 보내준 글을 보고 공의 충의(忠義)의 마음을 충분히 알 수 있었소. 옛정을 잊지 않고 있다니 매우 기쁘고 위로가 되었소. 만일 대사가 이루어지면 공은 한조(漢朝)를 중흥시킨 일등 공신이 될 것이오. 그러나 각별히 조심하고 은밀히 일을 꾸며야 하오. 경솔하게 다른 사람을 믿지 말 것이며 신중하고 경계를 늦추지 마시오.

근자에 듣자 하니 조예가 조서를 내려 다시 사마의를 불러 완성과 낙양에서 군사를 일으킨다고 하오. 만일 사마의가 공이 거사를 일으킨다는 것을 알게 되면 먼저 신성을 칠 것이니 방비에 만전을 기하고, 절대로 그를 가벼이 보아서는 아니 되오."

공명의 서신을 다 읽고 난 맹달이 비웃으며 말하기를: "사람들이 공명은 의심이 많은 사람이라고 하더니 이제 보니 정말 그렇군."

맹달은 즉시 답서를 써서 심복으로 하여금 공명에게 전하게 했다. 공명이 그를 막사 안으로 불러들여 그 답서를 읽어 보니 내용은:

"방금 승상의 가르침을 받았습니다. 제가 어찌 잠시라도 태만히 하겠습니까. 제 생각에 사마의의 일은 걱정할 것이 없습니다. 완성은 낙양에서 8백 리 떨어져 있고 신성까지는 1천 2백 리나 떨어져 있습니다. 설령 사마의가 이 맹달의 거사 소식을 알게 된다고 하여도 먼저 위주에게 표문을 올려 아뢰어야 할 것이니 완성에서 낙양까지 왕복하는 데는 한 달은 족히 걸릴 것입니다. 그 사이에 우리 성은 견고해져 여러 장수와 모든 군사는 매우 험준한 요새에 있을 것이니, 설령 사마의가 쳐들어온다고 한들 제가 어찌 겁을 내겠습니까? 승상께서는 마음 푹 놓으시고 그저 승전 소식이나 기다리십시오."

글을 읽고 난 공명은 맹달의 서신을 바닥에 내던지고 발을 구르며 말하기를: "맹달은 기어이 사마의의 손에 죽고 말겠구나!"

마속이 묻기를: "승상께서는 어찌 그리 말씀하십니까?"

공명 曰: "병법에 이르기를 '방비가 없는 곳을 치고, 생각지 못하는 곳으로 나아간다(攻其不備, 出其不意).'라고 했으니, 어찌 한 달 기한이 있으리라 느긋하게 생각하는가? 조예가 기왕에 사마의에게 중임을 맡긴 이상, 그는 도적을 만나면 즉시 제거하지 어찌 표문을 올리고 그 대답을 기다리겠나! 만약 맹달이 배반한 것을 안다면 열흘도 안 되어 사마의의 군사들이 당도할 것이니 어찌 손쓸 틈이 있겠는가!"

여러 장수들은 공명의 말에 다들 탄복했다.

공명은 맹달이 보내온 사람에게 즉시 돌아가서 보고하라고 이르기를: "아직 만약 일을 시작하지 않았다면 절대로 같이 하려는 사람에게도 알리지 말라. 알리면 일은 반드시 실패하고 말 것이다."

그 사람은 하직 인사를 하고 신성으로 돌아갔다.

한편 완성에서 한가히 시간을 보내고 있던 사마의는 위의 군사들이 여러 차례 촉군에 패했다는 소식을 듣고 하늘을 바라보며 긴 탄식만 하고 있었다.

사마의에게는 두 아들이 있었다. 맏아들 사마사(司馬師)는 자가 자원(子元)이고, 둘째 아들 사마소(司馬昭)는 자를 자상(子尙)이라 하는데, 두 사람은 평소 큰 뜻을 품고 병서를 익혀 통달했다. 이날 부친 곁에 있던 두 아들은 사마의가 길게 탄식하는 모습을 보고 묻기를: "아버님께서는 어찌하여 그렇게 탄식을 하십니까?"

사마의 曰: "너희들이 어찌 대사를 알겠느냐?"

사마사 曰: "위주(魏主)께서 아버님을 써 주지 않으셔서 탄식하는 것이 아닙니까?"

사마소가 웃으며 말하기를: "조만간 반드시 아버님을 부르실 것입니다."

그 말이 채 끝나기도 전에 천자의 사자가 부절을 가지고 왔다고 알려왔다. 사마의는 사자가 낭독하는 조서를 듣자마자 곧바로 완성 일대 각처의 군사를 소집했다. 바로 그때 금성 태수 신의(申儀)가 집안의 가까운 사람을 보내와 군사 비밀에 관한 사항을 급히 보고하러 왔다는 것이다.

사마의가 그를 밀실로 불러 물으니, 그 사람은 맹달이 반역을 꾀하고 있는 사실을 자세히 이야기하고, 맹달의 심복 이보(李輔)와 맹달의 생질 등현(鄧賢)이 반역을 고하는 서신까지 내놓았다.

다 듣고 난 사마의가 손을 이마에 대며 말하기를: "이는 황제 폐하의 더할 나위 없이 크나큰 홍복이로다. 제갈량의 군사들이 기산에서 연전연승하여 조정 안팎의 사람들이 모두 간담이 서늘해지게 되었다. 지금 천자께서 부득이 장안으로 움직이셨는데 만약 시급히 나를 불러 쓰시지 않았다면, 맹달이 거사를 일으키는 날 장안과 낙양을 모두 한꺼번에 잃을 뻔했지 않은가!

이 역적 놈은 필시 제갈량과 내통했을 것이다. 내가 먼저 맹달을 사로잡아 버리면 제갈량은 간담이 서늘해져 스스로 물러갈 것이다."

장자 사마사 曰: "아버님께서는 속히 황제께 표문을 올리십시오."

사마의가 웃으며 말하기를: "만약 천자의 성지를 기다리려면 왕복 한 달은 걸릴 것인데, 그리되면 이미 손을 쓸 수 없는 상황이 되고 말 것이다."

사마의는 즉시 군사를 일으켜 출발하라고 명을 내리고 하루에 이틀 길을 가도록 하고 만약 늦는 자는 그 자리에서 목을 베겠다고 했다. 한편 사마의는 참군(參軍) 양기(梁畿)에게 격문을 가지고 밤낮으로 말을 달려 산성으로 가서 맹달에게 출정 준비를 하라고 일러 그가 의심을 품지 않도록 했다. 양기를 먼저 출발시킨 사마의는 그 뒤를 이어 출발했다. 이틀째 행군해 가던 사마의는 산비탈 아래에서 한 무리의 군사를 만났다. 바로 우장군(右將軍) 서황(徐晃)이었다.

말에서 내린 서황이 사마의에게 묻기를: "천자께서는 촉군을 막기 위하여 친히 장안으로 가셨는데 지금 도독은 어디로 가시는 겁니까?"

사마의가 목소리를 낮추며 말하기를: "지금 맹달이 반란을 일으켜 나는 그를 사로잡으러 가는 길이오."

서황 曰: "그렇다면 저에게 선봉을 맡겨주십시오."

사마의는 매우 기뻐하며 군사를 하나로 합쳤다. 서황이 선두를 맡고 사마의는 중군을, 그리고 두 아들이 후군을 각각 맡았다. 다시 이틀을 행군해 가던 서황의 선두부대 정탐꾼이 맹달의 심복을 붙잡았는데 그의 품속에서 맹달에게 보내는 공명의 답신이 발견되어 그 사람을 끌고 사마의에게 데려갔다.

사마의 曰: "내 너를 죽이지 않을 것이니 자초지종을 자세히 설명하여라."

그 자는 어쩔 수 없이 그동안 공명과 맹달을 오가며 있었던 일을 하나하나 고해바쳤다. 사마의는 공명의 답신을 보고 깜짝 놀라며 말하기

를: "세상에 유능하다고 하는 자들이 보는 눈은 다 똑같구나. 내가 어찌 할 것이라는 것을 이미 공명에게 간파당했지만, 다행히 천자께서 복이 있으셔서 이런 귀중한 정보를 내가 먼저 알아냈으니 맹달은 이제 아무 짓도 못 할 것이다."

사마의는 밤낮으로 군사를 재촉해 앞으로 나아갔다.

한편 신성의 맹달은 금성 태수 신의(申儀)·상용 태수 신탐(申耽)과 거사 날짜를 정해 놓았다.

신의와 신탐 두 태수는 겉으로는 맹달에게 승낙해 놓고, 매일 군사를 훈련시키며, 위병이 도착하기만을 기다리며 안에서 지원할 준비를 갖추고 있었다. 그러면서 맹달에게는 병장기와 군량 및 마초를 다 갖추지 못해 거사 날짜를 맞추기 어려울 것 같다고 딴청을 부렸다. 맹달은 그 말을 전혀 의심하지 않았다.

그때 갑자기 참군 양기가 신성에 왔다는 보고가 들어왔다. 맹달은 그를 성 안으로 맞아들이니 양기가 사마의의 명을 전하며 말하기를: "사마 도독께서는 황제의 조서를 받들어 여러 방면의 군사를 일으켜 촉군을 물리치려고 하고 있소. 태수는 군사를 모아 놓고 지시를 기다리시오."

맹달이 묻기를: "도독께서는 언제쯤 떠나시오?"

양기 曰: "지금쯤 완성을 떠나 장안으로 출발하셨을 것입니다."

맹달은 내심 은근히 기뻐하며 말하기를: "드디어 대사(大事)는 이루어지는구나!"

맹달은 연회를 베풀어 양기를 대접하여 성 밖까지 배웅한 다음 곧바로 신의와 신탐에게 알리기를: "내일 거사를 시작한다. 모든 기치를 대한(大漢)의 기치로 바꾸고 여러 방면에서 일제히 군사를 일으켜 낙양으로 쳐들어간다."

그때 갑자기 성 밖에서 먼지가 하늘 높이 일어나며 군사들이 몰려오고 있는데 어느 군사인지 모르겠다는 보고가 들어왔다.

맹달이 성 위로 올라가 보니 한 무리의 군사들이 '우장군 서황(右將軍徐晃)'이라고 쓰인 깃발을 흔들면서 나는 듯이 성 아래로 달려오는 것이 아닌가!

깜짝 놀란 맹달은 급히 조교를 들어 올리게 했다. 벌써 해자 앞까지 달려온 서황이 큰 소리로 외치기를: "반역자 맹달은 어서 빨리 항복하라!"

몹시 화가 난 맹달이 급히 활을 당겼다. 화살은 날아가 서황의 머리에 정통으로 맞았다. 곁에 있던 위의 장수들이 서황을 구해 물러나고 성 위에서는 계속 화살을 비 오듯 쏘아대니 위군은 결국 물러났다.

맹달이 성문을 열고 막 쫓아가려 할 때 사방에서 깃발들이 해를 가리며 사마의의 군사들이 몰려왔다.

맹달은 하늘을 쳐다보며 길게 탄식하기를: "과연 공명의 예상이 맞았구나!"

맹달은 성문을 굳게 닫고 지키기만 했다.

한편 맹달의 화살에 맞은 서황은 여러 군사들의 구호를 받아 영채로 돌아가 화살촉을 뽑고 의원으로 하여금 치료를 하게 했지만 결국 그날 밤 죽고 말았다. 이때 그의 나이 59세였다. 사마의는 그의 시신을 낙양으로 보내 장례를 치르도록 했다.

다음 날 맹달이 성 위로 올라가 살펴보니 위병들이 성 주위를 철통처럼 에워싸고 있었다. 맹달은 안절부절못하고 놀랍고 의아한 생각에 마음을 진정할 수 없었다.

그때 성 밖에서 두 방면에서 군사들이 몰려오고 있었다. 자세히 보니 깃발에 각각 '신탐'·'신의'라고 크게 씌여 있는 것이 아닌가!

司馬懿

구원병이 온 것으로 착각한 맹달은 황급히 성문을 활짝 열고 군사들을 이끌고 뛰쳐나갔다.

신탐과 신의가 외치기를: "반역자는 게 섯거라! 어서 목숨을 내놓아라!"

그제야 맹달은 일이 잘못된 것을 알고 말머리를 돌려 성을 향해 달아났다. 뜻밖에 성 위에서도 화살이 빗발치듯 쏟아졌다. 성 위에서 이보와 등현이 큰 소리로 외치기를: "우리는 이미 도독께 성을 바쳤느니라!"

맹달이 길을 찾아 달아나자 신탐이 그 뒤를 쫓아왔다. 사람도 말도 모두 지친 맹달은 손을 쓸 틈도 없이 신탐의 창에 찔려 말에서 떨어졌다. 신탐이 그의 목을 베어 높이 들어 보이니 나머지 군사들은 모두 항복했다.

이보와 등현이 성문을 활짝 열어 사마의를 성 안으로 영접했다. 사마의는 백성과 군사를 위로하고 나서 곧바로 위주에게 사람을 보내 이 사실을 보고했다.

조예는 매우 기뻐하며 맹달의 수급을 낙양의 저잣거리로 가져가서 많은 백성들에게 보이게 하고 신탐과 신의의 벼슬을 높여주며 사마의를 따라 정벌에 나서도록 했다. 그리고 이보와 등현에게 남아 각각 신성과 상용을 지키게 했다.

한편 맹달의 거사를 가볍게 평정한 사마의는 군사를 이끌고 장안성 밖에 이르러 영채를 세우고 위주를 알현하러 성 안으로 들어갔다.

조예는 매우 기뻐하며 말하기를: "짐이 한때 눈이 어두워 그만 반간계에 걸린 것을 정말로 후회하고 있소. 이번에 맹달이 모반을 일으킨 것을 경이 제압하지 않았다면 두 수도는 끝장나고 말았을 것이오!"

사마의가 아뢰기를: "신은 맹달이 모반을 꾀하려 한다는 사실을 신의의 밀고로 처음 알고 폐하께 상주하고 명을 기다리려 했으나 오가며 시일을 지체하면 자칫 일을 그르칠까 두려워 성지(聖旨)를 기다리지 못하고

밤낮으로 달려갔습니다. 만약 폐하께 상주하여 성지를 기다렸다면 틀림없이 제갈량의 계책에 걸려들고 말았을 것입니다."

말을 마친 사마의가 공명이 맹달에게 회신한 밀서를 조예에게 바쳤다.

조예가 읽고 나서 매우 기뻐하며 말하기를: "경의 식견은 손자나 오자보다 뛰어나구려!"

그러고는 황금으로 된 부월(斧鉞) 한 쌍을 사마의에게 하사하며 앞으로도 급박하고 중요한 일이 일을 때, 상주하여 대답을 기다리지 말고 즉시 마음대로 일을 처리하라[25]고 일렀다.

조예는 곧바로 사마의에게 관문을 나가 촉군을 쳐부수라고 명을 내렸다.

사마의가 아뢰기를: "신이 선봉으로 삼을 대장 한 사람을 천거하고자 합니다."

조예 曰: "누구를 추천하는 것이오?"

사마의 曰: "우장군(右將軍) 장합(張郃)이 그 소임을 맡을 만합니다."

조예가 웃으며 말하기를: "짐도 그 사람을 쓰려했소."

조예는 장합에게 선두 부대의 선봉이 되어 사마의를 따라 장안성을 떠나 촉군을 치러가게 했다.

이야말로:

계략 짜내는 모신이 이미 있는데	旣有謀臣能用智
맹장까지 얻어 위엄을 더 돋우네	又求猛將助施威

승부가 어찌 될지 궁금하거든 다음 회를 기대하시라.

---

25 후에 사마의가 황제의 자리까지 찬탈하게 되는데 어쩌면 조예가 오늘 사마의에게 준 이 특권이 반역의 빌미가 되었을 것임. 역자 주.

제 95 회

마속은 간하는 말 듣지 않아 가정 잃고
공명은 거문고 튕겨서 중달을 물리치다

馬謖拒諫失街亭

武侯彈琴退仲達

위주 조예는 장합을 선봉장으로 삼아 사마의와 함께 촉군의 정벌에 나서는 한편, 신비(辛毗)와 손례(孫禮) 두 장수에게 군사 5만 명을 이끌고 가서 조진을 도우라 명했다. 두 사람은 조서를 받들고 떠났다.

한편 사마의는 군사 20만 명을 이끌고 관을 나와 영채를 세운 후 선봉장 장합을 막사로 불러 말하기를: "제갈량은 매사 신중하고 조심하여 언제나 경솔하게 일을 처리하는 사람이 아니오. 내가 만약 군사를 썼다면 먼저 자오곡으로 해서 곧바로 장안으로 쳐들어갔을 것이오. 그렇게 했다면 이미 장안은 함락되었을 것이오. 제갈량은 그런 계책을 모른 것이 아니고 다만 실수가 있을까 염려되어 모험을 하지 않은 것뿐이오.

이제는 제갈량이 틀림없이 야곡(斜谷)으로 나와서 미성(郿城)을 칠 것이고 미성을 취하고 나면 다시 군사를 두 방면으로 나누어 한쪽은 기곡(箕谷)을 취하려 할 것이오. 내 이미 자단(子丹: 조진)에게 격문을 보내 미성을 굳게 지키기만 하고 절대 나가서 싸우지 말라고 영을 내렸고, 손례와 신비에게는 기곡의 길목을 차단하고 적군이 오거든 기습을 하라고 일러두었소."

장합 曰: "그러면 장군께서는 어느 곳으로 진군하려 하십니까?"

사마의 曰: "나는 예전부터 진령(秦嶺)의 서쪽에 길이 하나 있다는 것을 알고 있었소. 그 길이 지나는 곳에 가정(街亭)이라는 곳이 있는데 그 근처에 열류성(列柳城)이라는 성도 하나 있소. 이 두 곳 모두 한중으로 들어가는 목구멍에 해당하는 중요한 길목이오.

제갈량은 자단이 아무 방비도 하지 않으리라 생각하고 이쪽으로 나올 것이오. 나와 장군이 가정을 먼저 취해버리면 그곳에서 양평관은 그리 멀지 않소. 제갈량은 내가 가정을 차지하여 그의 식량 보급로가 차단된 것을 알면 농서(隴西) 일대를 안전하게 지키기 어렵다는 것을 알기 때문에 틀림없이 밤을 새워 한중으로 돌아가려 할 것이오. 나는 그 틈을 노려 군사를 거느리고 샛길에서 기다리다 그를 친다면 완승을 거둘 수 있을 것이오. 만약 그가 돌아가지 않을 때에는 우리가 역으로 작은 길목을 모조리 막고 지킨다면 한 달도 안 돼 식량이 떨어져 촉군들은 모두 굶어 죽을 것이고 제갈량은 반드시 내 손에 사로잡히게 될 것이오."

사마의의 계책에 크게 깨달은 장합은 땅에 엎드려 절을 하며 말하기를: "도독은 참으로 신처럼 헤아리십니다."

사마의 曰: "하지만 제갈량은 맹달과는 비교할 자가 아니오. 장군은 선봉으로 나서더라도 절대로 경솔히 움직여서는 안 되오. 여러 장수들에게 전하여 산 서쪽 길을 따라 나아가되 반드시 먼저 정탐꾼을 보내 복병이 있는지 확인하고 진군하도록 하시오. 이를 소홀히 하고 방심했다가는 제갈량의 계책에 빠지고 말 것이오."

계책을 받은 장합은 군사를 이끌고 떠나갔다.

한편 기산의 영채에 있던 공명은 신성의 정세를 살피러 갔던 정탐꾼이 돌아왔다는 말을 듣고 급히 그를 불러 물었다.

정탐꾼이 아뢰기를: "사마의는 평소보다 배나 빠른 속도로 행군하여 8일 만에 신성에 도착했습니다. 맹달은 미처 손쓸 겨를도 없었을 뿐만 아니라 신탐·신의·이보·등현 등이 안에서 적과 내통하여 맹달은 혼전 중에 죽고 말았습니다. 지금 사마의는 군사를 되돌려 장안으로 돌아와 위주를 뵙고 장합과 함께 군사를 이끌고 관을 나와 우리 군사를 막으러 오고 있습니다."

공명이 깜짝 놀라며 말하기를: "내 그리 일렀건만 끝내 내 말을 듣지 않고 치밀하게 일을 처리하지 못했으니 그는 죽어 마땅하다. 지금 사마의가 관을 나왔다면 반드시 가정을 취하여 우리의 목구멍에 해당하는 길을 차단하려 할 것이다."

그리고 묻기를: "누가 군사를 이끌고 가서 가정을 지키겠는가?"

말이 채 끝나기도 전에 참군 마속이 나서기를: "저를 보내 주십시오."

공명 曰: "가정은 비록 작은 곳이지만 우리에게는 매우 중요한 곳이네. 그곳을 잃으면 우리 대군 전체가 끝장날 수도 있다는 말이네. 자네가 비록 병법을 안다고 하지만 그곳에는 성곽도 없고 험준한 요새도 없으니 지키기가 매우 어려운 곳이네."

마속 曰: "제가 어려서부터 병서를 많이 읽어 병법을 제법 알고 있는데 어찌 조그마한 가정 하나 지키지 못하겠습니까?"

공명 曰: "사마의는 보통 사람들과 다르네. 더구나 선봉 장합 역시 위의 명장이니, 자네가 감당하지 못할까 두렵네."

마속 曰: "사마의나 장합은 말할 것도 없고 설령 조예가 직접 온다고 해도 두려울 게 없습니다. 만약 제가 조금이라도 실수하는 일이 있으면 저의 가족 전부를 참하십시오."

공명 曰: "군중(軍中)에서 농담이란 있을 수 없다는 것을 알고 있는가?"

마속 曰: "각서를 쓰겠습니다."

마속이 그렇게까지 나오니 공명도 허락하지 않을 수 없었다. 마속이 각서를 써서 바치자 공명이 말하기를: "내 자네에게 정예병 2만 5천 명을 줄 것이며 거기에 상장(上將) 한 명을 함께 보내 자네를 돕도록 할 것이다."

그러고는 즉시 왕평을 불러 분부하기를: "나는 평소 그대가 매사에 신중하다는 것을 잘 알기에 이번에 막중한 책임을 맡기려 하네. 그대는 신중하게 그 땅을 지키되 영채는 반드시 중요 길목에 세워 적군들이 몰래 빠져나갈 수 없게 해야 하네. 영채를 세우고 나면 그곳으로 통하는 모든 길을 표시한 지형을 상세히 그려서 나에게 보내도록 하게.

모든 일은 서로 잘 상의하여 처리하되 섣불리 움직여서는 안 되네. 만약 그곳만 별 탈 없이 잘 지키면 그대는 장안을 취하는 데 일등 공신이 될 것이니 부디 조심하고 또 경계하라!"

마속과 왕평은 하직 인사를 하고 군사를 이끌고 떠나갔다.

두 사람을 떠나보낸 공명은 아무래도 마음이 놓이지 않아 다시 고상(高翔)을 불러 말하기를: "가정의 동북쪽에 열류성이라는 성이 하나 있다. 그 성은 산속 작은 길에 위치하고 있어 그곳에 영채를 세워 군사를 주둔시킬 만하다. 내 그대에게 군사 1만 명을 줄 것이니 그곳에 주둔하고 있다가 만일 가정이 위태롭거든 군사를 이끌고 가서 구해 주도록 하라."

고상도 군사를 이끌고 떠났다.

공명이 다시 생각하기를: '고상 역시 장합의 적수는 되지 못한다. 대장 한 사람을 보내 가정의 오른쪽에 군사를 주둔시켜야만 적을 막을 수 있을 것이다.'

그는 위연을 불러 군사를 이끌고 가정의 뒤쪽에 가서 주둔하라고 지시했다.

위연 曰: "저는 전군의 선봉이니 이치로 보아 마땅히 앞장서서 적을 쳐부수어야 하는데 어찌하여 가장 한가한 곳으로 보내십니까?"

공명 曰: "선봉으로 적을 쳐부수는 것은 편장(偏將)이나 비장(裨將)이 하는 일이요. 지금 그대에게 가정을 지원하게 하는 것은 양평관으로 통하는 중요 길목을 막는 그야말로 한중의 숨통을 지키는 막중한 임무인데 어찌 한가한 곳이라 하는 것이오?

장군께서 그곳을 등한시 했다가는 실로 대사를 그르치고 말 것이니 부디 조심하시오."

위연은 매우 흡족해하며 군사를 이끌고 떠났다. 공명은 이제야 비로소 마음이 놓이는 듯 조운과 등지를 불러 분부하기를: "이제 사마의가 출병함으로써 상황이 예전과는 많이 달라졌소. 두 분 장군은 각각 군사를 거느리고 기곡(箕谷)으로 나가서 상대방 군사들이 의심을 품게 하시오. 위병을 만나거든 싸우거나, 피하거나 하면서 적들로 하여금 갈피를 못 잡고 헷갈리도록 만드시오.

나는 직접 대군을 거느리고 야곡을 거쳐 미성을 취할 것이오. 미성만 얻게 되면 장안은 쉽게 쳐부술 수 있을 것이오."

두 사람이 명을 받고 떠나자 공명은 강유를 선봉으로 삼아 군사를 이끌고 야곡으로 나갔다.

한편 군사를 이끌고 가정으로 간 마속과 왕평 두 사람은 그곳의 지세를 살펴보았다.

마속이 웃으며 말하기를: "승상은 어찌하여 의심이 그리 많으신가? 이런 후미진 산골짜기에 어찌 감히 위군이 쳐들어온단 말인가!"

왕평 曰: "비록 위군이 오지 못한다고 하더라도 다섯 갈래의 길이 모두 모이는 이 길목에 영채를 세웁시다. 그런 다음 군사들에게 나무를 베어다 울타리를 치게 하여 장기전에 대비합시다."

마속 曰: "어찌 길목에 영채를 세운단 말이오? 이곳 옆에 외딴 산이 하나 있는데 사방 어디에도 이어지는 데가 없고 나무가 무성하니 이는 바로 하늘이 내린 요새이니 바로 산 위에 영채를 세우고 군사를 주둔합시다."

왕평 曰: "참군의 생각은 틀렸습니다. 우리가 이 길목에 군사를 주둔하고 목책으로 성을 쌓으면 적군이 비록 10만 명이 오더라도 지나갈 수 없을 것이오. 우리가 만약 이 요충지를 버리고 산 위에 군사를 주둔했을 때 위군들이 몰려와서 사방으로 에워싸면 무슨 수로 당하겠습니까?"

마속이 껄껄 웃으며 말하기를: "자네는 참으로 아녀자 같은 소리를 하는구려! 병법에 이르기를, '높은 곳에서 아래를 내려다보니 그 기세가 대나무 쪼갤 때와 같다(憑高視下, 勢如劈竹).'고 하였소. 만약 위병들이 온다면 내 한 놈도 돌려보내지 않을 것이네."

왕평 曰: "나는 여러 차례 승상을 따라다니며 영채 세우는 것을 보았으며 승상께서도 이르는 곳마다 자세히 가르쳐 주셨습니다. 지금 이 산의 형세는 다른 곳과 동떨어져 있어 만일 위군이 와서 우리의 물 긷는 길만 차단해 버려도 우리 군사는 싸워보기도 전에 자중지란에 빠질 것입니다."

마속 曰: "자네는 함부로 지껄이지 말게. 손자(孫子)가 말하기를, '죽을 길에 들어서야 비로소 살길이 생긴다(置之死地而後生).'고 하였네. 만약 위군이 우리의 물 긷는 길을 끊는다면 우리 촉군이 어찌 죽기로 싸우지 않겠소. 그때는 우리 군사 한 명이 적병 백 명을 당해낼 것이오. 내 평소 병서를 많이 읽어, 승상께서도 모든 일들을 내게 물어보곤 하셨는데, 어찌 자네가 내가 하는 것을 막으려 한단 말이오."

왕평 曰: "참군께서 끝내 산 위에 영채를 세우시려 한다면 내게 군사를 나누어 주시오. 내가 산 서쪽에 작은 영채를 세워, 의각지세를 이루면 위군이 쳐들어와도 서로 호응하여 싸울 수 있습니다."

마속은 그마저도 들어주지 않았다. 그때 갑자기 산속에 사는 토박이들이 무리를 이루어 달려오더니 위군이 쳐들어왔다고 알려주었다. 이런 상황에서 마속이 끝내 산 위에 영채를 세우겠다고 하여 왕평은 자신에게 군사를 나누어주지 않으면 차라리 자신은 떠나겠다고 말했다.

마속이 말하기를: "자네가 내 명을 듣지 않겠다고 하면 자네에게 군사 5천 명을 줄 터이니 따로 가서 자네 마음대로 영채를 세우게. 대신에 내가 위군을 물리치고 승상에게 가면 그 공을 절대로 나누어 주지는 않을 것이네."

왕평은 5천 명의 군사를 이끌고 산에서 10리쯤 떨어진 곳에 영채를 세우고, 그곳 지형도를 자세히 그려 사람을 시켜 밤을 새워 달려가 승상께 바치고, 또한 마속이 산 위에 영채를 세운 일을 자세히 보고드리게 했다.

한편 사마의는 성 안에 있으면서 둘째 아들 사마소에게 앞길을 정탐하라고 지시했다. 그러면서 혹시 가정에 촉의 군사가 지키고 있으면 더 나아가지 말고 군사를 멈추라고 당부했다.

명을 받은 사마소가 전방을 두루 살펴보고 돌아와서 부친에게 말하기를: "가정에는 이미 촉의 군사들이 지키고 있습니다."

사마의가 탄식하기를: "제갈량은 참으로 귀신같은 사람이군. 역시 나보다 한 수 위야!"

사마소가 웃으며 말하기를: "아버님께서는 어찌하여 스스로 기세를 꺾으려 하십니까? 제가 보기에 가정을 빼앗는 것은 그리 어려운 일이 아닌 것 같은데요."

사마의가 묻기를: "네 어찌 감히 허풍을 떠느냐?"

사마소 曰: "제가 직접 가서 살펴보니 길목에는 영채가 하나도 없고 군사들은 모두 산 위에 주둔하고 있으니 충분히 쳐부술 수 있습니다."

사마의가 매우 기뻐하며 말하기를: "그들이 정말 산 위에 군사를 주둔하고 있다면, 이는 하늘이 나에게 기회를 준 것임이 틀림없다."

사마의는 곧바로 갑옷을 입고 기병 1백 명을 데리고 직접 정찰에 나섰다. 그날따라 밤하늘은 구름 한 점 없고 달은 유난히도 밝았다. 산 아래까지 이른 사마의는 산 주위를 한 바퀴 빙 돌아본 뒤 돌아갔다.

산 위에서 이 모습을 훤히 보고 있던 마속이 껄껄 웃으며 말하기를: "그들이 죽고 싶지 않다면 이 산을 에워싸지는 않을 것이다."

그러고는 여러 장수들에게 전령을 내리기를: "만약 위군들이 쳐들어오면 내가 산 위에서 붉은 기를 흔들 테니 너희들은 일제히 사방으로 달려 내려가거라."

한편 영채로 돌아온 사마의는 정탐병을 보내 지금 가정을 지키고 있는 장수가 누구인지 알아보도록 했다.

그가 돌아와서 보고하기를: "마량의 아우 마속입니다."

사마의가 웃으며 말하기를: "이제 보니 그자는 별 볼일 없는 장수인데 공연히 과대평가하고 있었군! 공명이 그런 인물을 쓰고도 일을 그르치기를 바라지 않았단 말인가!"

사마의가 다시 묻기를: "가정 근처에 혹시 다른 군사는 없느냐?"

정탐병이 보고하기를: "산에서 10여리 떨어진 곳에 왕평의 영채가 있습니다."

사마의는 장합에게 한 무리의 군사를 이끌고 가서 왕평이 오는 길을 차단하라고 일렀다. 그리고 신탐과 신의로 하여금 양 방면에서 산을 포위하라고 하고 먼저 물을 긷는 수로를 차단한 뒤, 촉군들이 스스로 혼란에 빠지기를 기다렸다가 공격하라고 지시했다. 위군은 그날 밤 군사

배치를 모두 마쳤다.

다음 날 날이 새자마자 장합은 군사를 이끌고 뒷길을 이용해 떠났다. 사마의는 대군을 휘몰아 순식간에 산을 사방으로 에워싸 버렸다. 마속이 산 위에서 내려다보니 위병들이 온 산과 들을 가득 메우고 있으며 흔드는 깃발과 군사들의 대오가 매우 정연했다.

그 모습을 본 촉군들은 모두 간담이 서늘해져 감히 내려갈 엄두를 내지 못했다. 마속이 붉은 깃발을 열심히 흔들었지만, 군사는 물론 장수조차도 서로 눈치만 보며 감히 누구하나 먼저 발을 움직이려 하지 않았다. 몹시 화가 난 마속이 두 명의 장수를 베어 죽이자 겁을 집어먹은 군사들이 마지못해 산에서 내려갔다. 하지만 위군들은 그 자리에 버티고 서서 촉군들이 더 이상 내려오지 못하게만 할 뿐 적극적인 공격을 하지 않았다. 촉군들은 어쩔 수 없이 물러나 다시 산 위로 올라가 버렸다.

마속은 자신의 뜻대로 풀리지 않자 군사들에게 영채를 굳게 지키기만 하고 밖에서 지원군이 오기만을 기다렸다.

한편 왕평은 위군이 오는 것을 보고 군사를 이끌고 달려오다가 장합과 마주쳤다. 장합과 수십 합을 겨룬 왕평은 힘도 부족하고 군사 수도 적어 뒤로 후퇴할 수밖에 없었다.

위병들은 진시(辰時: 아침 7시에서 9시)부터 술시(戌時: 밤 7시에서 9시)까지 산을 포위하고 있으니 이제 산 위에는 밥 지을 물은커녕 마실 물조차 떨어져 영채 안은 혼란에 빠졌다. 한밤중까지 소란을 피우던 산 남쪽의 촉군들이 견디다 못해 영채 문을 활짝 열고 산을 내려가 위군에 항복했다. 마속은 이를 막을 방도가 없었다. 더욱이 사마의는 산을 빙 둘러가며 불을 지르게 하니 산 위의 촉군들은 갈수록 혼란에 빠질 수밖에 없었다.

견디다 못한 마속은 남은 군사들을 데리고 산 서쪽으로 내려가 달아나기 시작했다. 사마의는 일부러 큰길을 비워주어 마속이 그쪽으로 달아나도록 유인한 것이다. 그러고는 장합이 등 뒤에서 군사를 이끌고 그들을 뒤쫓았다.

장합이 30여 리를 쫓아갔을 때 앞에서 북과 나팔 소리가 일제히 울리며 한 무리의 군사들이 나타나 마속을 지나가게 하고 장합의 앞을 가로막았다. 그는 바로 위연이었다.

위연이 칼을 휘두르며 말을 달려 장합에게 달려들었다. 위연을 감당하지 못한 장합이 말머리를 돌려 달아나자 위연이 군사를 휘몰아 쫓아가 가정을 다시 빼앗았다. 위연이 오히려 50여 리를 추격해 가는데 갑자기 함성이 일면서 양쪽에서 복병이 일제히 뛰쳐나왔다. 왼쪽은 사마의, 오른쪽은 사마소였다.

그들은 위연의 배후로 돌아 에워싸니 달아나던 장합이 뒤돌아와 달려들었다. 세 방면의 군사들이 위연을 한가운데 두고 에워싸고 공격을 하니 위연은 좌충우돌했지만, 포위를 뚫지 못했다. 결국 군사를 태반이나 잃어버린 위연은 위급한 상황에 빠져버렸다.

그때 갑자기 한 무리의 군사들이 쳐들어왔으니 그는 곧 왕평의 군사들이었다.

위연은 너무나 기뻐 말하기를: "이젠 살겠구나!"

두 장수가 군사를 합쳐 한바탕 몰아치니 그제야 위군들이 물러갔다. 두 장수가 황급히 왕평의 영채로 돌아와 보니 영채 안에는 모두 위병의 깃발들만 펄럭이고 있었다. 그리고 영채 안에 있던 신탐과 신의가 군사를 이끌고 달려 나왔다. 왕평과 위연은 고상에게 가려고 열류성으로 달려갔다.

이때 고상은 가정이 적의 손에 떨어졌다는 말을 듣고 열류성의 군사를 모두 이끌고 도우러 오다가 마침 위연과 왕평을 만났다. 두 장수는 그동안 벌어졌던 상황을 고상에게 자세히 설명했다.

고상 曰: "차라리 오늘 밤 당장 위군을 기습하여 가정을 되찾읍시다."

세 장수는 산비탈 아래서 이렇게 상의를 마치고 날이 저물기를 기다렸다. 군사를 세 방면으로 나눈 그들은 위연이 군사를 이끌고 맨 먼저 가정에 이르렀으나 사람 그림자도 보이지 않았다. 크게 의심이 든 위연은 더 이상 나아가지 못하고 일단 길 어귀에 매복하고 기다리고 있었다.

그때 마침 고상의 군사도 당도했다. 두 장수는 위군이 어디에 있는지 잘 모르겠다고 말하면서 혹시 적의 계책에 걸려든 것이 아닌가 의심하고 있는데 더 걱정되는 것은 이미 도착하고도 남았을 왕평이 아직도 보이지 않은 것이었다.

그때 갑자기 포성이 울리더니 불길이 하늘을 치솟고 북소리가 땅을 진동하며 위군들이 일제히 뛰쳐나와 위연과 고상을 에워싸 버렸다. 두 사람은 좌충우돌하며 맞서 싸웠지만, 포위를 뚫을 수 없었다. 그때 갑자기 산언덕 뒤에서 우레와 같은 함성이 일면서 한 무리의 군사가 나타났다. 바로 왕평의 군사가 나타난 것이다. 왕평은 위연과 고상을 구해 함께 열류성을 향해 달아났다. 성 가까이 이르러 한시름 놓는가 싶었는데 또 난데없이 한 무리의 군사들이 함성을 지르며 달려오는데 깃발 위에는 큰 글씨로 '위도독 곽회(魏都督 郭淮)'라 씌어 있었다.

원래 조진은 곽회와 상의하여 사마의가 이번 싸움에서 모든 공을 독차지할까 걱정되어 곽회에게 군사를 나누어주며 먼저 가서 가정을 취하라고 보낸 것이었다. 그러나 사마의와 장합이 이미 가정을 손에 넣었다는 소식을 듣고 즉시 군사를 이끌고 열류성을 습격하러 온 것이다.

뜻밖의 적을 만난 세 명의 촉의 장수는 곽회와 한바탕 일전을 벌였지만, 여기에서도 패해 촉의 군사들 가운데 부상자가 많이 나왔다. 위연은 자칫하다 양평관 마저 잃을 수도 있겠다는 두려움에 황급히 왕평·고상과 함께 양평관으로 달려갔다.

한편 촉군을 물리친 곽회가 군사를 거두고 나서 좌우에 말하기를: "내 비록 가정은 얻지 못했지만, 열류성을 얻었으니 이 역시 큰 공이 아닌가!"

그러고는 곧바로 군사를 이끌고 성 아래로 가서 성문을 열라고 소리쳤다. 그때 성 위에서 포성이 울리면서 일제히 깃발이 세워지며 맨 앞의 큰 깃발에 '평서도독 사마의(平西都督 司馬懿)'라 씌어있는 것이 아닌가!

이어서 사마의가 나타나더니 현공판(懸空板)을 받쳐 세우고 나무 난간에 기대어 서서 껄껄 웃으며 말하기를: "곽백제(郭伯濟: 곽회)는 왜 이리 늦으셨소?"

곽회는 깜짝 놀라며 자신도 모르게 중얼거리기를: "중달의 신묘한 계략은 내가 도저히 따를 수가 없구나!"

성으로 들어간 곽회가 사마의와 인사를 나누고 나자 사마의가 말하기를: "제갈량이 이제 가정을 잃었으니 틀림없이 달아날 것입니다. 공은 속히 자단(子丹: 조진)과 함께 밤낮없이 그를 추격하는 것이 어떻겠습니까?"

그 말에 따라 곽회는 곧바로 성을 나와 떠났다.

사마의가 장합을 불러 말하기를: "자단과 백제는 나 혼자 공을 독차지할까 봐 이 성을 치러 온 것이오. 내 일부러 홀로 공을 세우려 했던 것은 아닌데 뜻밖에 운이 좋아 그렇게 되었소.

내 생각에 위연·왕평·마속·고상 등은 틀림없이 양평관을 지키러 먼저 갔을 것이오. 만일 내가 양평관을 치러 가면 제갈량이 틀림없이 우리의 뒤를 공격할 것이니, 그리되면 그의 계략에 걸려들 것이오.

병법에도 '물러나는 군사를 치지 말고, 궁지에 몰린 도적은 쫓지 말라

(歸師勿掩, 窮寇莫追).'고 하였소. 장 장군은 샛길로 가로질러 기곡으로 가서 적군을 물리치시오. 나는 직접 군사를 이끌고 야곡의 군사를 막을 것이오. 패하여 달아나는 적은 정면에서 막지 말고 중간쯤에 들이치면 군수물품을 모두 빼앗을 수 있을 것이오."

계책을 받은 장합은 군사의 절반을 거느리고 기곡을 향해 떠났다.

사마의가 다시 영을 내리기를: "우리는 야곡을 취한 뒤 곧바로 서성으로 갈 것이다. 서성은 비록 후미진 산속의 작은 마을이지만 촉군들의 군량미를 쌓아 놓은 곳인데다 남안(南安)·천수(天水)·안정(安定) 세 군으로 통하는 길목이다. 그러니 이 성을 취하면 나머지 세 군도 되찾을 수 있다"

이리하여 사마의는 신탐과 신의에게 열류성을 지키게 하고 자신은 대군을 거느리고 야곡으로 떠났다.

한편 공명은 마속 등에게 가정을 지키라고 떠나보낸 뒤에도 마음이 불안하여 안절부절못하고 있는데 왕평이 사람을 보내 지형도를 보내왔다는 보고가 들어왔다. 공명이 그를 불러들여 좌우에 있는 사람이 지형도를 바쳤다.

공명이 곧바로 그 지형도를 책상 위에 펼쳐놓고 보다가 깜짝 놀라서 손으로 책상을 치며 말하기를: "마속이 무지해 내 군사를 함정에 빠트리고 말았구나!"

사람들이 묻기를: "승상께서는 어찌하여 그토록 놀라십니까?"

공명 曰: "이 지형도를 보니 중요한 길목은 내버려 두고 산 위에 영채를 세웠소. 만일 위병들이 대거 몰려와 산을 에워싸고 물길을 끊어 버리면 우리 군은 이틀도 버티지 못하고 큰 혼란에 빠지고 말 것이오. 가정을 잃게 되면 우리는 어디로 가야 한단 말인가!"

장사(長史) 양의(楊儀)가 나서며 말하기를: "제가 비록 재주는 없지만 제가 가서 마유상(馬幼常: 마속)을 대신하고 그를 돌려보내겠습니다."

공명은 양의에게 어느 곳에 어떻게 영채를 세워야 하는지 자세히 알려 주고 양의가 막 떠나려 할 때, 갑자기 파발마가 달려와 가정과 열류성 모두를 잃었다고 보고했다.

공명이 발을 동동 구르며 길게 탄식하기를: "대사는 이제 물 건너갔구나. 이는 다 내 잘못이다!"

공명은 급히 관흥과 장포를 불러 분부하기를: "너희 두 사람은 각각 정예병 3천 명씩을 이끌고 무공산(武功山) 샛길로 떠나라. 가던 중 위군을 만나거든 큰 싸움은 벌이지 말고 그저 북치고 함성을 질러 의심을 품고 놀라게만 하면 그들은 저절로 물러갈 것이다. 그러나 절대로 뒤쫓아서는 안 된다. 모두 달아나거든 곧장 양평관으로 가거라."

이어서 장익을 불러 군사를 이끌고 가서 검각(劍閣)의 험한 길을 수리하여 촉군들이 안전하게 돌아올 수 있게 하도록 했다. 또한 은밀히 전군에 명을 전하여 언제든지 철수가 가능하도록 행장을 수습해 놓으라고 했다.

또 마대와 강유에게는 뒤에서 추격해오는 적을 차단하게 하면서 먼저 산골짜기에 매복해 있다가 모든 촉군이 안전하게 물러간 다음 군사를 거두게 했다.

제갈량은 또 심복들을 천수·남안·안정 세 군으로 보내 그곳의 관원과 군사 및 백성들에게 모두 한중으로 들어가도록 하고 기현(冀縣)으로도 사람을 보내 강유의 노모를 한중으로 안전하게 모셔 오도록 했다.

철수를 위한 여러 조치를 마친 공명은 직접 군사 5천 명을 거느리고 서성으로 물러가 양곡과 마초를 운반했다. 그때 갑자기 10여 차례나 정탐꾼이 달려와 보고하기를 사마의가 15만 명의 대군을 거느리고 서성을 향해 벌떼처럼 몰려오고 있다는 것이다.

이때 공명에게는 장수가 한 사람도 없었으며 모두 문관들뿐이고 데리고 온 군사들도 이미 절반은 식량과 마초를 나르다 보니 성 안에 남은 군사는 고작 2천5백 명뿐이었다.

이 소식을 들은 관원들은 모두 얼굴이 새파랗게 질려버렸다. 공명이 성 위에 올라가 멀리 바라보니 과연 흙먼지가 하늘을 찌르며 위군들이 두 방면으로 나누어 서성을 향해 몰려오고 있었다.

공명이 명을 전달하기를: "깃발들은 보이지 않게 모두 내리고 모든 군사들은 각자 성 위의 초소에 위치하라. 함부로 드나들거나 큰 소리로 말을 하는 자는 목을 벨 것이다. 네 곳의 성문은 활짝 열어놓고 각 성문마다 군사 20명이 민간인 옷차림으로 길에 물을 뿌리고 빗자루로 쓸도록 하라.

위군들이 가까이 오더라도 절대 겁을 먹지 말고 함부로 움직이지 말라. 내게 다 계책이 있느니라!"

그런 다음 공명은 학창을 입고 윤건을 쓰고 어린 동자 둘에게 거문고 하나를 들려 위군들이 훤히 내려다보이는 성루 앞으로 가서 난간에 기대 앉아 향을 피워놓고 거문고를 뜯기 시작했다.

한편 사마의 선두부대의 정탐꾼들이 성 아래까지 다가와 이런 모습을 보고 감히 앞으로 나아가지 못하고 급히 돌아가 사마의에게 보고했다. 사마의는 정탐꾼들이 하는 말이 도무지 믿기지 않아 헛웃음만 나왔다. 즉시 전군의 행군을 멈추게 하고 자신이 직접 말을 달려 멀리서 그 모습을 바라보았다. 과연 공명은 성루 위에 앉아 만면에 웃음이 가득한 채, 향을 피워놓고 거문고를 뜯고 있는 것이 아닌가!

공명의 양쪽에 어린 두 동자가 서 있는데 왼쪽의 동자는 손에 보검을 받쳐 들고 있고, 오른쪽의 동자는 주미(麈尾: 사슴 꼬리로 만든 먼지떨이)를 들고 있다. 활짝 열린 성문 앞에서는 20여 명의 백성들이 물을 뿌리고 빗자루로 바닥을 쓸고 있는데 마치 대군이 밀려 온 것을 전혀 개의치 않는 모습이다.

공명의 진영을 자세히 살핀 사마의는 의구심을 떨쳐 버릴 수가 없었다. 일단 말머리를 돌려 영채로 돌아간 사마의는 후군을 전군으로 삼고, 전군을 후군으로 삼아 북쪽 산길로 물러가고 말았다.

둘째 아들 사마소가 말하기를: "혹시 제갈량이 군사가 없어 일부러 저런 모습을 연출한 것은 아닐까요? 아버님께서는 어찌하여 군사를 물리시는 겁니까?"

사마의 曰: "제갈량은 지금껏 신중하고 조심하여 위험한 모험을 한 적이 없느니라. 그런 그가 지금 성문을 활짝 열어 놓은 것은 틀림없이 매복을 하고 있다는 증거이다. 우리 군사가 쳐들어간다면 그의 계략에 걸려들 뿐이다. 너희들이 그것을 어찌 알겠느냐? 속히 물러가야 한다."

이리하여 두 방면에서 쳐들어오던 위군은 모두 물러갔다.

위군들이 멀리 물러간 것을 확인한 공명은 손뼉을 치며 웃었다. 여러 관원들은 그 상황이 너무나 해괴하여 도무지 이해할 수가 없어서 공명에게 묻기를: "사마의는 위에서도 가장 유명한 장수인데, 지금 15만 명이나 되는 정예병을 거느리고 여기까지 왔다가 승상께서 혼자 거문고를 타는 모습을 보고 그냥 물러가다니 도대체 무슨 까닭인지 모르겠습니다."

공명 曰: "그는 내가 평생을 신중하고 또 신중하게 행동했기 때문에 틀림없이 위험한 모험은 하지 않을 것으로 생각한 것이다. 그런 그가 이러한 모습을 보았으니 틀림없이 복병이 있을 것으로 의심하였을 것이니 물러갈 수밖에 없지 않겠는가! 나도 이렇게까지 하고 싶지는 않았지만, 형세가 워낙 급박하여 부득이하게 이런 계책을 쓴 것이다. 사마의는 틀

림없이 군사를 이끌고 산 북쪽의 샛길로 빠져 나갔을 것이다. 나는 이미 관흥과 장포에게 그곳에서 기다리도록 일러두었다."

공명의 말을 들은 모든 관원들은 탄복하며 말하기를: "승상의 계략을 어찌 귀신인들 헤아릴 수 있겠습니까? 저희들은 무조건 성을 버리고 달아날 줄 알았습니다."

공명 曰: "우리 군사는 겨우 2천 5백 명뿐인데 성을 버리고 달아난들 어디까지 갈 수 있겠느냐? 필시 얼마 못 가서 사마의에게 모두 사로잡혔지 않았겠느냐?"

후세 사람이 이 일을 칭찬하여 시를 지었으니:

삼척의 거문고가 강한 군사를 이겼구나	瑤琴三尺勝雄師
제갈량이 서성에서 위군을 물리칠 때에	諸葛西城退敵時
십오만 대군이 말머리를 돌려세운 곳을	十五萬人回馬處
그곳 사람 지금도 가리키며 의아해하네	土人指點到今疑

말을 마친 공명이 박수를 치고 껄껄 웃으며 말하기를: "내가 만약 사마의라면 절대로 그냥 물러가지는 않을 것이다."

곧바로 명을 내리기를: "사마의가 반드시 돌아올 것이니 서성의 백성들에게 속히 한중으로 떠나게 하라!"

그리고 마침내 공명은 서성을 떠나 한중으로 달아났다. 천수·안정·남안 세 군의 관리와 백성들도 그의 뒤를 따랐다.

한편 사마의가 무공산의 샛길로 달아나는데 갑자기 산비탈 뒤에서 함성이 일면서 북소리가 천지를 진동했다.

사마의가 두 아들을 돌아보며 말하기를: "이것 보아라. 내가 만약 달아나지 않았다면 영락없이 제갈량의 계책에 빠지지 않았겠느냐?"

이때 한 무리의 군사들이 쳐들어왔는데 깃발 위에는 큰 글씨로 '우호위사 호익장군 장포(右護衛使 虎翼將軍 張苞)'라 씌어있었다. 놀란 위군들은 다들 갑옷을 벗어 버리고 창을 내던지고 달아나기 바빴다.

한참을 달아나는데 또 한 골짜기를 지날 무렵 함성 소리가 땅을 울리고 북과 나팔 소리가 하늘을 진동하며 전면에 큰 깃발이 보이는데 그 위에 '좌호위사 용양장군 관흥(左護衛使 龍驤將軍 關興)'이라 씌어있었다. 산골짜기 안에서는 분명 군사들의 함성 소리가 하늘을 찌르는데 군사의 규모가 얼마나 되는지는 도무지 가늠할 수가 없는 데다 이미 잔뜩 겁을 먹은 상태라 속히 그 골짜기를 빠져나가야 한다는 생각에 수레에 실은 군수 장비나 군량미 등을 모두 버리고 달아났다.

관흥과 장포는 공명의 명을 따르느라 더 이상 그들을 뒤쫓지 않고 버리고 간 병장기와 군량·마초 등을 수습하여 돌아왔다.

사마의는 골짜기마다 촉군들이 매복해 있음을 알고 감히 큰길로 나가지 못하고 결국 가정(街亭)으로 돌아갔다.

이때 조진은 공명이 물러가고 있다는 소식을 듣고 급히 군사를 이끌고 그 뒤를 쫓았다. 한참을 쫓는데 산 뒤에서 포성이 한 번 울리면서 촉군들이 산과 들을 가득 메우며 달려왔다. 앞장선 장수는 바로 강유와 마대였다. 깜짝 놀란 조진이 급히 말머리를 돌려 후퇴하려할 때 선봉 진조(陳造)는 이미 마대의 칼에 베여 죽으니 조진은 군사를 이끌고 놀란 쥐새끼처럼 뺑소니치고 말았다.

그 사이 촉의 군사들은 밤낮으로 달려 모두 한중으로 돌아갔다.

한편 조운과 등지는 기곡으로 가는 길목에 군사를 매복하고 있던 중에 공명이 회군령(回軍令)이 내린 것을 알았다.

조운이 등지에게 말하기를: "위군이 만약 우리 군이 물러간다는 사실을 알면 틀림없이 뒤쫓아올 것이오. 나는 먼저 한 무리의 군사를 이끌고 뒤에서 매복하고 있을 테니 그대는 군사를 이끌고 내 이름이 쓰인 깃발을 앞세우고 천천히 물러가시오. 나는 한 걸음 한 걸음 뒤를 따라가며 호위하겠소."

한편 위군의 곽회는 군사를 이끌고 다시 기곡으로 돌아오며 선봉 소옹(蘇顒)을 불러 분부하기를: "촉의 장수 조운은 영특하고 용맹하기가 이를 데 없으니 자네는 조심해서 방비해야 하네. 그쪽 군사가 물러가더라도 반드시 대비가 있을 것이네."

소옹이 흔연히 말하기를: "도독께서 조금만 도와주시면 제가 조운을 사로잡겠습니다!"

그러고는 선두부대 3천 명을 이끌고 기곡으로 달려갔다. 촉군을 뒤쫓다 보니 갑자기 산비탈 뒤에서 붉은 천에 흰 글씨로 '조운(趙雲)'이라고 씌어있는 큰 깃발이 보였다. 소옹은 황급히 군사를 거두어 뒤로 물러났다. 그러나 몇 리를 가지 않았는데 갑자기 함성이 크게 일며 한 무리의 군사가 덮쳐왔다. 선두에 선 대장이 창을 꼬나들고 말을 달려와서 호통치기를: "네놈은 조자룡도 알아보지 못하느냐?"

소옹은 깜짝 놀라 말하기를: "어떻게 여기에 또 조운이 있단 말인가?"

소옹은 미처 손 쓸 틈도 없이 조운의 창에 찔려 말에서 떨어져 죽고 말았다. 나머지 군사들은 다 뿔뿔이 흩어져 달아났다.

조운이 구부러진 길을 따라 천천히 나아가고 있을 때 또 한 무리의 군사가 뒤쫓아왔다. 그는 곽회의 부장(副將) 만정(萬政)이었다. 조운은 그들이 바짝 추격해오자 아예 길 어귀에 홀로 말을 세우고 창을 꼬나들고 그를 맞아 싸우려고 기다리고 있었다. 그의 군사들은 이미 30여 리나 앞으로 가고 있었다. 만정은 혼자 서 있는 장수가 조운임을 알아보고 감히 앞으로 나서지 못했다. 조운은 날이 저물 때까지 그 자리에 버티고 서 있다가 말머리를 돌려 천천히 나아갔다.

곽회가 군사를 이끌고 당도하자 만정은 곽회에게 조운의 영용함은 예나 지금이나 변함이 없어 감히 가까이 가지 못했다고 말했다. 그 말을 들은 곽회가 화를 내며 속히 추격하라고 명하니 만정은 다시 기병 수백 명을 이끌고 좇아갔다. 그들이 어느 큰 숲 앞에 이르렀을 때 등 뒤에서 큰 소리로 호통치기를: "조자룡이 여기 있느니라!"

그 호통 소리가 얼마나 우렁차고 힘이 있었으면 그 소리에 대경실색하여 말에서 떨어진 위병들이 1백 명이 넘었으며 남은 무리들은 모두 고개를 넘어 달아나고 말았다. 만정이 마지못해 싸우러 달려들었지만 조운이 날린 화살이 투구 끈을 맞히는 바람에 놀란 나머지 계곡 물에 처박히고 말았다. 조운이 창을 들어 그를 가리키며 말하기를: "내 너의 목숨을 살려 돌려보내 줄 것이니 가서 곽회에게 직접 오라고 전하라."

간신히 죽음을 면한 만정은 돌아갔고 조운은 군사를 거느리고 수레를 호송하여 한중을 향해 가는데, 가는 도중 어떠한 손실도 없었다. 조진과 곽회는 세 군을 다시 빼앗은 것을 자신의 공으로 삼았다.

한편 사마의는 군사를 나누어 다시 싸우러 갔다. 하지만 이때 촉군은 이미 한중으로 돌아간 뒤였다. 사마의는 한 무리의 군사를 이끌고 다시 서성으로 가서 그곳에 남아 있던 백성들과 산속에 숨어 있던 사람들에게 물어보니 그들은 모두 이구동성으로 공명이 성 위에서 거문고를 타고 있을 때 성 안에 남아있던 군사는 고작 2천5백 명뿐이었으며 당시 장수라고는 한 명도 없었고 단지 몇 명의 문관들만 있었으며 따로 매복한 군사도 전혀 없었다고 말했다.

무공산에 숨어 있던 토박이도 말하기를: "관흥과 장포의 휘하에는 각기 3천 명 정도의 군사들만 있었는데 그들은 산을 이리저리 옮겨 다니며 함성을 지르고 북을 치며 소란만 피우고 그저 쫓는 척만 했을 뿐 다른 군사가 없으니 감히 싸우러 나가지를 못했습니다."

사마의는 땅을 치고 후회하며 하늘을 우러러 탄식하기를: "나는 역시 공명보다는 못하구나!"

사마의는 여러 곳의 관원과 백성을 위무한 뒤 군사를 이끌고 곧바로 장안으로 돌아가 위주 조예를 알현했다.

조예 曰: "오늘날 농서(隴西)의 여러 군을 다시 찾은 것은 모두 경의 공이오."

사마의가 아뢰기를: "촉군은 여전히 한중에 있으며 모두 섬멸하지 못했으니 신에게 대군을 주신다면 힘을 다하여 양천을 거두어 폐하의 은혜에 보답하겠나이다."

조예는 매우 기뻐하며 사마의로 하여금 군사를 일으키도록 했다.

그때 문득 반열에서 한 사람이 나서며 아뢰기를: "신에게 촉을 평정하고 오의 항복을 받아낼 계책이 있사옵니다."

이야말로:

촉의 장수와 승상이 돌아가자마자	蜀中將相方歸國
위의 임금과 신하 또 꾀를 부리네	魏之君臣又逞謀

계책을 올린 자가 누구인지 궁금하거든 다음 회를 기대하시라.

제 96 회

제갈량은 눈물을 머금고 마속을 참하고
주방은 머리카락을 잘라 조휴를 속이다

孔明揮淚斬馬謖

周魴斷髮賺曹休

계책을 올리겠다고 한 사람은 바로 상서(尙書) 손자(孫資)였다.

조예가 묻기를: "경에게 무슨 계책이 있는가?"

손자 曰: "옛날 태조 무황제(武皇帝: 조조)께서 한중을 평정하시면서 장로를 굴복시킬 때에도 처음에는 위태로움을 겪으셨습니다. 그때 여러 신하들께 말씀하시기를 '남정(南鄭)의 땅이야말로 하늘의 감옥과 같은 곳이로다!'고 하셨습니다. 그 중에서도 야곡에 이르는 5백 리는 지형이 너무나 험해 마치 바위에 뚫린 동굴과 같아서 군사를 쓸 만한 곳이 아닙니다. 지금 천하의 군사를 모두 일으켜 촉을 정벌하시면 동오가 다시 우리를 넘볼 것입니다. 차라리 지금의 군사를 몇몇 장수들에게 나누어 주면서 각 요충지를 지키게 하여 힘을 기르며 사기를 북돋워 주시는 것이 좋습니다. 그러면 몇 년 지나지 않아 중국(中國: 중원)은 나날이 강성해지고 오와 촉 두 나라는 틀림없이 서로 싸워 해치게 될 것입니다. 그때를 틈타 저들을 도모한다면 어찌 승산이 없겠습니까? 폐하께서는 부디 깊이 헤아리시기를 바랍니다."

조예가 사마의에게 묻기를: "이 의견을 어찌 생각하시오?"

사마의가 아뢰기를: "손 상서의 말이 매우 타당합니다."

조예는 그들의 말에 따라 사마의에게 여러 장수를 나누어 보내 각 요충지를 지키도록 하고, 곽회와 장합은 남아서 장안을 지키게 했다. 그리고 전군에 큰 상을 내린 다음 조예는 어가를 타고 낙양으로 돌아갔다.

한편 한중으로 돌아온 제갈량이 군사를 점검해 보니 조운과 등지가 보이지 않았다. 속으로 매우 걱정이 된 제갈량은 즉시 관흥과 장포로 하여금 군사를 이끌고 가서 지원을 하도록 했다. 두 장수가 막 출발하려고 할 때 조운과 등지가 돌아왔다는 보고가 들어왔는데 군사 한 명, 말 한 필 다치지 않고 치중(輜重) 등 군수 물자도 하나도 잃은 것이 없다는 것이다. 공명은 매우 기뻐하며 다른 장수들과 함께 그들을 맞이하러 나갔다.

조운이 급히 말에서 내려 땅에 엎드리며 말하기를: "싸움에 지고 온 장수인데 승상께서 어찌하여 수고스럽게 이렇게 멀리까지 마중을 나오셨습니까?"

제갈량은 급히 조운을 부축해 일으키며 그의 손을 잡고 말하기를: "이번 일은 내가 현명한 자와 어리석은 자를 알아보지 못해 이 지경이 되게 하고 말았소! 이번에 각 처의 장수들은 모두 패하여 큰 손실을 보았는데 오로지 자룡만은 군사 한 명 말 한 필 잃지 않았으니 이 어찌된 일이오?"

등지가 아뢰기를: "저는 군사를 이끌고 먼저 후퇴하고 조 장군은 홀로 저의 뒤를 막으며 쫓아오는 적장을 베어 죽이고 공을 세웠습니다. 위군들은 조 장군을 보고 놀라고 두려워 감히 쫓지 못하고 달아나 어떠한 군수 물자 하나 잃은 것 없이 돌아올 수 있었습니다."

공명 曰: "진정한 장군이로다!"

공명은 곧바로 황금 5십 근을 가져와 조운에게 내리고 그의 수하 군사들에게는 비단 1만 필을 상으로 내려주었다.

조운이 사양하며 말하기를: "이번 싸움에 전군이 손톱만큼의 공도 세우지 못했으니 저희들은 모두 다 죄인입니다. 그런데도 만약 상을 받는다면 이는 승상의 상벌이 공평치 못한 것이 될 것입니다. 잠시 창고에 보관해 두었다가 이번 겨울에 모든 군사들에게 나누어 주어도 늦지 않을 것입니다."

공명이 감탄하여 말하기를: "선제께서 생전에 계실 때 늘 자룡의 덕을 칭찬하셨는데 이제 보니 왜 그러셨는지 알 것 같습니다!"

이 일이 있은 후 공명은 조운을 더욱 공경하게 되었다.

그때 마속과 왕평·위연·고상이 도착했다는 보고가 들어왔다. 제갈량은 우선 왕평을 막사 안으로 불러 꾸짖기를: "내 너에게 마속과 함께 가정을 지키라 그렇게 일렀거늘, 너는 어찌 마속에게 간하지 아니하여 일을 그르쳤느냐?"

왕평 曰: "저는 길 가운데 토성을 쌓아 영채를 세우고 가정을 지키자고 두 번 세 번 권했지만, 참군(參軍: 마속)이 매우 화를 내며 제 말을 들어주지 않아 저 혼자 군사 5천 명을 데리고 산에서 10리 떨어진 곳에 영채를 세웠습니다. 그런데 위군이 일시에 몰려와 산을 사방에서 에워쌌습니다. 저는 군사를 이끌고 열 번 넘게 쳐들어갔지만 위군의 수가 너무 많아 뚫고 들어갈 수가 없었습니다. 다음 날 위군이 산 위로 가는 물길을 차단해 버리니 참군의 군사는 마치 흙담이 무너지고 기왓장이 깨지듯 위군에 투항하는 자가 너무 많아 셀 수도 없었습니다. 저는 적은 군사로 홀로 버틸 수가 없어 문장(文長: 위연)에게 구원을 청하러 가는 도중에 산골짜기 속에서 위병들에게 포위당하고 말았습니다. 저는 죽기를 무릅쓰고 싸워 포위를 뚫고 영채로 돌아와 보니 영채는 이미 위군들이 차지하고 있었습니다.

어쩔 수 없이 열류성으로 가는 도중 고상을 만나 가정을 되찾기로 하고 곧바로 문장과 고상 그리고 제가 군사를 세 방면으로 나누어 위군 영채를 기습하러 갔습니다. 그러나 가정에 이르려 보니 길가에 복병도 보이지 않아 의심이 들어 높은 곳에 올라가 바라보니, 문장과 고상이 위군에 포위당해 있었습니다. 저는 곧바로 겹겹의 포위망을 뚫고 위군 속으로 쳐들어가서 두 장수를 구하고 참군과 모두 한 곳에 모였습니다. 저는 양평관 마저 위군에 빼앗기면 큰일이다 싶어 급히 군사를 돌려 양평관으로 가서 지켰던 것입니다.

다시 한번 말씀드리지만 제가 간하지 않은 게 아닙니다. 승상께서 믿지 못하시겠다면 각 부대의 장교들에게 확인해 보십시오."

제갈량은 호통을 쳐서 왕평을 물러가게 한 다음 마속을 막사 안으로 불렀다. 마속은 스스로 결박을 하고 막사 앞에 무릎을 꿇었다.

공명은 얼굴색을 바꾸고 말하기를: "너는 어려서부터 병서를 많이 읽어 싸우는 법을 잘 안다고 그랬다. 내가 여러 차례 가정은 우리의 근본이니 잘 지켜야 한다고 당부하지 않았느냐? 그리고 너는 네 가족의 목숨까지 걸고 이 막중한 소임을 맡았다. 네가 만약 왕평의 말만 들었더라면 어찌 이런 참화가 있었겠느냐? 이번 싸움에서 우리 군사가 패하고 여러 장수를 잃고, 땅과 성을 빼앗겼으니, 이는 모두 너의 잘못이다. 만약 내가 이를 공개적으로 처리하지 않는다면 어찌 모든 군사를 복종시킬 수 있겠느냐? 네가 군법을 어긴 것이니 나를 원망하지는 마라. 네가 죽은 뒤에도 네 가솔들에게는 여전히 녹봉을 지급하여 돌볼 것이니 걱정하지 않아도 된다."

그러고는 좌우에 명하여 마속을 끌고 나가 목을 베라고 했다.

마속이 울면서 말하기를: "승상께서는 저를 친 자식처럼 대해 주셨고 저 또한 승상을 부친으로 여겨왔습니다. 제가 지은 죄 실로 죽음을 면할 수 없음은 잘 압니다. 바라옵건대 승상께서는 순(舜) 임금이 곤(鯀)을 죽이고 그 아들 우(禹)를 등용하셨던 일[26]을 생각해 주신다면 비록 저는 죽어 구천에 가더라도 여한이 없을 것입니다."

말을 마친 마속이 대성통곡을 한다.

공명 역시 눈물을 훔치며 말하기를: "내 지금껏 너와는 형제와 같은 의리로 지내왔으니 너의 자식은 곧 나의 자식이다. 그러니 그런 부탁은 필요 없네."

좌우에서 마속을 끌어내어 원문 밖으로 나가 막 목을 베려는 순간 성도(成都)로부터 참군(參軍) 장완(蔣琬)이 당도하여 그 광경을 보고 몹시 놀라 큰 소리로 외치기를: "잠시 멈추어라!"

그러고는 공명을 뵙고 말하기를: "옛날 초(楚)에서 득신(得臣)을 죽이자 문공(文公)이 기뻐했다[27]고 합니다. 지금 천하가 아직 정해지지 않았는데 지모가 뛰어난 신하를 죽이면 이 어찌 애석한 일이 아니겠습니까?"

공명이 눈물을 흘리며 말하기를: "옛날 손무(孫武: 손자)가 천하를 평정하고 승리할 수 있었던 것은 군법을 공정하게 적용했기 때문이오. 지금 사방이 나뉘어 다투고 전쟁이 시작되었는데, 만일 법을 폐하고 어찌 역적을 토벌할 수 있겠소? 그러니 목을 베야 마땅하오!"

잠시 후 무사가 마속의 수급을 계단 아래 바치니 공명은 통곡을 금할

---

26 상고시대 순(舜) 임금은 나라에 큰 홍수가 나자 곤(鯀)에게 물을 다스리게 했지만 실패하자 순은 그 책임을 물어 곤을 죽이고 대신 그의 아들 우(禹)에게 물을 다스리게 함. 우가 마침내 치수에 성공하자 그 공로를 인정하여 순 임금은 우에게 임금 자리를 물려주었음. 역자 주.

27 춘추시대 초(楚)와 진(晉)이 서로 다툴 때 초나라의 대장 성득신이 싸움에 패하고 돌아오자 왕이 핍박하여 결국 성득신은 자살하고 말았음. 당시 법에 따르면 싸움에 패한 장수는 죽어야 마땅했지만 그렇게 죽이기에는 너무 아까운 장수였음. 초나라 왕도 득신이 죽은 것을 후회했지만 적국인 진(晉) 문공(文公)은 그가 죽었다는 소식에 매우 기뻐했음. 역자 주.

孔明揮淚斬馬謖

수가 없었다.

장완이 묻기를: "지금 유상(幼常: 마속)이 죄를 지어 군법에 따라 처형했는데 승상께서는 어찌하여 그리 슬피 우십니까?"

공명 曰: "내가 우는 것은 마속 때문이 아니오. 선제께서 백제성에서 병세가 위독하실 때 나에게 부탁하신 말이 떠올랐기 때문이오. 선제께서는 '마속은 말이 실제보다 앞서니 크게 써서는 안 된다(言過其實, 不可大用).'고 하셨는데 그 말씀이 생각난 것이오.(제 85회 참고) 이제 보니 과연 그 말씀이 옳았구나 하는 생각에 나 자신의 밝지 못함이 너무 한스럽고, 선제의 명철하심을 깨달으면서 이처럼 통곡한 것이오."

이 말을 들은 모든 장수와 병사들 가운데 눈물을 흘리지 않은 사람이 없었다. 이때 마속의 나이 39세로, 때는 건흥 6년(서기 228년) 5월 여름이었다.

후세 사람이 이 일을 시로 지었으니:

가정을 잃어버린 죄가 가볍지 아니하니	失守街亭罪不輕
한스럽다 마속은 병법 부질없이 논했네	堪嗟馬謖枉談兵
원문에서 머리를 베어 군법을 밝히고는	轅門斬首嚴軍法
눈물 훔치며 선제의 명철함을 그리누나	拭淚猶思先帝明

공명은 마속의 수급을 여러 영채에 두루 돌려 보인 뒤 머리를 주검에 정성껏 봉합하여 장사를 지내주며 친히 제문을 지어 제사를 지내주었다. 또한 마속의 가솔들은 각별히 돌보면서 매월 녹봉을 내려주어 생활에 어려움이 없게 했다.

그런 다음 공명은 직접 표문을 지어 장완으로 하여금 후주에게 아뢰도록 했는데, 그 표문에서 자신의 승상 벼슬을 깎도록 했다. 성도로 돌

아간 장완이 후주를 알현하고 공명의 표문을 올렸다. 후주가 받아서 뜯어보니 그 내용은:

"신은 용렬한 재주로 황공하옵게도 앉아서는 안 될 자리를 차지하여 직접 군권을 잡고 전군을 통솔해 왔나이다. 그러나 군사들을 제대로 가르치지도 못했고 군법을 바로 세우지도 못했으며 일에 임하여도 신중하게 대처하지 못했나이다. 결국 가정에서는 명령을 어기는 잘못을 저질렀고 기곡에서는 경계를 소홀히 한 실수도 있었나이다. 이 모든 잘못은 신에게 있사옵니다. 신은 밝지 못하여 사람을 제대로 알아보지 못했고, 일을 고려함에 있어서도 어두움이 많았사옵니다.
《춘추(春秋)》에서 군사가 싸움에 지면 장수가 모든 책임을 지고 처벌을 받도록 되어 있으니 신의 죄를 어찌 피할 수 있겠나이까? 바라건대 신의 벼슬을 세 등급 깎아내리시어 그 죄를 꾸짖어 주시기를 청하옵나이다. 신은 부끄러움을 이기지 못하고 감히 엎드려 처분을 기다리겠나이다."

글을 다 읽은 후주가 말하기를: "이기고 지는 것은 병가에 있어 흔한 일(勝負兵家常事)이거늘 승상께서 어찌하여 이런 말씀을 하시는가?"

시중 비의가 아뢰기를: "신이 듣기에, '나라를 다스리는 자는 반드시 법을 중히 받들어야 한다.'고 하였나이다. 법이 만약 제대로 집행되지 않으면 어떻게 사람들을 복종시키겠나이까? 승상이 싸움에 패해 스스로 벼슬을 깎으시는 것은 마땅한 일인 줄 아옵니다."

후주는 그의 말에 따라 공명의 직위를 우장군으로 내리되, 승상의 일은 그대로 맡아 보며 예전처럼 군사를 총감독하라는 조서를 내렸다. 비의가 후주의 조서를 가지고 한중으로 갔다.

조서를 받은 공명이 벼슬이 강등되어 부끄러워할까 염려되어 비의가 일부러 축하의 말을 건네기를: "촉의 백성들은 승상께서 처음에 4개의 현을 빼앗았다는 소식에 매우 기뻐했습니다."

공명의 안색이 변하며 말하기를: "그게 무슨 말이오! 얻었던 것을 다시 잃어버려 얻지 못한 것과 마찬가지인데 공이 이런 것으로 나를 축하하니 참으로 부끄러워 얼굴을 들 수가 없소이다."

비의가 다시 듣기 좋은 말로 말하기를: "근자에 승상께서 강유를 얻었다는 말을 듣고 천자께서 매우 좋아하셨습니다."

공명이 역정을 내며 말하기를: "싸움에 패하여 군사가 빈손으로 돌아오고 한 뼘의 땅도 빼앗지 못했으니 이는 모두 나의 큰 죄요. 강유 한 사람 얻은 것이 위나라에 무슨 손해가 되겠소이까?"

비의가 다시 말하기를: "승상께서는 지금 수십만 명의 웅병을 통솔하고 계시니, 다시 위를 치실 수도 있지 않겠습니까?"

공명 曰: "지난번 우리 대군이 기산과 기곡에 주둔해 있을 때 우리 군사가 적군보다 많았지만 적을 쳐부수지 못하고 도리어 패하고 말았소. 그러니 승패는 군사의 많고 적음에 있는 것이 아니라 군사를 거느린 장수에게 달렸지요. 지금 나는 군사의 수를 줄이고 장수를 적게 하면서 벌을 엄하게 하고 잘못을 뉘우치면서 장차 어떤 변화된 상황에도 적절히 대응할 수 있는 능력을 키울 것이오. 그렇게 하지 않으면 아무리 군사가 많은들 무슨 쓸모가 있겠소?

이제부터 나라의 먼 장래를 생각하는 모든 사람들은 오로지 나의 부족한 점을 부지런히 지적하고 나의 단점을 질책해야 하오. 그렇게 해야만 일이 제대로 이루어지고 역적을 섬멸할 수 있으며, 빠른 시일 내에 공이 이루어지기를 기대할 수 있을 것이오(功可翹足而待)."

비의와 여러 장수들은 모두 그의 말에 감복했다.

비의는 다시 성도로 돌아갔다. 공명은 한중에서 백성을 사랑하고 군사를 아끼며 격려하며 무예를 가르치고 군사 훈련에 힘썼다. 또한 성을 공격할 때, 또는 물을 건널 때 필요한 장비나 기구를 만들고 군량과 마초를 비축하고 싸움에 사용할 뗏목을 만드는 등 훗날의 싸움에 대비하였다.

위의 정탐꾼이 이런 일을 모두 탐지해 낙양에 보고했다. 그 소식을 들은 위주 조예가 사마의를 불러 촉을 치러 갈 계책을 상의했다.

사마의 曰: "지금은 촉을 공격할 때가 아닙니다. 요즈음 날씨가 너무 무더워 촉군들은 싸우려 하지 않을 것입니다. 우리 군사가 그곳 땅 깊숙이 쳐들어가더라도 저들이 요충지를 지키기만 하고 나오지 않으면 쉽게 쳐부술 수 없습니다."

조예 曰: "만약 촉군이 다시 쳐들어오면 어찌하지요?"

사마의 曰: "신은 이미 계책을 마련해 두었습니다. 이번에 제갈량은 틀림없이 옛날 한신이 몰래 진창(陳倉)을 건너간 계책(韓信暗度陳倉之計)[28]을 쓸 것입니다. 신이 한 사람을 천거해 진창으로 통하는 길목에 성을 쌓고 지키게 한다면 만에 하나의 실수도 없을 것입니다. 그 사람은 키가 아홉 자나 되며 원숭이처럼 긴 팔에 활도 잘 쏘며 모략 또한 뛰어납니다. 설령 제갈량이 쳐들어온다고 해도 이 사람이 충분히 막아낼 수 있습니다."

조예가 매우 기뻐하며 묻기를: "그는 누구요?"

사마의가 아뢰기를: "그는 태원(太原) 사람으로 성은 학(郝), 이름은 소(昭), 자는 백도(伯道)라 하는데 현재는 잡패장군(雜覇將軍)으로 하서(河西)

---

28 진(秦)나라 말기 초(楚)와 한(漢)이 천하를 다툴 때 한의 장군 한신이 유방을 공격하면서 겉으로는 잔도를 수리하는 체하면서 실제로는 은밀히 진창으로 군사를 보내 기습을 함. 역자 주.

지방을 지키고 있습니다."

조예는 사마의의 천거에 따라 학소를 진서장군(鎭西將軍)으로 승진시켜 진창으로 가는 길목을 지키도록 명하면서 사자에게 조서를 가지고 가도록 했다.

이때 갑자기 양주 사마(司馬) 대도독(大都督) 조휴(曹休)로부터 표문이 올라왔는데, 그 내용은 동오의 파양(鄱陽) 태수 주방(周魴)이 은밀히 사람을 보내 자신이 다스리는 군을 바치고 투항하겠다고 하였다. 게다가 일곱 가지 일을 진술하며 그렇게 하면 동오를 쳐부술 수 있으니 속히 군사를 보내 치라는 것이었다.

조예는 그 표문을 황제의 전용 탁자(御床) 위에 펼쳐놓고 사마의와 함께 보고 있었다.

사마의가 아뢰기를: "이 말은 아주 이치에 맞습니다. 이대로 하면 틀림없이 동오를 멸망시킬 수 있습니다. 부디 신이 군사를 이끌고 가서 조휴를 돕도록 해 주십시오."

이때 갑자기 반열에서 한 사람이 나서며 말하기를: "동오 사람들의 말은 종잡을 수 없으니 믿어서는 안 됩니다. 더구나 주방은 지혜와 꾀가 많은 사람으로 쉽사리 항복할 인물이 아닙니다. 이것은 우리 군사를 유인하기 위한 술책입니다."

여러 사람들이 보니 그는 건위장군(建威將軍) 가규(賈逵)였다.

사마의 曰: "건위장군의 말도 일리가 없는 것은 아니지만 이런 좋은 기회 역시 놓쳐서는 안 됩니다."

조예 曰: "중달이 가규와 함께 조휴를 도와주시오."

두 사람은 명을 받고 떠났다. 조휴는 군사를 거느리고 환성(皖城)을 치러 가고, 가규는 전장군 만총(滿寵)·동완(東莞) 태수 호질(胡質)과 함께 양성(陽城)을 취하러 동관(東關)으로 향했다. 그리고 사마의는 본부 군사를 이끌고 곧바로 강릉(江陵)을 취하러 갔다.

한편 오주(五主) 손권은 무창(武昌)에서 여러 관원들을 모아 놓고 상의하며 말하기를: "이번에 파양 태수 주방이 은밀히 표문을 올렸는데, 양주 도독 조휴가 우리 지경을 침범할 뜻이 있어, 주방이 속임수로 일곱 계책을 알려주면서 위군을 우리 땅 깊숙이 유인하기로 했소. 우리는 적당한 곳에 복병을 매복해 두고 그들을 사로잡을 계획이오. 이미 위군이 세 방면으로 나뉘어 쳐들어오고 있다고 하는데 경들은 좋은 의견이 있는가?"

고옹이 나서며 말하기를: "이런 막중한 임무는 육백언(陸伯言: 육손)이 아니면 감당할 수 없습니다."

손권은 매우 기뻐하며 육손을 불러 보국대장군(輔國大將軍) 평북도원수(平北都元帥)로 봉하고 왕의 친위 군사인 어림대병(御林大兵)을 통솔하여 왕을 대신하여 군사를 지휘하도록 백모(白旄)와 황월(黃鉞)을 내려, 모든 문무백관이 그의 명령을 따르도록 하며 직접 육손에게 자신의 채찍을 넘겨주었다.

왕명을 받은 육손이 은혜에 대한 감사의 인사를 마친 뒤 두 사람을 천거해 좌우 도독으로 보좌하게 하여 군사를 세 방면으로 나뉘어 적을 맞이할 것이라고 했다. 손권이 천거할 두 사람이 누구냐고 물었다.

육손 曰: "분위장군(奮威將軍) 주환(朱桓)과 수남장군(綏南將軍) 전종(全琮)입니다. 이 두 사람에게 좌우에서 보좌하게 할 것입니다."

손권은 육손의 말에 따라 곧바로 주환을 좌도독으로, 그리고 전종을 우도독으로 삼았다.

이리하여 육손은 강남의 81개 주 및 형주(荊州) 군사 70여만 명을 통솔하면서 주환은 왼쪽에, 전종은 오른쪽에 두고, 자신은 가운데의 세

길로 진군했다.

주환이 계책을 올리기를: "조휴는 조씨 일가로 중책을 맡고 있을 뿐 지혜와 용맹은 부족합니다. 지금 그는 주방의 꼬임에 빠져 우리 진영 깊숙이 들어오고 있는데, 원수께서 군사를 내어 치시면 그는 반드시 패하고 두 방면으로 달아날 것입니다. 왼쪽은 협석(夾石)이고 오른쪽은 계거(桂車)입니다. 이 두 길은 모두 산골짜기의 험준한 샛길입니다. 제가 전자황(全子璜: 전종)과 함께 각각 한 무리의 군사를 이끌고 가서 험준한 산속에 매복해 있으면서 사전에 나무와 바위돌 등으로 그 길을 끊어 놓으면 조휴를 사로잡을 수 있습니다.

조휴만 사로잡고 나면 곧바로 군사를 휘몰아 진격하여 손쉽게 수춘을 얻을 수 있으며 여세를 몰아 허도와 낙양까지 넘볼 수 있으니, 이런 절호의 기회는 다시는 오지 않을 것입니다."

육손 曰: "이것은 그리 좋은 계책이 아니오. 내게 따로 좋은 묘책이 있소."

이에 주환은 불만을 품고 물러갔다.

육손은 제갈근 등으로 하여금 강릉을 지키며 사마의를 대적하게 하고 각 방면에 군사를 적절히 배치했다.

한편 조휴의 군사들이 환성에 이르자 주방이 영접을 나와 곧바로 조휴의 막사로 들어갔다.

조휴가 묻기를: "근래 그대가 보낸 글에 들어 있던 일곱 가지 일들은 이치에 합당하기에 천자께 아뢰어 대군을 일으켜 세 방면으로 진군해 왔소. 만일 내가 강동 땅을 얻게 되면 그대의 공이 가장 크다 할 것이오. 그런데 어떤 사람들은 그대가 꾀가 많아 그 말한 것이 사실이 아닐 수도 있다고 의심하였소. 하지만 나는 귀하가 결코 나를 속이지 않을 것으로

생각하고 있소."

그 말을 들은 주방이 갑자기 큰 소리로 울면서 옆에 있던 자의 칼을 뽑아 들고 자신의 목을 찌르려 했다. 조휴가 황급히 그를 말렸다.

주방이 칼을 잡고 말하기를: "저는 일곱 가지 일을 말하면서 내 양심을 드러내 보이지 못하는 게 한스러웠습니다. 그러한 의심을 받은 것은 필시 동오 사람들이 반간계를 썼기 때문입니다. 만약 공께서 그 말을 믿으시면 저는 반드시 죽을 것입니다. 저의 충심은 오로지 하늘만이 알 것입니다!"

말을 마친 주방은 다시 자신의 목을 찌르려고 했다.

깜짝 놀란 조휴가 황급히 그를 끌어 앉히며 말하기를: "나는 그저 농담을 했을 뿐인데 그대는 어찌 이러시오!"

주방은 들고 있던 칼로 자신의 머리카락을 잘라 땅에 내던지며 말하기를: "저는 충심으로 공을 대했는데 공은 저를 희롱하시니 부모님께서 주신 이 머리카락을 베어 제 마음을 보여 드립니다."

조휴는 마침내 조휴를 확실히 믿게 되었고 연회를 마련해 그를 대접했다. 연회가 파하자 주방은 하직 인사를 하고 돌아갔다.

이때 건위장군 가규가 뵈러 왔다는 보고가 들어왔다.

조휴가 그를 불러들여 묻기를: "이 시간에 무슨 일이오?"

가규 曰: "제 생각에 동오의 군사들은 틀림없이 모두 환성에 주둔하고 있는 것 같으니 도독께서는 가벼이 나가시면 안 됩니다. 잠시 기다렸다가 저와 함께 양쪽에서 협공을 하면 적군을 쳐부술 수 있습니다."

조휴가 버럭 화를 내며 말하기를: "자네는 지금 나의 전공을 빼앗으려 하는가?"

가규 曰: "주방이 머리카락을 잘라 맹세했다고 들었는데 그것 역시 속임수입니다. 옛날 요리(要離)는 자신의 팔을 잘라 경기(慶忌)를 암살[29]했으니 그런 행동을 믿어서는 안 됩니다."

조휴는 매우 화를 내며 말하기를: "내 지금 막 진군하려는데 너는 어찌하여 이런 말을 하여 군사들의 사기를 꺾으려 하느냐?"

조휴가 좌우에 호통을 쳐 그를 끌고 가서 목을 베라고 했다.

여러 장수들이 사정하기를: "출병도 하기 전에 먼저 장수의 목을 베는 것은 군사의 사기에 이롭지 못합니다. 일단 잠시 용서하십시오."

조휴는 다른 장수들의 만류에 따라 가규의 군사는 영채에 남아 있게 하고 자신이 직접 군사를 이끌고 동관을 취하러 떠났다.

이때 주방은 가규가 병권을 잃었다는 소식을 듣고 내심 기뻐하며 말하기를: "조휴가 만약 가규의 말을 들었더라면 동오는 패하고 말았을 것이다! 이는 하늘이 나에게 공을 이루게 하려는 것이다."

그는 즉시 은밀히 사람을 환성으로 보내 이 사실을 육손에게 보고했다.

육손은 여러 장수들을 불러 명을 내리기를: "앞에 있는 석정(石亭)은 비록 산길이기는 하지만 충분히 매복할 만한 곳이오. 먼저 석정의 넓은 곳을 차지해 진을 치고 위군이 오기를 기다리시오."

그러고는 서성을 선봉으로 삼아 군사를 이끌고 앞으로 나아갔다.

한편 조휴는 주방에게 군사를 이끌고 앞으로 나아가게 했다. 한참 가다가 조휴가 묻기를: "앞으로 곧장 가면 어디에 이르는가?"

주방 曰: "바로 석정입니다. 거기는 군사를 주둔시킬 만한 곳입니다."

---

29 춘추시대 오(吳)의 공자 광(光)은 임금 요(僚)를 죽이고 새로운 왕 합려(闔閭)가 되었음. 그러나 합려는 요의 아들 경기(慶忌)가 복수를 위해 위국(衛國)으로 도망가 있는 것이 마음에 걸렸음. 합려는 경기를 죽이려고 요리(要離)를 자객으로 보냈음. 요리는 경기를 속이기 위해 자신의 오른팔을 자르고 경기에게 접근하여 합려가 자신의 팔을 잘랐으니 복수를 하겠다며 그 부하로 들어가 경기의 신임을 받은 후 마침내 경기를 찔러 죽였음. 역자 주.

조휴는 주방의 말에 따라 석정에 대군을 주둔함은 물론 수레와 병장기들도 모조리 그곳에 가져다 놓았다.

다음 날 정탐꾼이 와서 보고하기를: "전면의 산어귀에 동오군이 있는데 그 숫자는 얼마나 되는지 잘 모르겠습니다."

조휴가 깜짝 놀라며 말하기를: "주방은 그곳에 군사가 없다고 하지 않았는가! 그들이 어찌 벌써 대비를 했단 말인가?"

급히 주방에게 물어보려고 찾으니, 주방이 방금 전 수십 명을 데리고 어디론가 사라졌다고 했다.

조휴는 크게 후회하며 말하기를: "내가 도적놈의 계책에 걸렸구나! 하지만 그렇다고 해도 두려워할 필요는 없다!"

그는 곧바로 대장 장보(張普)를 선봉으로 삼아 수천 명의 군사를 이끌고 나아가 동오군과 싸우러 갔다.

양쪽 군사들이 서로 마주 보고 진을 쳤다.

장보가 말을 달려 나가 꾸짖기를: "도적의 장수는 어서 항복하라!"

서성이 곧바로 말을 달려 나와 맞섰다. 몇 합 싸우지 않아 장보는 서성을 당해내지 못하고 말머리를 돌려 군사를 거두어 돌아와 조휴에게 서성의 용맹이 너무 강해 감당할 수 없다고 말했다.

조휴 曰: "그러면 내 기습작전으로 저들을 이길 것이다."

조휴는 장보로 하여금 군사 2만 명을 이끌고 석정 남쪽으로 가서 매복해 있으라 하고, 또 설교(薛喬)에게도 2만 명의 군사를 이끌고 석정 북쪽으로 가서 매복하라고 한 다음 말하기를: "나는 내일 1천 명의 군사를 이끌고 나가 싸우다가 거짓으로 패한 척하며 달아나 적을 북쪽의 산 앞까지 유인할 것이다. 그곳에서 포를 쏘는 것을 신호로 삼면에서 협공을 하면 반드시 크게 이길 것이다."

계책을 받은 두 장수는 밤이 되기를 기다려 각각 군사 2만 명씩을 이끌고 매복을 하러 떠났다.

한편 육손은 주환(朱桓)과 전종(全琮)을 불러 분부하기를: "두 장군은 각각 3만 명씩의 군사를 이끌고 석정 산길로 조휴의 영채 뒤쪽으로 가서 불을 질러 신호를 하시오. 나는 직접 대군을 거느리고 가운데 길로 나갈 것이오. 그러면 조휴를 사로잡을 수 있을 것이오."

그날 황혼 무렵, 계책을 받은 두 장수는 군사를 이끌고 나아갔다. 2경이 되자 주환은 군사를 이끌고 산길을 가로질러 위군 영채 뒤로 가던 중 그곳에서 매복하고 있던 장보의 복병과 마주쳤다. 장보는 그들이 오군(吳軍)일 줄은 전혀 생각지도 못하고 다가와 그냥 어디서 왔느냐고 말을 걸다가 주환이 내리친 칼에 맞아 말에서 떨어지자 나머지 위군들이 놀라 달아나 버렸다. 주환은 후군들에게 불을 지르게 했다.

전종 역시 한 무리의 군사를 이끌고 위군의 영채 뒤에 이르렀는데 그곳은 마침 설교(薛喬)의 진영이었다. 전종이 곧바로 설교의 영채를 기습하여 한바탕 싸움을 벌이니 설교는 당해내지 못하고 패하여 달아났다. 위군은 많은 병사를 잃고 본채로 돌아갔다. 주환과 전종이 뒤쪽에서 양방면으로 쳐들어가니 조휴의 영채 안은 큰 혼란에 빠져 아군과 적군조차 구별하지 못하고 자기 편끼리 부딪치고 싸웠다.

다급해진 조휴는 황급히 말에 올라 협석(夾石)을 향해 달아났다. 서성이 대부대를 이끌고 쳐들어와 위군을 닥치는 대로 무찌르니 이때 죽은 위군 병사의 수는 이루 셀 수조차 없었다. 운 좋게 살아남은 자는 갑옷과 병기들도 모조리 버리고 그저 달아나기 바빴다 몹시 놀란 조휴는 협성을 향해 죽을힘을 다해 달렸다. 그때 한 무리의 군사가 샛길에서 나타났는데 앞선 장수는 가규가 아닌가!

조휴는 비로소 놀란 가슴을 진정하며 스스로 부끄러운 생각이 들어

말하기를: "내 그대의 말을 듣지 않아 이런 참담한 패배를 하고 말았소!"

가규 曰: "도독께서는 어서 이 길을 빠져나가셔야 합니다. 만약 동오의 군사들이 나무와 돌로 이 길을 막아 버리면 우리 모두 위험에 빠지게 됩니다."

이에 조휴는 급히 말을 몰아 앞으로 달려가고 가규는 쫓아오는 적을 막았다. 가규는 숲속의 무성한 곳과 험하고 가파른 샛길에 깃발들을 꽂아 놓아 군사들이 많이 매복해 있는 것처럼 위장했다. 과연 가규의 작전은 통했다. 서성이 많은 군사를 이끌고 그곳까지 추격해 왔지만, 숲속에 깃발들이 많이 꽂혀 있는 것을 발견하고 매복이 있을 것으로 의심하고, 더 이상 쫓아오지 못하고 군사를 거두어 돌아갔다.

가규는 이렇게 조휴의 목숨을 구했다. 조휴가 패했다는 소식을 들은 사마의 역시 군사를 거두어 물러갔다.

한편 승전 소식을 기다리던 육손은 얼마 지나지 않아 서성과 주환 그리고 전종까지 모두 돌아와 그들이 노획한 전리품들을 보고 받았다. 수레와 소·말·나귀·노새·군수 물자와 싸움 장비들의 숫자는 그 수를 헤아릴 수 없었고, 항복한 군사도 수만 명이나 되었다.

육손은 매우 기뻐하며 즉시 태수 주방 및 여러 장수들을 거느리고 군사를 돌려 동오로 돌아갔다. 오주 손권은 친히 문무 관료들을 거느리고 무창성(武昌城)을 나와 그들을 영접하며 특별히 자신이 쓰는 해 가리개(御蓋)를 육손에게 씌워주며 성 안으로 들어갔다. 그리고 여러 장수들의 관직을 올려주고 후한 상을 내렸다.

손권은 주방의 머리카락이 없는 것을 발견하고 위로의 말을 전하기를: "경이 머리카락을 잘라 이번 대사를 성공으로 이끌었으니 그 공명(功名)은 마땅히 죽백(竹帛: 사서)에 기록할 것이오."

그리고는 곧바로 주방을 관내후(關內侯)로 봉하고 연회를 크게 베풀어 군사를 위로하고 승전을 축하했다.

육손이 아뢰기를: "지금 조휴가 크게 패하여 위는 간담이 서늘해졌을 것이니 국서(國書)를 서천에 보내 제갈량으로 하여금 진군하여 위를 공격하게 하십시오."

손권은 육손의 말에 따라 사자에게 국서를 가지고 서천으로 가게 했다.

이야말로:

동오에서도 계책을 쓸 줄 안다면서	只因東國能施計
서천에게 또 군사를 일으키라 하네	致令西川又動兵

공명이 다시 위를 치러 나가는데 승부가 어찌 될지 궁금하거든 다음 회를 기대하시라.

제 97 회

위 치려는 공명 후주께 또 표문 올리고
강유는 조조 군 치려고 거짓 글 바치다

討魏國武侯再上表

破曹兵姜維詐獻書

촉한 건흥 6년(서기 228년) 가을 9월, 위의 도독 조휴는 석정 싸움에서 동오의 육손에게 크게 패하여 군사들은 물론 수레와 말, 군수 물자와 병장기 등을 모조리 잃었다. 황제를 뵐 면목이 없는 조유는 황공한 나머지 울화병이 생겨 낙양에 이르러 등창으로 죽고 말았다. 위주 조예는 칙명을 내려 그를 후하게 장사를 지내 주도록 했다. 사마의도 군사를 이끌고 돌아왔다.

여러 장수들이 그를 영접하며 묻기를: "조 도독이 싸움에 졌으니 원수께서 책임을 지시고 맞서 싸워야 하거늘 어찌 이처럼 급히 돌아오신 겁니까?"

사마의 曰: "제갈량이 우리의 패전 소식을 알게 되면 틀림없이 그 틈을 노려 장안을 치러 올 것이오. 만일 농서(隴西) 일대가 위급한 상황에 처하면 누가 가서 구할 것이오? 그래서 급히 돌아온 것이오."

여러 장수들은 사마의가 틀림없이 동오의 군사가 두렵고 겁이 나서 군사를 물린 것으로 생각하고 그를 비웃으며 물러갔다.

한편 동오에서는 촉에 사자를 보내 밀서를 전했다. 아울러 조휴를 크게 물리친 사실도 알려주었는데, 그것은 자국의 위풍을 과시하면서 서로 사이좋게 지내자는 의미였다. 후주는 크게 기뻐하며 사람을 한중으로 보내 그 서신을 공명에게 전해 주게 했다.

마침 공명은 군사를 강하게 훈련시켰으며 말들도 튼튼하며 식량과 마초 역시 넉넉히 갖추어져 있어 그렇지 않아도 군사를 다시 일으킬 참이었다.

이 소식을 들은 공명은 연회를 크게 열어 장수들을 전부 모아 놓고 출정할 일을 의논했다.

그때 갑자기 동북쪽에서 한바탕 사나운 바람이 몰아치면서 뜰에 있던 큰 소나무가 부러지고 말았다. 여러 사람들이 모두 깜짝 놀랐다. 공명이 곧바로 점괘를 한 번 보고 나서 말하기를: "이 바람은 대장 한 사람을 잃을 징조로구나!"

하지만 여러 장수들은 그 말을 믿으려 하지 않았다.

한창 술을 마시고 있을 때 진남장군 조운의 아들 조통(趙統)과 둘째 아들 조광(趙廣)이 승상을 뵈러 왔다는 보고가 들어왔다.

몹시 놀란 공명이 술잔을 바닥에 던지며 말하기를: "자룡이 돌아가셨구나!"

조운의 두 아들이 들어와 절을 하며 울면서 말하기를: "부친께서 어젯밤 삼경(三更: 밤 11시에서 새벽 1시)에 병이 위중해지더니 돌아가셨습니다."

공명이 발을 구르며 통곡하기를: "자룡이 떠나갔으니 나라에 대들보가 하나 없어지고 나에겐 팔이 하나 없어졌구나!"

장수들 가운데 눈물을 흘리지 않은 자가 없었다. 공명은 두 아들에게 성도로 달려가서 천자에게 부음을 알리라고 말했다.

조운의 사망 소식을 들은 후주도 대성통곡을 하며 말하기를: "짐은 어린 시절 자룡이 아니었으면 싸움터에서 이미 죽고 말았을 것이다!"(제

41회 참고)

후주는 즉시 조서를 내려 조운에게 대장군을 추증(追贈)하고 시호를 순평후(順平侯)라 했다. 그리고 칙령을 내려 성도의 금병산(錦屛山) 동쪽에 장사를 지내 주고 사당을 세워 사철마다 제사를 지내 주게 했다.

후세 사람이 그를 칭송하여 지운 시가 있으니:

성산 땅에 범과 같은 장수가 있었느니 常山有虎將
지모와 용맹 관우 장비와 서로 맞서네 智勇匹關張
한수에서 세운 공은 아직도 남아 있고 漢水功勳在
당양 장판파에서 그 이름 크게 날렸지 當陽姓字彰

두 번이나 어린 주인 위험에서 구하고 兩番扶幼主
한 마음 한 뜻으로 선제께 보답했다네 一念答先皇
그의 큰 충성과 절개를 청사에 적으니 青史書忠烈
아름다운 향기가 영원토록 전해지리라 應流百世芳

후주는 조운의 지난날 공로를 생각하여 장례를 매우 후하게 치러주고 그의 첫째 아들 조통은 황궁을 호위하는 호분중랑(虎賁中郞)에, 둘째 아들 조광은 아문장(牙門將)으로 각각 봉하여 부친의 묘소를 지키게 했다. 두 사람은 감사의 인사를 하고 물러갔다.

그때 문득 가까이서 모시는 신하가 아뢰기를: "제갈 승상께서 군사 배치를 마치고 위를 다시 정벌하러 나서겠다고 합니다."

후주가 조정의 여러 신하들에게 물어보니 가벼이 군사를 움직여서는 안 된다고 하는 사람이 많았다. 후주는 걱정이 되어 주저하며 결정을 내리지 못하고 있는데 승상이 양의(楊儀)를 시켜 출사표(出師表)를 보내왔다고 했다.

후주가 즉시 그를 불러들이자 양의가 표문을 올렸다. 후주가 표문을 상 위에 펼쳐놓고 읽어 보니[30]:

"선제께서는 한(漢)과 역적(逆賊: 위)이 양립할 수 없으며, 왕업 또한 한 지역에 치우쳐 안주해 있는 것을 염려하시어 신에게 역적을 토벌하라고 부탁하셨나이다.

先帝慮漢、賊不兩立, 王業不偏安, 故託臣以討賊也.

선제의 영명하심으로 신의 재주를 헤아려보시고 강한 역적을 치기에는 신의 재주가 미약함을 아셨나이다. 하지만 역적을 쳐서 없애지 않고서는 왕업 역시 망하고 말 것이니 어찌 일어서 치지 않고 그저 앉아서 망하기를 기다리겠나이까? 그런 이유로 선제께서는 역적 토벌에 관한 모든 것을 신에게 맡기시고 의심하지 않으셨나이다.

以先帝之明, 量臣之才, 故知臣伐賊, 才弱敵强也. 然不伐賊, 王業亦亡. 惟坐而待亡, 孰與伐之? 是故托臣而弗疑也

신은 선제의 명을 받은 뒤로 잠자리에 누워도 편히 잘 수 없었으며 음식을 먹어도 맛을 몰랐습니다. 북벌을 하기 위해 우선 남방부터 평정해야 했기에 지난 5월 노수를 건너 불모의 땅 깊숙이 들어가 하루 양식으로 이틀을 나누어 먹은 것은 신이 제 몸을 아끼지 않음이 아니라 왕업을 돌아보니 중원이 아닌 촉도(蜀都) 한구석에 치우쳐 안주하고 있을 수는 없기에 위험과 간난을 무릅쓰고 선제께서 남기신 뜻을 받들고자 했기

30 공명의 2차 출사표도 1차 출사표와 마찬가지로 너무나 유명한 문장이니 독자들의 이해를 돕기 위해 원문을 함께 등재함. 역자 주.

때문이옵니다. 그러나 역적 토벌이 옳은 계책이 아니라고 주장하는 자들이 있습니다.

臣受命之日, 寢不安席, 食不甘味; 思惟北征, 宜先入南: 故五月渡瀘, 深入不毛, 并日而食. 臣非不自惜也: 故王業不可偏安于蜀都, 故冒危難以奉先帝之遺意. 而議者謂爲非計

이제 서쪽에 있는 적들은 모두 지쳐 있고[31] 동쪽의 적들은 힘을 다 쏟고 말았습니다[32]. 병법에 이르기를 적이 지쳐 있을 때를 노리라고 했으니 지금이 바로 달려 나갈 때이옵니다. 삼가 다음과 같이 이 일을 아뢰옵나이다.

今賊適疲于西, 又務于東, 兵法'乘勞':此進趨之時也. 謹陳其事如左;

고제(高帝: 한 고조 유방)께서는 그 밝으심이 해와 달과 같았으며, 모사들의 재주는 못처럼 깊었음에도 험한 곳을 지나고 온몸에 상처를 입는 위태로움을 겪으신 후에 비로소 천하를 안정시키셨습니다. 지금 폐하께서는 고제에 못 미치시고 모신들의 재주는 고재의 모신인 장량과 진평에 더욱 미치지 못하면서 그저 원대한 책략만으로 이겨 가만히 앉아서 천하를 평정하고자 하는데, 이것이 신이 이해할 수 없는 첫 번째 일입니다.

高帝明并日月, 謀臣淵深, 然涉險被創, 危然後安. 今陛下未及高帝, 謀臣不如良平, 而欲以長策取勝, 坐定天下, 此臣之未解一也.

지난날 유요(劉繇: 양주 자사)와 왕랑(王朗: 회계 태수)은 각기 드넓은 주와 군을 차지하고 있었지만, 안정을 논하고 계책을 이야기할 때, 걸핏하

31 가정(街亭)에서 서로 대치하고 있음을 말함. 역자 주.
32 최근 석정(石亭)에서 동오에 크게 패한 일을 말함. 역자 주.

면 성인의 말씀을 들먹이면서도 뱃속에는 의심만 가득 차 있으니, 가슴 속은 온갖 어려움으로 꽉 막혔습니다. 그러다 보니 올해도 싸우지 않고, 내년에도 정벌하지 않아, 그저 허송세월하다 결국 손권으로 하여금 가만히 앉아서 세력을 키워 강동을 삼키게 했으니, 이는 신이 이해할 수 없는 두 번째 일입니다.

劉繇、王朗各據州郡, 論安言計, 動引聖人, 群疑滿腹, 衆難塞胸, 今歲不戰, 明年不征, 使孫權坐大, 遂并江東, 此臣之未解二也

조조의 지모와 계교는 누구보다 뛰어나고 그의 용병술은 손자나 오자를 방불케 했지만, 남양에서는 궁지에 몰렸고 오소에서는 위험에 빠졌으며, 기련에서는 위기에 처하고 여양에서는 핍박을 당하고, 북산에서는 거의 패할 뻔했고 동관에서는 하마터면 죽을 뻔했습니다. 그런 위험을 겪은 후에야 비록 괴뢰 정권이었지만 천하를 잠시 평정한 적이 있습니다. 하물며 신처럼 재주가 조조보다 훨씬 미약한 사람이 어찌 위태로움을 겪지 않고 천하를 안정시킬 수 있겠나이까? 이것이 신이 풀지 못한 세 번째 일입니다.

曹操智計殊絕于人, 其用兵也, 彷佛孫､吳, 然困于南陽, 險于烏巢, 危于祁連, 逼于黎陽, 幾敗北山, 殆死潼關, 然後僞定一時爾; 況臣才弱, 而欲以不危而定之, 此臣之未解三也.

조조는 다섯 번이나 창패를 공격했지만 함락시키지 못했고 네 번이나 소호를 건넜지만 성공하지 못했으며, 이복(李服: 왕자복)을 등용했다가 오히려 그에게 도모 당할 뻔했으며, 하후연에게 한중을 맡겼지만, 그는 싸움에 져서 죽고 말았나이다. 선제께서는 늘 조조의 유능한 재주를 칭찬하셨음에도 조조는 이런 실패가 있었거늘, 하물며 신 같은 노둔한 사람이 어찌 싸우면 반드시 이길 수 있겠나이까? 이것이 신이 풀 수 없는 네 번째 일입니다.

曹操五攻昌覇不下, 四越巢湖不成, 任用李服而李服圖之, 委任夏侯而夏侯敗亡, 先帝每稱操爲能, 猶有此失, 況臣駑下, 何能必勝? 此臣之未解四也.

신이 한중에 온 지 이제 1년이 지났을 뿐입니다. 그동안 조운·양군·마옥·염지·정립·백수·유합·등동 등의 장수를 잃었고, 곡장과 둔장 등 하급 장수 70여 명과 돌격장수인 돌장·무전, 이민족 장수인 종·수, 청강 기병인 산기·무기 등 1천여 명을 잃었으니, 이는 모두 수십 년에 걸쳐 사방에서 모은 정예병들로 어느 한 주에서 배출한 장수들이 아니옵니다.

만약 다시 수년을 보내고 나면 지금 남아있는 장수들 가운데서도 3분의 2는 잃게 될 것이니 그때는 무엇으로 적을 도모할 수 있겠나이까? 이것이 바로 신이 이해하지 못하는 다섯 번째 일입니다.

自臣到漢中, 中間期年耳, 然喪趙雲､陽群､馬玉､閻芝､丁立､白壽､劉郃､鄧銅等, 及曲長屯長七十餘人, 突長､無前, 賨､叟､靑羌, 散騎武騎一千餘人, 此皆數十年之內所糾合四方之精銳, 非一州之所有; 若復數年, 則損三分之二也, 當何以圖敵? 此臣之未解五也

지금 백성들은 궁핍하고 군사들은 지쳐 있습니다. 그런데도 역적을 치는 일을 그만둘 수 없습니다. 그만둘 수 없는 이유는 그냥 앉아서 지키고만 있으나, 나아가 공격하는 것이나 그 소요되는 노력과 비용이 똑같기 때문이옵니다. 그런데도 속히 도모하지 않고 겨우 한 개 주의 땅으로 역적과 오래 대치하고 있으려 하는 것은 바로 신이 이해할 수 없는 여섯 번째 일입니다.

今民窮兵疲, 而事不可息, 事不可息, 則住與行勞費正等, 而不及早圖之, 欲以一州之地與賊持久, 此臣之未解六也

무릇 천하를 평정하기가 쉬운 일은 아닙니다. 옛날 선제께서 초(楚)에서 패하자[33] 조조는 손뼉을 치며 천하는 이미 평정되었다고 말했습니다. 그 후 선제께서 동쪽으로는 오·월과 연합하시고 서쪽으로는 파·촉을 손에 넣으신 후 군사를 일으켜 북쪽을 치니, 하후연이 자신의 목을 바쳤는데, 이는 조조가 계책을 잘못 썼기 때문이었으며, 이로써 한의 대업이 곧 이루어질 것 같았습니다. 그러나 후에 동오가 다시 맹약을 어겨 관우가 죽고 선제께서 자귀에서 패하시니 조비가 황제를 참칭하기에 이르렀사옵니다.

夫難平者, 事也. 昔先帝敗軍于楚, 當此時, 曹操拊手. 謂天下已定. 然後先帝東連五,越, 西取巴,蜀, 擧兵北征, 夏侯授首, 此操之失計而漢事將成也. 然後吳更違盟, 關某毁敗, 秭歸蹉跌, 曹丕稱帝

무릇 천하의 일은 이처럼 헤아리기가 어렵사옵니다. 신은 그저 폐하를 위하여 몸을 굽혀 정성을 다 바쳐 죽은 뒤에 일을 그만둘 것이며, 성공과 실패, 운과 불운은 신의 지혜로는 예견할 수 없사옵니다."

凡事如是, 難可逆料, 臣鞠躬盡瘁, 死而後已, 至于成敗利鈍, 非臣之明所能逆睹也

공명의 두 번째 출사표를 다 읽은 후주는 매우 기뻐하며 즉시 공명에

33 당양 장판파 싸움을 말함. 역자 주.

게 출병을 명하는 칙령을 내렸다. 명을 받은 공명은 정예병 30만 명을 일으켜 위연을 선두 부대를 총지휘하는 선봉 대장으로 삼아 진창(陳倉) 어귀로 나아갔다.

이 소식은 위의 정탐꾼에 의해 곧바로 낙양에 보고되었다. 사마의가 이 소식을 위주에게 아뢰니 위주는 문무 관원들을 불러 모아 대책을 상의했다.

대장군 조진이 반열에서 나와 아뢰기를: "신이 지난번 농서를 지킬 때, 세운 공은 미미하고 지은 죄는 커서 황공하기 그지없었습니다. 바라옵건대 신에게 대군을 주신다면 반드시 제갈량을 사로잡아 오겠습니다. 신이 근자에 대장 한 사람을 얻었는데, 그는 60근이나 되는 큰 칼을 쓰며, 천리정완마(千里征騍馬)를 타고, 쌀 두 섬을 들 수 있는 힘이 있어야 활을 당길 수 있는 철태궁(鐵胎弓)을 사용하며, 세 개의 유성추(流星鎚)를 감추고 있다가 던지면 백발백중이니 일만 명의 군사도 능히 당해낼 수 있는 용맹을 지녔습니다. 그는 농서군 적도(狄道) 사람으로 성은 왕(王)이고 이름은 쌍(雙)이며 자는 자전(子全)이라 합니다. 신은 이 사람을 천거하여 선봉으로 삼으려 합니다."

조예는 매우 기뻐하며 곧바로 왕쌍을 어전으로 불러서 보니 그는 키가 9척이나 되는 장신에 검은 얼굴에 노란 눈동자, 곰처럼 튼튼한 허리에 호랑이 등을 가졌다.

조예가 웃으며 말하기를: "짐이 이런 훌륭한 장수를 얻었으니 이제 무슨 걱정을 하겠는가!"

조예는 곧바로 왕쌍에게 비단 전포와 황금 갑옷을 내리고 호위장군(虎威將軍)으로 봉해 선두 부대의 대선봉으로 삼고 조진을 대도독에 봉했다.

위주에게 감사의 인사를 하고 물러나온 조진은 곧바로 정예병 15만

討魏國
武侯再
上表

명을 거느리고 곽회·장합의 군사와 합하여 각자 요충지를 지키러 길을 떠났다.

한편 촉병의 선두 부대 정탐꾼이 진창까지 정찰을 나갔다가 돌아와 공명에게 보고하기를: "진창 어귀에 이미 성을 하나 쌓고 성을 학소(郝昭)가 지키고 있습니다. 성 둘레에 해자를 깊이 파고 성곽도 높이 쌓고 성 둘레에 녹각을 촘촘히 박아 엄히 지키고 있습니다. 차라리 이 성은 내버려 두고 태백령(太白嶺)을 넘어 샛길로 해서 기산(祁山)으로 가는 편이 나을 듯합니다."

공명 曰: "진창의 북쪽은 바로 가정이다. 반드시 이 성을 얻어야만 우리 군사가 앞으로 전진할 수 있다."

공명은 위연에게 군사를 이끌고 성 아래로 가서 사방을 에워싸고 공격을 하라고 했다. 며칠 동안 계속해서 공격했지만, 성을 쳐부수지 못한 위연이 다시 공명에게 와서 성을 쳐부수기 어렵다고 말했다.

매우 화가 난 공명이 당장 위연을 죽이려고 하는데 갑자기 막사 안에 있던 한 사람이 나서며 아뢰기를: "저는 비록 재주도 없으면서 승상을 여러 해 따라다녔지만, 아직 이렇다 할 공을 세우지 못했습니다. 제가 진창 성 안으로 들어가서 학소를 달래 항복하도록 설득하여 화살 한 대 쏠 필요 없도록 하겠습니다."

사람들이 보니 그는 공명 수하의 근상(靳祥)이었다.

공명 曰: "너는 무슨 말로 그를 설득하겠다는 것이냐?"

근상 曰: "학소와 저는 같은 농서 사람으로 어려서부터 친하게 지낸 사이이니, 제가 가서 이해관계로 달래면 학소는 반드시 항복할 것입니다."

공명은 즉시 그를 보냈다.

근상이 말을 달려 진창 성 아래로 가서 큰 소리로 외치기를: "학백도

(郝伯道: 학소)! 옛 친구 근상이 보러 왔네!"

성 위의 군사가 학소에게 보고하니 학소는 성문을 열게 하여 그들 들여보내 성 위에서 만났다.

학소가 묻기를: "옛 친구는 무슨 일로 나를 찾아왔소?"

근상 曰: "나는 서촉의 공명의 휘하에서 군사 기밀에 관한 일을 보면서 최고의 대우를 받고 있네. 내 오늘 자네에게 특별히 해 줄 말이 있어 찾아온 것이네."

학소가 발끈하고 얼굴색까지 바꾸며 말하기를: "제갈량은 우리의 원수이자 적이오. 나는 지금 위를 섬기고 있고 그대는 촉을 섬겨 각기 자신의 주인을 섬기고 있으니, 옛날에는 비록 형제처럼 지냈지만 지금은 서로 원수가 되었소. 그대 말은 더 들을 필요가 없으니 어서 성을 나가시오!"

근상이 다시 말을 하려고 하는데 학소는 이미 망루 위로 올라가 버렸다. 위의 군사들이 급히 말에 오르라고 재촉하여 성 밖으로 쫓아내 버렸다. 근상이 고개를 돌려보니 학소는 화살 방어용 나무 난간에 기대고 서 있었다.

근상이 말을 세우고 채찍을 들어 그를 가리키며 말하기를: "백도 아우님은 어찌 이리 박정하신가?"

학소 曰: "위나라의 법도는 형도 잘 알지 않소? 내가 나라의 은혜를 입었으니 죽음으로 갚을 따름이오. 형의 말은 더 이상 들을 필요 없으니 어서 돌아가 제갈량에게 성을 공격하라 이르시오. 나는 조금도 두렵지 않소!"

빈손으로 돌아간 근상이 공명에게 보고하기를: "학소는 내가 말을 꺼내기도 전에 내 입을 막아 버렸습니다."

공명 曰: "너는 다시 가서 그를 이해관계로 잘 따져서 설득해 보아라."

근상은 다시 성 아래로 가서 학소를 만나기를 청했다.

학소가 망루 위로 나오자 근상이 고삐를 잡아당겨 말을 세우며 외치기를: "백도 아우님은 나의 충고를 잘 들으시게! 자네는 이 조그만 외딴 성에 의지해 무슨 수로 수십만 대군을 막겠다는 것인가? 지금 서둘러 항복하지 않으면 나중에 후회해도 소용이 없네! 게다가 대한(大漢)을 따르지 않고 간사한 위를 섬기니, 어찌하여 하늘이 정해준 운명(天命)도 모르고, 옳고 그름(淸濁)도 분간하지 못한단 말인가? 부디 백도 아우님은 깊이 생각해 보시게!"

몹시 화가 난 학도는 활에 화살을 메겨 근상을 겨누고 큰 소리로 호통치기를: "내가 할 말은 이미 다 했으니 형은 더는 말하지 말고 당장 물러가시오. 지금 물러가면 이 화살을 쏘지는 않을 것이오!"

근상이 돌아와 공명에게 학소로부터 보고 들은 이런 광경을 자세히 보고했다.

공명이 매우 화를 내서 말하기를: "필부 놈 주제에 무례하기 짝이 없구나! 내 어찌 그따위 성 하나 무너뜨릴 무기를 준비하지 않았겠느냐!"

공명이 그곳 토박이를 불러 묻기를: "진창성 안에 군사가 얼마나 있느냐?"

토박이 曰: "자세히는 모르오나 대략 3천 명 정도 있습니다."

공명이 비웃으며 말하기를: "그런 작은 군사로 어찌 우리 대군을 막겠다는 것인가! 저들의 구원병이 오기 전에 속히 성을 공격하라!"

공명은 곧바로 군중에 공격용 구름사다리 1백여 개를 설치했다. 사다리 1개에 십여 명의 군사가 탈 수 있고 주위를 나무 판자로 가려 적의 화살 공격에 대비했다. 나머지 군사들은 각자 짧은 사다리와 부드러운 밧줄을 들고 북소리를 신호로 일제히 성벽을 기어오르기 시작했다.

학소는 망루 위에서 촉군들이 구름사다리를 밀며 사방에서 달려드는 것을 보고 즉시 3천 명의 군사들에게 각자 불화살을 들고 사방으로 나뉘어 있다가 구름사다리가 성벽 가까이 다가오면 일제히 쏘라고 명령했다.

성 안에 별다른 방비가 없을 것으로 여긴 공명은 구름사다리를 많이 만들어 전군에게 북을 치고 함성을 지르며 나아가도록 했는데 뜻밖에 성 위에서 불화살이 일제히 날아와 모든 구름사다리에 불이 붙어 사다리 위에 있던 많은 군사들이 불에 타 죽었다. 또한 성 위에서는 화살과 돌들이 비 오듯 쏟아져 성벽을 기어오르던 촉군들은 모두 뒤로 물러났다.

공명은 더욱 화가 나서 말하기를: "네놈이 우리 구름사다리를 불살랐으니 이번에는 충차(衝車: 성문이나 성벽을 부수는 기구)를 이용하여 성벽을 아예 무너뜨려 버릴 것이다."

공명은 밤새 충차를 만들도록 지시했다. 다음 날 촉군은 다시 북치고 함성을 지르며 사방에서 동시에 공격을 했다. 학소는 급히 돌을 날라 오도록 하여 돌에 구멍을 뚫고 칡넝쿨로 꿰어 충차를 향해 던지자 충차는 모두 부서지고 말았다.

공명은 이번에는 군사들에게 흙을 날라다 해자를 메우고, 요화로 하여금 3천 명의 군사를 데리고 삽과 괭이로 밤에 땅굴을 파고 몰래 성 안으로 들어가려고 했다. 이를 눈치 챈 학소는 성 안에 다시 해자를 깊이 파서 그들이 들어오는 것을 막았다.

이처럼 밤낮으로 20여 일이나 갖은 방법을 동원하여 공격했지만, 성을 쳐부수지 못했다.

공명이 영채 안에서 답답한 마음을 달래고 있는데 갑자기 보고가 들어오기를 동쪽에서 구원병이 도착했는데 깃발 위에 '위 선봉대장 왕쌍(魏先鋒大將王雙)'이라고 씌어 있다는 것이다.

공명이 묻기를: "누가 그를 대적하겠느냐?"

위연이 나서며 말하기를: "제가 가겠습니다."

공명 曰: "자네는 선봉 대장이니 가벼이 나가서는 아니 되네."

그리고 다시 묻기를: "누가 한번 나가보겠느냐?"

말이 떨어지기 무섭게 비장(裨將) 사웅(謝雄)이 나섰다. 공명은 그에게 군사 3천 명을 내주었다.

공명이 또 묻기를: "누가 또 가겠느냐?"

이번에는 비장 공기(龔起)가 가겠다고 했다. 공명은 그에게도 역시 군사 3천 명을 주며 보냈다. 공명은 성 안의 학소가 공격해 올 것에 대비하여 군사를 20리 뒤로 물려 영채를 세웠다.

한편 사웅은 군사를 이끌고 앞으로 나아가다 마침 왕쌍을 만났으나 3합도 싸우지 못하고 왕쌍의 칼에 베이어 죽고 말았다. 촉군들이 패하여 달아나자 왕쌍이 그 뒤를 추격하다 뒤따라 진군해 오던 공기를 만나 둘이서 교전을 했으나 공기 역시 3합 만에 왕쌍의 칼에 맞아 죽었다. 패한 촉군들이 돌아가 공명에게 보고하니 공명은 깜짝 놀라 황급히 요화·왕평·장억 세 장수를 내보내 그를 맞아 싸우도록 했다.

양쪽의 군사들이 마주 보고 진을 친 뒤, 장억이 말을 달려 나가고 왕평과 요화는 진의 양쪽을 지켰다. 왕쌍이 말을 달려 나와 장억과 여러 합을 싸웠지만, 승부가 나지 않자 왕쌍은 짐짓 패한 척하고 달아나니 장억이 그 뒤를 쫓았다. 왕평은 장억이 왕쌍의 계책에 말려들까 두려워 황급히 소리치기를: "쫓지 마시오!"

장억이 급히 말머리를 돌렸지만, 어느새 왕쌍의 유성추가 날아와 그의 등을 맞혔다. 장억은 안장 위에 엎드린 채 말을 달렸다. 왕쌍이 그 뒤를 바짝 추격했다. 왕평과 요화가 그의 앞을 가로막고 장억을 구해 진으로 돌아왔다. 왕쌍이 군사를 휘몰아 한바탕 휩쓰니 수많은 촉군이 죽거나 부상당했다.

몇 번이나 피를 토한 장억이 겨우 돌아가 공명에게 말하기를: "왕쌍은 누구도 감당할 수 없을 정도로 용맹합니다. 게다가 지금 2만 명의 군사가 진창성 밖에 영채를 세우고 사방으로 울타리를 쳐서 성을 이중으로 쌓아 놓고 해자도 깊이 파서 엄히 지키고 있습니다."

공명은 두 장수를 이미 잃은 데다 장억 또한 큰 부상을 당하자 즉시 강유를 불러 말하기를: "진창 길목으로는 더 이상 나아갈 수 없을 것 같은데 다른 계책이 있겠는가?"

강유 曰: "진창성은 워낙 견고한데다 학소가 철통같이 지키고 있으며, 또 왕쌍까지 와서 돕고 있으니 취할 수 없습니다. 차라리 대장 한 사람에게 산에 의지해 물가에 영채를 세워 단단히 지키게 하고, 또 뛰어난 장수에게 요충지를 지키게 하여 가정 쪽에서 공격하는 것을 막도록 한 다음, 대군을 거느리고 기산을 습격하십시오. 그러면 제가 여차여차 계책을 쓰면 조진을 사로잡을 수 있습니다."

공명은 강유의 말에 따라 즉시 왕평과 이회(李恢)에게 각각 한 무리의 군사를 이끌고 가정으로 통하는 샛길을 지키게 하고, 위연에게 한 부대의 군사를 이끌고 진창 길목을 지키게 했다. 그러고는 공명은 대군을 거느리고 마대를 선봉으로 삼고 관흥과 장포에게 앞뒤에서 지원하도록 하며 샛길로 해서 야곡을 빠져나가 기산을 향해 진군했다.

한편 조진은 지난번 싸움에서 사마의에게 공을 다 빼앗긴 일이 여전히 마음에 걸렸다. 그래서 낙양 어귀에 도착하자마자 곽회(郭淮)와 손례(孫禮)로 하여금 각각 동쪽과 서쪽을 단단히 지키도록 한 다음 진창이 위험하다는 말을 듣고 곧바로 왕쌍을 보내 구원하도록 한 것이다. 그런데 왕쌍이 적장을 두 명이나 베고 공을 세웠다는 소식에 매우 기뻐하면서 중호군(中護軍) 대장 비요(費耀)로 하여금 선두 부대를 임시로 총지휘하게 하고 여러 장수들에게 각기 요충지를 지키게 했다.

그때 갑자기 산계곡에서 첩자 한 명을 붙잡았다는 보고가 들어왔다. 조진은 그를 압송해 들이라고 하여 막사 안에 꿇어 앉히니 그 사람이 아뢰기를: "소인은 첩자가 아닙니다. 중요한 군사기밀을 도독께 알려주려고 오다가 그만 잘못하여 매복해 있던 군사들에게 붙잡힌 것입니다. 주위의 사람들을 물리쳐 주십시오."

조진은 그의 결박을 풀게 하고 좌우 사람들을 잠시 물러가 있도록 했다.

그 사람 曰: "소인은 강백약(姜伯約: 강유)의 심복으로 도독께 바칠 밀서를 가지고 왔습니다."

조진 曰: "밀서는 어디 있느냐?"

그 사람은 품속에서 밀서를 꺼내 바쳤다. 조진이 뜯어보니 그 내용은:

"죄 많은 이 강유 백 번 절하며 이 글을 조 도독께 바칩니다.

저는 대대로 위의 녹을 먹으며 황송하옵게도 변경을 지키는 중책까지 맡았지만, 외람되이 두터운 은혜에 보답할 길이 없었나이다. 지난날 잘못하여 제갈량의 계책에 걸려 제 몸은 천 길 낭떠러지에 걸려 있습니다. 하지만 고국을 생각하는 마음을 어찌 한시라도 잊을 수 있었겠나이까?

이제 다행히 촉군이 서쪽으로 움직이고 제갈량도 저를 더는 의심하지 않고 있습니다. 마침 도독께서 몸소 대군을 거느리고 오셨으니, 만약 촉군을 만나시거든 짐짓 패한 척 물러나십시오. 그때 이 유가 촉군들의 군량미와 마초에 불을 지를 것입니다. 그 불을 신호로 도독께서 다시 대군을 이끌고 쳐들어온다면 제갈량을 사로잡을 수 있을 것입니다. 이는 제가 감히 공을 세워 나라에 보답하려는 것이 아닙니다. 그저 과거에 지은 죄를 조금이나마 속죄하려 함이니 부디 살펴 주시어 속히 분부를 내려

주시기 바랍니다."

강유의 밀서를 다 읽더니 매우 기뻐하며 말하기를: "이는 하늘이 나에게 공을 세우게 함이 아니겠느냐!"

조진은 찾아온 자에게 후한 상을 내리고 곧바로 돌아가 정한 날짜에 만나자고 회답을 주었다.

조진이 비요를 불러 상의하기를: "강유가 내게 몰래 밀서를 보내와 여차여차하기로 했네."

비요 曰: "도독께서도 잘 아시다시피 제갈량은 꾀가 아주 많은 자이며 강유 또한 지모가 뛰어난 놈입니다. 이번 일이 자칫 제갈량이 시킨 것은 아닌지, 혹시 그 안에 속임수가 있는 것은 아닌지 걱정됩니다."

조진 曰: "그는 본래 위나라 사람이다. 어쩔 수 없어 촉에 투항한 것인데 무엇을 의심하겠는가?"

비요 曰: "그러시면 도독께서는 가벼이 움직이지 마시고 본채를 단단히 지키고 계십시오. 제가 한 무리의 군사를 이끌고 강유와 접응을 하여 만약 공을 세우면 그 공을 모두 도독께 돌려드리겠습니다. 만약 거기에 간사한 계책이 있다면 오로지 제가 모두 감당할 것입니다."

조진은 매우 기뻐하며 곧바로 비요에게 군사 5만 명을 내어 주며 야곡을 향해 진군하도록 했다. 비요가 2~3정(程= 5리) 정도 행군하다 군사를 주둔시키고 사람을 보내 전방을 정탐하게 했다. 그날 신시(申時: 오후 3시에서 5시)경 정탐꾼이 돌아와 보고하기를: "야곡으로 촉군들이 오고 있습니다."

비요가 서둘러 군사를 재촉해 앞으로 나아가니 이를 본 촉군들은 싸우기도 전에 뒤로 물러갔다. 비요가 군사를 이끌고 쫓아가니 촉군들은 다시 몰려오는가 싶더니 비요가 맞서 싸우려 하자 또 물러가 버렸다.

이렇게 하기를 세 번이나 반복하니 시간은 이미 다음 날 신시(申時: 오후 3시에서 5시)가 되었다. 이렇게 하루 밤낮을 꼬박 밥도 먹지 못하고 쉬지도 못한 위군들은 혹시나 촉군이 기습해 올까 두려웠지만, 워낙 배가 고파 군사를 주둔시키고 막 밥을 지으려고 할 때 갑자기 사방에서 함성이 진동하고 북소리 나팔 소리가 일제히 울리며 촉군들이 산과 들을 덮으며 달려들었다.

촉군 진영의 깃발이 양쪽으로 갈라지면서 한 대의 사륜거가 모습을 드러냈는데 그 위에 공명이 단정히 앉아 있었다. 공명은 사람을 시켜 위군의 주장(主將)더러 나와서 답하라고 청했다.

비요가 말을 달려 나왔다. 멀찌감치 서서 제갈량이 나와 있음을 본 비요는 속으로 은근히 기뻐하며 좌우를 돌아보며 말하기를: "만약 촉군들이 기습해 오거든 싸우지 말고 곧바로 뒤로 후퇴하라. 잠시 후 산 뒤에서 불길이 치솟을 것이니 그때 몸을 돌려 쳐들어가라. 그러면 한 무리의 군사들이 와서 우리를 도울 것이다."

분부를 마친 비요가 말을 달려 나가 다시 큰 소리로 외치기를: "지난 번 싸움에 진 장수가 어찌 또 나타났느냐?"

공명 曰: "너는 조진을 불러와서 답하게 하라!"

비요가 꾸짖기를: "금지옥엽인 대도독께서 어찌 역적과 마주하겠는가!"

공명이 매우 화를 내며 우선(羽扇)을 한 번 흔들자, 왼쪽에서는 마대가, 오른쪽에서는 장억이 동시에 쳐들어갔다. 위군들은 곧바로 물러갔다. 30리쯤 물러가다 뒤를 돌아보니 촉군의 배후에서 불길이 치솟으며 함성이 끊이지 않았다. 비요는 그것을 신호로 여기고 즉시 군사를 돌려 촉군을 향해 쳐들어가자 촉군들은 일제히 뒤로 물러나기 시작했다.

비요는 칼을 휘두르며 앞장서서 함성이 나는 곳을 향해 말을 달렸다. 불길이 치솟는 곳 근처에 이르자 갑자기 산길에서 북소리·나팔 소리가 하늘을 진동하고, 함성이 땅을 울리면서 양쪽에서 군사들이 뛰쳐나왔는

破曹兵
姜維詐
獻書

데 왼쪽에는 관흥이, 오른쪽에는 장포가 달려왔다. 게다가 산 위에서는 화살과 돌들이 비 오듯 쏟아지니 위군들은 대패했다.

그제야 계략에 빠진 것을 안 비요는 급히 군사를 되돌려 산골짜기로 달아났는데 하루 종일 밥도 먹지 못하고 쉬지도 못했으니 사람과 말은 모두 지칠 대로 지쳐 있었다. 등 뒤에서는 생기 넘치는 관흥의 군사가 뒤쫓아오니 위군들은 자기들끼리 서로 짓밟히며 계곡으로 떨어져 죽은 자만도 부지기수였다.

죽기 살기로 겨우 도망을 나온 비요가 마침 산비탈 입구에서 한 무리의 군사를 만났는데 앞장 선 장수는 바로 강유였다.

비요가 큰 소리로 꾸짖기를: "반역한 역적 놈을 믿는 게 아니었는데, 내 불행히 네놈의 간사한 계책에 걸리고 말았구나!"

강유가 껄껄 웃으며 말하기를: "내 조진을 사로잡으려 한 것인데 네가 잘못 걸려들었구나! 속히 말에서 내려 항복하거라!"

비요가 급히 말을 몰아 길을 뚫고 산골짜기 속으로 달아났다.

그때 골짜기 입구에서 불길이 하늘 높이 치솟고 등 뒤에서는 군사들이 바짝 추격해왔다. 앞으로 나아갈 수도, 뒤로 물러설 수도 없게 된 비요는 결국 자결하고 말았다. 남은 무리들은 모두 항복했다.

공명은 밤새도록 군사를 몰아 곧바로 기산 앞까지 가서 영채를 세우고 군사를 주둔시킨 다음 강유에게 큰 상을 내렸다.

강유 曰: "조진을 죽이지 못하는 것이 한스럽습니다."

공명 역시 말하기를: "큰 계책을 작은 곳에 써서 아쉽네!"

한편 비요가 강유의 계책에 걸려들어 스스로 목숨을 끊었다는 소식을 들은 조진은 후회막급이었지만 어찌할 수 없어 곧바로 곽회와 함께 촉군을 물리칠 계책을 상의했다. 손례와 신비가 밤을 새워 황제에게 올릴 표문을 지었는데, 촉군이 지금 기산까지 나왔으며 조진은 장수를 잃고 대패하여 형세가 매우 위급하다는 내용이었다.

그 표문을 받아 본 조예가 깜짝 놀라며 즉시 사마염을 불러들여 말하기를: "조진이 장수와 군사를 많이 잃었고 촉군이 기산까지 와 있다 하오. 경은 무슨 계책으로 그들을 물리칠 것이오?"

사마의 曰: "신에게 이미 제갈량을 물리칠 계책이 있사옵니다. 우리 위군들은 위용을 뽐낼 필요도 없이 촉군들은 스스로 물러갈 것입니다."

이야말로:

조진은 이길 계책이 없음을 알았으니	已見子丹無勝術
중달의 좋은 계책에 오로지 의지하네	全憑仲達有良謀

그 계책이 무엇인지 궁금하거든 다음 회를 기대하시라.

제 98 회

왕쌍은 한군을 추격하다 죽임을 당하고
공명은 진창을 습격하여 승리를 거두다

追漢軍王雙受誅

襲陳倉無侯取勝

사마의가 아뢰기를: “신은 일찍이 폐하께 공명이 진창으로 나아갈 것이라고 아뢴 적이 있습니다. 그래서 학소로 하여금 그곳을 지키게 한 것인데 과연 그 예상이 틀리지 않았습니다. 촉군이 진창을 거쳐 쳐들어오면 저들은 군량을 운반해 오기가 쉽지만, 그곳은 다행히 학소가 단단히 지키고 있으니, 그 길로 군량과 마초를 운반하기는 불가능하고 다른 길들은 군량을 운반하기가 매우 어렵습니다.

신이 짐작컨대 촉군들이 가지고 있는 군량이라야 고작 한 달 치 정도이니 저들은 서둘러 싸울 때만 유리합니다. 그러니 우리 군사는 가능한 오랫동안 수비만 해야 합니다. 폐하께서는 조진에게 조서를 내리시어 여러 요충지를 굳게 지키기만 하되 절대 나가서 싸우지 말도록 이르십시오, 그러면 한 달이 채 안 되어 촉군은 스스로 물러갈 것입니다. 그때 우리 군사들이 그들의 허점을 노려 공격한다면 제갈량을 사로잡을 수 있을 것입니다.”

조예가 매우 기뻐하며 말하기를: “경이 이렇게 선견지명이 있는데 어찌하여 직접 군사를 거느리고 나가 촉군을 무찌르지 않는 것이오?"

사마의 曰: "신이 몸을 아끼고 목숨을 중히 여겨서 그러는 것이 아니라 실은 이 군사를 남겨 동오의 육손을 막고자 하기 때문입니다. 손권 역시 머지않아 외람되이 스스로 황제를 칭할 것입니다. 만일 그가 황제라 칭하면 폐하께서 그를 정벌하실까 두려워 그는 틀림없이 먼저 쳐들어올 것입니다. 그래서 신은 그들의 공격에 대비하고 있는 것입니다."

이때 갑자기 여러 신하들이 아뢰기를: "조 도독께서 군사 정황을 알려왔습니다."

사마의 曰: "폐하께서는 즉시 사람을 보내 조진에게 촉군을 쫓을 때는 반드시 그 허실을 살피고 적진 깊숙이 들어가 제갈량의 계략에 걸려들지 말도록 주의를 주십시오."

조예는 즉시 조서를 내려 태상경(太常卿) 한기(韓曁)에게 부절을 가지고 가서 조진에게 경계하도록 분부하기를: "절대로 싸우지 말고 굳게 지키고 있다가 촉군이 물러날 때를 기다려 공격하라."

사마의는 한기를 성 밖에까지 따라가 배웅하면서 다시 한번 그에게 부탁하기를: "내가 이번 싸움에 나서지 않는 것은 오로지 공을 자단에게 양보하기 위함이오. 그러나 그대는 자단에게 이것이 나의 뜻이라고 말하지 마시오. 오직 천자께서 조서를 내리시어 굳게 지키는 것이 상책이며 적이 물러갈 때는 아주 세심한 사람을 골라 추격하게 하고 성질이 급하고 덤벙대는 사람을 보내 쫓게 해서는 안 된다고 말해 주시오."

한기는 그리하겠다 인사하고 떠나갔다.

한편 조진이 막사 안에서 한창 군사 일을 논의하고 있을 때 갑자기 천자께서 태상경 한기에게 부절을 보내왔다는 보고가 들어왔다. 조진은 영채를 나가 그를 맞이해 들여 조서를 받은 다음 물러 나와 곽회·손례와 상의했다.

곽회가 웃으며 말하기를: "이는 바로 사마중달의 의견입니다."

조진 曰: "이 의견을 어찌 생각하시오?"

곽회 曰: "이것은 제갈량의 용병술을 제대로 파악한 것입니다. 나중에 촉군을 막아낼 사람은 결국 사마중달이 될 것입니다."

조진 曰: "지키기만 하다가 촉군이 물러가지 않으면 그때는 어떻게 하지?"

곽회 曰: "은밀히 왕상에게 사람을 보내 저들이 양곡을 운반하지 못하도록 군사를 이끌고 샛길을 순찰하도록 하십시오. 군량이 떨어져 군사들이 물러갈 수밖에 없을 때, 우리는 그 틈을 타서 추격하여 공격한다면 완전한 승리를 거둘 수 있습니다."

손례 曰: "제가 군사를 이끌고 기산으로 가서 군량을 운반하는 것처럼 꾸미겠습니다. 수레에 건초와 마른 장작을 가득 싣고 그 위에 유황과 염초를 뿌린 다음 농서에서 군량을 운반해 오는 것처럼 거짓 소문을 내면 식량이 떨어진 촉군이 틀림없이 그것을 빼앗으러 올 것입니다. 그들이 오기를 기다려 수레에 불을 지르고 매복해둔 군사가 일시에 공격한다면 쉽게 이길 수 있습니다."

조진이 매우 기뻐하며 말하기를: "그 계책 너무나 절묘하군!"

조진은 즉시 손례에게 군사를 이끌고 가서 그 계책대로 하라고 지시했다. 또한 왕쌍에게 사람을 보내 샛길을 수시로 순찰하게 하고, 곽회에게는 군사를 이끌고 기곡과 가정으로 가서 각 지역의 요충지를 굳게 지키게 했다. 조진은 또 장료의 아들 장호(張虎)를 선봉으로 삼고, 악진의 아들 악침(樂綝)을 부선봉으로 삼아 맨 앞의 영채를 지키되 절대 나가서 싸우지 말도록 지시했다.

한편 공명은 기산의 영채에서 매일 싸움을 걸게 했지만 위군들은 수비만 할 뿐 싸우러 나오지를 않았다.

공명이 강유 등을 불러 상의하기를: "위군들이 굳게 지키기만 하고 싸우러 나오지 않는 것은 우리 군중에 군량이 얼마 남아있지 않다는 것을 알기 때문이다. 지금 진창을 통해서는 군량을 운반해 올 수 없고 다른 샛길로 빙 돌아 운반해 오기도 매우 어렵다. 내가 계산해보니 우리가 올 때 가지고 온 군량과 마초는 앞으로 한 달을 버티기 어려울 것 같은데 이를 어찌하면 좋겠는가?"

모두 뾰족한 수가 없어 말을 못하고 머뭇거리고 있는 그때 갑자기 보고가 들어오기를: "농서의 위군들이 기산 서편에서 수천 대의 수레에 군량을 운반해 오고 있는데 군량 운반 책임자는 손례 장군입니다."

공명 曰: "그는 어떤 사람인가?"

위에서 항복해 온 자가 말하기를: "손례는 일찍이 위주를 따라 대석산(大石山)으로 사냥을 간 적이 있는데 갑자기 호랑이 한 마리가 위주에게 달려드는 것을 보고 말에서 뛰어내려 칼을 뽑아 그 호랑이를 베어 죽였습니다. 그 공로로 상장군이 된 조진의 심복입니다."

공명이 웃으며 말하기를: "이는 위에서 우리의 군량이 부족한 것을 알고 그것을 이용하여 쓰는 계책일 뿐이다. 수레에 실린 것은 틀림없이 마른 풀과 인화 물질일 것이다. 평생 화공(火攻)을 전문으로 써온 나에게 네놈들이 감히 이런 계책으로 나를 유인하려 들다니! 저들이 만약 우리 군사들이 군량 운반 수레를 빼앗으러 간 것을 알면 틀림없이 우리의 영채를 공격하러 오지 않겠느냐? 우리는 저들의 계책을 역으로 이용할 것이다."

공명은 곧바로 마대를 불러 분부하기를: "너는 지금 즉시 3천 명의 군사를 이끌고 위군이 식량을 쌓아둔 곳으로 가되 영채 안으로 들어가지 말고 바람이 부는 쪽에서 불을 질러라. 수레에 불이 붙으면 매복해 있던 위군들이 우리 군사를 에워쌀 것이다."

그는 또 마충과 장억에게 각기 군사 5천 명을 이끌고 가서 우리 군사를 에워싸고 있는 위군들을 바깥쪽에서 다시 에워싸고 안쪽에 있는 마대와 호응하여 안팎에서 협공을 하도록 했다.

계책을 받은 세 명의 장수가 떠났다.

공명은 다시 관흥과 장포를 불러 분부하기를: "위군의 맨 앞쪽 영채는 길이 사방으로 통해 있다. 오늘 밤에 서산에 불길이 치솟으면 위군은 틀림없이 우리 영채를 기습하러 올 것이다. 너희 둘은 위의 영채 좌우에 매복해 있다가 위의 군사들이 나오기를 기다렸다가 역으로 그들의 영채를 습격하라."

또 오반과 오의를 불러 분부하기를: "너희 두 사람은 각기 한 무리의 군사를 이끌고 나가 영채 밖에 매복하라. 만약 위군이 오면 그들이 돌아가는 길을 차단하라."

군사들의 배치를 마친 공명은 기산 위의 높은 곳에 자리를 잡고 앉았다.

위군들은 촉군이 군량을 빼앗으러 온다는 첩보를 입수하여 황급히 손례에게 보고했다. 손례는 조진에게 사람을 보내 나는 듯이 달려가 이 사실을 알렸다.

조진은 첫 번째 영채로 사람을 보내 장호와 악침에게 분부를 전하기를: "오늘 밤 산 서편에 불길이 치솟으면 촉군이 틀림없이 구원하러 올 것이니 너희는 군사를 이끌고 나가 여차여차하라."

계책을 받은 두 장수는 사람을 시켜 망루에 올라가 불길이 오르는지 살피도록 했다.

한편 손례는 군사를 산 서편에 매복시켜 놓고 촉군이 오기만을 기다리고 있었다. 그날 밤 이경(二更) 무렵 마대가 군사 3천 명을 이끌고 왔다. 군사들은 모두 소리를 내지 못하게 하는 나무 막대기(銜枚)를 입에 물고 말들에게도 모두 재갈을 물리고 산 서편에 당도해 보니 과연 수많은 수레들을 겹겹이 둘러쌓아 영채를 이루고 있었다. 수레 위에는 그럴듯하게 깃발도 꽂혀 있었다.

그때 마침 서남풍이 불어오자 마대는 군사들에게 곧바로 영채 남쪽으로 가서 불을 지르게 하니, 수레에 모조리 불이 붙어 불길이 하늘 높이 치솟았다.

손례는 촉군들이 위군 영채 안으로 들어오자 그곳에 남아있던 위군들이 불을 질러 신호를 올린 것으로 생각하고 급히 군사를 이끌고 일제히 쳐들어왔다. 그때 등 뒤에서 북소리·나팔 소리가 요란하게 울리면서 양쪽에서 군사들이 동시에 쳐들어왔으니 바로 마충과 장억이 이끄는 군사들이었다.

그들이 위군을 에워싸니 손례는 깜짝 놀랐다. 그때 위군 속에서 다시 함성이 터지며 한 무리의 군사가 불길 옆으로 쳐들어왔는데 그는 마대였다. 그들이 안과 밖에서 동시에 협공을 하니 위군은 크게 패하고 말았다. 더구나 불길은 거센 바람에 맹렬히 타오르니 위군들은 정신없이 도망치기에 바빴고 죽은 자도 무수히 많았다. 손례는 부상당한 군사를 데리고 불길을 뚫고 달아났다.

한편 영채 안에서 불길이 하늘 높이 치솟는 것을 바라본 장호(張虎)는 영채 문을 활짝 열고 악침(樂綝)과 함께 군사들을 전부 이끌고 촉군의 영채로 쳐들어갔다. 그러나 영채 안에는 한 사람도 보이지 않았다. 급히 군사를 거두어 돌아서려는데 오반과 오의의 군사가 양쪽에서 뛰쳐나와 돌아갈 길을 차단해 버렸다.

장호와 악침 두 장수는 급히 겹겹의 포위망을 뚫고 겨우 본채로 돌아왔는데 어찌된 영문인지 토성 위에서 화살들이 마치 메뚜기 떼처럼 날아오는 것이 아닌가!

위군이 영채를 비우자 관흥과 장포가 영채를 습격하여 장악해 버린 것이다.

크게 패한 위군들은 어쩔 수 없이 모두 조진의 영채를 찾아갔다. 그들이 막 영채 안으로 들어가려는데 마침 한 무리의 패잔병들이 나는 듯이 달려왔다. 바로 손례의 군사들이었다. 함께 영채로 들어간 그들은 조진에게 각자 공명의 계책에 걸려든 일을 이야기했다. 그 말을 들은 조진은 두렵고 겁이 나서 본채를 지키기만 할 뿐 싸우러 나가지 않았다.

싸움에서 크게 이긴 촉군들이 돌아가서 공명을 뵈었다. 공명은 은밀히 위연에게 사람을 보내 계책을 일러주고 한편으로 영채를 거두어 일제히 회군하도록 지시했다.

양의 曰: "이제 크게 이겨 위군의 사기를 완전히 꺾어 놓았는데 어찌하여 오히려 군사를 거두시는 것입니까?"

공명 曰: "우리 군사는 양식이 없으니 속전속결 해야만 하는데 저들은 지금 굳게 지키기만 하고 싸우러 나오지 않으니 우리가 절대로 불리하다. 저들은 이번 싸움에 패하긴 했지만 중원에서 반드시 구원병이 올 것이다. 만약 저들이 날랜 기병으로 우리의 식량 보급로를 끊어 버리면 그때는 돌아가고 싶어도 갈 수 없다. 이번에 위군이 크게 패하여 그들은 우리 군사를 똑바로 쳐다보지도 못하고 있고 지금 우리가 회군하리라고는 꿈에도 생각하지 못하고 있는 틈을 타서 물러가려는 것이다.

다만 걱정되는 것은 위연의 군사가 지금 진창 어귀에서 왕쌍과 대치 중이어서 쉽게 몸을 뺄 수 없다는 점이다. 하지만 내 이미 사람을 보내 위연에게 은밀히 계책을 주어 왕쌍을 죽이고 위군들이 감히 뒤쫓지 못하도록 해 놓았으니, 지금 후군부터 먼저 떠나도록 하라."

이날 밤 공명은 영채 안에는 금고수(金鼓手)만 남겨 두어 평소와 다름없이 제 시각에 징과 북을 울리게 하고 하룻밤 사이에 모든 군사들이 물러가니 텅 빈 영채만 남았다.

한편 영채 안의 조진은 수심이 가득했다. 절대 나가서 싸우지 말라는 황제의 조서조차 어기고 잔꾀를 부리려다 오히려 많은 군사들을 잃어버리고 이제 영채를 지키기도 버거운 상황이니 어찌 고민이 안 되겠는가!

이때 갑자기 좌장군 장합이 군사를 이끌고 왔다는 보고가 들어왔다. 장합이 말에서 내려 막사 안으로 들어와 조진에게 말하기를: "저는 황제의 성지를 받들어 이곳의 정황을 파악하러 왔습니다."

조진 曰: "떠나올 때 중달은 별말이 없으셨소?"

장합 曰: "중달이 분부하기를, '우리 군사가 이기면 촉군은 절대로 물러가지 않겠지만, 만약 우리 군이 패하면 촉군은 반드시 물러갈 것이라.' 고 했습니다. 이번 우리 군사들이 패한 뒤에 도독께서는 촉군의 정황을 정탐해 보셨는지요?"

조진 曰: "아니오. 정탐하지 않았소이다."

조진은 곧 사람을 보내 촉군의 정황을 알아보게 했는데 과연 영채는 텅 비어 있고 깃발 몇 십 개만 꽂혀 있을 뿐, 군사들은 이틀 전에 이미 떠났다는 것이다. 조진은 후회막급이었지만 무슨 소용이 있겠는가!

한편 공명의 비밀 계책을 받은 위연은 그날 밤 이경(二更: 밤 9시에서 11시)에 영채를 거두고 서둘러 한중으로 길을 떠났다. 하지만 이런 소식은 이미 첩자가 왕쌍에게 알렸다. 왕쌍이 대군을 휘몰아 위연을 추격했다.

20여 리를 추격한 왕쌍이 위연의 깃발을 발견하고 큰 소리로 외치기를: "위연은 게 섯거라!"

하지만 촉군들은 고개조차 돌리지 않고 앞으로 달렸다. 왕쌍이 말에 박차를 가해 힘차게 몰아 거의 쫓아갔는데 갑자기 등 뒤의 위군이 소리치기를: "성 밖 영채 안에서 불길이 치솟고 있습니다. 적의 간계에 빠진 것 같습니다."

왕쌍이 급히 달리던 말을 멈추고 뒤를 돌아보니 불길이 하늘 높이 치솟고 있는 것이 아닌가! 황급히 군사를 물리라고 명령한 왕쌍이 산비탈 왼쪽에 이르렀을 때 갑자기 기마병 한 사람이 숲속에서 튀어나와 큰 소리로 호통치기를: "위연이 여기 있느니라!"

몹시 놀란 왕쌍이 미처 손을 쓸 새도 없이 위연이 내리친 단 한 번의 칼에 베이어 말 아래로 떨어졌다. 위군은 매복군이 많이 있는 것으로 알고 사방으로 흩어져 도망갔다. 이때 위연의 수하에는 그저 기병 30여 명만이 있었는데 위연은 그들을 데리고 한중을 향해 천천히 말을 몰았다.

후세 사람이 이 일을 칭찬하여 지은 시가 있으니:

공명의 묘한 계책 손빈 방연보다 뛰어나	孔明妙算勝孫龐
혜성처럼 나타나 한 고장을 훤히 비추어	耿若長星照一方
진퇴의 용병술 귀신도 예측할 수 없으니	進退行兵神莫測
진창 길 어귀에서 왕쌍의 목을 베었더라	陳倉道口斬王雙

원래 공명의 비밀 계책을 받은 위연은 30여 명의 기병만 남겨 두어 왕쌍의 영채 옆에 매복시킨 다음, 왕쌍이 군사를 일으켜 촉군을 추격할 때 도리어 왕쌍의 영채에 불을 지른 것이다. 놀란 왕쌍이 허둥지둥 영채로 돌아오기를 기다렸다가 전혀 예상하지 못하는 곳에서 뛰쳐나가 손

쓸 틈을 주지 않고 한 칼에 베어 버린 것이다.

왕쌍을 베어 죽인 위연이 군사를 이끌고 한중으로 돌아가 공명에게 군사를 인계했다. 공명이 성대한 연회를 베풀어 군사들을 위로했음은 더 말할 나위도 없다.

한편 촉군을 추격하던 장합은 결국 따라잡지 못하고 영채로 돌아갔다. 그때 진창성의 학소가 사람을 보내 왕쌍이 위연의 손에 죽었다고 알려왔다. 그 소식을 들은 조진은 충격과 상심에 빠져 결국 병이나 곽회·손례·장합에게 장안으로 가는 길목을 단단히 지키게 하고 자신은 낙양으로 돌아갔다.

한편 오왕 손권이 여러 신하를 모아 놓고 조회를 열던 중 정탐꾼이 달려와 보고하기를: "촉의 제갈 승상이 두 차례 출병했는데 위(魏)의 도독 조진은 군사와 장수를 많이 잃었습니다."

이에 여러 신하들은 모두 오왕에게 군사를 일으켜 위를 쳐서 중원을 도모하자고 건의했다. 손권이 머뭇거리며 결정하지 못하고 주저했다.

장소가 아뢰기를: "근자에 들으니 무창(武昌) 동쪽 산에 봉황이 날아들고 장강에도 황룡이 자주 나타났다고 합니다. 이는 바로 주공의 덕이 당우(唐虞)[34]에 비길 만하고 명철하심은 문무(文武)[35]와 나란히 하시니, 황제의 자리에 오르신 뒤에 군사를 일으키시옵소서."

여러 신하들이 호응을 하며 말하기를: "자포(子布: 장소)의 말이 극히 지당합니다."

이리하여 그해 여름 4월 병인일(丙寅日)을 골라 무창 남쪽 교외에 단을 쌓고, 모든 신하들이 손권에게 단 위로 오르기를 청해 마침내 손권은 황

---

34 요 임금과 순 임금. 역자 주.

35 중국 역사상 가장 긴 왕조인 주나라의 문왕과 무왕. 역자 주.

제의 자리에 올랐다. 이에 연호를 황무(黃武) 8년에서 황룡(黃龍) 원년(서기 229년)으로 고쳤다. 그리고 부친 손견에게는 무열황제(武烈皇帝)의 시호를 올리고 모친 오씨에게는 무열황후(武烈皇后), 형 손책은 장사환왕(長沙桓王)의 시호를 각각 내리고 아들 손등(孫登)을 황태자로 세우고 제갈근의 첫째 아들 제갈각(諸葛恪)을 태자좌보(太子左輔)로, 장소의 둘째 아들 장휴(張休)를 태자우필(太子右弼)로 각각 임명하여 태자를 가까이서 보좌하도록 했다.

제갈각은 자를 원손(元遜)이라 하는데, 키가 7자나 되고 매우 총명한데다 말솜씨까지 좋아 손권이 매우 총애했다. 제갈각이 여섯 살 때 부친을 따라 동오의 큰 연회에 참석한 적이 있었다. 손권은 제갈근의 얼굴이 유달리 긴 것을 보고 사람을 시켜 당나귀 한 마리를 끌고 오게 하여 나귀의 얼굴에 분필로 장난삼아 '제갈자유(諸葛子瑜)'라 썼다. 모든 신하들이 웃음을 터뜨리던 그때 제갈각이 앞으로 다가가더니 분필을 쥐고 그 글자 밑에 '지려(之驢)' 두 글자를 추가하니 제갈자유를 비유한 손권의 장난이 제갈자유의 당나귀(諸葛子瑜之驢)로 바뀌어버렸다. 그 어린아이의 순간적인 재치에 모든 사람들이 놀라지 않을 수 없었다. 손권은 매우 기뻐하며 결국 그 당나귀를 그에게 하사했다.

또 하루는 손권이 관료들을 위해 큰 연회를 베풀면서 제갈각에게 술잔을 돌리도록 했다. 장소의 차례가 되어 제갈각이 장소에게 술잔을 권하자 장소가 잔 받기를 거절하며 말하기를: "이는 늙은이를 대우하는 예의가 아니니라!"

손권이 제갈각에게 말하기를: "너는 자포에게 억지로라도 술을 마시게 할 수 있겠느냐?"

명을 받은 제갈각이 다시 장소의 앞에 다가가서 말하기를: "옛날 강상

보(姜尙父: 강태공)께서는 아흔 살까지 모월(旄鉞)을 쥐고 전군을 지휘하면서도 자신이 늙었다고 말한 적이 없었습니다. 지금 이 나라는 싸움에 임할 때는 선생께서 뒤에 계시고, 술을 마실 때는 선생께서 앞에 앉아 계시는데 어찌 노인을 잘 대우하지 않으신다고 말씀하십니까?"

대답할 말이 없어진 장소는 그저 술을 받아 마실 수밖에 없었다. 손권은 이때부터 제갈각을 총애했으니 그에게 태자를 보필하게 한 것이고 장소는 오왕을 보좌하며 그 지위가 삼공보다 위였으니 그의 아들 장휴를 태자우필로 삼은 것이다.

또한 고옹을 승상에 봉하고 육손을 상장군으로 임명하여 태자를 보좌하여 무창을 지키게 했다.

황제의 자리에 오른 손권이 다시 건업(建業)으로 돌아갔다.

여러 신하들이 위를 정벌할 계책을 논의하는데 장소가 아뢰기를: "폐하께서 이제 막 보위에 오르셨는데 바로 군사를 움직여서는 아니 됩니다. 싸움은 잠시 멈추시고 문화와 교육에 힘을 쏟아야 합니다. 학교를 증설하시어 민심을 안정시키고 서천에 사신을 보내시어 촉과의 동맹을 강화하여 천하를 나누기로 하면서 위는 천천히 도모하셔야 합니다."

손권은 그의 말에 따라 즉시 사자에게 밤낮 가리지 말고 서천으로 달려가서 후주를 만나 뵙도록 했다. 서천에 도착한 동오의 사자가 후주에게 예를 갖춘 뒤 그 일을 자세히 아뢰니, 후주는 여러 신하들과 상의했다. 그런데 대부분의 신하들은 손권이 주제넘게 황제를 참칭했으니 마땅히 동호와의 동맹을 끊어야 한다고 주장했다.

장완 曰: "승상에게 사람을 보내 물어보십시오."

후주는 즉시 한중으로 사자를 보내 공명에게 의견을 물어보도록 했다.

공명 曰: "사신에게 예물을 가지고 동오로 가서 하례를 드리되, 대신 육손으로 하여금 위를 치게 하십시오. 그러면 위에서는 틀림없이 사마의에게 육손을 막도록 할 것입니다. 그때 저는 다시 기산으로 나가서 장안을 도모할 것입니다."

후주는 공명의 말에 따라 태위 진진(陳震)에게 명마(名馬)·옥대(玉帶)·금주(金珠)·보배(寶貝) 등 귀중한 선물을 준비하여 동오로 가서 하례를 드리도록 했다. 동오로 간 진진이 손권을 만나 국서를 올렸다. 손권이 매우 기뻐하며 연회를 베풀어 극진히 대접한 뒤 돌려보냈다. 그리고 육손을 불러 군사를 일으켜 위를 치기로 서촉과 약속했음을 알려주었다.

육손 曰: "이는 공명이 사마의가 두려워 꾸며낸 계책입니다. 하지만 이미 저들과 동맹을 맺고 약속을 했으니 따르지 않으면 안 됩니다. 지금 짐짓 군사를 일으키는 것처럼 꾸며서 멀리 서촉과 호응을 하되 공명이 위를 서둘러 치기를 기다렸다가 우리는 그 틈을 보아 중원을 취하면 됩니다."

손권은 즉시 명령을 내려 형주와 양양 일대 여러 곳에서 동시에 군사훈련을 하면서 날짜를 정하여 군사를 일으키도록 했다.

한편 한중으로 돌아온 진진이 공명에게 동오에 다녀온 일을 보고했다. 공명은 여전히 진창으로 쉽게 나아갈 수 없을 것 같아 걱정스러워 먼저 사람을 보내 진창의 정황을 알아보게 했다.

정탐꾼이 돌아와 보고하기를: "진창성을 지키는 학소의 병이 위중하다고 합니다."

공명 曰: "이제는 대사를 이룰 수 있겠구나!"

곧바로 위연과 강유를 불러 분부하기를: "자네 두 사람은 군사 5천 명을 이끌고 밤낮없이 진창으로 달려가라. 성 밑에 대기하다가 성에서 불길이 일어나는 것이 보이면 힘을 합쳐 성을 공격하도록 하라."

두 장수는 지시가 미심쩍어 다시 와서 묻기를: "언제 출발하는 것이 좋겠습니까?"

공명 曰: "사흘 안에 모든 준비를 마쳐라. 내게 하직 인사를 하러 올 필요도 없다. 준비되는 대로 즉시 떠나라."

계책을 받은 두 장수는 바로 물러갔다.

공명은 다시 관흥과 장포를 불러 귓속말로 여차여차하라고 분부했다.

비밀 계책을 받은 두 장수 역시 떠났다.

한편 학소의 병이 위중하다는 말을 들은 곽회가 장합과 상의하기를: "학소의 병이 위중하다고 하니 속히 장군이 가서 그를 대신해야겠소. 나는 조정에 표문을 올려 달리 조처를 강구하겠소."

장합은 군사 3천 명을 이끌고 곧바로 학소를 대신하러 달려갔다. 이즈음 병이 더욱 위중해진 학소는 그날 밤 한참 신음하고 있는데 갑자기 촉군들이 성 아래에 당도했다는 보고를 받았다. 학소는 급히 군사들에게 성 위로 올라가서 지키도록 했다. 바로 그때 각 성문 위로 불길이 치솟기 시작했다. 성 안은 큰 혼란에 빠졌고 그 소식을 들은 학소는 그만 경기를 일으키며 죽고 말았다. 촉군들은 일제히 성 안으로 쳐들어갔다.

한편 군사를 거느리고 진창성 아래 당도한 위연과 강유는 성 위를 살펴보니 깃발 하나 보이지 않고 야간 순찰병조차 보이지 않았다. 두 사람은 놀랍고 의아하여 감히 공격을 하지 못하고 있었다. 그때 갑자기 성 위에서 포성이 울리면서 사방에서 깃발들이 일제히 바로 세워지며 한 사람이 나타났다. 그는 머리에는 윤건을 쓰고 손에는 우선을 들고 몸에는 학창을 입은 바로 공명이 아닌가!

공명이 큰 소리로 외치기를: "자네들 두 사람은 많이 늦었군."

두 사람은 황급히 말에서 내려 땅에 엎드려 절하며 말하기를: "승상은 참으로 귀신같은 계책을 쓰셨습니다!"

공명은 두 사람을 성 안으로 들어오게 하여 말하기를: “나는 학소가 병이 매우 위중하다는 말을 듣고 자네들에게 사흘 안에 군사를 거느리고 성을 취하라고 한 것은 이곳 성을 지키는 적들을 안심시키기 위함이었네. 자네들에게 계책을 준 즉시 관흥과 장포를 불러 단지 군사를 점검한다는 핑계를 대며 은밀히 한중으로 빠져나가게 하며 나 역시 그들 틈에 끼어 밤을 새워 평소 보다 두 배나 빨리 이곳으로 달려와 적들이 군사를 배치할 여유를 주지 않았네. 또한 나는 이보다 앞서 염탐꾼을 성 안에 들여보내 불을 지르고 고함을 치게 하여 우리를 돕게 하는 한편 위군들이 놀라고 혼란스럽게 하도록 했다네.

군사는 원래 지휘하는 장수가 없으면 반드시 스스로 혼란에 빠지기 마련이네. 그래서 내가 이번에 성을 취하기는 손바닥 뒤집기보다 쉬웠다네. 병법에 ‘적이 생각지 못할 때 치고(出其不意), 방비 없는 곳을 친다(攻其無備).’는 것은 바로 이를 두고 한 말이네.”

위연과 강유는 엎드려 절하며 탄복했다. 공명은 학소의 죽음을 가엽게 여겨 그의 처자로 하여금 그의 영구를 모시고 위로 돌아가게 함으로써 그의 충성심을 표하도록 해 주었다.

공명은 위연과 강유에게 다시 말하기를: “자네들 두 사람은 갑옷을 벗지 말고 곧바로 군사를 이끌고 가서 산관(散關)을 습격하시오. 관을 지키는 군사들은 만약 우리 군사가 나타나면 반드시 놀라서 달아날 것이오. 만약 조금이라도 지체하면 위의 지원군이 도착할 것이니 그리되면 기습하기가 어려워질 것이오.”

명을 받은 위연과 강유는 즉시 군사를 이끌고 산관으로 갔다. 촉군을 본 위군들은 과연 모조리 달아났다. 두 장수가 관에 올라 막 갑옷을 벗으려고 하는데 멀리서 먼지가 자욱이 일면서 위병들이 달려오고 있었다.

두 사람은 서로 말하기를: “승상의 신묘한 헤아림은 우리는 도저히 가늠할 길이 없네!"

두 사람이 급히 망루에 올라가 바라보니 그들은 바로 위의 장수 장합이었다. 두 사람은 곧바로 군사를 둘로 나누어 험한 길목을 지켰다. 뜻밖에 촉군들이 험로를 차지하고 지키고 있는 것을 본 장합은 곧 퇴각을 명령했다. 위연이 그 뒤를 추격하여 한바탕 크게 무찌르니 여기서 죽은 위군들은 셀 수 없이 많았다. 장합은 대패하고 돌아갔으며 위연은 관 위로 돌아와서 사람을 보내 공명에게 보고했다.

공명은 먼저 몸소 군사를 거느리고 진창 야곡으로 나가 건위(建威) 땅을 빼앗았다. 그 뒤를 따라 촉군들이 계속 나아갔다. 후주는 대장 진식(陳式)으로 하여금 가서 공명을 도우라고 했다. 공명은 대군을 휘몰아 다시 기산으로 나아가 영채를 세웠다.

공명이 여러 장수들에게 말하기를: "내가 두 번이나 기산에 왔었지만 소득이 없었네. 이번에 또 다시 이곳에 왔는데 내 생각에 위군은 틀림없이 지난번 싸웠던 곳에서 우리와 대적하려 할 것이네. 저들은 내가 옹성(雍城)과 미성(郿城) 두 곳을 취하려 할 것으로 믿고 그곳에 군사를 집중배치 할 것이네.

내가 보기에 음평(陰平)과 무도(武都) 두 군은 서한수(西漢水)와 이어져 있으니 만약 이 두 성을 얻는다면 위군의 세력을 충분히 분산시킬 수 있을 것이네. 누가 가서 이곳을 취하겠는가?"

강유 曰: "제가 가겠습니다."

왕평도 나서며 말하기를: "저를 보내 주십시오."

공명은 매우 기뻐하며 곧바로 강유에게 군사 1만 명을 내어 주며 무도를 취하도록 하고, 왕평에게도 군사 1만 명을 이끌고 가서 음평을 공격하도록 했다. 두 장수는 군사를 이끌고 떠났다.

한편 장안으로 돌아간 장합은 곽회와 손례에게 말하기를: "진창은 이미 적의 손에 들어갔고 학소는 죽었으며 산관 역시 적에게 빼앗기고 말았소. 지금 공명이 다시 기산으로 나와 길을 나누어 진군해오고 있소."

곽회가 매우 놀라 소리치기를: "그렇다면 제갈량은 반드시 옹성과 미성을 취하려 들 것이오!"

곽회는 곧 장합에게 남아서 장안을 지키게 하고 손례에게 군사를 이끌고 가서 옹성을 지키게 했다. 그리고 자신이 직접 군사를 거느리고 밤낮으로 달려 미성을 지키러 가는 한편, 낙양에 표문을 올려 형세가 위급함을 알렸다.

한편 위주 조예가 조회를 열고 있을 때 근신이 아뢰기를: "진창성은 이미 함락되었고, 학소는 죽었으며 제갈량이 기산으로 쳐들어오고 있고 산관 역시 촉에게 빼앗겼다 하옵니다."

조예는 매우 놀랐다.

그때 만총(滿寵) 역시 표문을 올려왔다고 아뢰기를: "동오의 손권이 외람되이 황제라 칭하고 촉과 동맹을 맺었습니다. 지금 육손이 무창에서 군사를 훈련하면서 출전 명령만 기다리고 있습니다. 곧 우리를 쳐들어올 것입니다."

조예는 두 곳 모두 형세가 위급하다는 말에 몹시 당황하며 어찌할 바를 몰랐다. 이때 조진은 병환중이라 사마의를 급히 불렀다.

사마의가 아뢰기를: "신이 생각하기에 동오는 군사를 일으키지 않을 것입니다."

조예 曰: "경은 어찌 그리 생각하시오?"

사마의 曰: "공명은 일찍이 효정(猇亭)에서의 원수를 갚기 위해 동오를 치고 싶은 마음이 간절하지만 그리하면 우리가 중원에서 그 빈틈을 타서 촉을 칠까 두려워 잠시 동오와 동맹을 맺은 것입니다. 육손 역시 공명의 의도를 잘 알고 있기때문에 그의 요청을 무시할 수 없어 짐짓 군사를 일으키는 척하며 형세를 보는 것일 뿐 실은 가만히 앉아서 우리와의 싸움이 어찌 되어가는지 구경만 하고 있을 것입니다. 그러니 폐하께서는 동오는 걱정하실 필요 없고 촉만 방비하시면 됩니다."

조예 曰: "공의 식견은 참으로 대단하오!"

조예는 즉시 사마의를 대도독으로 봉하고 농서(隴西) 각 지역의 군사를 총지휘하도록 했다. 그리고 근신을 시켜 조진이 가지고 있는 군사 총지휘 인수를 가져오게 했다.

사마의 曰: "그러실 필요 없습니다. 신이 직접 조진을 찾아가서 받겠습니다."

위주에게 하직 인사를 하고 조정을 나온 사마의는 곧바로 조진의 부중을 찾았다. 그는 먼저 사람을 보내 부중 안으로 들어가 자신이 왔음을 조진에게 알리도록 한 다음 안으로 들어갔다.

문병을 마친 사마의가 말하기를: "동오와 서촉이 서로 손을 잡고 우리를 쳐들어오려고 군사를 일으켰습니다. 공명은 지금 기산으로 나와 영채를 세웠는데 공은 알고 계십니까?"

조진이 깜짝 놀라며 말하기를: "집안사람들이 내 병의 위중함을 알고 일부러 알리지 않았나 봅니다. 나라가 이처럼 위중한데 어찌 중달을 도독으로 임명하여 촉군을 물리치지 않는 것이오?"

사마의 曰: "저는 재주와 지모가 부족하여 그 직책을 감당하기 어렵습니다."

조진 曰: "여봐라! 어서 내 인수를 가져와서 중달에게 드려라!"

사마의 曰: "제가 작은 힘이나마 보태어 도독을 도울 것이니 걱정하지 마십시오. 이 인수는 감히 받을 수 없습니다."

조진이 자리에서 벌떡 일어나며 말하기를: "만약 중달이 그 직책을 맡지 않는다면 이 나라는 틀림없이 위험에 빠지고 말 것이오. 정 그러시면 내 병든 몸을 이끌고 황제를 직접 뵙고 그대를 천거하리다."

사마의 曰: "실은 천자께서 이미 저더러 도독을 맡으라는 은명(恩命)을 내리셨지만, 저로서는 받을 수가 없습니다."

조진은 매우 기뻐하며 말하기를: "중달이 이제 도독이 되셨으니 촉군을 반드시 물리칠 수 있을 것이오."

조진이 두 번 세 번 인수를 양보하는 것을 본 사마의는 마침내 인수를 건네받아 다시 궁으로 들어가 위주에게 하직 인사를 했다. 그리고 공명과의 결전을 위해 군사를 거느리고 장안을 향했다.

이야말로:

옛 도독이 차던 인수를 새 도독이 받아	舊師印爲新師取
두 방면의 군사를 모아 한 곳으로 오네	兩路兵惟一路來

승부가 어찌 될지 궁금하거든 다음 회를 기대하시라.

제 99 회

제갈량은 위나라 군사를 크게 쳐부수고
사마의는 서촉을 향해 침범해 들어가다

諸葛亮大破魏兵

司馬懿入寇西蜀

촉한 건흥(建興) 7년(서기 229년) 여름 4월, 공명의 군사는 영채 세 개를 나누어 세우고 위군이 오기를 기다렸다.

한편 사마의가 군사를 이끌고 장안에 도착하니 장합이 그를 맞이하여 지금까지의 정황을 자세히 설명했다. 사마의는 장합을 선봉으로 삼고 대릉(戴凌)을 부장으로 삼아 군사 10만 명을 거느리고 기산에 도착한 뒤 위수 남쪽에 영채를 세웠다.

곽회와 손례가 영채로 들어와 사마의를 뵈었다.

사마의가 묻기를: "자네들은 촉군과 진을 치고 싸워본 적이 있는가?"

두 사람이 대답하기를: "아직 싸워본 적이 없습니다."

사마의 曰: "촉군들은 천리 길을 왔으니 속전속결을 원할 것인데 여태껏 싸우지 않는 것은 틀림없이 무슨 속셈이 있을 것이네. 농서 여러 방면에서는 무슨 소식이 없는가?"

곽회 曰: "우리 정탐꾼이 알아보았는데 각 군(郡)에서 밤낮으로 튼튼히 방비하고 있어 아직까지 별다른 일은 없습니다. 그런데 아직 무도와 음평에서는 들어온 소식이 없습니다."

사마의 曰: "나는 사람을 보내 공명과 직접 싸움을 할 것이니 자네들 두 사람은 급히 샛길로 가서 무도와 음평을 구하도록 하게. 그런 다음 촉군의 후미를 기습하면 저들은 틀림없이 스스로 혼란에 빠질 것이네."

계책을 받은 두 사람은 군사 5천 명을 이끌고 무도와 음평을 구하기 위해 농서로 가는 샛길로 가서 촉군의 뒤를 기습하려고 했다.

곽회가 길 위에서 손례에게 말하기를: "중달은 공명에 비해 어떤가?"

손례 曰: "공명이 중달보다 훨씬 낫소."

곽회 曰: "공명이 뛰어나긴 하지만 이번 계책만은 중달의 지모가 공명보다 낫지 않겠소? 촉군이 정말 두 군을 치고 있다면, 우리가 그들의 뒤로부터 들이닥칠 때, 저들이 어찌 스스로 혼란에 빠지지 않을 수 있겠소?"

두 사람이 이런 대화를 나누며 가고 있을 때, 정찰병이 돌아와 보고하기를: "음평은 이미 왕평에게 깨져 버렸고 무도 역시 강유에게 점령당했습니다. 이곳에서 멀지 않은 곳에 촉군들이 있습니다."

손례 曰: "촉군들이 이미 성을 점령했다면 무엇 때문에 군사들이 성 밖에 진을 치고 있단 말인가? 틀림없이 무슨 속임수가 있을 것이니 속히 물러가는 것이 좋겠소."

곽회는 그 말에 따라 막 군사를 물리려고 하는데 갑자기 포성이 울리면서 산 뒤에서 한 무리의 군사들이 몰려왔다. 깃발 위에는 큰 글씨로 '한승상 제갈량(漢丞相 諸葛亮)'이라 씌어 있고, 가운데 사륜거가 한 대 나오는데 수레 위에는 제갈량이 단정히 앉아 있는 것이 아닌가! 더구나 그의 왼쪽에는 관흥이, 오른쪽에는 장포가 서 있었다.

그 모습을 본 손례와 곽회는 깜짝 놀랐다.

공명이 껄껄 웃으며 말하기를: "곽회와 손례는 달아나지 마라! 사마의의 계책으로 어찌 나를 속일 수 있단 말이냐? 그는 매일 군사를 보내 우리 영채 앞에서 싸움을 걸면서 뒤로는 너희들을 시켜 우리 군사 배후를 치도록 했으나 음평과 무도는 이미 우리 손에 들어오고 말았다. 일이 이렇게 되었는데도 너희 두 사람은 항복하지 않고 나와 싸워보겠다는 것이냐?"

그 말을 들은 곽회와 손례는 매우 당황했다. 그때 갑자기 등 뒤에서 함성이 요란하게 터지면서 왕평과 강유가 군사를 이끌고 몰려오고 관흥과 장포는 앞에서 쳐들어왔다. 앞뒤로 협공하는 촉군에 위군은 크게 패했다. 곽회와 손례는 말조차 버리고 기어서 산으로 달아났다. 이를 본 장포가 급히 말을 몰아 뒤를 쫓다가 뜻밖에 말이 발을 헛디디면서 장포는 말과 함께 계곡에 처박히고 말았다. 뒤에 있던 군사가 그 모습을 발견하고 정신없이 달려가 구하고 보니 장포는 이미 머리가 깨져 있었다. 공명은 급히 장포를 성도로 보내 다친 상처를 치료하게 했다.

간신히 달아난 곽회와 손례가 돌아가 사마의에게 보고하기를: "무도와 음평 두 군은 이미 촉의 손에 넘어갔고 공명이 중요 길목에 매복하고 있다가 앞뒤로 협공하는 바람에 저희는 크게 패하여 말도 버리고 걸어서 간신히 도망쳐 돌아왔습니다."

사마의 曰: "이것은 자네들의 잘못이 아니네. 공명의 지모가 나보다 앞서기 때문이네. 이제 두 사람은 옹성과 미성으로 가서 굳게 지키기만 하고 절대 싸우러 나가지 말게. 내게 따로 적을 쳐부술 계책이 있네."

두 사람은 하직 인사를 하고 떠났다.

사마의는 다시 장합과 대릉을 불러 분부하기를: "이제 공명은 무도와 음평을 취했으니 틀림없이 백성을 위무하러 다니느라 영채를 비울 것이네. 자네들 두 사람은 각기 정예병 1만 명씩을 거느리고 오늘 밤 출발하여 촉군의 영채 뒤로 질러가서 일제히 용맹을 떨쳐 쳐들어가게. 나는 군사를 이끌고 그들의 앞쪽에 포진해 있다가 촉군이 혼란해지기를 기다렸다가 쳐들어 갈 것이네. 이렇게 앞뒤로 협공을 하면 충분히 촉군의 영채를 빼앗을 수 있을 것이네. 산세가 험한 그곳만 빼앗으면 적을 쳐부수는 것은 어려운 일이 아니네."

계책을 받은 두 사람은 군사를 이끌고 떠나갔다. 대릉은 왼쪽에서, 장합은 오른쪽에서 각자 샛길을 이용하여 촉군의 영채 뒤로 깊숙이 들어갔다. 삼경(三更: 밤 11시에서 새벽 1시) 무렵, 대릉과 장합의 군사는 큰길에 이르자 다시 합세하여 촉군의 배후를 덮치기로 했다. 그러나 30리도 가지 못해 선두 부대가 앞으로 나아가지 못했다. 장합과 대릉이 직접 말을 달려 가보니 풀을 실은 수레 수백 대가 길을 막고 있는 것이 아닌가!

장합 曰: "이는 틀림없이 촉군이 대비를 하고 있음이야. 서둘러 군사를 돌려야 하네."

장합이 퇴군 명령을 내렸다. 그때 온 산에 불빛이 대낮처럼 밝아지며 북소리·나팔 소리가 천지를 진동하며 사방에서 복병들이 뛰쳐나와 두 사람을 에워쌌다.

기산 위에서 공명이 큰 소리로 외치기를: "대릉과 장합은 듣거라! 사마의는 내가 무도와 음평의 백성을 위무하느라 영채에 없을 것으로 여기고 너희 두 사람을 보내 영채를 습격하게 했을 것이나 너희는 도리에 내 계책에 걸리고 말았느니라. 너희 두 사람은 이름 있는 장수는 아니니 죽이지는 않을 것이니 어서 말에서 내려 항복하라!"

매우 화가 난 장합이 공명을 가리키며 꾸짖기를: "너는 산골에 묻혀 살던 촌놈 주제에 우리 대국의 국경을 침범해 놓고 어찌 감히 그런 말을 지껄이느냐? 내 만약 너를 잡으면 네놈의 시체를 갈기갈기 찢어 놓을 것이다!"

말을 마친 장합이 창을 꼬나들고 말을 몰아 산 위로 쏜살같이 달려갔다. 그러자 산 위에서 화살과 돌이 비 오듯 퍼부으니 장합은 도저히 산 위로 올라갈 수가 없었다. 다시 내려온 장합이 말에 박차를 가해 창을 휘두르며 겹겹이 에워싸인 포위망을 뚫고 나가는데 그를 감당할 자가 없었다.

이때 촉군은 대릉을 에워싸고 있었는데 포위망을 뚫고 달아나던 장합은 대릉이 보이지 않아, 말머리를 돌려 포위망 안으로 다시 들어와 대릉을 구해 함께 돌아갔다. 산 위에서 이 모습을 바라보던 공명은 장합이 수많은 군사들 속에서 종횡무진, 좌충우돌하면서도 그 용맹함이 갈수록 커지는 것을 보고, 좌우 사람들에게 말하기를: "전에 장익덕(張翼德: 장비)이 장합과 크게 싸울 때, 사람들이 그 모습을 보고 모두 깜짝 놀라면서 두려워했다고 하던데 인제 보니 비로소 그의 용맹함을 알겠다. (제70회 참고) 만약 저자를 살려두었다가는 우리 촉에 해가 될 것이다. 내 반드시 저자를 제거해야겠다."

공명은 즉시 군사를 거두어 영채로 돌아갔다.

한편 군사를 이끌고 나간 사마의는 진을 펼쳐놓고 촉군들이 혼란해지기만 기다리고 있었다. 그때 갑자기 장합과 대릉이 낭패한 채 돌아와 고하기를: "공명이 우리의 계책을 미리 알고 방비하고 있어 크게 패하고 말았습니다."

사마의가 매우 놀라며 말하기를: "공명은 참으로 귀신같은 사람이구나! 잠시 물러가는 게 좋겠다."

사마의는 명을 내려 대군을 모조리 본채로 돌아가게 하고 굳게 지키고 싸우러 나가지 않았다.

한편 대승을 거둔 공명은 싸움에서 획득한 병장기며 말들이 셀 수 없이 많았다. 대군을 거느리고 영채로 돌아온 공명은 매일 위연을 보내 사마의에게 싸움을 걸었지만 위군은 꿈쩍도 하지 않았다. 그렇게 보름이 지났다.

공명이 막사 안에서 대책을 심사숙고하고 있을 때 갑자기 천자께서 시중 비의(費禕)를 통해 조서를 보내왔다는 보고가 들어왔다. 공명이 그를 막사 안으로 맞이하여 향을 피우고 예를 마친 다음 조서를 낭독하도록 했다.

"지난번 가정에서의 싸움에서 실패한 것은 그 허물이 마속에게 있음에도 그대는 자신의 허물로 돌려 스스로 관직을 대폭 낮추었도다. 짐은 그대의 뜻을 어기지 못하고 그대로 따르되 현재의 직무는 계속 맡게 하였도다.

그대는 지난해에는 군사의 위력을 과시하여 왕쌍을 베었고, 금년에도 정벌에 나서 곽회를 물리치고, 저(氐)와 강(羌)의 오랑캐 무리를 항복시키고 두 군을 되찾아 흉악하고 포악한 무리에게 위엄을 떨쳤으니 그 공훈이 빛나도다. 지금 여전히 천하가 어지럽고 우리의 가장 큰 원흉을 제거하지 못하였거늘, 그대는 크나큰 임무를 맡아 나라의 막중한 일을 처리하면서 오랫동안 스스로 낮은 자리에 있는 것은 큰 공을 빛내는 데 도움이 되지 않도다. 이에 그대를 다시 승상의 지위로 되돌리려 하니 그대는 부디 사양하지 말라!"

공명은 비의의 조서 낭독을 다 듣고 나서 말하기를: "나는 아직 나랏일을 이루지 못하였는데 어찌 승상의 자리를 다시 받을 수 있겠소?"

공명이 한사코 사양하며 받으려 하지 않았다.

비의 曰: "승상께서 만약에 승상의 직을 받지 않으신다면 이는 천자의 뜻을 어기는 것일 뿐만 아니라 모든 장수와 군사들의 사기를 꺾는 일입니다. 마땅히 받으셔야 합니다."

공명은 그제야 절을 하고 받으니 비의는 비로소 하직 인사를 하고 돌아갔다.

공명은 사마의가 좀처럼 싸우러 나오지 않자 한 가지 계책을 세웠다. 곧 각처의 영채들에 영을 내려 영채를 거두어 뒤로 물리도록 했다. 이러한 사실은 당연히 정탐꾼에 의해 사마의에게 보고되었다.

사마의 曰: "공명은 틀림없이 큰 계책을 쓰는 것이다. 누구도 섣불리 움직이지 말라!"

장합 曰: "이것은 필시 저들의 군량미가 떨어졌기 때문입니다. 마땅히 추격해야 합니다."

사마의 曰: "내가 헤아려보니 공명은 지난해 풍년이 들었고 지금 또 밀이 익어 식량과 마초 또한 풍족할 것이오. 물론 군량 운반에 어려움이 없는 것은 아니지만 반년은 충분히 버틸 수 있는데 어찌 물러가려 하겠소? 그는 단지 우리가 싸우러 나오지를 않으니 일부러 이런 계책을 내서 우리를 유인하려는 것이오. 사람을 멀리까지 보내 정탐을 해 봐야겠소."

정탐을 한 군사가 돌아와 보고하기를: "공명은 30리 떨어진 곳에 영채를 세웠습니다."

사마의 曰: "내 짐작대로 공명은 떠나지 않았소. 영채를 굳게 지키고 함부로 나가지 마시오."

위군은 영채에서 열흘을 보냈지만 아무런 소식도 없고 싸움을 걸어오는 촉의 장수도 없었다. 사마의는 다시 정탐꾼을 보내 적의 정황을 정탐하게 했는데 그가 돌아와서 보고하기를: "촉군들은 이미 영채를 거두어 떠나버렸습니다."

사마의는 그 말을 믿을 수 없어 사병의 옷으로 갈아입고 군사들 틈에 끼어 직접 가서 살펴보니 촉군들은 과연 또 30리를 물러나 영채를 세워 놓고 있었다.

자신의 영채로 돌아온 사마의가 장합에게 말하기를: "이는 공명의 계책이 분명하오. 뒤를 추격하면 안 되오."

또 열흘이 지나도 아무 소식이 없자, 사마의는 다시 정탐꾼을 보냈다. 그가 돌아와 보고하기를: "촉군들은 다시 30리를 물러나 영채를 세웠습니다."

장합 曰: "공명은 지금 서서히 물러나면서 공격을 못 하게 하는 계책(緩兵計)을 쓰며 한중으로 돌아가고 있는 것입니다. 도독께서는 어찌하여 그리 의심을 품고 빨리 추격을 하지 않는 것입니까? 제가 가서 한번 싸워보겠습니다."

사마의 曰: "공명은 남을 속이는 계책이 너무 다양하여 만약 실수하는 날에는 우리 군사의 사기를 꺾게 되는 일이니 섣불리 나아가서는 안 되오."

장합 曰: "제가 가서 만약 패하면 군령에 따라 처벌을 받을 것이오."

사마의 曰: "장군이 기어이 가시겠다면 군사를 둘로 나누어 장군이 반을 이끌고 먼저 가되, 죽기 살기로 싸워야 할 것이오. 나는 뒤를 따라가면서 호응을 하며 복병을 막을 것이오. 장군은 내일 먼저 출발하되 반쯤 가다가 주둔하고 충분히 휴식하여 그다음 날 싸움에서 군사들이 지치지 않도록 하시오."

사마의는 군사를 둘로 나누었다. 다음 날 장합과 대릉은 부장 수십 명과 정예병 3만 명을 이끌고 용맹을 떨치며 진군하여 중간쯤 가서 영채를 세웠다. 사마의는 많은 군사는 남겨 영채를 지키게 하고 자신은 군사 5천 명만 이끌고 뒤를 따라 출발했다.

한편 정탐꾼을 은밀히 보내 적의 동향을 살피던 공명은 장합의 군사들이 중도에 영채를 세웠다는 보고를 받고 이날 밤 여러 장수들을 모아놓고 상의하기를: "드디어 위군들이 우리를 추격하러 오는데 저들은 틀림없이 죽기 살기로 싸울 것이오. 그러니 우리는 한 사람이 저들 열 명을 감당한다는 정신으로 싸워야 할 것이오. 나는 복병을 써서 저들의 퇴로를 차단하려고 하는데 이 임무는 지모와 용맹을 모두 겸비한 장수가 아니면 감당할 수 없소."

말을 마친 공명이 위연을 쳐다보는데 위연은 고개를 숙이고 아무 말이 없었다.

그때 왕평이 나서며 말하기를: "제가 그 임무를 맡겠습니다."

공명 曰: "만약 실수가 있으면 어찌하겠는가?"

왕평 曰: "군령에 따르겠습니다."

공명이 탄식을 하며 말하기를: "왕평은 자신의 몸을 버리면서까지 화살과 돌을 무릅쓰려 하니 참으로 충신이로다! 비록 그러하지만 위군은 두 방면으로 나누어 앞뒤로 올 것이니 우리의 복병은 중간에 놓여 양쪽의 협공을 받게 되오. 그러니 왕평이 제아무리 지모와 용맹이 있다 하더라도 한쪽은 감당할 수 있을지언정 몸을 둘로 나누어 양쪽을 모두 대적할 수는 없지 않은가? 그러니 장수 하나를 더 얻어 함께 가야 하는데 군중에 자신의 목숨을 내놓고 앞장서겠다는 장수가 없으니 어찌하랴!"

그 말이 채 끝나기도 전에 한 장수가 나서며 말하기를: "제가 가겠습니다."

공명이 보니 그는 장익이었다.

공명 曰: "장합은 위의 이름난 장수로 1만 명도 당해내지 못할 용맹(萬夫不當之勇)을 가진 자이니 자네는 그의 적수가 되지 못하네."

장익 曰: "만약 실수가 있으면 제 목숨을 바칠 것입니다!"

공명 曰: "자네가 감히 가겠다니, 그러면 왕평과 함께 각기 정예병 1만 명씩 이끌고 가서 우선 산골짜기에 매복하고 있게. 위군이 쫓아오면 그들이 모두 지나가도록 내버려 두었다가 그 후에 자네들이 복병을 이끌고 그들의 뒤에서 들이닥치도록 하게. 만약 사마의가 뒤를 쫓아오면 군사를 두 편으로 나누어 장익은 한 무리의 군사를 이끌고 뒤쪽 사마의를 막고, 왕평은 앞쪽의 장합의 군사를 대적해야 하네. 양쪽 모두 죽기 살기로 싸워야 하네. 그러면 나는 별도의 계책으로 자네들을 도울 것이네."

계책을 받은 두 사람은 군사를 이끌고 떠났다.

공명은 다시 강유와 요화를 불러 분부하기를: "자네 두 사람에게 비단 주머니 한 개를 줄 것이니 정예병 3천 명을 이끌고 가되 깃발은 눕혀 놓고 북도 치지 말고 앞산 위에 매복하고 있게. 그러다 위군들이 장익과 왕평을 포위하여 그들의 상황이 매우 위급하게 되면 무조건 구하러 가지 말고 비단 주머니를 열어 보게. 그 안에 위급한 상황을 해결할 계책이 들어있으니 그대로 하게."

두 사람 역시 계책을 받고 군사를 이끌고 떠났다.

공명은 또 오반·오의·마충·장억 네 장수를 불러 귓속말로 분부하기를: "내일 위병이 당도하면 저들은 사기가 하늘을 찌를 것이니 곧바로 그들과 직접 싸우지 말고 잠시 싸우는 척하다 달아나기를 반복하게. 그러면서 관흥이 군사를 이끌고 와서 적진을 치기 시작하면 그대들은 곧바로 군사를 돌려 뒤쫓으며 적을 무찌르도록 하게. 내 따로 군사를 보내 지원해 줄 것이네."

네 장수도 계책을 받고 군사를 이끌고 떠났다.

공명은 마지막으로 관흥을 불러 분부하기를: "너는 정예병 5천 명을 이끌고 가서 산골짜기에 매복해 있다가 산 위에서 붉은색 깃발을 흔드는 것을 신호로 군사를 이끌고 쳐들어가라."

계책을 받은 관흥도 군사를 이끌고 떠났다.

한편 장합과 대릉이 군사를 이끌고 사나운 비바람이 몰아치듯 매섭게 추격해 왔다. 마충·장억·오의·오반 등 네 장수가 이들을 맞이해 싸우러 나갔다. 장합이 몹시 화를 내며 군사를 휘몰아 쳐들어왔다. 촉군들은 잠시 싸우다 곧바로 달아나기를 반복하니 위군들은 20여 리나 쫓아왔다.

때는 마침 6월, 찌는 듯이 무더워 군사나 말들은 땀을 마치 비 오듯 했다. 50리 밖까지 쫓아갔을 때 위병들은 모두 숨이 차서 헐떡거렸다.

이때 산 위에서 이 모습을 보고 있던 공명이 붉은 깃발을 한번 흔들자 관흥이 군사를 휘몰아 쳐들어갔다. 그러자 달아나기만 하던 마충 등 네 장수도 군사를 돌려 일제히 몰아쳤다. 그러나 장합과 대릉은 죽을힘을 다해 싸우며 물러서지 않았다.

그때 갑자기 함성이 진동하며 두 방면에서 군사들이 쳐들어왔는데 그들은 바로 왕평과 장익이었다. 그들은 각기 용맹을 떨치며 위군의 퇴로를 끊었다.

장합이 수하 장수들에게 큰 소리로 외치기를: "지금이 죽기를 무릅쓰고 싸울 때라는 것을 어찌 모르느냐?"

위군들은 정말 죽을힘을 다해서 싸웠지만, 포위망을 벗어날 수 없었다.

그때 갑자기 배후에서 북소리·나팔 소리가 하늘을 진동하며 사마의가 직접 정예병을 이끌고 달려왔다. 사마의는 장수들을 지휘하여 왕평과 장익을 가운데 두고 에워쌌다.

장익이 큰 소리로 외치기를: "승상께서는 참으로 신(神)과 같은 분이

시다! 계책을 이미 다 세워 놓으셨으니 반드시 좋은 계책이 있을 것이다. 우리는 죽기로 싸워야 한다!"

그러고는 즉시 군사를 두 방면으로 나누어 왕평은 한 무리를 이끌고 장합과 대릉을 막고, 장익은 또 한 무리를 이끌고 사마의를 상대했다. 양쪽에서 죽을힘을 다해 싸우며, 쳐 죽여라! 하고 외치는 소리가 하늘에 닿았다.

이때 강유와 요화는 산 위에서 이 모습을 바라보고 있었는데 위군의 세력은 갈수록 거세지는 반면에 촉군들은 갈수록 힘이 떨어지고 있었다.

강유가 요화에게 말하기를: "상황이 이처럼 위급하니 어서 비단 주머니를 열어 계책을 봅시다."

두 사람이 비단 주머니를 열어 보니 그 속에 적혀 있는 글의 내용은:

"만일 사마의가 군사를 이끌고 나타나 왕평과 장익을 포위해 형세가 위급하거든 두 사람은 군사를 두 방면으로 나누어 사마의의 영채를 급습하러 가라. 사마의는 틀림없이 군사를 급히 물릴 것이다. 너희는 그 혼란한 틈을 타서 그들을 공격하면 영채는 비록 차지하지는 못하더라도 완전한 승리를 거둘 수 있을 것이다."

두 사람은 매우 기뻐하며 즉시 군사를 두 방면으로 나누어 곧바로 사마의의 영채를 급습하러 갔다.

이때 사마의 역시 장합의 뒤를 따라 싸움에 나서기는 했지만, 혹시나 공명의 계책에 빠질까 걱정이 되어 길을 가면서도 곳곳에 전령을 세워 놓고 무슨 일이 생기면 즉시 보고하도록 조치를 해놓았다.

사마의가 한창 싸움을 독려하고 있을 때 갑자기 전령이 나는 듯이 달려와 촉군들이 두 방면에서 위의 본채를 습격하러 가고 있다고 보고를 했다.

대경실색을 한 사마의는 여러 장수들에게 말하기를: "틀림없이 공명의 계책이 있을 거라고 예상했는데 너희들이 믿지 않아 억지로 쫓아왔는데 결국 대사를 망치고 말았구나!"

사마의는 급히 군사를 돌렸다. 그러자 당황한 위군들이 이리저리 달아나기 시작했다. 장익이 그들을 뒤따라가 무찌르니 위군은 크게 패했다. 장합과 대릉은 자신들만 외로이 떨어져 있음을 알고 후미진 산속의 샛길로 달아났다.

촉군은 대승을 거두었다. 배후에서 관흥이 군사를 이끌고 달려와 여러 방면의 군사를 지원했다. 사마의가 싸움에 크게 지고 자신의 영채로 돌아갔을 때 촉군은 이미 돌아간 뒤였다.

사마의가 패잔병을 거두고 나서 장수들을 꾸짖기를: "너희들은 병법도 모르면서 오직 혈기에 찬 용맹만 믿고 한사코 싸우자고 우기더니 결국 이 꼴이 되고 말았다. 앞으로는 절대 함부로 행동하는 것을 용서치 않겠다. 명령을 따르지 않는 자는 군법에 따라 엄히 다스릴 것이다!"

장수들이 모두 부끄러워 고개도 들지 못하고 물러갔다. 이번 싸움에서 위의 장수들 가운데서도 죽은 자도 아주 많았으며 잃어버린 말이며 병장기는 셀 수도 없었다.

한편 공명은 승리한 군사를 거두어 영채로 돌아와 또다시 군사를 일으키려하고 있는데 갑자기 성도로부터 사람이 와서 보고하기를 부상을 치료 중이던 장포가 죽였다는 것이다.

그 말을 들은 공명은 대성통곡을 하다 피를 토하고 정신을 잃고 쓰러져 버렸다. 사람들이 구호하여 간신히 깨어났지만, 이 일로 병을 얻어 침상에서 일어나지 못했다. 부하의 죽음에 그리도 애통해하는 모습을 본 장수들은 누구 하나 감격하지 않은 자가 없었다.

후세 사람이 이를 탄식하여 지은 시가 있으니:

용맹스런 장포가 큰 공을 세우려 했지만	悍勇張苞欲建功
가엽게도 하늘이 그 영웅 도와주지 않네	可憐天不助英雄
무후가 서풍 맞으며 눈물을 뿌린 까닭은	武侯淚向西風灑
자신을 도와 줄 사람 없음을 슬퍼해서네	爲念無人佐鞠躬

열흘쯤 지난 뒤 공명은 동궐(董厥)과 번건(樊建)을 막사 안으로 불러 분부하기를: "내가 정신이 혼미해서 일을 제대로 처리할 수가 없네. 그러니 일단 한중으로 돌아가서 병을 다스린 뒤에 다시 좋은 방도를 찾아야 겠네. 자네들은 절대 이 사실을 밖에 누설해서는 안 되네. 만약 사마의가 알게 되면 틀림없이 쳐들어올 것이네."

그러고는 곧 명을 전하여 그날 밤 은밀히 영채를 거두어 모두 한중으로 돌아갔다. 공명이 떠난 뒤 닷새나 지나서야 이 소식을 안 사마의는 길게 탄식을 하며 말하기를: "공명은 참으로 신출귀몰한 계책을 쓰는구나! 나는 도저히 그를 따라갈 수 없구나!"

사마의는 장수들을 영채에 남기고 군사를 나누어 요충지들을 지키게 한 다음, 자신은 자신이 올 때 거느리고 온 군사만 이끌고 낙양으로 돌아갔다.

한편 공명은 대군을 한중에 주둔시켜 놓고 자신은 병 치료를 위해 성도로 돌아갔다. 모든 문무 관료들이 성 밖에까지 나와 그를 영접해 승상부로 모셨다. 후주는 어가를 타고 몸소 와서 병문안을 하고, 어의(御醫)

에게 명하여 직접 치료토록 하니 공명의 병세는 날로 좋아졌다.

건흥 8년(서기 230년) 가을 7월, 병석에 누워 있던 위의 도독 조진도 병석에서 일어났다.

조진이 표문을 올려 아뢰기를: "촉군이 여러 차례 우리의 국경을 넘어 중원을 침범했는데, 만약 그들을 토벌하여 제거하지 않으면 반드시 후환이 있을 것입니다. 이제 가을이 되어 날씨도 서늘하고 군사들도 그동안 편히 쉬어 사기가 높으니 정벌에 나서기 아주 좋은 때입니다. 신은 사마의와 함께 대군을 거느리고 곧바로 한중으로 쳐들어가 간사한 무리를 말끔히 제거하여 변경을 깨끗이 정리하고자 하옵니다."

위주는 매우 기뻐하며 시중 유엽(劉曄)에게 묻기를: "자단이 짐에게 촉을 정벌하라고 권하는데 경은 어찌 생각하는가?"

유엽이 아뢰기를: "대장군의 말이 옳습니다. 지금 만약 그들을 토벌하여 제거하지 않으면 나중에 반드시 큰 우환이 될 것이니 폐하께서는 속히 실행하시옵소서."

조예는 고개를 끄덕였다.

그날 대궐을 퇴청한 유엽이 집으로 돌아가자 여러 대신들이 찾아와 묻기를: "듣자 하니 천자께서 군사를 일으켜 촉을 정벌하는 계책을 공과 의논했다고 하는데 그것이 사실이오?"

유엽이 답하기를: "그런 일 없소이다. 촉 땅은 산세가 험해 쉽게 도모하기 어려우니 공연히 군사들만 고생시키고 나라에 무슨 도움이 되겠소?"

여러 대신들은 그런 줄 알고 말없이 돌아갔다.

양기(楊暨)가 궁에 들어가서 위주에게 아뢰기를: "어제 유엽이 폐하께 촉을 치라고 권했다고 들었사온데 오늘은 또 신하들에게 촉을 정벌해서는 안 된다고 말했으니 이는 폐하를 기망하는 짓입니다. 폐하께서는 어찌 그를 불러 문책하지 않으십니까?"

조예가 즉시 유엽을 들라 하여 묻기를: "경은 나에게 촉을 정벌하라고 권하더니 오늘은 다시 안 된다고 말했다니, 어찌 그런 것이오?"

유엽 曰: "신이 곰곰이 생각해보니 촉을 정벌하는 것은 불가하옵니다."

조예는 어이가 없어 웃음만 나왔다. 잠시 후 양기가 물러가자 다시 유엽이 아뢰기를: "신이 어제 폐하께 촉을 치라고 한 것은 나라의 매우 중요한 일입니다. 어찌 함부로 다른 사람들에게 누설할 수 있겠습니까? 무릇 '군사에 관한 일은 속임수에 있다(夫兵者, 詭道也).'고 했습니다. 일을 시작하기 전에는 마땅히 비밀로 해야 합니다."

조예가 크게 깨달으며 말하기를: "경의 말이 옳도다!"

이 일이 있고 난 뒤에 조예는 더욱 그를 믿고 중히 여겼다.

열흘이 못 되어 사마의가 조정에 들어왔다. 위주는 조진이 올린 표문을 사마의에게 자세히 설명했다.

사마의가 아뢰기를: "신의 생각으로는 지금 동오는 감히 군사를 움직이지 못할 것이니 지금이 바로 그 틈을 타서 촉을 정벌할 때입니다."

조예는 즉시 조진을 대사마·정서대도독(征西大都督)으로, 사마의를 대장군·정서부도독(征西副都督)으로, 유엽을 군사(軍師)로 각각 임명했다. 세 사람은 위주에게 하직 인사를 하고 40만 명의 대군을 거느리고 나아가 장안에 당도한 다음 한중을 취하러 곧바로 검각(劍閣)으로 달려갔다. 곽회와 손례 등 나머지 장수들도 각기 길을 찾아 나섰다.

한중 사람들이 이 소식을 곧바로 성도에 보고했다. 이때 공명은 이미 병이 완쾌되어 매일 팔진법(八陣法) 등 군사를 훈련시키고 있었으며 거의 훈련이 마무리되어 중원을 다시 치려던 참에 이런 소식을 듣게 된 것이다.

공명은 장억과 왕평을 불러 분부하기를: "그대들은 먼저 군사 1천 명을 이끌고 가서 진창으로 가는 옛길을 지키며 위군을 막도록 하게. 내가 곧 대군을 이끌고 가서 지원할 것이네."

두 사람이 고하기를: "들리는 말에 의하면 위군은 최소한 40만 명이나 되고 저들은 80만 대군이라고 허풍을 떨면서 엄청난 기세로 쳐들어오고 있는데 고작 1천 명의 군사를 주면서 요충지를 지키라고 하십니까? 대규모로 군사가 쳐들어오면 그 군사로 어찌 막을 수 있겠습니까?"

공명 曰: "나는 많이 주고 싶지만, 공연히 군사들만 고생시킬까 봐 염려되어 그러는 것이네."

그 말을 들은 장억과 왕평은 어이가 없어 서로 얼굴만 쳐다보며 떠나려 하지를 않았다.

공명 曰: "설령 일이 잘못되더라도 자네들을 탓하지는 않을 것이니 여러 말 필요 없이 서둘러 떠나게."

두 사람이 다시 애걸하며 고하기를: "승상께서 저희 두 사람을 죽이시려면 여기서 당장 죽이십시오. 저희는 도저히 갈 수가 없습니다."

공명이 껄껄 웃으며 말하기를: "어찌 이리도 어리석단 말인가! 내 자네들에게 그렇게 가라고 하는 것은 나름대로 다 생각이 있기 때문이네. 내 어젯밤 천문을 보니 필성(畢星: 28수 별자리 중 19번째 별자리)이 달의 영역(太陰之分)에 걸려 있었네. 이것은 이달 안에 반드시 큰 비가 세차게 내릴 조짐이네. 위병들이 설령 40만 명이라 한들 그런 날씨에 어찌 감히 산속 깊숙이 들어올 수 있겠는가? 그러니 군사를 많이 보내지 않아도 결코 아무런 피해도 보지 않을 것이네.

나는 군사들을 한중에서 한 달 동안 편히 쉬게 하면서 위군들이 물러가기를 기다렸다가 그때 대군을 휘몰아 그들의 뒤를 몰아칠 것이네. 이는 편히 쉬면서 적이 지치기를 기다리는 격(以逸待勞)이니 10만 명의 군사로 능히 40만 명을 이길 수 있네."

그 말을 들은 두 사람은 비로소 기쁜 마음으로 하직 인사를 하고 떠나갔다.

뒤따라 대군을 거느리고 한중으로 나간 공명은 각처의 요충지마다 마른 나무와 마초 및 군량 등을 군사와 말들이 한 달 동안 충분히 쓸 정도로 비축해 놓아 가을장마에 대비했다. 또한 군사들에게 한 달간 필요한 의복과 양식을 먼저 지급하고 출정할 날을 기다리게 했다.

한편 조진이 사마의와 함께 대군을 거느리고 진창성에 이르자 집이라고는 한 채도 보이지 않았다. 토박이에게 물어보니 공명이 돌아갈 때 모두 불을 질러 태워버렸다고 했다.

조진이 곧바로 진창의 길을 따라 계속 진군하려 했다.

사마의 曰: "경솔히 나아가서는 안 됩니다. 제가 어젯밤 천문을 보니 필성이 달 근처에 있었는데 이는 이달 안에 큰비가 내릴 조짐입니다. 만약 적진 깊숙이 들어갔다가 이기면 다행이지만 만약 잘못되는 날이면 군사들만 실컷 고생하게 되고 그때는 군사를 물리려 해도 어렵습니다. 그러니 성 안에 임시로 움막을 치고 주둔하며 잠시 비를 피하는 게 좋겠습니다."

조진은 그의 말에 따랐다.

과연 보름도 채 안 되어 하늘에서 비가 쏟아지는데, 도무지 그칠 기미를 보이지 않았다. 성 밖 평지에도 물이 석 자나 고이니 병장기는 모두 젖고 군사들은 안절부절못하며 뜬눈으로 밤을 새워야 했다. 큰비가 계속해서 한 달 동안 내리니 말을 먹일 풀이 떨어져 굶어 죽은 말이 셀 수 없었고 군사들의 원성도 그치지를 않았다.

이런 소식을 들은 낙양의 위주는 제단을 쌓아 놓고 비를 그치기를 기원하는 제사까지 지냈으나 소용이 없었다.

보다 못한 황문시랑(黃門侍郎) 왕숙(王肅)이 상소를 올리기를:

"옛 기록에 의하면 '천리 먼 곳에서 양식을 운반하여 먹이니 군사들의 얼굴에는 굶주린 기색이 역력하고 나무하고 풀을 베어 밥을 지어 먹으면 군사는 잠도 편히 못 자고 밥도 배불리 먹을 수 없다.'고 하였습니다. 이는 평지를 행군할 때의 말입니다. 하물며 험한 산악 지대에서 길을 뚫으며 나아가야 하는 군사들은 그 고생이 백배는 더할 것입니다.

게다가 지금은 장마가 계속되어 험준한 산비탈은 미끄러워 대군이 앞으로 나아가기도 힘들고 군량미는 먼 곳에서 운반해 와야 하니 조달하기도 어렵습니다. 이는 실로 행군을 함에 있어 가장 피해야 하는 상황입니다.

듣자니 조진의 군사가 출발한 지 이미 한 달이 넘었는데 이제 겨우 계곡의 절반을 지났을 뿐이고, 길을 만드느라 모든 군사들이 동원되어 매일 고생하고 있다고 하옵니다. 이는 적들은 편히 앉아 쉬고 있으면서 지친 우리 군사를 기다리고 있다가 싸우는 격이니 이 또한 병가에서 아주 꺼리는 일이옵니다.

옛일을 예를 들면, 무왕이 주(紂)를 정벌하러 관(關)에 나갔다가 다시 돌아왔고, 가까운 일로 예를 들면, 무제(武帝: 조조)와 문제(文帝: 조비)께서도 손권을 치려고 장강까지 가셨다가 건너지 않고 돌아오셨으니 이 어찌 하늘에 순응하고 때를 알아서 임기응변을 잘하신 것이 아니겠습니까?

바라옵건대 폐하께서는 장마비로 인한 어려움이 너무 큼을 고려하시어 지금은 군사들을 쉬게 하여 주시옵고, 후일 적에게 틈이 생길 때를 노려 다시 군사를 일으키시옵소서. 그리하시면 이른바 '어려운 일도 즐거이 하며 백성들은 죽음조차 두려워하지 않을 것(悅以犯難, 民忘其死)'이옵니다."

위주는 상소문을 보고도 어찌해야 좋을지 망설이고 있었다. 이때 양부와 화흠 역시 상소를 올려 간하니 위주는 마침내 조서를 내려 사자를 보내 조진과 사마의로 하여금 조정으로 돌아오라고 명했다.

한편 조진이 사마의와 상의하기를: "지금 장마가 한 달째 계속되어 군사들은 싸울 마음을 잃었고 그저 돌아갈 생각만 하고 있으니 이를 어찌 막을 수 있겠소?"

사마의 曰: "차라리 회군하는 것이 나을 것 같습니다."

조진 曰: "만약 공명이 추격해 오면 어떻게 물리치겠소?"

사마의 曰: "먼저 두 부대의 군사를 매복시켜 뒤를 차단해야만 군사를 돌릴 수 있습니다."

이런 논의를 하고 있을 때 사자가 그들을 돌아오라는 조서를 가지고 왔다. 두 사람은 마침내 전군을 후군으로 삼고 후군을 전군으로 삼아, 서서히 물라갔다.

한편 공명은 한 달이면 끝날 것으로 예상했던 가을장마가 좀처럼 게이지 않자, 공명 자신은 한 무리의 군사를 이끌고 성고(城固)에 주둔하고 있으면서 대군을 적파(赤坡)에 주둔시키라고 명령했다.

공명은 막사 안에서 여러 장수를 모아 놓고 말하기를: "내 생각에 위군들은 반드시 물러갈 것이오. 위주는 틀림없이 조진과 사마의에게 군사를 돌리라는 조서를 내렸을 것이오. 우리가 만약 저들을 추격한다고 해도 저들은 틀림없이 우리의 추격에 대비하고 있을 것이니, 차라리 저들이 일단 돌아가도록 내버려 두고 다시 기회를 보아 좋은 계책을 세우는 것이 좋겠네."

그때 왕평이 사람을 보내 위군들이 돌아가기 시작했다고 보고했다. 공명은 즉시 그 사람에게 다시 가서 왕평에게 전하게 하기를: "절대로 뒤

쫓아가서 기습하지 말라. 내 따로 위군을 쳐부술 계책을 낼 것이다."

이야말로:

위군들이 설령 매복에 능할지라도	魏兵縱使能埋伏
한 승상은 원래 쫓으려 하지 않네	漢相原來不肯追

공명이 어떻게 위군을 쳐부술지 궁금하거든 다음 회를 기대하시라.

제 100 회

촉군은 영채를 기습해 조진을 쳐부수고
공명은 진법을 겨루어 중달을 욕보이다

漢兵劫寨破曹眞

武侯斗陣辱仲達

위군을 추격하지 말라는 말을 전해 들은 촉의 장수들이 막사 안으로 들어가 공명에게 묻기를: "위군은 장마 때문에 더 이상 견딜 수가 없어 돌아가고 있습니다. 이보다 더 기습하기 좋은 기회가 어디 있다고 어찌하여 승상께서는 추격하지 말라고 하십니까?"

공명 曰: "사마의는 용병을 잘하는 자이오. 지금 군을 물리면서 반드시 군사를 매복해 두었을 것이오. 우리가 추격을 하면 틀림없이 그의 계책에 걸리고 말 것이니 차라리 저들이 떠나가도록 내버려두고, 우리는 오히려 군사를 나누어 곧장 야곡으로 나가서 기산(祁山)을 취하면 위군들은 어떤 방비도 하지 못할 것이네."

여러 장수가 말하기를: "장안을 취하러 가는 길은 여러 곳이 있는데 승상께서는 어찌하여 굳이 기산으로만 나가려 하십니까?"

공명 曰: "기산은 장안의 머리와 같은 곳이네. 농서 여러 군에서 군사들이 오려면 반드시 기산을 거쳐야 하네. 게다가 기산은 앞에는 위수가 흐르고 뒤로는 야곡에 기대어 있으니 왼쪽으로 나가서 오른쪽으로 들어오며 군사를 매복시킬 수 있으니 그야말로 군사를 쓰기에 너무나 좋은 지세를 하고 있네. 그래서 나는 우선 이곳을 취하여 지리적 이점을 확보하려는 것이네."

여러 장수들이 엎드리며 탄복했다.

공명은 위연·장억·두경·진식 등을 기곡으로 나아가게 하고, 마대·왕평·장익·마충 등은 야곡으로 나아가게 하면서 모두 기산에서 모이도록 했다. 군사 배치를 마친 공명이 직접 대군을 거느리고 관흥과 요화를 선봉으로 삼아 그 뒤를 따랐다.

한편 조진은 사마의와 함께 뒤에서 군사를 통솔하면서 한 무리의 군사를 진창의 옛길로 들여보내 탐지하게 했는데, 그들이 돌아와서 촉군들은 오지 않았다고 보고했다. 다시 열흘쯤 간 뒤 뒤에 남아 매복하고 있던 장수들이 모두 돌아와 촉군은 그림자조차도 보이지 않는다고 말했다.

조진 曰: "연일 이어진 장맛비로 잔도가 끊어졌으니 촉군들이 우리가 군사를 물린 사실을 알 리가 있겠는가?"

사마의 曰: "촉군들은 곧 나타날 것입니다."

조진 曰: "그것을 어찌 아시오?"

사마의 曰: "며칠간 날씨가 개었음에도 촉군이 쫓아오지 않는 것은 우리가 복병을 숨겨둔 것을 저들이 알고 그냥 멀리 가도록 내버려 둔 것이며 우리가 다 지나가기를 기다렸다가 기산을 치려는 것입니다."

조진은 그 말을 믿지 않았다.

사마의 曰: "자단(子丹: 조진)께서는 어찌하여 제 말을 믿지 않으십니까? 내 생각에 공명은 반드시 기곡과 야곡으로 나올 것입니다. 저와 자단께서 두 곳을 나누어 열흘간만 지켜봅시다. 만약 공명이 오지 않으면 제가 얼굴에 분을 바르고 여자 옷으로 갈아입은 뒤 자단의 영채를 찾아가 죄를 청하겠습니다."

조진 曰: "촉병이 온다면 나는 천자께서 하사하신 옥대와 어마(御馬)를 장군에게 주겠소."

두 사람은 즉시 군사를 두 방면으로 나누어 조진은 군사를 이끌고 기산 서쪽의 야곡 어귀로 가서 주둔하고, 사마의는 기산 동쪽의 기곡 어귀에 주둔하기로 했다. 각자 영채를 세운 다음 사마의는 먼저 한 무리의 군사를 이끌고 산골짜기에 매복하고 나머지 군사들은 여러 요충지에 영채를 세웠다.

사마의는 일반 병사처럼 위장하여 군사들 속에 섞여 여러 영채를 두루 둘러보았다. 어느 영채에 이르렀을 때 한 하급 장교인 편장(偏將)이 갑자기 하늘을 쳐다보며 원망하기를: "그리 오랫동안 큰비가 내려도 돌아가려고 하지 않더니 이제 다시 이곳에 주둔하면서 내기나 하고 있으니, 군사들만 고생시키려고 작정한 게 아닌가!"

즉시 본채로 돌아온 사마의는 여러 장수들을 불러들였다. 그리고 그 편장을 끌어내 호통을 치기를: "조정에서 군사를 1천일 동안 훈련시키는 것은 단지 잠시 유용하게 쓰기 위함이다. 네 어찌 감히 함부로 원망의 말을 하여 군심을 어지럽히려 한단 말이냐?"

그 편장은 그런 원망을 한 적이 없다고 잡아뗐다. 사마의가 그와 함께 있던 장수와 대질을 시키니 그 편장은 더 이상 부인하지 못했다.

사마의 曰: "나는 지금 장난삼아 내기를 하는 것이 아니다. 촉군에게 승리를 거두어 너희들로 하여금 공을 세워 조정으로 돌아가게 하려는 것인데 너는 함부로 원망하여 죄를 자초하고 말았느니라!"

사마의는 무사로 하여금 그를 끌어내 목을 베라고 했다. 잠시 후 무사가 그의 머리를 막사 안으로 가져와 바쳤다. 여러 장수들이 두려움에 떨었다.

사마의 曰: "모든 장수들은 최선을 다해 촉군을 막아야 한다. 중군에서 포성이 울리면 사방에서 일제히 진격하라."

명을 받은 여러 장수들이 물러갔다.

한편 위연·장억·진식·두경 등 네 명의 장수들은 2만 명의 군사를 이끌고 기곡으로 나아갔다. 한참 길을 가는데 갑자기 참모 등지가 왔다는 보고가 들어왔다. 네 장수가 무슨 일이냐고 물었다.

등지 曰: "승상께서 명하시기를 기곡으로 나가면 위군들이 매복해 있을 가능성이 크니 그에 대비해 경솔하게 진군하지 말라고 하셨소."

진식 曰: "승상께서는 용병을 하시는데 무슨 의심이 그리도 많으신가? 내 생각에 위군들은 연일 계속된 큰비에 옷과 갑옷이 다 못 쓰게 되어 틀림없이 급히 돌아가기 바쁠 텐데, 무슨 군사를 매복시켰단 말인가? 우리가 행군 속도를 두 배로 빨리하여 나아가면 대승을 거둘 수 있는데 어찌 또 나아가지 말라는 것인가?"

등지 曰: "지금까지 승상의 계책이 들어맞지 않은 적이 없고 그 꾀는 이루지 못한 적이 없었소. 그런데 그대가 감히 영을 어기겠다는 것이오?"

진식이 비웃으며 말하기를: "승상의 계책이 그렇게 들어맞았다면 가정을 어찌 잃은 것이오?"(제 95회 참고)

위연은 지난번 공명이 자신의 계책을 들어주지 않은 일을 떠올리며 역시 비웃으며 말하기를: "만약 승상이 내 말을 들어 곧바로 자오곡(子午谷)으로 나아갔더라면 지금쯤 장안은 물론이고 낙양까지 손에 넣었을 것이오!(제 92회 참고) 지금도 굳이 기산으로만 나아가려고 고집하는데 도대체 무엇을 얻겠다는 것인지 모르겠소. 그리고 언제는 진군하라 명해놓고 이제 와서 또 나아가지 말라니, 어찌 명령을 그리 헷갈리게 한단 말인가!"

진식 曰: "내가 군사 5천 명을 이끌고 곧바로 기곡으로 나가 먼저 기산에 도착하여 영채를 세우겠소. 그런 다음 승상께서 창피함을 느끼는지 어떤지 한번 두고 보겠소."

등지는 두 번 세 번 나아가지 말라고 말렸지만, 진식은 끝내 듣지 않고 곧바로 군사 5천 명을 이끌고 기곡으로 갔다. 등지는 하는 수 없이 급히 말을 달려 이 소식을 공명에게 보고했다.

진식이 군사를 이끌고 몇 리를 가지 못해 갑자기 포성이 울리면서 사방에 매복해 있던 위군들이 뛰쳐나왔다. 진식이 급히 물러서려는데 위군이 골짜기 입구를 틀어막고 철통같이 에워싸 버렸다. 진식이 좌충우돌해 보았지만 탈출할 수가 없었다.

그때 문득 함성이 들리면서 한 무리의 군사들이 쳐들어왔는데 그는 바로 위연이었다. 그는 진식을 구하여 골짜기 안으로 돌아와 보니 5천 명의 군사 중 남은 자는 겨우 4~5백 명뿐이고 그마저도 대부분 부상병이었다. 등 뒤에서 계속 위군이 쫓아왔지만 두경과 장억이 군사를 이끌고 와서 지원하자 위군은 그제야 물러갔다.

진식과 위연은 비로소 공명의 귀신같은 선견지명을 깨닫고 후회했지만 소용없는 일이었다.

한편 공명에게 급히 돌아간 등지는 위연과 진식이 이처럼 무례하더라고 고했다.

공명이 웃으며 말하기를: "위연에게는 원래 반역할 상(相)이 있고 늘 불만이 있음을 내 알고 있지만, 그의 용맹함이 아까워 쓰고 있었소. 언젠가는 틀림없이 우리에게 해를 끼칠 사람이네."

이런 말을 나누고 있는데 갑자기 파발꾼이 달려와 알리기를 진식은 군사 4천여 명을 잃고 겨우 4~5백 명의 부상병만 데리고 계곡 안에 주둔해 있다고 했다.

공명은 등지에게 다시 기곡으로 가서 진식을 잘 위로해 주어 그가 다른 뜻을 품지 않도록 하는 한편, 마대와 왕평을 불러 분부하기를: "야곡에 만약 위군들이 지키고 있으면 그대들은 군사를 이끌고 산 고개를 넘되, 낮에는 숨었다가 밤에만 이동하여 속히 기산의 왼쪽으로 나아가 불을 올려 신호를 하라.

또 마충과 장익을 불러 분부하기를: "그대들은 산골짜기 샛길로 해서 낮에는 숨고 밤에만 행군하여 곧바로 기산 오른쪽으로 나아가 불을 올려 신호를 하되, 마대·왕평과 합세하여 조진의 영채를 습격하라. 나는 직접 골짜기로 나아가 세 방면에서 동시에 공격한다면 위군을 쳐부술 수 있을 것이다."

명을 받은 네 사람은 각자 군사를 이끌고 나뉘어 떠났다.

공명은 다시 관흥과 요화를 불러 여차여차하라고 분부했다.

두 사람은 비밀 계책을 받고 군사를 이끌고 떠났다.

공명은 직접 군사를 이끌고 평소보다 두 배의 속도로 행군하여 급히 나아갔다. 행군해 가던 공명은 또 오반과 오의를 불러 비밀 계책을 주고 역시 군사를 이끌고 먼저 가도록 했다.

한편 조진은 마음속으로 촉군이 오지 않을 것이라 믿고 있었기에 방비를 게을리하며 군사들을 편히 쉬게 내버려 두고 오직 열흘간만 무사히 넘기기만 기다리며 사마의에게 망신을 줄 일만 벼르고 있었다. 어느덧 7일이 지났다. 그때 갑자기 몇 명의 촉군이 골짜기에 나타났다는 보고가 들어왔다.

조진은 부장(副將) 진량(秦良)에게 군사 5천 명을 주면서 정탐하게 하면서 촉군들이 진영 가까이 오게 해서는 안 된다고 했다. 명을 받은 진량이 군사를 이끌고 계곡 어귀에 도착해 살펴보니 촉군들이 물러가고 있었다. 진량은 급히 군사를 이끌고 5~60리쯤 촉군을 추격하였으나 촉군이 보이지 않았다. 진량은 의심이 들기는 했지만 군사들에게 말에서 내려 잠시 쉬게 했다.

그때 갑자기 정탐 나갔던 군사가 돌아와 보고하기를: "앞쪽에 촉군들이 매복해 있습니다."

진량이 급히 말에 올라 바라보니 산속에서 먼지가 자욱이 일고 있었다. 그는 급히 군사들에게 방어하라고 소리쳤다. 바로 그때 사방에서 함성이 진동하면서 앞에서는 오반과 오의가 군사를 이끌고 쳐들어오고, 뒤에서는 관흥과 요화가 달려들었다. 좌우는 모두 산이라 달아날 길이 없었다.

산 위에서 촉군들이 큰 소리로 외치기를: "말에서 내려 항복한 자는 살려줄 것이다!"

그 말을 들은 위군들은 절반이 넘게 항복했다. 진량은 죽을힘을 다해 싸웠으나 요화가 내리친 칼에 맞아 말에서 굴러떨어졌다.

공명은 항복한 군사들을 군사 후미에 넘겨 붙잡아두고 그들의 갑옷을 벗겨 촉군 5천 명에게 입혀 위군으로 꾸몄다. 그러고는 관흥·요화·오반·오의 등 네 장수에게 그들을 이끌고 곧바로 조진의 영채로 달려가도록 했다.

이에 앞서 가짜 파발꾼을 보내 먼저 영채로 가서 거짓 소식을 보고하게 하기를: "몇 명의 촉군이 있기에 모두 쫓아버렸습니다."

그 말을 들은 조진은 매우 기뻐했다.

그때 마침 사마도독이 보낸 심복이 왔다는 보고가 들어왔다. 조진이 그를 불러들여 무슨 일이냐고 물었다.

그 심복이 아뢰기를: "이번에 도독께서는 매복 작전으로 촉군 4천

여 명을 죽였습니다. 사마도독께서는 장군께 안부를 전하시면서 부디 내기 한 것은 염두에 두지 마시고 오직 방비에만 신경을 쓰시라고 하셨습니다."

조진 曰: "우리가 지키는 이곳에는 단 한 명의 촉군도 없느니라."

그러고는 그 심복을 돌려보냈다.

그때 진량이 군사를 이끌고 돌아왔다는 보고가 들어왔다. 조진이 직접 그를 맞이하려고 막사를 나와 막 영채 문 앞에 이르자 부하들이 영채 앞뒤에서 불길이 일어나고 있다고 보고했다. 조진이 급히 영채 뒤로 돌아가 보니 관흥·요화·오반·오의 네 장수들이 촉군을 지휘하여 영채 앞으로 쳐들어왔다. 그뿐만이 아니었다. 마대와 왕평이 이끄는 군사는 영채 뒤에서 쳐들어오고 마충과 장익 역시 군사를 이끌고 달려왔다.

위군은 손 한번 제대로 못 써 보고 각자 살기 위해 달아나기 바빴다. 여러 장수들이 조진을 호위하며 동쪽으로 달아나자 뒤에서 촉군이 쫓아왔다. 조진이 정신없이 앞만 보고 달아나는데 갑자기 함성이 크게 진동하면서 한 무리의 군사들이 앞에서 달려오는 것이 아닌가! 놀란 조진은 겁이나 몸을 부들부들 떨었다. 그런데 알고 보니 그는 사마의였다. 사마의가 한바탕 크게 싸워 촉군들을 물리쳤다. 가까스로 목숨을 건진 조진은 사마의를 보자 부끄러워 쥐구멍이라도 찾고 싶은 심정이었다.

사마의 曰: "제갈량이 기산의 험한 산세를 차지해버렸으니 우리는 이제 오래 이곳에 머무를 수 없습니다. 위수의 강변으로 물러나 영채를 세운 뒤 다시 좋은 계책을 꾸미는 것이 좋겠습니다."

조진 曰: "중달은 내가 이렇게 크게 패할 것을 어찌 아셨소?"

사마의 曰: "내가 보냈던 사람이 돌아와서 자단께서 이곳에는 촉군이 단 한 사람도 없다고 말씀하셨다는 보고를 받고, 나는 공명이 은밀히 영채를 기습하러 오리라는 것을 이미 예상하고 있었기 때문에 지원하러 왔던 것인데 와서 보니 과연 계책에 걸렸더군요. 내가 했던 말은 이제 입 밖에 내지 마시고 그저 마음을 합쳐 나라에 보답합시다."

이런 충고까지 들은 조진은 자존심도 상하고 부끄러운 나머지 결국 병을 얻어 자리에 누워 일어나지 못했다. 사마의는 군사를 위수 물가에 주둔시켜 놓고 혹시 군사들의 마음이 흐트러질까 염려되어 조진에게 군사를 거느리게 하지 못했다.

한편 대군을 휘몰아 다시 기산으로 나온 공명이 군사들의 노고에 대한 위로가 끝나자마자 위연·진식·두경·장억이 막사 안으로 들어와 땅에 엎드려 절하며 죄를 청했다.

공명 曰: "이번에 군사를 이처럼 많이 잃어버린 것이 누구 때문인가?"

위연 曰: "진식이 명을 어기고 몰래 계곡 어귀로 들어갔다가 크게 패한 것입니다."

진식 曰: "이번 일은 위연이 저에게 시킨 것입니다."

공명 曰: "그는 너를 구해 주었는데도 오히려 그를 물고 늘어지는 것이냐? 장수의 명령을 어겼으니 더 이상 변명은 듣지 않겠다!"

즉시 무사에게 그를 끌고 나가 목을 베라고 했다. 잠시 후 그의 목을 막사 앞에 걸게 하여 여러 장수로 하여금 보도록 했다. 이때 공명이 위연을 죽이지 않은 것은 그를 남겨 두었다가 나중에 쓸데가 있었기 때문이다.

공명이 진식을 참하고 나서 진군 계획을 논의하고 있는데 갑자기 정탐꾼이 와서 보고하기를: "조진이 병이 나서 일어나지를 못하고 있으며 현재 영채 안에서 치료를 받고 있습니다."

공명이 너무 기뻐 여러 장수에게 말하기를: "만약 조진의 병이 가벼웠다면 그는 벌써 장안으로 돌아갔을 것이다. 지금 위군들이 물러가지 않는 것은 그의 병이 매우 위중하기 때문이다. 그래서 군중에 머물면서 군사들의 동요를 막으려는 것이다. 내 글을 한 장 써서 항복해 온 진량의 수하 군사 한 명에게 가지고 가서 조진에게 전해 주도록 해야겠다. 조진이 이 글을 보면 그는 틀림없이 죽게 될 것이다."

그러고는 항복해 온 군사들을 불러 묻기를: "너희는 모두 위의 군사들로 부모와 처자는 모두 중원에 있을 것이니 촉 땅에 오래오래 머물고 싶지 않을 것이다. 내 이제 너희를 풀어 주어 집으로 돌려보내 주려고 하는데 너희들 생각은 어떠냐?"

모든 군사들이 눈물을 흘리며 고맙다고 절을 했다.

공명 曰: "조자단(曹子丹: 조진)이 나와 약속한 것이 있는데 내 그에게 서신 한 통을 써줄 것이니 돌아가서 그에게 전해 주거라. 틀림없이 후한 상을 내릴 것이다."

위군들이 서신을 받아서 조진의 본채로 달려가서 공명이 써준 글을 조진에게 바쳤다. 조진은 아픈 몸을 무릅쓰고 자리에서 일어나 봉함을 뜯고 열어 보니 그 내용은:

"한 승상 무향후 제갈량이 대사마 조자단에게 글을 보내노라. 무릇 장수된 자는 버리고 취할 줄 알아야 하고, 유연하고 강경할 때도 있어야 하며, 나아가고 물러설 때도 알아야 하고 약하고 강함에도 능해야 한다.

또한 장수는 움직이지 않을 때는 태산처럼 군건해야 하고 속내를 드러내지 않아야 할 때는 음양의 이치처럼 어렵게 해야 하며, 끝이 언제인지 알 수 없게 할 때는 천지와 같이 넓게 해야 하며 내용을 알차게 하려거든 나라의 곳간처럼 꽉 차 있어야 한다.

그리고 장수가 지략을 펼칠 때는 사해처럼 넓게 해야 하고, 그의 빛남은 삼광(三光: 해와 달고 별)처럼 밝아야 한다.

장수는 또한 천문을 보고 가뭄과 비를 미리 알아야 하고 지세를 보아 어디가 유리한지를 알아야 하며, 진세를 펼칠 때와 거둘 때의 기회를 포착할 줄 알아야 하며 적의 장단점을 헤아릴 줄 알아야 하느니라!

아! 안타깝구나, 아무것도 모르는 무식한 놈아!

너는 위로는 하늘의 뜻을 거스르고 나라를 뺏은 반역자가 낙양에서 스스로 황제라 칭하는 것을 도와주더니, 야곡에서는 크게 패하고 달아났고, 진창에서는 장마를 만나 물속에서 곤경에 빠져 지칠 대로 지쳐, 사람도 말도 모두 미쳐 날뛰고, 벗어 던진 갑옷이 들판을 뒤덮고, 던져버린 창칼이 온 땅에 널렸도다. 도독(사마의)은 마음이 무너지고 간담이 찢어졌으며, 네놈은 쥐새끼처럼 달아나느라 쥐구멍 찾기 바빴다.

이제 관중(關中)의 어르신들도 볼 면목도 없는데 무슨 염치로 승상부의 청당(廳堂)에 올라 정사를 논하겠는가!

사관(史官)은 붓을 잡고 이렇게 기록할 것이며, 백성들은 입을 모아 이렇게 널리 퍼뜨릴 것이다. '중달은 싸움터에 나오면 그저 무서워 벌벌 떨었고, 자단은 촉군이 온다는 소문만 듣고도 마음이 불안하여 어쩔 줄 몰랐다.'

우리의 군사와 말은 모두 굳세고 건장하며 장수들은 범처럼 용맹을 떨치며 용처럼 내달리니 이제 진천의 땅에서 적들을 말끔히 쓸어버리고 풍요로운 땅으로 만들고, 위국을 소탕하여 황량한 들판으로 만들어 버릴 것이니라."

글을 다 읽고 난 조진은 원한과 분노에 사무쳐 그날 저녁 군중에서 죽고 말았다. 사마의는 조진의 관을 수레에 실어 낙양으로 보내 장사지내도록 했다.

조진의 사망 소식을 들은 위주는 곧바로 사마의에게 조서를 내려 속히 촉군을 쳐부수라고 했다. 대군을 거느리고 싸우러 나간 사마의는 싸우기 전날 공명에게 도전장을 보냈다.

공명이 여러 장수들에게 말하기를: "조진이 죽은 게 틀림없구나."

그러고는 사자에게 내일 싸우자는 회답을 주어 돌려보냈다.

공명은 그날 밤 강유에게 비밀 계책을 주어 여차여차하라고 했다. 또 관흥을 불러 여차여차하라고 분부했다.

다음 날 공명은 기산에 있는 전군을 일으켜 위수 가로 나갔다. 한쪽은 산에 의지하고 있고, 또 다른 한쪽은 강에 의지하고 있으며 한가운데는 광활한 평야 지대이니 싸우기에는 너무나 적당한 장소다. 양쪽의 군사가 서로 화살이 닿지 못할 정도의 거리를 두고 마주 보고 진을 쳤다.

북이 세 차례 울리자 위군의 진중에서 문기가 열리면서 사마의가 말을 타고 나타났다. 여러 장수들이 그 뒤를 따라나섰다. 촉군의 진영에는 공명이 사륜거 위에 단정히 앉아 손에 우선을 들고 흔들고 있었다.

사마의 曰: "우리 주상께서는 순(舜) 임금이 요(堯) 임금의 자리를 물려받은 본을 받아 황제 자리를 이어받으신 후 두 대를 전하여 오며 중원을 다스리고 계신다. 그런데도 너희 촉과 동오를 용납하신 것은 주상께서 너그럽고, 인자하시어 백성들이 다칠까 염려하셨기 때문이다.

너는 남양 땅에서 밭이나 갈아먹던 촌놈 주제에 감히 하늘의 운수도 모르고 함부로 침략을 감행했으니 이는 이치로 보아 죽여 없애야 마땅하다. 그러나 만약 지난날의 과오를 반성하고 바로 잡으려 한다면 마땅히 즉시 돌아가 각자 자기의 경계를 지키며 세 나라가 솥발처럼 벌려진 형세(鼎足之勢)를 이루도록 함으로써 백성이 도탄에 빠지는 것을 면하고 너희 목숨도 보전하도록 하라!"

공명이 껄껄 비웃으며 말하기를: "나는 선제로부터 어린 임금을 잘 보필하라는 막중한 임무를 맡았거늘, 어찌 마음과 힘을 다해 역적을 토벌하지 않을 수 있겠는가! 너희 조씨는 머지않아 한(漢)에게 멸족당하고 말 것이다. 네 조상은 대대로 한의 신하로서 한의 녹을 먹어 왔거늘, 그 은혜에 보답할 생각은 하지 않고 오히려 나라를 찬탈한 역적을 돕고 있으니 네 자신이 부끄럽지도 않느냐?

공명의 말에 부끄러움을 느낀 사마의는 얼른 화제를 돌려 말하기를: "내 빨리 너와 자웅을 겨루고 싶다. 만약 네가 이긴다면 나는 결코 대장 노릇을 하지 않을 것이다. 그러나 네가 패한다면 속히 고향으로 돌아가거라. 그러면 너를 해치지는 않을 것이다."

공명 曰: "좋다. 그럼 장수끼리 싸울 것이냐, 군사로 겨룰 것이냐, 그것도 아니면 진법으로 겨룰 것이냐? 네가 선택해라!"

사마의 曰: "진법으로 겨뤄보자!"

공명 曰: "그럼 네가 먼저 진을 펼쳐 보거라!"

중군의 막사 안으로 들어간 사마의는 손에 황색 깃발을 들고 흔들었다. 좌우로 군사들이 움직이면서 진을 이루었다. 사마의가 다시 말에 올라 진 밖으로 나와 묻기를: "너는 내가 펼친 이 진이 무엇인지 알겠느냐?"

공명이 웃으며 말하기를: "우리 군중의 말단 장수도 그런 진법은 칠 줄 아느니라. 바로 '혼원일기진(混元一氣陣)'이 아니더냐?"

사마의 曰: "그럼 이번에는 네가 진을 펼쳐 보거라."

공명이 진으로 들어가 우선을 한 번 흔들어 진을 친 후 앞으로 나와 묻기를: "내 진법을 알겠느냐?"

사마의 曰: "그까짓 '팔괘진(八卦陣)'을 어찌 모르겠느냐?"

공명 曰: " 알고 있으니 다행이다만 내가 친 진을 감히 깨뜨릴 수 있겠느냐?"

사마의 曰: "이미 알고 있는데 어찌 깨뜨리지 못하겠느냐!"

공명 曰: "그럼 한번 깨뜨려 보거라!"

본진으로 돌아간 사마의가 대릉(戴凌)·장호(張虎)·악침(樂綝) 등 세 장수를 불러 분부하기를: "지금 공명이 펼쳐 놓은 진법은 휴(休)·생(生)·상(傷)·두(杜)·경(景)·사(死)·경(驚)·개(開)의 팔문(八門)을 배치해 놓은 것이다. 너희 세 사람은 바로 동쪽의 생문(生門)으로 쳐들어가 서남쪽의 휴문(休門)으로 나왔다가, 다시 바로 북쪽의 개문(開門)으로 쳐들어가면 이 진을 깨뜨릴 수 있다. 반드시 들어가고 나가는 문을 잊지 말고 조심해야 한다."

이에 대릉은 중간에서, 장호는 앞에서, 악침은 뒤에서 각각 30명의 기병을 이끌고 생문으로 쳐들어갔다. 양쪽의 군사들은 함성을 지르며 응원했다.

그러나 세 사람이 막상 촉의 진 가운데로 쳐들어가서 보니 진이 마치 성벽이 이어진 듯 보여 도무지 치고 빠져나갈 수가 없었다. 세 사람이 황급히 기병을 이끌고 진의 모퉁이를 돌아 서남쪽으로 달려갔으나 촉군이 쏘는 화살에 막혀 치고 나갈 수가 없었다.

진 안에는 모두 겹겹의 문이 있어 도대체 어느 쪽이 동서남북인지 분간을 할 수가 없었다. 세 장수는 서로를 돌볼 겨를이 없어 이리저리 치고받아 보았지만, 그저 보이는 것은 짙게 낀 음산한 구름과 자욱한 안개뿐이었다. 혼란한 상황 속에서 함성이 일어날 때마다 위군들은 하나하나 잡히더니 결국 모조리 결박당하여 중군으로 끌려갔다.

공명이 막사 안에 높이 앉아 있는 가운데 좌우에 장호·대릉·악침 등 세 명의 장수를 비롯한 90명의 위군들이 모조리 꽁꽁 묶인 채 그 아래에 앉아 있었다.

공명이 웃으며 말하기를: "내 너희를 모두 사로잡긴 했으나 이게 무슨 대단한 일이겠느냐? 너희들을 모조리 풀어줄 것이니 돌아가서 사마의에게 '병서(兵書)를 좀 더 읽고 전술을 더 익힌 다음에 와서 자웅을 겨뤄도 늦지 않는다.' 하더라고 전해라. 너희들 목숨은 살려 주는 대신 병장기와 말은 모두 두고 가거라."

그러고는 그들의 갑옷은 물론 옷까지 벗기고 얼굴에는 먹칠을 한 채 걸어서 진 밖으로 나가게 했다.

알몸으로 돌아온 자신의 병사들을 본 사마의는 화가 머리끝까지 치밀어 여러 장수들을 돌아보며 말하기를: "이처럼 무참하게 사기가 꺾였으니 무슨 면목으로 중원으로 돌아가 대신들의 얼굴을 볼 것인가!"

즉시 전군을 지휘하여 죽기로 싸워서 진을 빼앗으려 했다. 사마의는 직접 칼을 뽑아 들고 용맹한 장수 1백여 명을 이끌고 군사들을 휘몰아 쳐들어갔다. 양쪽 군사들이 맞붙어 싸우려는 순간 위군 진영 뒤쪽에서 북과 나팔 소리와 함성이 천지를 진동하며 한 무리의 군사들이 서남쪽으로부터 쳐들어왔는데, 그는 바로 관흥이었다.

사마의는 즉시 군사를 반으로 나누어 후군들은 관흥을 막도록 하고 다시 군사를 재촉하여 앞으로 나아가 싸우는데 또 위군의 옆쪽이 크게 어지러워졌다. 알고 보니 강유가 한 무리의 군사를 이끌고 느닷없이 덮쳐온 것이다. 촉군들이 세 방면에서 협공을 하니 사마의는 깜짝 놀라 급히 군사를 뒤로 물렸다. 촉군들은 위군을 둘러싸고 몰아쳤다. 사마의는 군사들을 이끌고 남쪽을 향해 죽을힘을 다해 빠져나갔다. 이 싸움에서 위군은 열에 예닐곱은 죽거나, 부상을 당했다.

사마의는 위수 남쪽 언덕에 이르러 영채를 세운 다음 지키기만 한 채 좀처럼 싸우러 나가지 않았다.

대승을 거둔 공명이 군사를 거두어 기산으로 돌아오자 마침 영안성(永安城)을 지키던 이엄(李嚴)이 보낸 도위(都尉) 구안(苟安)이 군량미를 운반해 와 군중에서 인계를 하고 있었다. 그런데 구안은 술을 너무 좋아한 나머지 도중에 술을 먹느라 운송을 태만히 하여 정해진 기한을 열흘이나 넘겼다.

공명이 크게 화를 내며 말하기를: "군량을 제때 보급하는 일은 군중에서 가장 중요한 일이다. 그래서 기한을 사흘만 어겨도 마땅히 참형을 하게 되어 있는데 너는 지금 열흘이나 어겼다. 무슨 변명할 말이 있느냐?"

아무 말도 못 하는 구안을 공명이 끌어내어 목을 베라고 호령했다.

장사(長史) 양의(楊儀)가 말하기를: "구안은 이엄의 사람입니다. 게다가 군수 물자와 군량 대부분은 서천에서 보내오고 있는데 만약 이 자를 죽이면 이후로는 감히 군량을 운반해 오겠다는 사람이 없을 것입니다."

공명은 양의의 말을 받아들여 공명은 무사에게 그의 결박을 풀고 곤장 80대를 치게 한 뒤 놓아주게 했다.

곤장까지 맞은 구안은 마음에 원한을 품고 그날 밤 자신을 따라온 심복 기병 대여섯 명을 데리고 위군의 영채로 달려가 투항했다. 사마의가 불러들이자 구안은 절을 하고 투항한 이유를 설명했다.

사마의 曰: "비록 네 말을 그럴듯하지만, 공명은 꾀가 많은 자이니 믿기 어렵다. 네가 나를 위해 큰 공을 세우면 나는 그때 너를 천자께 아뢰어 상장(上將)으로 올려줄 것이다"

구안 曰: "무슨 일이든 시키시면 최선을 다하겠습니다."

사마의 曰: "너는 곧장 성도로 돌아가서 공명이 원한을 품고 있어 조만간 황제가 되려고 한다는 소문을 퍼뜨려라. 너희 임금이 공명을 성도로 불러드리게만 하면 그것이 바로 너의 큰 공이 될 것이다."

구안은 그렇게 하겠다고 대답하고 곧바로 성도로 돌아와 환관들에게 공명이 자신이 세운 공을 믿고 조만간 반드시 나라를 빼앗을 것이라는 소문을 퍼뜨렸다. 그런 말을 들은 환관들은 깜짝 놀라 즉시 궁으로 들어가 황제께 이 일을 자세히 고했다.

황제가 놀랍고 의아해서 말하기를: "만약 그렇다면 이 일을 어찌해야 하는가?"

환관 曰: "조서를 내리시어 승상을 성도로 돌아오게 하고 그의 병권(兵權)을 빼앗아 반역하지 못하게 하셔야 합니다."

후주는 공명에게 군사를 돌려 조정으로 돌아오라는 조서를 내렸다.

장완(蔣琬)이 반열에서 나와 아뢰기를: "승상께서 출병 이후에 여러 차례 큰 공을 세웠는데 무슨 일로 군사까지 이끌고 돌아오라 하십니까?"

후주 曰: "짐이 반드시 승상의 얼굴을 직접 보고 의논해야 할 기밀 사항이 있소."

후주는 즉시 사자를 보내 조서를 가지고 밤낮으로 달려가 공명을 불러오도록 했다.

사자는 곧바로 기산의 대채로 갔다. 공명이 그를 맞이하여 조서를 받아보고 하늘을 우러러 탄식을 하기를: "주상께서 춘추가 어리시니 곁에 간신이 붙었구나! 내 이제 겨우 공을 세우려 하는데 어찌하여 돌아오라 하시는가? 내가 만약 가지 않는다면 이는 황제를 무시하는 일이 될 것이다. 그렇다고 명을 받들어 물러가면 이런 기회는 다시는 오지 않을 것이다!"

강유가 묻기를: "만약 갑자기 대군이 물러가면 사마의가 그 틈을 타서 쳐들어올 텐데 그땐 어찌합니까?"

공명 曰: "나는 이제 군사를 물리면서 다섯 방면으로 나누려고 하네. 오늘은 이 영채를 먼저 물리되 예를 들어 영채 내에 군사 1천 명이 있으면 밥 짓는 아궁이를 2천 개를 파고 내일은 3천 개의 아궁이를, 그 다음 날은 4천 개의 아궁이를 각각 파는 식으로 매일 군사를 물리면서 그 아궁이 숫자를 늘려가도록 하게."

양의 曰: "옛날 손빈(孫臏)이 방연(龐涓)을 잡을 때는 군사를 늘리면서 오히려 아궁이를 줄이는 방법을 써서 이겼는데, 지금 승상께서는 군사를 물리면서 어찌하여 아궁이 수를 늘리라는 말씀이십니까?"

공명 曰: "사마의는 용병을 잘 하기 때문에 우리 군사가 물러간다는 말을 들으면 반드시 추격할 것이네. 그러면서도 혹시 우리가 복병이 있을 것이라 의심하기 때문에 이전 영채 안의 아궁이 숫자를 헤아려 볼 것이니 매일 아궁이 숫자가 늘어나는 것을 보면, 우리가 군사를 물렸는지 여부를 확실히 알 수 없으니 의혹을 품게 될 것이고 그러면 감히 추격을 하지 못할 것이네. 이렇게 하면서 우리가 천천히 후퇴한다면 군사를 잃을 염려는 없을 것이네."

공명은 마침내 퇴군 명령을 내렸다.

한편 사마의는 구안에게 시킨 계책이 잘 들어맞을 것으로 생각하고 촉군이 물러갈 때 지체없이 그 뒤를 기습하려고 준비하고 있었다. 한참 기다리고 있을 때 보고가 들어오기를, 촉의 영채가 텅 비어 있고 군사들이 모두 물러갔다는 것이다.

하지만 사마의는 공명이 워낙 꾀가 많은 자라 함부로 추격하지 못하고 직접 기병 1백 명을 이끌고 촉군의 비어 있는 영채 안으로 들어가 현장을 살피면서 군사들에게 아궁이 숫자를 세어보도록 하고 그대로 본채로 돌아갔다.

다음 날 또 군사들에게 촉군이 머물렀던 영채에 가서 아궁이 숫자를 세어보도록 했더니 돌아와서 보고하기를: "이번 영채의 아궁이 숫자는 어제보다 오히려 더 늘었습니다."

사마의는 여러 장수들에게 말하기를: "역시 공명은 꾀가 많은 자라 아궁이 숫자가 느는 것을 보니 틀림없이 군사의 수를 늘리고 있다. 우리가 만약 추격을 한다면 반드시 그의 계책에 걸리고 말 것이다. 차라리 일단 후퇴했다가 나중에 다시 좋은 방도를 찾는 편이 낫겠다."

결국 사마의는 추격을 포기하고 군사를 돌렸다. 공명은 한 명의 군사도 잃지 않고 성도로 돌아갔다. 나중에 서천 입구에 사는 토박이가 위군 영채에 와서 사마의에게 말하기를 공명은 군사를 물릴 때 군사가 늘어나는 것을 보지 못했고 단지 아궁이 숫자만 늘어나는 것을 보았을 뿐이라고 했다.

사마의는 하늘을 쳐다보며 길게 탄식하기를: "공명이 우후(虞詡)의 방법[36]으로 나를 속이다니! 나는 그의 모략을 따라잡을 수가 없구나!"

사마의는 결국 대군을 거느리고 낙양으로 돌아갔다.

이야말로:

바둑에서 호적수를 만나면 이기기 어렵듯	棋逢敵手難相勝
장수도 적수 만나면 어찌 자만할 수 있나	將遇良才不敢驕

성도로 돌아간 공명이 어찌 되었을지 궁금하거든 다음 회를 기대하시라.

36 우후(虞詡)는 동한(東漢) 시대의 명장으로 강족(羌族)의 침입을 막으라는 명을 받고 아궁이를 늘리는 방법으로 강족 군사들을 속여 그들의 추격을 막고 마침내 승리를 거둠. 역자 주.

삼국지연의 5 _출사표

초판 인쇄 2022년 8월 23일
초판 발행 2022년 8월 29일

지 은 이 나관중
옮 긴 이 김민수
펴 낸 이 김재광
펴 낸 곳 솔과학
등 록 제10-140호 1997년 2월 22일
주 소 서울특별시 마포구 독막로 295번지 302호(염리동 삼부골든타워)
전 화 02-714-8655
팩 스 02-711-4656
E-mail solkwahak@hanmail.net

I S B N 979-11-92404-12-7 (04820)

값 20,000원